İSİMLER KİTABI

İSİMLER KİTABI

Jill Gregory & Karen Tintori

Çeviren: Ahmet Kurtulmuş

ODTU YAYINCILIK

The Book of Names
Jill Gregory & Karen Tintori

İsimler Kitabı
ISBN 978-9944-344-26-5

ODTÜ Geliştirme Vakfı
Yayıncılık ve İletişim A.Ş. Yayınları
ODTÜ Yayıncılık

Genel Yayın Yönetmeni
Levent GÖNÜL

Çeviren
Ahmet KURTULMUŞ

Editör
Halil ERDEM

Sayfa Düzeni ve Kapak Tasarımı
Emrullah ÖZ

1. Basım Nisan 2007
Özkan Matbaacılık Gazetecilik San. ve Tic. Ltd. Şti.

ODTÜ Geliştirme Vakfı Yayıncılık ve İletişim A.Ş.
İnönü Bulvarı, ODTÜ Yerleşkesi 06531 ANKARA
Tlf.: (312) 210 38 70 - 210 38 73
Faks: (312) 210 15 49
E-posta: odtuyayincilik@odtuyayincilik.com.tr
İnternet: www.odtuyayincilik.com.tr

Değerli aileme-harika bir insan olan kocam Larry ve kızım Rachel'e,
Sevgili anne ve babamın değerli anısına
Her zaman sevgiyle

— JG

Hayattaki en değerli varlıklarıma- kocam Lawrence, kaya gibi oğullarım Steven and Mitchel vebize Leslie'yi armağan eden kızım Mitch'e

— KT

TEŞEKKÜRLER

İsimler Kitabı'nın ilk ortaya çıkış hikayesi 15 yıl öncesine kadar uzanır. İlk düşünceler "Lamed Vovnik" efsanesinden bize bahseden Geri Levit'le kafamızda uyanmaya başlamıştır.

Bu kitabın yazılışı boyunca birçok insan, bizden değerli düşüncelerini ve bilgilerini esirgememiştir. Burada kendilerini şükran ve saygıyla anıyoruz.

Rosemary Ahern, Rabbi Jonathan Berkun, Rabbi Lauren Berkun, Rachel Greenberg, Charlotte Hughes, Lawrence Katz, Mitchel Katz, Leslie Katz, Steven Katz, Irving Koppel, Dr. Pati Nakfoor, Claudia Scroggins, Rae Ann Sharfman, Haim Sidor, the Safed Foundation, Rabbi Elimelech Silberger, Rabbi Dr. Shlomo Sowilowsky, Jennifer Weiss and Marianne Willman.

Burada ayrıca bu kitabın editörlük ve ajanslık işlerinde büyük emeği geçen çok değerli üç kadına da teşekkür etmek istiyoruz; Nichole Argyres, Ellen Levine ve Sally Wofford-Girand.

Dünya tanrı tarafından kutsanmış, en azından otuz altı insanı her zaman barındırmalı

— RABBİ ABBYE, *TALMUD*

GİRİŞ

7 OCAK 1986

SAKKARA, MISIR

İki adam karanlığın örtüsü altında kumu küremekle meşguldü. Mağaradaki tek ışık çantalarının yanına koydukları fenerden geliyordu. Kahire'den yirmi dört kilometre uzaklıktaki bu bir dizi mağara ve mezar, adeta eski çağların buluntu ve sanat eserlerini barındıran bir hazine alanıydı. Ölüm Kenti Sakkara üç bin yıl boyunca, hem kralların hem de sıradan insanların gömüldükleri yer olmuş – ancak, birçok arkeolog burada bir hayat harcamış olmalarına rağmen sırların tümünü ortaya çıkarmayı hiçbir zaman başaramamışlardı; ne de mezar hırsızları başarabilmişti bunu.

Akhenaton tapınağını ve göz kamaştıran hazinelerini bulduğu için şövalyelik payesiyle ödüllendirilen Sör Rodney Davis, bir kere daha o bildik heyecanın içine çekildiğini hissetti. Yaklaşmışlardı. Bunu biliyordu. Kırılgan papirüsleri neredeyse ellerinde hissediyordu.

İsimler Kitabı. Bir parçası? Tamamı? Bilmiyordu. Bildiği tek şey onun burada olduğuydu. Burada olmalıydı.

İsrail'de Ketef Hinnom'un eteklerinde Kral Süleyman'ın altın asasını yeryüzüne çıkardığı gece duyduğu coşkunun ruh halinde yarattığı karıncalanmanın aynısını yaşıyordu. Ucunda fildişinden yontulmuş, üzerinde İbranice küçük yazılar bulunan, başparmak büyüklüğünde bir nar bulunan bu asa, Kutsal Kitap'ta bahsi geçen İ.Ö. onuncu yüzyılda yaşamış kralla, kazı yerinin yakınında ortaya yeni çıkartılan kale arasındaki ilişkiye işaret eden ilk sanat eseriydi. Ancak İsimler Kitabı'nın gün ışığına çıkması, asayı ve daha önceki her keşfi gölgede bırakacak bir durumdu. Bu bulgu onun tarihteki yerini pekiştirecekti.

İçgüdülerine güvenirdi. İçgüdüleri, onu eşsiz hazinelere doğru çeken bir define arama çubuğu gibiydi. Ve bu gece Sör Rodney, kendisini keşfin şehvetine kaptırmış bir halde, melekler ve iki tekerlekli savaş arabaları günlerinden beri kimsenin görmediği şeyleri ortaya çıkarmanın heyecanıyla, geçmişte eski kralların yürüdüğü kumları kazmaya devam ediyordu.

Hemen yanında çalışmakta olan Raoul küreğini yan tarafa fırlattı, su matarasına uzandı, ve kana kana içti.

"Biraz ara ver Raoul. Benden bir saat önce başladın."

"Asıl dinlenmesi gereken sizsiniz efendim. Bunlar binlerce yıldır buradalar, bizim için bir kaç saat daha bekleyebilirler."

Sör Rodney, bir an durakladı ve neredeyse on iki yıldır sadık yardımcısı olan adama şöyle bir göz attı. İlk başladığında Raoul LaDouceur kaç yaşında olmalıydı? Onaltı, onyedi? Raoul, Sör Rodney'nin gördüğü en yorulmak bilmez işçiydi. Pek sokulgan olmayan, onurlu, Akdenizlilere özgü zeytuni teni ve – biri gök

Yirmi yılı aşkın süredir çok yakın arkadaş olan Jill Gregory ve Karen Tintori çok sayıda yapıtı yayınlanmış yazın ortaklarıdır.

Jill tek başına edebiyat, Karen ise edebiyat dışı yapıtlar, birlikte ise her iki türden yapıtlar yayınlamışlardır.

1993 tarihli romanları "SOMETHING BORROWED, SOMETHING BLUE" Doubleday tarafından tek bir müstear ad altında yayınlandı. Cosmopolitan dergisi tarafından alıntı yapılan bu yapıt üzerine Connie Sellecca ile Ken Howard'ın rol aldığı bir televizyon filmi CBS TV tarafından çekildi. SBSB'yi izleyen bir diğer gerilim romanı "CATCH ME IF YOU CAN" 1996'da Avon tarafından basıldı.

Kadın edebiyatı dalında otuzdan fazla tarihsel ve çağdaş roman yazan Jill Gregory New York Times ve USA Today çok satanlar listelerinde yer aldı. Kitapları Japonya, Rusya, Norveç, İsveç ve İtalya'da yayınlandı.

Karen Tintori'nin Atria tarafından yayınlanan, tarihsel 1909 Cherry Madeni felaketini anlatan kitabı "TRAPPED", 2002 yılında Chicago Tribune'un gözde kitabı seçildi. TRAPPED üzerine bir sinema filmi yapma hakkı tanındı.

Son kitabı "UNTO THE DAUGHTERS" St. Martin's tarafından yayınlanacaktır.

Jill'in Kabalaya olan ilgisi İngilizce Eğitimi dalında B.A aldığı Illinois Üniversitesindeki yıllarına kadar gitmektedir.

Karen ve Jill'in Lamed Vovnik - iyilikleri dünyanın varlığını sürdürmesini sağlayan otuz altı hak tanır ruh - kavramına uzun zamandan beri duydukları hayranlık onları bu İSİMLER KİTABI öyküsünü yazmaya yönlendirdi.

yakut, diğeri Türk kahve çekirdekleri gibi maun rengi, derine kaçmış gözleriyle hemen göze çarpan genç bir adam.

"Yaşamımın yarısını bu keşfi bekleyerek geçirdim dostum. Şu anda, fazladan bir saatlik çalışma nedir ki?" Sonra mağaranın zemininden bir kürek yükü kum daha küredi. Raoul bir an sesini çıkarmadan izledi, sonra matarasının kapağını kapattı ve o da sessizce küreğini eline aldı.

Bir saatten daha uzun bir süre çalıştılar, sessizliği yalnızca güçlükle alıp verdikleri nefeslerinin sesi ve küreğin kumda çıkardığı yumuşak, tok ses bozuyordu. Sör Rodney'nin eli bir anda küçük bir tınlama sesiyle donup kaldı. Dizlerinin üstüne çöktü, tüm yorgunluğu bir anda geçti; kumu uzun, nasırlı parmaklarıyla kenara süpürmeye başladı. Damarlarında akan heyecanı onunla paylaşan Raoul, yanına diz çöktü.

"Fener, Raoul," dedi alçak sesle Sör Rodney, kuma gömülü, kilden yapılmış kabın kıvrımlı yüzeyini elleriyle kavrarken. Küçük, dikkatli hareketlerle kabı yerinden oynattı.

Arkasındaki Raoul feneri eğerken, ışık kabın ağzına tıkıştırılmış parşömen rulosunu aydınlattı.

"Aman Tanrım, bu o olmalı." Sör Rodney'in eli papirüsleri gizlendikleri yerden çekip çıkarırken tam anlamıyla titriyordu.

Raoul katranlı bez rulosunu açmak için hamle yaptı, ancak hocası sararmış desteyi açarken geri çekilmek durumunda kaldı. İkisi de eski İbrani el yazısını tanımışlar ve ne bulduklarını anlamışlardı.

Sör Rodney, kalbi hızla çarparken, küçük harflere dikkatle bakarak daha yakına eğildi. Kariyerinin en büyük keşfi parmak uçlarının arasındaydı.

"Tanrım, Raoul, bu dünyayı değiştirebilir."

"Gerçekten de efendim, gerçekten de değiştirebilir."

Raoul feneri çadır bezinin yanına koydu. Geriye doğru adım atarken bir eli cebine süzüldü. Sessizce kangal halinde sarılı tel parçasını çıkardı. Sör Rodney'nin boynuna dolayıp büyük bir soğukkanlılıkla sıktı. Arkeolog sesini bile çıkartamamıştı.

Her şey yıldırım hızıyla gerçekleşti. Raoul, tek bir hareketle, onu değerli parşömenlerden çekip uzaklaştırmış ve boynunu kırmıştı.

Papirüsleri toplarken, "Yaşlı adam her zamanki gibi haklı" diye düşündü sırıtarak. "Bu buluş dünyayı değiştirebilir."

Raoul, giderken geride bıraktığı kabın dibinde yatan değerli kehribar taşı fark edemeyecek kadar zafer sarhoşuydu. Taşın üzerinde özenle oyulmuş, İbranice üç harf vardı.

יול

7 OCAK 1986

HARTFORT HASTANESİ, CONNECTICUT

Çağrı cihazı kendisini Acile geri çağırdığında Dr. Harriet Gardner hastane salonundaki kolsuz hantal kanepede yığılmış, on iki saattir ağzına koyduğu ilk lokmanın tadını çıkarıyordu.

Koridor boyunca koşarken bir yandan da elindeki elmayı dişledi. Bu kötü bir vaka olmalı, diye düşündü, yoksa Ramirez kendi başına üstesinden gelebilirdi. Yarısı yenmiş elmayı, yanından geçerken çarptığı çöp sepetine fırlatırken, bu seferkinin bir otomobil kazası mı yoksa yangın mı olduğunu düşünüyordu. Beyaz metal kapılardan içeri daldığında travma ekibini ışık hızından daha süratli çalışırken buldu. Sedye üzerinde, biri çığlık atan, üç çocuk vardı. Beş dakika önce, hastanenin bu ek binasında duyulan tek ses monitörlerin sakin mırıltısı, koldan sökülen tansiyon ölçme aleti manşonlarının periyodik hışırtısı ve 6 no'lu koğuşta kırık bacak tanısının doğrulanması için röntgen çekilmesini bekleyen beş yaşındaki çocuğun arada sırada inlemesiydi.

Acil servis, şimdi ambülâns görevlisi ve polis kaynıyor, cerrahi asistanı Ramirez bir endo tüpünü yeni yetme bir kızın boğazından içeriye sokuyordu.

"Çocuğu bilgisayarlı tomografiye götür" diye haykırdı, kan içindeki sedyede yatan bir oğlan çocuğunu asansöre doğru ustalıkla itmekte olan erkek hastabakıcı Ozzie'ye. Yeni yetme, bacağı imkânsız bir açıyla bükülmüş durumda kıpırdamadan yatıyordu. Sağ gözünün üstünde derin bir yara vardı ve her iki kulağından kan damlıyordu.

"Burada neyimiz var?" Harriet, 18 numaralı Celtics forması giyen oğlan çocuğuna uçarcasına koştu ve Teresa, rotasyona gelmiş intern, kenara çekildi. Oğlanın ortadan kesilen forması kan içindeki göğsünü ortaya çıkarmıştı.

"Çatıdan düşmüşler," diye yanıtladı bir ambülâns görevlisi. "Üç kat aşağı ve bir de yol üzerinde üçgen mesnet duvarı varmış."

"*Ah bu çocuklar*." "Buraya kan gazı getirin," diye bağırdı Harriet. "Bir de taşınır göğüs röntgen cihazı." Acilde üç yıldır çalışmasına karşın, çocuklar üzerinde çalışırken midesine hâlâ ağrılar saplanıyordu.

"Üstesinden gelmelisin bunun," diye söylendi kendi kendine, monitöre bakarken. Çocuğun nabzı 130, tansiyonuysa 80/60'dı. Bu çocuğun başı dertteydi.

"Bu Senatör Shepherd'ın oğlu."

Doshi tekerlekli oksijen silindirini sedyenin başına götürdü. "Ozzie'nin bilgisayarlı tomografiye götürdüğü çocuk da İsviçre büyükelçisinin oğlu."

"Bu çocuğun adı ne?"

Doshi çizelgeye göz attı. "David. David Shepherd."

Harriet, David Shepherd'ın vücudunun hırpalanan üst kısmına bakarak kaşlarını çattı.

"Düzensiz hareket eden göğüs, kırık köprücük kemiği, çökmüş akciğer gibi görünüyor."

Doshi ustalıkla nefes borusuna bir plastik oksijen borusu soktu. "Ötekiler kendine gelip gidiyor, ama bunun bilinci hiç yerine gelmedi."

Tansiyon aletinin manşonu tekrar hışırdadı. Harriet'in bakışı monitöre kaydı. Çocuğun tansiyonu taş gibi düşüyordu.

Kahretsin.

BİRLEŞMİŞ MİLLETLER, NEW YORK CITY

Genel Sekreter Alberto Ortega görüşlerini toplantıya katılan uluslara aktarmayı bitirirken salonda gökgürültüsünü andıran bir alkış koptu. Ortega gülümseyerek, el sıkışarak ve ilk defa Cenevre'de 1926'da imzalanan Köleliğin Kaldırılması Sözleşmesi'nde yapılan değişikliğin onaylanmasıyla ilgili tebrikleri kabul ederek diplomatlar arasında ilerledi. Bakışları salonda dolaştı ve sonunda ataşesinin tanıdık görüntüsü üzerine dikildi.

Ortega'nın yüzündeki ifade değişmedi; Ricardo kalabalık içinde süzülerek katlanmış bir kâğıt parçasını eline tutuşturduğunda bile...

Bürosuna döndüğünde, gürültüden ve diğer gövdelerin baskısından uzakta, odasının ağır meşe kapısını kilitledi ve kare şeklindeki sarı kâğıdı açtı. Mesajı okurken gözleri kısılmıştı.

LaDouceur çok değerli bir örnek avladı. Av devam ediyor.

HARTFORD HASTANESİ, CONNECTICUT

Artık hiçbir yerim ağrımıyor. David, hastane sedyesindeki vücudunu yukardan aşağı süzdü ve göğsünde bu kadar çok kan görünce korkup şaşırdı. *Beş ... altı ... yedi ... üzerine eğilen ne kadar da çok insan vardı ... ne kadar çok telaş... neden kendisini rahat bırakmıyorlardı... neden uyumasına izin vermiyorlardı?*

Şimdi de Crispin ona doğru yürüyordu. Garip, onun da ayaklarının altında döşeme yoktu

David'in yanına yaklaştığında ikisi birlikte aşağıya baktılar ve Acildeki faaliyetin hummalı bir hâl aldığını fark ettiler.

David birinin kendisine seslendiğini duydu, ama aynı anda Crispin yukarıda parlak bir ışığı işaret ediyordu.

"İnanılmaz değil mi?"

Evet, diye düşündü David. *Öyle. Geçen yaz gördüğü Kuzey Işıklarından bile daha harika.*

Crispin ışığa doğru yürümeğe başladı ve David de onu izledi. Birden, göz kamaştırıcı parlaklık onları sardı. Parlaklığın içindeydiler ve uzun bir tünele doğru sürükleniyorlardı. Daha da parlak bir ışık ileride parıldıyordu, adımlarını sıklaştırdılar.

David şimdi kendisini o kadar huzurlu, o kadar coşkulu, o kadar güvende hissediyordu ki...

Birden önlerindeki bu parlak atmosfer içinde bir hareket gördü ve parlak sessizliğin içinden garip bir uğultu hızlı bir tempoyla yükselmeye başladı. Crispin durduğu yerde havada asılı olarak kaldı, ancak David ışığın biraz daha yakınına çekildi. Sanki devasa bir mıknatıs onu tutmuş da bırakmıyormuş gibi hissediyordu.

Ve derken ağzı açık kaldı.

Uğultu, kafasını dolduran bir kükreme hâlini aldı. Önünde yüzler görüyordu. Hayal meyal görünen, yalvaran yüzler. Binlercesi.

Tanrım – bunlar da kim?

Uzun bir çığlık duydu. Kendi sesi olduğunu anlayana kadar bin yıl geçmiş gibi geldi ona.

"Onu kaybediyoruz. Mavi kod!" diye bağırdı Harriet.

Doshi, defibrilatörün kaşıklarını David'in göğsünün üstüne doğru yerleştirdi. "Hazır!" diye uyardı." Ve sonra çocuğu elektroşokladı.

"Bir daha!" diye bağırdı Harriet. Koyu renk saçlı çocuğun üzerine eğilirken üst dudağında ter damlaları oluşuyordu. "David, bize dön. David! Şimdi beni dinle. Geri gel!"

Harriet kaşları çatık monitörü izlerken Doshi kaşıklar elinde hazır bekliyordu. "Hâlâ V-Fib. Monitördeki görüntünün düz çizgi hâlini almasına sadece bir kalp atışı kadar uzakta. Kahretsin."

"Doshi, yeniden dene!"

Üç saat sonra Dr. Harriet Gardner kırtasiye işlerini bitirdi. Ne gün. Kalp krizi geçiren otuzbeş yaşında bir kadın hastayla ve alnına bir çatalın dişleri saplanmış, yeni yürümeğe başlayan bir çocukla başlamış, buz gibi soğuk bir kış günü öğleden sonra kahrolası bir dama tırmanarak yaşamlarını riske atan üç çocukla sona ermişti.

Biri yalnızca ezik bir gırtlak ve kırık kolla kurtulmuştu.

Ötekisi sağ uyluk kemiğini kırmıştı ve hâlen derin komadaydı.

Ve ölümün pençelerinden zar zor çekip kurtardığı diğeri... "Işığı görmüş müydü acaba" diye merak etti.

Bir yandan içini çekerken, Dr. Harriet Gardner, insan vücudunun kırılganlığını ve kaderin gelişigüzel karmaşıklığını zihninden uzaklaştırdı. Dosyaları hemşire bölümüne bıraktı ve köpeğini doyurmak için eve gitti.

BİRİNCİ BÖLÜM

ATİNA, YUNANİSTAN
ON DOKUZ YIL SONRA

Raoul LaDouceur, kiraladığı Jaguar'ın bagajını açarken kendi kendine birşeyler mırıldanıyordu. Tüfeğini ekose, yünden yapılma kayak battaniyesinin altına kaydırırken karnının guruldadığını fark etti. Uzun sürmeyecekti. Yolda sekiz kilometre önce gözüne bir açık hava kafeteryası ilişmişti ve aniden içinde bir tabak yağda ağır ağır kızartılmış kuzu budu ve bir kadeh uzo için dayanılmaz arzu duymaya başladı.

Saatini kontrol etti. Daha vakti vardı. İki güvenlik nöbetçisini daha önce haklamış ve vücutlarını yardan aşağı yuvarlamıştı. Programının önündeydi. Kiralık arabayı geri götürmeden ve yeni görevini beklemek üzere Londra'ya uçmadan önce beş saati vardı. Hatta iki kadeh uzo için bile yeterli bir zamandı bu.

Gayesinden emin olarak, kendisini pek rahatsız hissetmeden zeytin ağaçlarının arasından yürüdü. Güneş gözlüklerine rağmen, batmakta olduğu hâlde hâlâ sıcaklığını hissettiren Akdeniz güneşinin farkındaydı.

İşini karanlıkta görmeyi tercih ederdi.

Ama, nasıl gençlik yıllarında yakıcı sıcak altında yaptıkları pek çok kazı sırasında güneşe katlanmayı öğrenmişse, bugün de katlanacaktı. Koltuk altlarından akan tere aldırmaksızın, evin tam arkasını en iyi biçimde görmesini sağlayacak yeri seçti. Sonra solutucusundan bir nefes çekti ve beklemeye başladı.

Zeytin ağaçlarından yükselen lanet olası koku boğazını yakıyordu. Bu ona, altı yaşında filiz aşılama işine başladığı büyükbabasının Tunus'taki çiftliğini anımsattı. Her gün acımasız güneş altında dalları kesmek ve onları yeni zeytin ağaçlarına tutturmakla geçen, boğazını pipo külü gibi kurutan ve acıtan, tek düze on saat.

Peki, iş bittiğinde eline ne geçiyordu? – biraz kuru ekmek ve bir parça peynir. Ve çoğu zaman da bizzat kendisinin kesmiş olduğu ince dallardan yapılma sopayla dayak.

Büyükbabası öldürdüğü ilk adamdı. On beş yaşına bastığı gün büyükbabası onu öldüresiye dövmüştü.

Gözleri önce, demetler hâlinde koltuklara bağlanmış balonlara sonra da parlak kâğıtlara sarılmış armağan paketlerinin yığılı olduğu masaya iliştiğinde, bugün de, birisinin yaş günü olmalı diye düşündü.

Parti başlamak üzereydi.

Beverly Panagoupolos bütün öğleden sonrasını mutfakta geçirdi. Ağabeyinin aşçısı doğum günü pastası yapmaktan aciz olduğu için değil, sadece *torunları* için kendisi yapmayı sevdiğinden.

En küçük kız torunu Alerissa bugün altı yaşına giriyordu. Bir saate kadar, doğum günü kızı ile ağabeyleri Estevao, Nilo ve Takis, havuz başında anne babaları, kuzenleri, teyzeleri ve amcalarıyla bir araya geleceklerdi. Alerissa çekingen olduğu için parti boyunca utangaç davranacak, sonra da günlerce bunun dışında başka hiçbir şeyden söz etmeyecekti.

Beverly, başparmağındaki tarçınlı şekerlemeyi yaladı ve pembe ve gümüş renkli balonların ve parlak armağan dizisinin istediği gibi düzenlenip düzenlenmediğini kontrol etmek için dışarı çıktı.

Biraz sonra, yemek öncesinde çocukların sular sıçratarak dalacakları havuzun gümüşi mavi sularına keyifle bakarak bir an durdu.

Palmiye ağaçlarının arasından gelen silah seslerine kadar hiçbir şey duymadı.

Kurşunlar sırtına saplanana kadar hiçbir şey hissetmedi.

Gümüşi mavi suların, kanıyla kırmızıya bulandığını görmedi.

Dudaklarının ucunda tarçınlı şekerlemeyle öldü.

Otomobil gözlerden saklı tepeden kıvrılarak indi ve gürültüyle yoluna devam etti. Klasik müzik yayını yapan bir istasyon bulmak için radyo düğmesini sağa sola çeviren Raoul, haber bülteninin ancak sonunu yakalayabildi. Teröristler Melbourne Havaalanının uluslar arası terminalini havaya uçurmuşlardı ve çöken binanın altında kalan binlerce kişinin ölmesinden endişe ediliyordu.

Kendi kendine gülümsedi. İyiydi. En iyisi. Bu, dünyada giderek artan kaostan belliydi. Yakında yeni düzenin ana kahramanlarından biri olarak alkışlanacaktı.

"Otuz altı Gizliler'in sayısı gittikçe azalıyordu. Beverly Panagopulos onun elinde can verenlerin on dördüncüsüydü. O zamana kadar kimse onun kadar çok öldürmemişti. Şimdi otuz altıdan sadece üçü kalmıştı. Onlar da ortadan kaldırıldığında, Raoul gururla düşündü, Tanrı'nın kirli dünyası sona erecekti.

Daha şimdiden, dünya kötüleşiyordu. Savaş, deprem, açlık, yangın, hastalık – birer birer, her türlü doğal ve insan yapımı felaket, eskiden olmadığı kadar yerkürenin her tarafına yayılıyordu. Şimdi artık gün meselesiydi.

Son üçü de postalandığında –Gizliler'in ışığı söndüğünde– Gnoseos çağı doğacak ve dünya yok olacaktı.

BROOKLYN, NEW YORK

Zaman kısalıyordu.

Yaklaşık sekiz bin kilometre ötede Z Bulvarındaki bürosunda Haham Eliezer ben Moshe yaşlı gözlerini kapadı ve dua etti.

Seksen dokuz yıllık yaşamı boyunca, bu gözler dünyada çok trajedi ve kötülük, *simcha* ve iyilik görmüştü.

Ama son zamanlarda, sanki kötülük katlanarak artıyordu. Bunun tesadüf olmadığını biliyordu.

Umutsuzca bir korku yüreğini sardı. Bütün ömrünü Kabala'yı inceleyerek, Tanrı'nın mistik sırları üzerinde meditasyon yaparak, Onun isimlerini tekrarlayarak geçirmişti. Onları mırıldanmış, –kendisi için değil– dünya adına koruma dilemişti.

Çünkü dünya tehlikedeydi, Nuh Tufan'ından daha büyük bir tehlike.

Eski bir dinsel topluluk İsimler Kitabı'nı ele geçirmişti. Bundan emindi.

Ve eski parşömende sayılan *Lamed Vovnikler'*in hepsi ortadan kaldırılıyordu, birer birer. Kaç tanesi kalmıştı? Ancak Tanrı ve Gnoseos bilir.

İç çekerek masasının üzerinde dizili tılsımlara döndü. Bazılarını anlıyor, bazılarını anlamıyordu. Onları birer birer eline aldı ve masasının üzerinde açık duran deri omuz çantasına koydu. Eski Zohar ve Tanakh ciltlerini kitaplıktan çekip arkalarında gizli kasanın kadranını çevirirken romatizmalı parmakları sızladı.

Kilit tık sesi çıkarıp omuz çantası yangına dayanıklı metalin içinde tekrar güvenliğe kavuştuğunda, yıpranmış Zebur'unu eline aldı ve kapıya doğru ayaklarını sürüyerek yavaş yavaş yürüdü.

Dudaklarından dua dökülmeye başladığında gümüş renkli uzun sakalı titredi.

Ulu Tanrım, bize kötüleri durdurma gücünü ve bilgisini ver.

Masasının altındaki küçük mikrofon, duasını ulaştırmıştı.

Ama Tanrı'ya değil.

İKİNCİ BÖLÜM

GEORGETOWN ÜNİVERSİTESİ
WASHINGTON, D.C.

David Shepherd, sabahki derslerini bitirip Houligan's Bar'a girdiğinde, aklındaki tek şey zonklayan başı ve dayanılmaz yemek yeme ihtiyacıydı. Tony Blair'i kampüste iki gün ağırladıktan sonra, önceki akşam uyumayı kurmuştu. Blair'in konuşması öğrencileri ayağa kaldırmış ve Dekan Myer'ın konutunda düzenlenen parti neredeyse saat bire kadar sürmüştü.

Blair'in ziyareti onun hesabına başarılı bir iş olarak nitelendirilmişti, ama aslında sadece şanslıydı. David, İngiliz devlet adamıyla yedi ay önce Oxford'a seminer vermek için davet edildiğinde karşılaşmıştı. Seminer sonrasında, Belgravia'da Boisdale'de yemekte ağırlanmıştı. Karşısında oturan Blair de son kitabı "Uluslara Yetki Tanımak: Nükleer Yayılma Çağında Barış İçin Mücadele" nedeniyle kendisini övmüştü."

Biribirilerine kartvizitlerini vermişler ve daha sonra, sürpriz bir şekilde, devlet adamı Georgetown'da konuşma yapma davetini kabul etmişti.

Ziyaret muazzam bir başarı olmuştu, ancak bu sabah tam bir cehennemdi. Sabah dörde kadar uyuyamadan debelenip durmuş, saatin alarmı çalarken horuldamış, ve sonra geç kaldığı saat 8 dersine yetişmek için koşturmuştu. Birkaç tane ağrıkesici Tylenol yutacak, ya da buzdolabından bir Power Drink kapacak zamanı olmamıştı. Tıraş bile olamamış, sadece duşa dalacak ve koyu renk saçını geriye doğru düzeltecek vakit bulabilmişti.

"N'oldu Dave?" Gürültünün arasında Tom McIntyre'ın genizden gelen sesini tanıdı. Tom elini iki masa öteden salladı.

"Myer'ın altın çocuğu neşesiz görünüyor. Dostun Tony dünyanın durumunu çok derinden mi düşünmene yol açtı?"

David'in siyasal bilgiler bölümündeki odasını paylaştığı saçları dökülmeye yüz tutmuş yardımcı doçent salonun karşı tarafından garsona işaret etti. Kendisi de bekâr ve otuzlarının ortasında, dostça şakalaşmada usta olan arkadaşı aynı zamanda kampüsteki en popüler doçentlerden biriydi. Her yarıyıl, Tom hangisinin sınıfını ilk doldurduğuna dair çetele tutardı. David, Tom'un kendisini iğneleyişinde dostane rekabetin ötesinde bir şeyler sezinlese de, bir A.B.D. senatörünün oğlu olarak, siyasetle iç içe yetişmiş ve bağışıklık kazanmıştı.

İkisinin beraber batıya kayalara tırmanmak için yaptıkları yıllık geziler dışında, Tom'un yarışı önde bitiren köpek olma ihtiyacına genelde omuz silkerdi. Tom iyi bir insan ve muhteşem bir tırmanıcıydı ve David'in rekabetten hoşlandığı tek alanda –insan ve doğayla kapışma, kendisini kayalıklara karşı test etmede– üstündü.

David, inleme sesi çıkararak, uzun adaleli vücuduyla Tom'un karşısındaki sert arkalıklı bir sandalyeye kıvrıldı.

Oda arkadaşı birasını yukarı kaldırdı. "Bunlardan biri seni hasta eden şeyi iyileştirebilir."

"Ve bir balyoz bu baş ağrısını yere serebilir." David zoraki gülümsedi. "Ondan da var mı yakınlarda bir tane?"

Tom'un dikkati başka bir yere kaymıştı bile, bakışı barın yukarısındaki televizyon ekranına kitlenmişti. "Chicken Little haklıymış dostum. Sonumuz yakın."

"Benden yorum yok." David hamburger, soğanlı acı biber ve Heineken ısmarladı. Şakaklarını ovalayarak sandalyesine yayıldı. Bakışı otomatik olarak Tom'unki gibi CNN'e çevrildi. *Melbourne'da bir terörist saldırısı daha*. Yüzünü buruşturdu. Felaketler bütün dünyada Old Faithful'un sıklığıyla patlak veriyordu.

Son dört yılı Georgetown'da olmak üzere, neredeyse on yıldır siyaset bilimi öğretiyordu ama kariyerindeki hiçbir şey son yarıyıl kadar çetin olmamıştı. Platon, Thoreau, Churchill ve diğer büyük siyasî düşünürlerin sözleri dünyayı hâlen kasıp kavuran karışıklıkları açıklamaktan uzak kalmıştı. Kasırgalar, tsunamiler, savaş, suikastlar, terör — doğanın kaprisi ile insanın insana yönelik şiddetinin bir karışımı. Öğrencilerinin, kendisinin — hatta Tony Blair'in — cevaplayabileceğinden çok sorusu vardı.

Garson birasını önüne koyduğunda, David televizyondan başka bir tarafa bakabildiği için neredeyse rahatlamıştı. Tom öne doğru eğildi ve kısık sesle:

"Tamam dostum, bugün senin şanslı günün. Kate Wallace o güzel sarışın varlığını şu anda iki masa öteye park etti. Yanına git ve onu dekanın Çalışma Bayramı ızgara partisine davet et."

David arkasına dönme arzusuna direndi. Kate Wallace, Ferdinand ve Isabella'nın sarayında geçen açık saçık bir roman yazmakta olan otuz bir yaşında bir İngilizce profesörüydü. Ve o, Meredith boşanma davası açtıktan sonra gerçekten David'in arzuladığı ilk kadındı. Öğretim üyeleri odasında birkaç kez kahve içmişlerdi, ve şu ana kadar onu korkutup kaçırmamıştı.

Neden olmasın?

Tom'a göz kırptı ve sandalyesinden kalktı. İki dakika sonra Kate'in telefon numarasını ve evinin yolunun tarifini not almakla meşguldü.

Masaya geri döndüğünde, Tom kıkırdadı, "Etkilendim. Hamleni yapman sadece bir buçuk yarıyılını aldı."

"Zamanlamanın her şey olduğunu duydum." David hamburgerinden bir lokma aldı ve elindeki kağıda göz attı.

Çiğnemeyi kesti. *Allah, Allah?*

Kate Wallace yerine başka bir şey yazmıştı.

Beverly Panagoupolos.

O da kimdi?

O, hayır, yine mi? diye düşündü. Yemek yiyince biraz geçen baş ağrısı, şimdi yenilenmiş enerjiyle zonklamaya başlamıştı. Gelişigüzel bir başka isim daha. Bunlardan o kadar çok vardı ki. Nereden geliyorlardı?

"Hey, Dave, iyi misin? Gerçekten — birden yürüyen bir ölüye benzedin."

Hiçbir fikri yok, diye düşündü David. Zaten kimse bilmiyordu. Küçükken neredeyse ölümüne yol açan o düşüş, üzerinde hiç konuşmadığı bir şeydi. Bunu Meredith'le bile paylaşmamıştı.

"Sadece, şu kahrolası baş ağrısı!" Hamburgerinden zorla bir lokma daha ısırdı, ancak, artık Tom'u ya da Kate'i düşünmüyordu. Beverly Panagoupolos'u düşünüyordu.

İstemediği hâlde.

Bir saat sonra, David, Capitol Hill için izin verilen hızı biraz aşmış durumda arabasıyla Eastern Market'in yanından geçti. Mazda 6'sını kent evinin arkasındaki dar sokağa park etmek için saptığında David'in, Beverly Panagoupolos isminin ajandada yazılı olup olmadığını görmek için bekleyecek zamanı yoktu. Tam kontağı kapatmak üzereydi ki CBS'in saat başı haber bülteni başladı.

Atina'dan son dakika haberi. Kız kardeşi Beverly Panagoupolos'un birkaç saat önce hunharca öldürülmesinden sonra, Polis Yunanistan Başbakanı Nicholas Agnastou'nun konutunu çembere aldı...

David'in eli kontak anahtarı üzerinde dondu kaldı. Alnında ter taneleri oluştu, ama içi buz gibi soğuk hissediyordu. *Bu gerçeküstü. Adı neden bugün –öldüğü gün– aklımdaydı? Bu daha önce hiç olmamıştı.* Kâğıt parçasını cebinden hızla çekip çıkardı ve korkuyla baktı, zihni yarışıyordu. *Yoksa olmuş muydu?*

Ön merdivenden hızla yukarı çıktı ve anahtarı deliğe soktu. Kapı ardından çarparak kapanırken çalışma odasına giden kısa holü koşarak geçti. Yaşamının dağınıklığından parçalar barındıran masası kontrollü karmaşa içindeydi: kısmen not verilmiş sınav kâğıtları, klasörler ve kitaplar, bir kutu Sharpie marka ince uçlu kalem, kendisinin Stacy ile Vail'e son kayak yolculuğunda çekilmiş çerçeveli fotoğrafı, kırmızı seramikten bir maymunun –babasının en iyi arkadaşı Judd Wanamaker'ın, sekiz yaşındayken ona Tayland'dan getirdiği armağan– eline konmuş sütlü gri-mavi renkte değerli bir taş.

Kapaklı yazı masasının orta çekmecesini hızla açtı, banka hesap özetleri ve faturaların altında, parmakları kalın kırmızı not defterini kavrayana kadar el yordamıyla arandı. Kalbi güm güm atarken tüm isimlerin yazılı olduğu sayfaları taradı.

İsimlerle dolu yüz kırk beş sayfa. Binlerce isim.

Ve sonra onu gördü. Tam orada, kırk ikinci sayfanın ortasında.

Beverly Panagoupolos.

7 Ekim 1994'te yazılmıştı. İsimler onu bulduğunda daima tarihleri not ederdi. Beverly'ninki onu yirmi iki yaşındayken bulmuştu.

O kadar yıl önce, onun adını yazmıştı. Ve bugün tekrar yazmıştı. Öldüğü günde.

İsimlere baktı. *İsimler Birleşmiş Milletleri.* Yeryüzündeki her ulusu içerdiğinden emindi.

Yıllar boyunca, ziyaret ettiği her kentte telefon rehberlerini karıştırmıştı, yazdığı isimlere rastlamak için.

Hiçbir zaman rastlayamamış, sonra da bundan vazgeçmişti.

Ama şimdi, isimlerden birinin öldürülen bir kadına ait olduğu kesindi. Daha başkalarının da olup olmadığını düşünürken ürperdi.

VILLI CASA DELLA FALCONARA, SİCİLYA

İrina karanlıkta. Üşüyor. Korkmuş. Çıplak.

Kutsal Bakire, beni daha ne kadar burada tutacaklar? Ne için?

İpek gözbağı göz kapaklarını acıtmıyordu, ama ne kadar zamandır burada olduğundan haberi yoktu. Yemek getirdiklerinde ve yemesi veya tuvaleti kullanması için ellerini çözdüklerinde bile gözbağını çıkarmasına izin vermiyorlardı.

Eve gitmek, ön pencerede oturup çeyizi için yastık kılıflarını işlemek istiyordu. Mario'yla evlenmeden önce bitirmesi gereken daha beş yastık kılıfı vardı.

Mario'yla evlenebilecek miydi? Onu arıyor muydu acaba? Onun için ağlıyor muydu? Onun yüzünü bir daha görebilecek miydi?

Sıcak gözyaşları gözlerini bağlayan ipeği ıslattı. Titredi ve gökyüzüne sessiz bir dua gönderdi. Her gün, tekrar tekrar, ettiği duayı...

Neredesin Tanrım?

Ağustosta mehtaplı gecelerde, İtalya Başbakanı tepe üstündeki villasının bahçesinde oturmayı ve babasının ilk defa sekizinci yaş gününde orada içmesine izin verdiği Küba purolarını tüttürmeyi severdi. Segesta'daki asırlık amfitiyatroya bakan Casa della Falconara, dört kuşaktan bu yana ailesine aitti. Anne ve babası, yetmiş yıl önce bu muhteşem manzaralı büyük terası gün batımında verdikleri düğün resepsiyonu için seçmişlerdi, ancak bahçe, kimsenin onu rahatsız etmeğe cesaret edemediği gözde sığınak yeriydi.

Orada, sıcak Ağustos akşamları, gözlerini kapar ve aşağıdaki amfitiyatroda canlandırılan antik Yunan ve Latin oyunlarını dinlerken vadiden yükselen limon bahçelerinin rayihasının keyfini çıkarırdı.

Bu gece amfitiyatro sessiz, bahçe terkedilmişti, ama villasının zamanla yıpranmış duvarlarının ardında Eduardo DiStefano, kısık sesle ve ağırbaşlı tonda konuşan yirmi erkekten oluşan seçkin konuk grubuna başkanlık ediyordu.

Başbakanın kâhyası konukların oturduğu uzun masanın etrafında sessizce dolaşarak kadehlerini otuz beş yıllık porto şarabıyla dolduruyordu. Silvio odadan sessizce ayrılıp ardından oyma maun kapının kapanma sesi duyulana kadar kimse kavurucu sıcaklar veya tadını çıkardıkları altı kap yemek dışında bir şeyden konuşmuyordu. Sonra Eduardo DiStefano ayağa kalktı, kapıyı kilitledi ve bilinen samimi sevimliliği ve zarafetiyle konuşmaya başladı.

"Bu akşam, sadık dostlarım, bir dönüm noktasına gelmiş bulunuyoruz. Otuz üç engel ortadan kaldırıldı." Büyük bir alkış koptuğunda, içe işleyen gözlerinde takdir duyguları parıldayan DiStefano durdu. Zekâ belirten geniş alnı, güçlü çenesi ve altını bile eritebilen gülümsemesiyle çarpıcı derecede yakışıklı bir adamdı. Altmışına merdiven dayamasına karşın, koyu renk saçlarında yalnızca, ona Armani smokin kadar etkili bir canlılık katan hafifçe kırlaşmış benekler vardı. Konukları alkışlarken, orta parmağındaki birbirine sarılan yılanlı altın yüzüğü döndürdü ve sessizliğin geri dönmesini bekledi.

"Ve daha da önemlisi," diye devam etti DiStefano, "Bizim kendi Yılan'ımız son engeli aşmanın eşiğinde."

Saçları altın rengindeki saygın bankacıya, on altıncı yüzyıldan beri geniş yatırımların ailesinin korumasına emanet edildiği adama, gülümseyerek döndü. Kara Melekler için hedeflerin belirlenmesinde çok yararlı olduğunu kanıtlayan kişi onun oğluydu, zekâsı, çok uzun zamandır beklenen zaferi her an gerçekleşebilir hâle getiren oğlu.

Alkış koptu ve bankacı teşekkür amacıyla başını eğdi.

"Bana söylenen," diye devam etti DiStefano, "yine oğlunuzun üç gündür bilgisayarının başından kalkmadığı. Baylar, tam şu sıralarda, son bilginin –son üç ismin– kilidini açmasına saniyeler kalmış olabilir."

Masada oturan adamlar birbirlerine heyecan ve huşu karışımı duyguyla baktılar. Yüzden fazla kuşaktan beri, onlar ve onlardan öncekiler bu bilgiye ulaşmak, bu amacı gerçekleştirmek için mücadele etmişlerdi. Her an gerçekleşebilir başarı ve tam manevî aydınlanma kavramları neredeyse ezici bir duyguydu, erotikti – bedeni yakıp ruhu serbest bırakacak baştan çıkarıcı bir alev.

"Salut, dostlarım." DiStefano kadehini kaldırdı, bakışı komutan yardımcısı Alberto Ortega 'nın bakışıyla buluştu. DiStefano şerefe kadeh kaldırırken eski Birleşmiş Milletler genel sekreteri de gülümseyerek bardağını ona cevaben kaldırdı.

"Kendimizi yolculuğun geri kalan kısmı için hazırlayalım." Koyu renkli, kokulu ve keskin porto şarabından bir yudum aldı, toplantıya katılan diğer herkesin yaptığı gibi keyfini çıkardı. Bu ayine olan aşinalığı onu yatıştırdı ve canlandırdı.

Katılmasına ilk defa izin verildiği anı anımsadı. Bir gece önce gözünü kırpmamış, gün boyunca da hiçbir şey yememişti.

Babası, yılda iki kez ev sahipliği yaptığı özel toplantılar sırasında bu odada ne olup bittiği hakkında ona hiçbir imada bulunmamıştı. Bir çocuk olarak bildiklerinin hepsi, şölen hazırlıklarının çalışanların günlerini aldığı ve annesinin bile katılmasına izin verilmediğiydi.

Bazen, yıldızların tan yeri ağarmadan önce göz kırpıp kaybolması gibi, yüksek mevki sahibi kişiler ayrılırken çakıl kaplı yolu çiğneyerek tepeden aşağıda inen tekerleklerin çıkardığı sesle sabahın beşinde uyanırdı.

Gecenin bu ilerleyen saatleri boyunca ne yapıyorlardı? Babasının önemli bir kişi olduğunu –yılda iki kez toplantıya katılan tüm bu insanların da önemli kişiler olduğunu, çoğunun tanınmış önderler ve devlet başkanları olduğunu– biliyordu.

Sanki BM, Sicilya'da onun evinde toplanıyor gibiydi.

Onu dışarıda mermer döşeli lobide bırakan panelli çift kapının kapandığını ilk gördüğünden beri, onun bir parçası olmayı, babasının yanında oturmayı ve konuşulanları dinlemeyi, o odadaki gücü içine çekmeyi arzulamıştı.

Ancak on sekiz yaşına kadar kendi tılsımını ve seremoni davetini alamamıştı.

Gördüğü şeyden tiksinti duymuştu.

Ne gariptir ki, zamanla geceyi taçlandıran bu ayinden haz alır hâle gelmişti. Gençler çoğu zaman idealistçe yanlış yola sapabiliyor, toyca davranabiliyor ve duygusal yargılara varabiliyordu. İyi ki babası sezgileri güçlü ve sabırlı bir adamdı ve yaptıklarının gerekliliğini ve yüce amacı açıklamıştı.

Şimdilerde ayinden önceki gece yine uyuyamıyordu, ama artık endişeden değil.

İyice bronzlaşmış eli uzandı ve düğmeye basmasıyla arkasındaki panel duvar kayarak açıldı.

Kız orada gölgeler içinde, kuzgun saçlı, gözleri bağlı, çıplak bekliyordu.

Adamlardan bazıları, izleyecek olan ilahi esrimeyi düşünerek oturdukları yerde kıpırdanmaya başladı. Diğerleri atmaca bakışlarını kıza dikmiş tamamen hareketsiz duruyorlardı.

Hepsi de zeki, kendini adamış ve güçlü insanlardı. Kendilerinden önce gelenler gibi, bu onur, bu çetin iş, bu çok cesur ve tehlikeli serüven için erken yaşta her biri özenle seçilmişti.

Ve "Cemiyetin dışındaki hiç kimse daha akıllı değildir" diye düşündü hoşnutluk duyarak. Fiziksel dünyanın çamuruna bulanmış budalaların bir tanesi bile Gnoseos hakkında tek bir şey bile bilmiyordu.

Kız ortaya getirildi.

Alberto Ortega, ışıklı bir camekân içinde kara yıldızlar gibi parıldayan iki değerli taşın bulunduğu dolaba gitti. Mor yakut ve zümrüt binlerce yıllıktı. Bunlar, daha sonra zodyakın uğur taşları modelinin oluşturulduğu eskimeyen on iki mücevherden ikisiydi. Ortega, ayin kadehini ve küçük gümüş şişeyi almak için uzanırken camekâna çarpmamaya özen gösterdi. Tanecikler, kabın dibindeki kendi kuyruğunu ısıran yılan oymasını kaplayana kadar mavi tozu dikkatle kadehin içine silkeledi. Gözleri bağlı kız inlerken DiStefano bir kesme kristal sürahiden şarap koymak üzere öne çıktı. Yakut renkli sıvının kâsenin yukarı doğru ortasına gelecek şekilde işlenmiş ikinci yılanı örtene kadar yükselmesini izledi, sonra parmağıyla karıştırdı.

Ortega, gözleri parıldayarak, kadehi aldı ve kızın titreyen dudaklarına doğru eğdi.

Çılgınca başını yana çevirmeye çalışarak, "hayır, lütfen," diye yalvardı kız.

"İnlemeyi kes," diye mırıldandı, saçını ensesinden kavrayıp başını geriye bükmeden önce yanağına düşen perçemine parmağıyla dokunarak. "Şükran duymalısın. Yücelik için seçildin."

Ortega acı sıvıyı boğazından aşağı dökerken, kız titremeğe başladı. Kadehi önce DiStefano'ya o da komuta zincirindeki üçüncü kişi olan Odiambo Mofulatsi'ye uzattı. Cemiyetin her üyesi ufak bir yudum alırken masanın etrafında hızla bir tur attı.

Ve kızın omuzları kontroldan çıkmış biçimde tiremeğe başladı.

Çılgın renkler Irina'nın gözlerinin ardında atlayıp zıplarken dünya fırıl fırıl dönüyordu. Hızla çarpmaya başlayan kalbi göğsünün içinde canını yakıyordu. Omuzları arasında kıvrılarak ilerleyen, sarılıp dolanan yılanları hissetti, sonra erkek kokusunu aldı.

Renkler ve erkekler ve terör onu altlarına çektikçe çığlıkları yüzeye vurdu ve odada bir uçtan diğerine dalgalandı.

MARYLEBONE, LONDRA

Gözleri o kadar kuruydu ki ağrıyordu. 24 inçlik düz ekrandaki grafiğin çizgileri bulanıklaşıp birbirine karışıyordu. Bu sandalyede üç gün, diye düşündü bitkinlikle, bir grafiği diğeri üzerine koymakla geçen üç gün. Çakışan transkripsiyonları araştırarak, kalan son üç ismi bulmaya çalışarak geçen üç gün. Oflayarak bilgisayarı bir fiske darbesiyle kapattı.

Yeter.

Bu noktada ısrar ederse kimseye bir yararı dokunmazdı. Sınırlarını biliyordu ve şimdiden aşmıştı. Bir saat daha devam etmesini sağlayacak yeter miktarda Visine yoktu Londra'da.

Sandalyesini etrafında döndürerek, ikinci kattaki çalışma odasının bir duvarını baştanbaşa kaplayan muhteşem erotik Gustav Klimt tablosuna şaşkınlıkla baktı. Çalışırken çevresindeki lüksten, kraliyet korniş süslemelerini yansıtan, Afrika ormanlarında baltalanıp devrilmiş cilalı abanoz döşemelerden, zebra derisi zarif kilimlerden, Aubusson goblenlerinden ve Christie's müzayede evinden satın alınmış heykellerden tamamen habersizdi. Oxford yılları sırasında tanıdığı pek çok kişi onun dekadan biri olduğunu düşünürdü – ne kadar da haklıydılar. O, babasının ve Cemiyettekilerin çoğu gibi, hedonizmi sanat hâline getirmişti.

Beden kötü olduğu için, neden onu terbiye etmeye çalışmalı? Doğanın dürtülerine karşı neden mücadele etmeli? Bedendeki kötülük yaratılıştandı, doğasında vardı –sadece ruh, yeniden birleşmeyi arzuladığı Kaynak gibi, saftı. Dolayısıyla çalışırken, ki onun için her şey çalışmaktan ibaretti; yoğun, odaklanmış ve hırslıydı. Oynarken, oyuna elindeki her şeyi verir– kendisinden hiçbir şeyi esirgemezdi.

Ve şimdi oyun zamanıydı.

Gözlerini kısarak saatine –bir Constantin Vacheron'du– baktı ve Sicilya'daki antik törenin başladığını anladı.

Bu akşam onun da, kendisine ait, bir töreni olacak ve onu canlandıracaktı.

Bastonuna uzandı ve iterek kendisini ayakları üzerinde doğrulttu. Blandford Caddesindeki üç katlı evinin mermer döşemeli koridorlarında aksayarak yürürken yirmi dört saatten uzun bir süredir doğru dürüst bir şey yemediğini fark etti. Bunu kısa bir süre içinde halledebilirdi. Dilini baharatlı ve sıcak bir şeye dolamak istiyordu.

Yatak odasından Gilbert'ın ziline bastı. Hint yemeği mükemmel olacaktı.

"Bu akşam benim için Tamarind'de yer ayırt – her zamanki saatte, her zamanki masa. Kızıl saçlı istiyorum. Cate Blanchett tipinde biri. Ben gelmeden yarım saat önce orada olmasını sağla."

Mağarayı andıran kocaman gömme dolabını karıştırdı, her adımda bastonu yere vurarak. En yeni Ermenegildo Zegna smokininin koluna parmaklarıyla dokunmak için durdu. Geçen ay Floransa'da aldığı gök yakut kol düğmeleriyle uyumlu olacağını düşünmüştü.

Giysilerini yatağın üzerine attı ve boynunda asılı altın madalyonu çıkardı – sekiz biçimi oluşturacak şekilde kıvrılan ve birbirinin kuyruğunu ısıran, elmas gözleri parlak altın zemin üzerinde ışıldayan iki yılan.

Kendisinin ouroboros tılsımının babasınınkinden daha şatafatlı olduğunu düşündü memnun bir biçimde. *Yılan'a yakışan da buydu.*

Duşun granit duvarlarındaki kabartmalardan püsküren buz gibi soğuk su vücuduna saldırdı. Her zamanki gibi, dondurucu su onu memnun etti ve canlandırdı. Omzuna kadar dökülen kirli sarı saçlarını köpürttü ve güçlü omuzlarının yorgun kaslarını ovalayarak temizledi.

Dünyanın sonu birkaç gün daha beklesin, diye karar verdi, dövmelenmiş karayılanların birbirine dolandığı kalçalarını sabunlarken.

Bir yemek, seks ve zevk patlaması final için zihnini keşkinleştirecekti. Çok yakında, beş para etmez gökdelenleri, vızıldayan fabrikaları, gülünç kiliseleri ve yanlış yola sevk eden hükümetleriyle dünya denen bu maskaralık semaya dağılacaktı. Her şey kötüydü, yalnızca Ruh ve Kaynak saftı.

Ve bu akşam için yüce saflık arayışını –varlığın hakikatini– bir kenara bırakacaktı. O lanet olası isimlerin sonuncusunu arama işini aklından çıkaracak ve bedeni şımartacaktı. Kendi bedenini.

Hepsi ruhun iyiliği için.

ÜÇÜNCÜ BÖLÜM

Shen Jianchao
Glenda McPharon
Hassan Habari
Lubomir Zalewski
Donald Walston
Rufus Johnson
Noelania Trias
Henrik Kolenko
Sandra Hudson
Mzobanzi Nxele

David, rastgele sayfalardan isimleri bilgisayarına girip birbiri ardına hepsini Google'da ararken, öfkeyle ajandasını karıştırıyordu. Eğer birbirleriyle bağlantıları varsa ve de bağlantı cinayetse, bunu bilmeliydi.

Gece yarısından önce, isimlerin ellisini araştırmıştı. Bazılarına gelen yanıt "bulunamadı" olmuştu." Diğerleri başarılı sonuç vermiş, ancak çok az bilgi edinebilmişti.

Sonra Marika Dubrovska ismini girdi. Krakow'dan haber manşetlerine bir sürü bağlantı ekranda göründü. Marika Dubrovska isminde biri, Wysotsky Otelinde iki yıl önce uykusunda vurularak öldürülmüştü. David bu konuda herhangi bir güncel haber olup olmadığını araştırdı, ancak hiçbir şey yoktu, cinayet çözümlenememiş gözüküyordu.

Sonunda Simon Rosenblatt'ın, 1942'de Treblinka'da gazlanarak öldürülen bir Holokost kurbanı olduğu ortaya çıkmıştı.

Detroit'li bir sosyal yardım uzmanı, LaToya Lincoln'ın cesedi, 1999'da Detroit Irmağının Kanada yakasında karaya vurmuştu.

David'in parmakları tuşlar üzerinde dolanıp durdu. Başka bir isim, girdi, sonra bir tane daha.

Donald Walston. Başarılı sonuçlar fırtına gibi bilgisayar ekranını doldurdu. Dört adet Donald Walston hakkındaki bilgileri toparladı – New Brunswick'te bir elektrikçi, bir Güney Afrika soy ağacında gözüken büyük büyükbaba, Birmingham, İngiltere'de bir yazar, Santa Barbara'lı bir dişçi.

Elleri tiremeğe başladı. Dördü de ölmüştü. Değişik zamanlarda, değişik ülkelerde... 1918'de tifodan ölen Güney Afrikalı büyük büyükbaba dışında diğerleri birkaç ay arayla –ve hepsi de geçen sene– ölmüştü.

Elektrikçi cinayet kurbanıydı, yazar bir vur kaç otomobil kazasında ölmüştü, dişçi ise bir yangında yaşamını kaybetmişti.

Saat sabahın 7'si olmadan önce ajandasındaki isimlerin yüz seksenini incelemişti. Bunların altmışı sonuç vermişti – bunların da kırk sekizi ölmüştü. Yirmi yedisi, üç Donald Walston gibi öldürülmüş, geri kalan yirmi biri kazalarda can vermişti. Hiçbiri doğal nedenlerden ölmemişti.

David, şaşkınlıkla, isimleri baştan sona tekrar okudu. Doğum yerleri tüm yerküreye yayılmıştı. Ölüm tarihleri birçok yüzyıla yayılmıştı. Her meslekten, her işten, her düzeyden, her etnik gruptan, her dinden insanlardı.

Onun ajandasından çıkmışlardı.

Onun kafasından çıkmışlardı.

DÖRDÜNCÜ BÖLÜM

"Buyur işte Dillon. Kaçık mıyım ben?"

Peder Dillon McGrath, kırk beş yılın görmüş geçirmiş, derinlikli mavi gözleriyle David'i inceledi. "Beverly Panagoupolos'un ismini öldüğü gün kafanda duymuş olman ve sonra ajandanda bulman kaçık olduğunu göstermez. Psişik, belki, ama kaçık değil."

"Vücudumda psişik bir kemik olsaydı, bugüne kadar çoktan piyangoda ikramiye kazanmıştım."

Dillon'ın yüzü kırıştı, sayısız kadının Katolik papaz giysisine lanet okumasına neden olan kıvrımlı gülümsemeye büründü. David her zaman, siyah kıvırcık saçlarıyla ve yanağından kan damlayan ten rengiyle Dillon McGrath'ın papazdan çok korsana benzediğini düşünmüştü, ama arkadaş oldukları sekiz yıl boyunca iri yarı Teoloji Bölümü başkanının sergilediği tek kusur Glenmorangie viskisi ve kaçak Küba purolarına olan tutkusu olmuştu.

İkisi de üniversitede çalışma yoluna aynı sonbaharda Georgetown Üniversitesinde koyulmuşlardı. İkisinin, hemen hemen, ortak hiçbir yanı yoktu, ama arkadaşlıkları fakülte görevleri sırasında oluşmuş ve her hafta başkent Washington'da cumartesi sabahları yaptıkları, en iyi tütsülenmiş somon ve halka ekmek kahvaltısı araştırmasına dönüşmüştü.

Dillon'ın odasının duvarlarını kaplayan felsefe, karşılaştırmalı dinler, doğaüstücülük ve metafizik ciltleriyle dolu kitaplıkta göz gezdirirken, David bu kitaplardan herhangi birinin kendi başına gelenlere bir yanıt verip veremeyeceğini düşünmekten kendini alamadı. "Ne zamandan beri bu isimleri yazıp duruyorsun?" diye sordu Dillon, masasının üzerindeki Orioles kupasından bir yudum kahve alırken. "Anımsayabiliyor musun?"

"Lise ikiden beri."

"O yıl bunu tetiklemiş olabilecek ne oldu, peki?"

"Hiçbir şey." David ayağa kalktı ve odayı arşınlamaya başladı. Düşündüğü şeyi dillendirmeye gerçekten hazır olduğundan emin değildi, her ne kadar buraya bunun için gelmiş olsa da.

"Çıkar ağzındaki baklayı, David. Seni gayet iyi tanıyorum. Bir yeri arşınlamaya başladığın zaman, senin o parlak beyninde bin tane düşüncenin dolaştığını biliyorum. Onları birer birer benim çekip çıkartmamı isteme."

"Şimdi, tam da annemle babamın kazadan hemen sonra beni zorla götürdükleri o psikiyatrist gibi konuştun."

Dillon öne doğru eğildi. "Kaza mı? Devam et..."

İçini çeken David geri döndü ve kendisini koltuğa bıraktı. "On üç yaşımdayken, neredeyse kendimi ve iki arkadaşımı öldürüyordum. İsimler başlamadan iki yıl önce. Bir çatıdan düştük. Ben göğüs kafesimi kırdım ve birkaç dakikalığına beni kaybettiler."

Doğrudan Dillon'ın sorgulayan gözlerine baktı. "Ve, evet" dedi, gelecek soruyu önceden kestirerek, "Tünele girdim ve o ünlü ışığı gördüm."

Dillon hayretler içinde ona baktı. "Ve sen bundan bana hiç söz etmedin?" Kitap raflarına doğru bir el hareketi yaptı. "Biliyorsun, ben metafizik ve ölümden sonra yaşam hakkında iki kitap yazdım ve sen beynini didiklememe izin vermedin?"

"Beni bağışlayın, peder, günah işlediğim için." David, iki elini avuç içleri yukarı doğru havaya kaldırırken güldü.

Dillon başını salladı. "Bu ölüme yaklaşma deneyiminin isimlerle bir bağlantısı olmalı." Sesinde heyecan vardı. "İki yıl, bilinçaltı için sadece bir göz kırpmadır."

"Sanırım haklısın." David derin bir soluk aldı. "Başka bir açıklama yapamam. O yüzden buradayım."

Dillon koltuğunda geri kaykıldı. "Neden baştan başlamıyorsun" diye öneride bulundu. "Düşüncelerini dizginleme ve gözden geçirip düzeltme. O olayla ilgili ne anımsıyorsan bana anlat."

Bunun üzerine David ona anlattı. O karlı öğleden sonra Connecticut'taki evlerindeki babasının önemli konuklarını anlattı. İsviçre büyükelçisi, Erik Mueller, karısı ve David'den iki yaş büyük ve David'in hayatta gördüğü en kendisiyle meşgul kişi olan oğulları Crispin. Onu eğlendirme görevi David'in işiydi.

Crispin geniş omuzlu, sarışın, atletik yapılı, daha yedi yaşındayken Matterhorn'un bir bölümünü tırmandığını iddia ederek böbürlenen bir kayakçıydı. O gün öğleden sonra Crispin yerinde rahat duramıyor, David'in en iyi arkadaşı Abby Lewis, oğlanlardan yaşça büyük olana David Bowie imişçesine bakıyordu.

Ayrıntıları anlatırken David'in midesi alt üst oldu. Crispin, ona komşunun üç katlı üçgen çatısına tırmanma konusunda meydan okumuş, o da sahte cesaretle sesini yükseltip bu meydan okumayı kabul etmişti. Peşlerinde ellerini ve ayaklarını kullanarak tırmanan, kirpiklerinde karların eridiği Abby vardı. Crispin'in çatıdaki ayak izlerini takip ederken kayan ayakları, sanki yere olan baş döndürücü uzaklık önemsizmişçesine hiç korkmamış gibi davranmaya çalışması... Sonra Abby'nin altından uçan ayağı ve çığlığa dönüşen gülüşü. David, gelişigüzel salladığı kollarıyla onu yakalamaya çalışırken çarpıp Crispin'in dengesini bozmuştu. Hepsi birlikte düşmüşlerdi, sanki buz dolu toprak onları sessiz karanlığa göndermek için yavaşlatılmış gösterimdeki gibi yükseliyormuşçasına.

"Ya sonra...."

David'in sesi giderek alçalıp kayboldu. Dillon bir kaşını kaldırdı.

"Ya sonra... Ne oldu?"

David kensini hasta ve güçsüz hissetti. Bu konuda konuşmaktan nefret ediyordu, geçmişte kalan bu suçu eşelemekten nefret ediyordu. Babasının ince ve ısırıcı sesini yeniden duydu.

Böyle eşekçe bir şeyi nasıl yaparsın? Crispin sana meydan okuduysa bunu yapman mı gerekirdi? Kendini neredeyse öldürüyordun, farkında mısın? O çocuk ömrünün sonuna kadar komada kalabilir. Neden düşünmedin, David? Kendini o kadar zeki sayıyorsun, neden düşünmedin?

Kafası zonkluyordu, annesinin babasını nasıl susturduğunu anımsarken, babasını hasta yatağından uzaklaştırmıştı, ancak çok geçti. O sözler, hemşirelerin basını yataktan uzaklaştırmak için yatağının etrafına çektiği soluk gri perdeler gibi aralarında asılı kalmıştı.

"Ve sonra bilebildiğim tek şey hastanede olduğumdu, korkunç derecede canım yanıyordu ve her tarafıma kablolar ve tüpler bağlanmıştı – doktorlar bana beni geri getirdiklerini söylüyorlardı."

Dillon başını salladı. "Peki, sen nereye gitmiştin?"

"Emin değilim." David bir eliyle saçını taradı, dikkatini yoğunlaştırdığı için gözleri ufalmıştı. "Yalnızca bir tünel anımsıyorum, ve parlak bir ışık. Bunu yaşayan herkesin anımsadığı şeyle aynı. Başka bir şey değil. Elisabeth Kubler-Ross'un bu konuda yazdığı her kitabı okudum. Ve bilebildiğim kadarıyla, bana olanlar karşılaşılmamış bir şey değildi."

Dillon alçak sesle konuştu. "Anlattıkların, ışığı gören pek çok insanın anlattığı deneyimlerinden daha az, David. Mutlaka anlatacağın daha fazla şeyler olmalı. Mutlaka olmalı. Engelliyorsun." Dillon'ın sesi gerçekçiydi.

"Bahse girerim ki tünelde her ne yaşadıysan, yaşadığın o deneyimin bu isimlerle bir ilgisi var. O isimleri yaklaşık çeyrek yüzyıldır, yıl be yıl, takıntılı bir şekilde ajandana kaydediyorsun. Böyle bir şey insanın başına rastlantıyla gelmez. Hele senin gibi aklı başında, kafası çalışan ve sağduyulu birinin..."

"Ama kafam o kadar *çalışmıyor,* durum bu. Aklımı yitiriyor gibi hissediyorum kendimi. Son zamanlarda, isimler benimle daha çok birlikte olmaya başladı. Bunu nasıl durdurabilirim?"

"Kaynağına inmen lâzım." Dillon'ın kaşları endişeyle bir araya geldi. "Eğer bu kadar tıkanmış durumdaysan bir hipnoterapiste görünmelisin."

David'in içinde ani bir korku dalgalandı. En yakın dostu elektroşok tavsiye etseydi ancak bu kadar irkilebilirdi.

"Rahat ol. Bu hokus pokus değil," diye ona güvence verdi Dillon. "Alex Dorset, suçlular ve Washington polisiyle çalışır. Çok saygı gören bir hipnoterapisttir – aynı zamanda da bir dost."

Rolodex'ini karıştırdı. "İşte burada." Bir kalem alarak çizgili kâğıt üzerine bir şeyler karaladı. "Seni daha iyi ellere teslim edemem."

David papazın uzattığı kâğıda baktı, ancak onu almadı. "Hassas ve nazik meselelerde pek rahat değilim, Dillon."

"Yaşamını ele geçiren isimlerle rahat mısın, peki? Yanıt aradığını düşünüyordum."

David karşılık vermedi. Şakaklarını ovuşturdu. Ajandasına yeni bir isim yazmıştı dün akşam. Onu düşünmemeye çalışıyordu.

Dillon kâğıdı eline sıkıştırdı. "Bu başlamak için en iyi yerlerden biri. Alex'i ara."

David kâğıdı katladı ve cüzdanına tıktı. "Olup biteni sana anlatırım."

"Bu arada," dedi Dillon, David kapıya yönelirken. "Arkadaşlarına ne olduğunu söylemedin."

"Abby'nin durumu iyiydi." David'in ağzı kıvrıldı. "Sadece bir kolu kırıldı. Ama Crispin..."

Sesi alçalıp kısıldı. Dillon bekledi, bir şey demeden.

"Crispin komaya girdi. 'Belki hiç uyanamaz' dediler. Onu İsviçre'ye geri götürdükten sonra bir yıl kadar babam onu arayıp sordu, ama durumunda iyileşme olmamıştı." David başını salladı. "Ama taşı hâlâ bende. Onu nereden bulduğunu sorma şansım olmadı."

"Taş?" Dillon başını oynattı.

David omuz silkti. "Üzerinde İbranice harfler olan taş. Çatıya çıkmak için Abby'ye ve bana meydan okurken onu bize göstermiş, sihirli güçleri olduğunu ve bizi düşmekten koruyacağını söyleyerek övünmüştü. Ne sihir ama?" dedi keyifsizce.

"Ve hâlâ sende öyle mi?"

"Karlar eridikten sonra düştüğümüz yere geri gittim, sadece etrafa bakınmak için, ve onu otların arasında buldum. Tamamen unutmuştum. Onu aldım ve sakladım – düşüncesizliğin bedelini anımsatan ufak bir şey."

Dillon ona ilgiyle bakıyordu. "Taşın üzerinde ne yazdığını biliyor musun?"

David homurdandı. "Herhalde bilgece sözler. 'Yerçekimi berbat bir şeydir' gibi."

David kapıyı arkasından kaparken papazın gözleri düşünceli bir hâl aldı. Kitaplığa gitti ve Yahudi sihri konusundaki cilde uzandı. Dudaklarını bükerek dizine baktı ve aradığı sayfayı buldu.

Yarım saat sonra kitabı kapadı ve telefona davrandı.

BEŞİNCİ BÖLÜM

David iki gündür randevu almaktan kaçınıyordu. Ama saat sabahın dördünde, doğu kıyısındakiler uyurken, kendisini ajandasını gözden geçirirken ve isimleri bir bir okurken bulunca, birden deri kaplı ajandayı çekmeceye fırlattı, Alex Dorset'in numarasını cüzdanında buldu ve telesekreterine randevu rica eden bir not bıraktı.

Cuma sabahı David, D Caddesine saptı ve Pennsylvania Bulvarına doğru yollandı. Pırıl pırıl Ağustos günü, arabasını bilerek sessizlik içinde sürerken, Pennsylvania'ya tekrar sapmadan önce Capitol'ün etrafında bir tur attı – ne radyo, ne CD. Seanstan önce kafasındakileri boşaltmak istiyordu.

Park yeri bulunca, kontağı kapattı ve uzun tuğla ofis binasına beklenti ve korku karışımıyla baktı. Bina hiç de korkutucu görünmüyordu, peki o hâlde neden göğsünde bir şey düğümleniyordu?

Hadi, koca adam, sen dağlara tırmandın, Tanrı aşkına. Bir saatlik hipnozu kaldırabilirsin. Neden korkuyorsun?

Ve sonra içine bir his doğdu. Bunun bir işe yaramayacağından, hipnozun hiçbir şeyi ortaya çıkaramayacağından korkuyordu. İsimlerin gitmeyeceğinden ve daima bir muamma olarak kalacağından korkuyordu.

Korku, düşüşten sonraki ilk birkaç yıl boyunca David'in içiçe yaşadığı bir şeydi. Başlangıçta, asansörlerden, açık merdivenlerden, lunapark eğlencelerinden –her türlü yükseklikten– korkmasına yol açarak onu felç etmişti.

Anne babası onu bir psikoterapistten diğerine sürüklemişler, ama sonunda korkularının üstesinden gelmenin bir yolunu bulan David olmuştu. On altı yaşında, hep korku içinde olmaktan bıkmış, kendisinden ve karnında dolaşan panik duygusundan iğrenir hâle gelmişti.

Bir önceki yıl, babası da dâhil bazı senatörler ölüm tehdidi almaya başlamıştı. Robert Shepherd, onu korumaları için hemen bir güvenlik ekibi tuttu. David'i korumakla görevlendirilen Karl Hutchinson, zeki, çevik ve sarsılmaz, eski bir Donanma Özel Harekât görevlisiydi. İkisi arasında çabucak bir dostluk oluştu ve onu gölgesi gibi izleyen adama kızmak yerine, David Hutch'la geçireceği zamanı iple çeker hâle geldi.

Hutch ona ağırlıkları ve kutuları nasıl kaldıracağını öğretti, ve David'in büyüme çağındaki vücudu kaslı bir yapı kazanırken aynı zamanda bir özgüven de şekillendi. Senatör grubuna yapılan tehditler ortadan kalkınca Hutch ve diğer korumalar başka göreve atandılar, ancak o ve David teması sürdürdüler. Ve David sonunda yükseklik korkusunu yenmeye karar verince, kendisine yardımcı olmasını istediği kişi Hutch oldu.

Anne ve babası, onu iki haftalığına Hutch'ın Arizona'daki aile kulübesine göndermeyi kabul etti. Ve orada, David korkusuyla yüz yüze geldi.

Hutch'ın kendisini dağlara götürmesini istemişti. Başlangıçta sadece, sık çalılık ve yabanî kadife çiçeği kaplı kayalık patikalarda yürüyüş yapmışlardı. Sonra David kendi sınırlarını zorlamaya karar vermiş ve Granit Dağının 1830 metrelik sarp yüzünü denemek üzere Hutch'ın arabayla kendisini Prescott'a götürmesinde ısrar etmişti.

Hutch, hakkını vermek gerekirse, ona gülmemişti. Ve David, bu ilk denemesinde yalnızca üç yüz beş metre tırmanmayı başarmıştı, ama bu yeterli değildi. Artık oltaya takılmıştı.

Yaşamının en zorlu ve neşelendirici iki haftasının sonunda David, Connecticut'a rüzgârdan yanmış ve çizikler ve sıyrıklarla kaplı, fakat Granit Dağını fethedene kadar tırmanmaya kararlı olarak döndü. Bu bir başlangıçtı.

Yükseklik korkusunun üstesinden gelmişti, şimdi sıranın isimler korkusunun üstesinden gelmekte olduğunu biliyordu.

Tam arabadan çıkarken cep telefonu çaldı. "Over the Rainbow" melodisi – Stacy'nin kişisel zil sesi. İkisi birlikte Oz Büyücüsü filmini o kadar çok seyretmişlerdi ki sözlerini hâlâ ezbere söyleyebiliyordu.

"Hey Mançkin." Saatine bakarken gülümsedi.

Santa Barbara'da saat on bire geliyordu. "Okulda olman gerekmiyor mu?"

"Öğle tatili," diye cevapladı üvey kızı ve David'in içi cız etti. Sesi artık onun anımsadığı küçük kız sesi değildi. Sesi on üç yaşındaki tipik bir yeni yetme gibi çıkıyordu.

"Sana bir şey söylemem gerek ama annem etraftayken konuşmak istemedim."

"Ciddi görünüyor." Arkasını binaya döndü ve arabaya yaslandı. "Sorun nedir?"

"Her şey."

Stacy'nin derin bir nefes aldığını duydu, titreyen bir nefes. Neyin gelmekte olduğunu kestiremiyordu.

"Annem hafta sonu gene evlendi. Yeni bir üvey babam var." Üvey baba sözcüğü ağzından mayhoş bir şekermiş gibi çıkmıştı. "Sana hiç benzemiyor."

"Hey, Mançkin, o kim?" Sesine yumuşak bir ton vermeye çalıştı, ama şoke olmuştu. Meredith'le sadece birkaç hafta önce konuşmuşlardı ve o biriyle çıktığından bile söz etmemişti. "Onu sevmiyor musun? Belki ona bir şans vermen gerekir."

"Len iyi, sanırım. Anneme sigarayı tekrar bıraktırdı. Ama çok çaba harcıyor. Hakkında çok az şey biliyorum, ama annem şimdiden beni evlat edinmesine izin verdi, bu yanlış. Bana önceden söylemediler bile – Nikâha kadar haberim olmadı."

Evlat edinmek? David afallamıştı.

Stacy'nin sesi gözyaşları yüzünden kalınlaşmıştı. "Annemin kocalarından biri beni evlat edinecekse, bunun sen olmanı isterdim." Sesi alçaldı. "Ve sen olmazsan doğum babamın adını muhafaza etmek ve olduğum gibi kalmak isterim."

David, Meredith'e düşüncesizce ani davranışından dolayı lanet okudu. Hareketlerinin herkesi, en çok da kızını, nasıl etkileyeceğini hiç durup düşünmezdi. Kızgınlığını kontrol etmek zorundaydı.

"Oh, Stace, bu zor. Keşke değiştirebilseydim."

"Oh, daha da kötüye gidiyor. Annemle Len beni 'aile' balayına götüreceklerini söylediler. Ne kadar çirkin bu? Len, seni İtalya'dan arayabilmem için bana seninki gibi küresel cep telefonlarından bir tane aldı bile."

David saatine baktı. 14:02. Randevusu onsuz başlamıştı bile.

"Senin için üzülüyorum, tatlım, ama biliyorum annen senin için en iyi olanı ister. Onu daha sonra arayıp konuşmama ne dersin? Balayına gitmek yerine belki gelip bende kalabilirsin."

"Zayıf olasılık bile yok. Annemle Len bu aile şeyine çok niyetliler. Ama benim ailem sensin, David. Aslında annemle sen neden boşandınız anlamıyorum."

David suratını buruşturdu. Meredith'le işlerin yolunda gitmemesinin suçu muhtemelen daha çok kendisindeydi. Meredith, onun kendisini iç dünyasına almadığını, onun ruh hâllerinden, iç gözlemlerinden, hatta doktora görünmek istemediği baş ağrılarından bıktığını söylemişti. Söze hiç dökmemiş olsa da David'in kızına karşı hiç çabalamadan gösterdiği şefkati onun da şiddetle arzuladığını biliyordu. Meredith'le –göz kamaştırıcı ve uçuk Meredith'le– ilişki ve iletişim daha çok cinsel olmuştu. Yatak odasının dışında, ona aradığı şeyi verememişti: İlgi, hayranlık, en içten özel duyguları hakkında kalpten kalbe konuşmalar. Evlilik bir hata olmuştu, onun hatası. Bundan en çok acı çeken de Stacy olmuştu.

"Bazen yetişkinler tüm cevapları bilmezler, Stace. Ama sana şunu söyleyebilirim. Annen ve ben boşanmış olabiliriz, ama sen ve ben değil. Bunu anladın mı?"

"O zaman annemle konuşup benim Stacy Lachman olmak istemediğimi söyleyecek misin?"

Stacy Lachman. David dondu kaldı. Bir an nefes alamadı, hiç konuşamadı.

Stacy Lachman.

"David? Hâlâ orada mısın?"

"Eeevet..." Hırıltıdan başka bir ses çıkmadı. Boğazını temizledi. "Buradayım, tatlım. Şansımı deneyeceğim, tamam mı? Stace, gitmem lâzım. Şimdi bana bir iyilik yap – git ve yemeğini ye."

David telefonu cebine tıktı ve hızla caddeden karşıya geçti. Bütün vücudunu soğuk korku kaplamıştı. Stacy Lachman çok fazla tanıdık bir isimdi. Tekrar tekrar ajandasına yazmak zorunda kaldığı bir isim.

Bu ne demekti? Google'da aradığı insanların bazıları ölmüştü. Esrarengiz şekilde ölmüştü. Tanrım, Stacy tehlikede miydi?

Asansöre doğru koşarken kalbi hızla atıyordu. Stacy, Meredith'le geçirdiği yedi yıldan kalan tek iyi şeydi. İnanılmaz şekilde, Meredith onu zorla Stacy'nin anaokulu piyesine sürüklediğinde, daha tanıştıkları ilk akşam aralarında bir bağ oluşmuştu. Üç yaşındaki cin dizlerine zor yetişiyordu. Meredith ona, kızının haftalardır koridordaki aynanın önünde durup basit iki dizesini saatler boyunca ezbere söylediğini anlattığında gülmüştü.

David onu hararetle alkışlamaya hazırlanmıştı ki, tam o önemli andan önce, Stacy'nin küçük arkadaşı Emily kendisi dizelerini unutmuş, ağlamaya başlamış ve sahneden kaçmıştı.

Stacy onun peşinden fırlamadan önce sadece bir an tereddüt etmişti. Arada, David'le Meredith onu kuliste Emily'nin elinden tutmuş bulmuşlardı, iki kız Emily'nin annesiyle birlikte "Twinkle, twinkle little star"ı söylüyordu.

Bir saat sonra Ben and Jerry's'de Meredith onu "Stacy, oyunu berbat ettin!" diye azarladı. "Niye bekleyip dizelerini söylemedin?"

Berry Cherry dondurma külahını yalamaya ara verdiğinde, "Emily ağlıyordu," dedi.

"Ama annesi oradaydı."

"Ben daha yakındım," diye ısrar etti kararlı bir seslc Stacy.

Meredith öfkeli görünmüş, ama David anlamıştı. Bu sözcükleri söylediğinde üç yaşındaki çocuğun gözlerinde o kadar saf bir şeyler vardı ki. Adlandıramadığı bir şey. "Emily senin gibi bir arkadaşı olduğu için çok şanslı, Stacy."

Alex Dorset'in resepsiyonisti hipnoterapistin kapısını hafifçe tıklattı ve açarak itti. David ona aldırmaksızın hızla geçip güneş ışığıyla aydınlanmış, panel kaplı odaya girdi.

Dorset bir şeyler yazarak masasında oturuyordu. Hiç de David'in beklediği kişi değildi.

Alex Dorset saçları dökülen, kilolu, yanlardan aşağı sarkan gür bıyıklı ve kocaman çökük gözlü bir zenciydi. Çalışma odası karma karışıktı ve limonlu cila kokuyordu. David, hepsi de odadaki koltukların her birinden kol uzatımı mesafede, Good and Plenty ve Reese's parçaları ile dolup taşan dört şekerlik saydı.

"Lütfen." Dorset tombul eliyle David'e masasının karşısındaki yastıklı, siyah yatar koltuğu işaret etti. "Oturun, Profesör Shepherd, ve gevşemeye çalışın. Bir parça tedirgin görünüyorsunuz."

"Beni hipnotize etmenizi istiyorum." David avuç içlerini Dorset'in masasına koydu. Çenesi kaskatı kesilmişti. "Hemen şimdi."

"Önce biraz arka plan bilgisine ihtiyacım var. Telefonda bana anlattıklarınız çok üstünkörü. Neden bana o sözünü ettiğiniz baş ağrılarını anlatarak başlamıyorsunuz?"

"Şu anda baş ağrılarına aldırdığım yok." Gerilimden ensesi zonklarken hüsranla elini masaya vurdu. "İsimler hakkında gerçeği bulmalıyım."

Dorset'in kaşları yukarı kalktı. "Ben sizi hipnotize etmeden önce sakinleşmeniz lâzım. Lütfen, oturun ve bana bu takıntıdan söz edin."

David kendisini oturmaya ve Dillon'a anlattığının kısa bir versiyonunu anlatmaya zorladı. *Stacy'nin bununla ne alakası vardı? Onun ismi neden ajandadaydı?* Bulması gerekiyordu?

"Telefonda anlattıklarınızdan bunun karmaşık olacağını biliyordum." Hipnoterapist kurşun kalemiyle masaya vurdu.

"Dosdoğru karmaşık. Şimdi başlayabilir miyiz?"

"Deneyebiliriz."

Dorset güçlükle yürüyerek masanın etrafından dolanıp yanındaki koltuğa otururken David derin bir nefes aldı ve gözlerini kapanmaya zorladı. Yatar koltuğa tekrar yerleşti ve kasetçaların klik sesini duydu. Dorset, David'e dinçleşmiş olarak uyanacağını, her şeyi hatırlayacağını söyledi ve onu sesine odaklanmaya yönlendirdi.

Hipnoterapistin ses tonu rahatlatıcı, sözcükleri bir radyo spikerininki gibi alçak tonlu ve zengindi.

"Geriye doğru sayıyorum .... beş .... şimdi dört..."

David çok geçmeden kendisini akışkan bir karanlıkta buldu. Sürükleniyordu ... gerilimden zonklayan omuzlarını aşıp sürükleniyor ... endişeyi aşıp sürükleniyor ... düşünceleri aşıp.

Sesi izledi, güven veren, yumuşak sesi, onu on üçüncü yılının kışına kadar, Crispin Mueller'in rahatlıkla onun önünde koştuğu yüksek, güzel evin kar kaplı çatısına kadar izledi.

"Abby! Elimi yakala – Abby!"

"Abby iyi, David," dedi Dorset. "Şu anda hastanedesin. Doktorlar orada. Onları görebiliyor musun??"

"Kendimi görüyorum. Göğsüm kan içinde. Doktorlar üstüme eğiliyor."

"Hiç acı çekiyor musun?"

"Hayır, hiç acı yok, sadece yüzüyorum. Şimdi Crispin burada – doktorlar gitti. O ışık ne?"

"Ne olduğunu öğren. Ona doğru git. Tamamen güvendesin. Bana ne gördüğünü anlat."

Işık, güzel ipekten ışık. Işığın içinde insanlar, şekiller, yüzler görüyor. Ne kadar çok yüz. Titreyerek parıldayan gökkuşağının içinden kollarını ona uzatıp haykıran. Saydam, ıstırap çeken, yalvaran yüzler onu büyülüyor.

Çığlıkları neredeyse ışığı bastırıyor, gök gürültüsü gibi gürleyerek başını dövüyor. İsimleri. Acıyla isimlerini haykırıyorlar. Yüzlerce, binlerce ismi tekrar tekrar duyuyor. Sonra, ıstırap çeken yüzler ahenkle tek bir sözcük söylüyorlar.

Zakhor.

Birden ışık sönüyor.

David gözlerini açtığında, Dorset'in bürosundaki loş ışık kafatasını yakıyormuş gibi geldi.

Başı çatlıyor, soluğu hızlı ve nefes darlığı çeker gibi geliyordu.

"İyi misin, David?"

"Siz bana söyleyin, doktor." Sarsılmış hâlde, doğrularak oturdu.

Dorset ona bir bardak su verdi. "Bana demin anlattıklarını anımsıyor musun?"

"Kelimesi kelimesine. Bunların hepsi gerçekten oldu mu?"

"Senin bilinçaltına göre evet. Ve şunu söylemeliyim ki daha önce böylesine olağandışı bir şey duymamıştım. Olağanüstü."

David'in yüzü solgundu. Az önce olanları kavramakta güçlük çekiyordu. Şimdi, elinde cevaplar yerine soracağı çok daha fazla soru vardı.

"Karşılama komitesini tanıyamadım. Zakhor da kim? Hepsi aynı şeyi söylemişti. *Zakhor.*"

Diğer adam başını salladı. "Sanırım ajandana baksan iyi olur. Belki önümüzdeki hafta için bir randevu daha kararlaştırmalıyız. İlk denemende kayda değer bir mesafe kat ettin. Gelecek sefer bir başka düzeyi araştırabiliriz."

"Beni tekrar geriye götürebilir misiniz, şimdi? Bu isimlerin ne anlama geldiğini öğrenmem gerek."

"Bunu yapamam. Arzulanan sonucun tersini doğurabilir. Bu tür deneyimleri yeniden yaşamak psişeyi tüketir. Bilinçaltına gördüklerini özümsemesi için biraz zaman tanımalısın. Bana inan, en iyisi bu."

David, içi endişe dolu, bürodan ayrıldı. Arabasına doğru caddeyi geçerken Dillon McGrath'ın numarasını tuşladı.

"Dillon. Stacy'nin ismi ajandamda yazılı. Bu ne lanet olası anlama geliyor?"

Dillon McGrath çabucak konuştu. "Sana yardım edebilecek birini tanıyorum."

"Ne? Kızımı korumak? O insanların bazıları öldü, Dillon. Belki de bu bir tür ölüm listesi. Zakhor da ne demek? Bana Zakhor dediler."

"Kim sana 'Zakhor' dedi?"

"İnsanlar. Tünelin ucundaki insanlar." Sözcükler alelacele ağzından döküldü. "Binlercesi. Bana bağıran. İsimlerini haykıran. Ve hepsi de 'Zakhor' dedi"

Hattın diğer ucunda sessizlik oldu. Sonunda, Dillon konuştu. "Sanırım bir hahama danışmalısın, David. Dinle pek alâkan olmadığını, bar mitzvah'dan bu yana sinagoga uğramadığını biliyorum. Ancak, o sesler seninle İbranice konuştu."

"İbranice?" David, arabasına yarım metre kala durdu. "Zakhor İbranice mi?"

"'Anımsa' demek.' O ışıkta, tünelde gördüğün insanlar senin anımsamanı istiyorlar."

"*Neyi* anımsamamı?" David bir eliyle saçını taradı ve gözlerini kısarak gökyüzüne baktı.

Dillon'ın sesi alçak ve sabırlıydı. "Apaçık, David. Senin isimleri anımsamanı istiyorlar. Ve sen de anımsadın."

ALTINCI BÖLÜM

"Metafizik dâhisi sensin," diye cep telefonuna konuştu David. Arabayı 18. caddeye çevirdi. "Bunun ne anlama geldiğini *sen* bana söyle."

"İşte onu bilmiyorum," dedi Dillon hemen. "Sana İbranice seslenmeleri, senin için en iyi rehberin bir haham olacağını akla getiriyor. Anımsamanı istemelerinin nedeni senin içinde David, aynen isimler gibi. Sana yardımcı olabileceğine inandığım bir meslektaşım var. Haham Eliezer ben Moshe saygı duyulan bir Kabalacıdır, bir mistik Yahudi geleneği hocası. Senin de mistik bir deneyimin oldu, David. "Şimdi, eğer şeytan çıkarmaya ihtiyacın olsaydı," dedi, "orası daha çok benim alanıma girerdi."

Kabala? David'in Kabala hakkında bildiği tek şey bazı film yıldızlarının onu 'cause célèbre' haline getirdiği, bileklerine kırmızı ipler bağladıkları ve İbrani isimleri aldıklarıydı.

Düşüncelerini okuyormuşçasına, Dillon, "Hayır, Kabala'nın Madonna versiyonu değil. Ve evet, onu aradım bile. Sadece ajandanla çok ilgilenmekle kalmadı, aynı zamanda kazadan beri sakladığın o değerli taşla da ilgilendi. Brooklyn'e gittiğinde her ikisini de yanında götür. Bu arada, sen gelmeden incelemek için ajandadan bazı sayfaları ona fakslamanı istedi."

Sağa keskin bir dönüş yaparken David'in kaşları çatıldı. Dillon devam ederken başı dönüyordu.

"Ben Moshe, Kabala üzerinde çalışan ve evrensel sırları çözmeyi yaşamlarının amacı edinen geniş bir bilgili haham sülalesinden geliyor."

Bilgili hahamlar. Sözcükler zihninde –annesinin ona çok zaman önce, aynı akşam birbirinden beş yüz kilometre uzaklıktaki iki ayrı kentte ders verirken görülen kendi atalarından ünlü mistik Kiev'li Reb Zalman'la ilgili anlattığı– belli belirsiz anıları canlandırdı. Bu öyküleri, sanki birer peri hikâyesiymişler gibi, sanki büyük büyükbaba Grimm Kardeşler masallarındaki bir karaktermiş gibi ciddiye almamıştı. Keşke daha çok dikkat etmiş olsaydı. Annesi dört yıl önce ölmüştü, babası, büyükanne ve büyükbabası da çok önce göçmüşlerdi, geriye hikâyelerle ilgili anısı olan hiç kimse kalmamıştı.

David, birden bu işin boyunu aştığını hissederek derin bir soluk aldı. Ama cevapları bulması gerekiyordu. Ama cevaplar ona gelmiyordu.

"Brooklyn de nerede?" diye sordu, David, şehir dışı acil bir işi çıktığını söylediğinde Dekan Myer'ın ne tepki göstereceğini düşünürken.

YEDİNCİ BÖLÜM

David, Brooklyn'de Z Bulvarında taksiden indiğinde, şiddetli bir yağmur kaldırımları dövmeye başlamıştı. Spor çantasını omzuna astı ve köşedeki sıradan, kahverengi kumtaşı binanın merdivenlerini koşarak çıktı. Zile bastıktan sonra, B'nai Yisroel Merkezinin kapı kasasına yapıştırılmış şatafatlı gümüş *mezzuzah*'ı inceledi.

Beyaz gömlek, siyah pantalon ve örgü işi kipa takmış gençten zayıf bir adam David'i bir zamanlar özel konutun misafir odası olduğunu tahmin ettiği yere aldı. Anlaşılan kahverengi kumtaşı bina rahat ofislerden oluşan bir labirente dönüştürülmüştü.

"Ben Haham Tzvi Goldstein, Haham ben Moshe'nin yardımcısıyım" dedi, David'i bir koridordan geçirip, geniş yeşil renkli bir yazı tahtasının kitap raflarıyla kaplı iki uzun duvara dik olarak durduğu dersliğe götürürken. David kitapların sırtını tararken hepsinin İbranice olduğunu gördü. Derslik hoş bir şekilde tebeşir, eski deri ve döşeme cilası kokuyordu.

"Haham ben Moshe'ye faksladığınız ajanda sayfalarını inceledik." Haham Goldstein gülümsüyor ve heyecanına zor hâkim olabildiği görülüyordu. "Sizi görmeyi sabırsızlıkla bekliyor."

İyi. Belki şimdi bazı cevaplar bulabilirim, diye düşündü David.

Son zamanlarda, ne zaman ajandasını eline alsa, kendisini Stacy'nin yeni isminin olduğu sayfaya doğru çekilmiş buluyordu. Bu onu giderek huzursuz ediyordu.

"Hahama geldiğinizi haber verirken size çay getirmemi ister misiniz?"

"Hayır, teşekkür ederim." Genç haham ayrılırken David ellerini cebine soktu. Odanın tek penceresine yöneldi, yağmur derecikler hâlinde akıyor, aşağıdaki caddenin görüntüsünü bulanıklaştırıyordu. Düşünceleri, uçağa biniş çağrısı için beklerken havaalanındaki televizyonda gördüğü İran tanker patlamasına ait görüntülere kaydı. Son zamanlardaki haberler sanki hep kötü haberlermiş gibi görünüyordu.

Arkasında, düşüncelerini bölen, sakin sesi duyduğunda bir an irkildi.

"Shalom, David. Lütfen böyle gel. Yukarıda odamda konuşabiliriz."

David ani bir sürpriz sancısı hissetti. Yidiş veya Rus aksanı ummuştu, ama önünde duran yaşlı haham belli belirsiz bir New England tonlamasıyla konuşmuştu. Sesi gıcırtılıydı, bir şekilde cılız yapısına uyar gibi. Haham Eliezer ben Moshe, raflardaki kitaplar gibi eski ve yıpranmış görünen narin bir adamdı. Soluk gri saçları ve göğsünün ortasına kadar bulutumsu lüleler hâlinde inen gümüş renkli bir sakalı vardı. David, halı kaplı merdivenlerden onu takip ederken hahamın ne kadar da çelimsiz göründüğünü fark etti. Sade siyah elbisesi, sanki satın alındıktan sonra sahibi çekmiş gibi, kemikli omuzlarından iki beden büyükmüşçesine sarkıyordu.

Ama, sıkışık odasında David'in oturmasını seyrederken, cevizi kahverengi keskin gözleri kaygı, merak ve umut doluydu.

"Ajandanı getirdin mi – ve de taşı?"

Hazırlık hareketleri için bu kadar yeter. David spor çantasına uzandı ve ajandasını çıkardı. Kırmızı deri ajandayı masanın üstüne koyunca hahamın gözleri parıldadı. Taşı cebinden çıkarırken David faksladığı sayfaların hahamın bilgisayarının yanında durduğunu gördü. Üzerinde notlar vardı, ancak okuyamadı.

Haham yaşlılıktan eğri büğrü olmuş elini değerli taş için uzattı ve David, bir an için tereddüt geçirse de onu adamın avucunun içine bıraktı.

Haham ben Moshe gözlerini, kırpmadan ve sessiz, pürüzsüz rengârenk akiğe dikti. Soluğunu içine çektiğinde çelimsiz göğsü titredi.

"Fasetasız," diye fısıldadı.

David sessizlik içinde bakarken, masanın çekmecesinden çabucak bir büyüteç çıkardı. Taşın her yanını evirdi çevirdi, büyüteç altında her yönden inceledi.

Bütün bu olan biten arasında, bu taşın on üç yaşından beri masasının üstünde duran bir şeyin bir anlamı olması David'i en çok şaşırtan şeydi. Haham İbranice yazıya parmağıyla o kadar saygı ve huşu içinde dokunuyordu ki David isimleri konuşma konusundaki sabırsızlığını dizginledi.

"Bu antik bir kutsal taş." Haham ben Moshe yukarı doğru baktı ve göz göze geldiler. "Nasıl traşlandığına bak – yuvarlanmış ve parlak? Akik cilalanmış, ama parıldamıyor veya ışığı yansıtmıyor. Çünkü cabochon diye bilinen dışbükey stilde traşlanmış. Orta Çağa kadar bütün taşlar bu şekilde traşlanırdı."

David, seramik maymunun elinde gelişigüzel sakladığı sütlü mavi taşa bir kez daha göz attı.

"Orta Çağa kadar geriye gittiğini mi söylüyorsunuz?"

"Yok, hayır. Çok daha eskilere. Binlerce yıl geriye gidiyor – Kutsal Kitap dönemine."

Kutsal Kitap dönemi. David afallamıştı. Ve kuşkuluydu. *Crispin Mueller Kutsal Kitap dönemine ait bir taşı nasıl eline geçirmiş olabilirdi?*

"Bana sihirli gücü olduğu söylenmişti." David neredeyse hahamın gülmesini bekleyecekti.

Ancak ben Moshe gözlerini kaldırmadan başını salladı. "Ve burada da öyle yazıyor."

Haham taşı avucuyla sardı ve İbranice bir dua mırıldandı.

"Sen Yahudisin. *Shehekhiyanu* duasını biliyor musun? Tanrı'ya şimdi dua ettim, bu anı görecek kadar yaşamama izin verdiği için."

David'in belkemiği sızladı. *Bu adam neden bahsediyordu? Bu an neden bu kadar özeldi? Ve Crispin'in taşının Stacy'nin isminin ajandada yazılı olmasıyla ne ilgisi vardı?*

Haham taşı dikkatle ajandanın yanına koyarken David öne eğildi.

"Sihirli olduğunu söylüyorsunuz. Ne bakımdan?"

"On iki taşlık çok özel bir takıma ait. Telefonda bana dindar olmadığını söylemiştin, David, ama sanırım Musa'nın kim olduğunu biliyorsundur."

David başını salladı. "O kadarını biliyorum."

"Ya kardeşi Harun'u – başrahip?"

"Şimdi beni kaybettiniz." David buraya gelmekle bir hata yapıp yapmadığını merak ediyordu. İsimlerle ilgili cevaplardan gittikçe uzaklaştığını, mücevher uzmanlığı ve Kutsal Kitap dersiyle asıl konudan saptıklarını hissediyordu. Sabırsızlığını kontrol etmekte zorlanırken bakışları taşa geri döndü. Birden onu ilk başta neden alıkoyduğunu anımsadı – durup düşünmeyi anımsatması için. Kendisini ajandayla ilgili sorular konusunda dilini tutmaya ve hahamın sözlerine konsantre olmaya zorladı.

"Çıkış kitabında", ben Moshe devam etti, "Harun'un ilk baş rahip olduğunu –Yahudiler için en şanlı mevki– ve Tanrı'nın Musa'ya kardeşi için üç kutsal giysi – bir göğüs zırhı, bir *ephod* ve bir cübbe hazırlamasını söylediğini okuyoruz."

"Yine beni kaybettiniz." David omuz silkti. "Ephod?"

"Kutsal ayin sırasında Harun'un giydiği keten önlüğün diğer adı. Ama bizi ilgilendiren göğüs zırhı." Haham devam etti. "Tanrı'nın Musa'ya verdiği emirlere uygun olarak yapılmıştı. Bir zanaatkâr tarafından altın ve mavi, mor ve kırmızı ipliklerle işlenmiş kare biçiminde dokuma kumaştan yapılmıştı."

Ben Moshe David'le göz göze geldi ve açıkladı. "Çıkış kitabına göre, Harun Tanrı'ya ibadet etmek için Tapınağın en kutsal bölümüne her girdiğinde kalbinin üstüne, İsrailoğulları'nın isimlerini –On iki Kabilenin isimlerini– içeren bu 'Yargı Önlüğünü' giymesi emredilmişti."

David sakinleşti. *İsimler*?

"İsimler altın içine yerleştirilmiş ve göğüs zırhına altın iplikle dikilmiş on iki değerli taşın üzerine kazınmıştı."

David bunun nereye varacağını aniden kavradı. "Siz bana bu kaya parçasının o taşlardan biri olduğunu mu söylüyorsunuz" diye sordu, inanmaz biçimde.

Haham akiği eline aldı ve masanın etrafını dolaştı. "Ne dediğine bir bak."

"İbranicemden pek bir şey kalmadı."

Ben Moshe itirafa aldırmadı. Akiği David'in önünde tuttu ve ufak harfleri sağdan sola izleyerek bir bir gösterdi. "*Nun pey tav lamed yud*," diye okudu. "Naftali'nin –On iki İsrail Kabilesinden biri– harfleri."

David'in kafası hızla çalıştı. "Yani her biri için bir taş mı vardı?"

"Aynen. Ve her taş farklıydı. Naftali'ninki akikti –koruyucu taş– insanı takılıp düşmekten koruyan."

David kahkahayı patlattı. "Öyleyse, pek bir işe yaramadı," dedi hahama. "Bu taş benim elime böyle geçti. Taşın benden önceki sahibi, bana onun sihirli olduğunu ve bizi kar kaplı çatıdan düşmekten koruyacağını söyledi. Ama korumadı."

Haham hiç de şaşırmış görünmedi. Sadece David'e soluk kahverengi gözlerle baktı ve yumuşak sesle, "Daha sonra, bana taşın eski sahibiyle ilgili başka şeyler de anlatmalısın. Ama şimdilik sana, onun taşın doğasını anlamadığını söyleyebilirim. Bu taşın –ve diğer on bir taşın her birinin– daha büyük bir amacı var. Bu taş tek bir kişiyi korumak için tasarlanmadı. İsrailoğulları'nı – ve tüm dünyayı korumak için tasarlandı. On iki taş, Tanrının çocuklarına olan merhametini temsil ediyor."

Haham uzun bir soluk aldı. "Senin bugün büromda olmanın bir nedeni var, David. Bu bir tesadüf değil. Ajandana yazdığın isimlerin ve aynı zamanda bu kutsal taşın senin elinde olmasının bir tesadüf olmadığı gibi." Hahamın gözlerinde acil durum ışığı yandı. "Defteri görebilir miyim?"

Haham, ajandayı alıp ilk sayfayı açtığında David'i bir gerçek dışılık duygusu kapladı.

Bunun tümü garip bir rastlantı olmalıydı. Ne de olsa, bu taş kaza sonucunda ona gelmişti...

Kaza.

Aynı kazanın ona isimleri de getirdiğini fark etti, şaşkın şakın arkasına yaslanırken.

Taş ve isimler.

Gerçekten birbirleriyle bağlantılı olabilirler miydi?

"Bu isimler, yakın ölüm deneyiminde gördüğünü söylediğin insanlara ait." Ben Moshe kıvırcık sakalını sıvazladı, sesi öncekine göre daha kasvetliydi David sırtının ürpertiyle sızladığını hissetti.

"Fakat kim bunlar ve neden adları hep kafamın içinde?"

"Dudak bükebilirsin, David, ama dindar olmayan biri de mistik bir deneyim yaşayabilir. Ve sen yaşadın. O yüzden işte soruna mistik bir cevap. Bu isimleri bir deftere yazan ilk kişi sen değilsin. Bunlar öyle gelişigüzel isimler değil – özel isimler. Çok özel."

Oh Tanrım. Biri daha çıldırıyor. David yaklaşmakta olan şeye kendini hazırladı.

Java Juice kafesinin üstündeki asansörsüz apartmanın üçüncü katındaki daireden bir ilçe uzaklıkta, Eminem tişörtlü ve ters takılmış Yankee kepli bir adam kulaklıklarının sesini kıstı. Yeteri kadar dinlemişti.

En son teknolojinin kullanıldığı iletişim merkezinin video ekranları ve monitörleri etrafta yanıp sönerken, güvenli telefonu eline aldı ve tekrar ara tuşuna bastı. Bu iş teknoloji hokkabazları için bir cennetti. İki kat aşağıda, kafein bağımlıları kır sıçanları gibi yapay tat katılmış çamur yutmak için sıraya girerken, at nalı biçimindeki kontrol merkezinden üç kıtadaki konuşmalara gizlice kulak misafiri olabilir ve tarihi oluşurken izleyebilirdi.

"N'oldu?" Z Bulvarında park etmiş pastane kamyonetinin arkasındaki sarışın çam yarması öfkeyle telefona söylendi. James Gillis yerinde duramıyor, burada oturup beklemekten kıçı yanıyordu. Kara Melek grubunun lideri olarak bu ilk fırsatıydı ve kendisini kanıtlamak için sabırsızlanıyordu.

"Kahretsin, Sanjay, daha ne kadar burada oturmamızı bekliyorsun? Shepherd kırk dakikadan beri orada."

"Sabırlı ol koca adam. İşte sana talimat. Değerli taşla ajanda Shepherd'ın yanında. İkisini de ele geçir. Ve oradaki herkesi ortadan kaldırdıktan sonra kahrolası kasayı bul. İhtiyar Yahudi'nin orada nesi var nesi yoksa ele geçirmemiz lâzım."

"No problemo." Gillis, alet edevat kemeri ve Glock marka tabancası Armani spor ceketinin içine gizlenmiş Puerto Rico'lu çilingir Enrique'ye göz attı. Enrique onun yanında kaptan koltuğunda oturmuş kamyonetin camlarını döven yağmuru seyrediyordu. Her zaman sakindi – bir mafya tetikçisi kadar sabırlı ve ifadesiz.

İletişim merkezinde, Sanjay solundaki dijital teyplerin ışıklarının hâlâ yanıp sönmediğini kontrol etti.

"O hâlde," dedi, sesi açarak ve kahverengi kumtaşı binadaki konuşmaya dönerek. "Kara Melekler – ileri. Uçmanıza izin verildi."

SEKİZİNCİ BÖLÜM

"Yazdığın bu isimler..." Haham bir eliyle bilgisayarın yanında duran, David'in fakslamış olduğu, sayfalara dokundu. "Orta Doğuda bulunan eski papirüslerde kayıtlı isimlere uyuyor."

David koltuğun altındaki döşeme kayıyormuş gibi hissetti.

"Bu imkânsız."

"Teyit daha bu sabah geldi. Aklını söyleyeceklerime kapatmadan önce beni bir kere dinle," diye söylendi ben Moshe. "Bu isimler ve ajandandakiler, ilk defa bundan binlerce yıl önce yazılmıştı – Adem tarafından."

David tam tartışmaya başlayacakken bir elini kaldırdı. "Kabala'ya göre, Adem, Tanrı'nın İsimler Kitabını kendisi ve oğulları için kopyaladı. Onlar da, sırayla kopyaları kendi oğullarına devrettiler, ve böyle devam edip gitti, ta ki sonunda Kitap Musa'ya ulaşana kadar."

Kuşkuculuğunu artık kontrol edemeyen David koltuğundan fırladı.

"Haham, size saygı duyuyorum ama, Adem'in Cennet Bahçesindeyken benim üvey kızımın adını bildiğine inanmayı imkansız buluyorum."

Kitabı önüne çekti ve rast gele isimleri yüksek sesle okumaya başladı. "Ya da Shen Jianchao'nunkini. Ya da Noelania Trias'ınkini. Ya da Beverly Panagoupolos'unkini." David defteri masaya fırlattı. "Hadi, artık."

Ben Moshe şaşırmış görünmedi. "Bütün bunları hemen anlamanı beklemiyorum. Kabala öğretisi ömür boyu süren bir yolculuktur. Tevrat'ın mistik katmanlarının örtüsünü kaldırmak için olgun bir akıl ve uzun yıllar gerekir. Geçen yüzyıllarda, Kabala'nın sırları sınırlandırılmıştı, hahamlar tarafından sadece en bağlı öğrencilerine aktarılırdı. Ancak, David, ben yaşamımı altmış yıldan uzun bir zamandır bu öğretiye adadım ve şimdi sana söyleyeceğim şeyi ismimi bildiğim kadar iyi biliyorum."

David aniden annesinin büyük büyükbabası mistik Reb Zalman hakkında anlattığı öyküyü anımsadı. "Dinliyorum."

Ben Moshe kafasını salladı. "Şimdi beni izle – Musa'nın İsimler Kitabı'nın kopyası ona İshak tarafından aktarıldı ve Kudüs'teki Tapınağın Mahzeninde yıllarca saklandı. Ancak, Romalılar Tapınağı İ.S. 70 yılında yıkınca hazineyi Roma'ya taşıdılar ve İsimler Kitabı başrahibin göğüs zırhıyla birlikte kayboldu. Ve göğüs zırhıyla birlikte," dedi haham yavaşça, "İsrail'in On iki Kabile'sinin değerli taşları."

David masanın üstündeki taşa baktı, kafası sorularla bulanmış durumda. Ancak, konuşmaya devam eden hahamın gıcırtılı sesini dinlerken soruları unuttu.

"İshak'ın üvey erkek kardeşi İsmail'e ait kopyalar, cariyelerinin doğurduğu oğullarına geçti – ve o papirüsler de çöl kumlarında kaybolup gitti. Dolayısıyla, yüzyıllarca İsimler Kitabının tüm kopyaları kayıptı. Ancak, son yıllarda, arkeologlar Mısır'da ve Orta Doğunun başka yerlerinde, İsmail'in papirüslerinden kopyalandığına inandıkları parçaları buldular. Tarihçilerin ve matematikçilerin yardımıyla, bu parçaları bir araya getirmeye çalışıyorlar. Senin sayfalarını İsrail'de koruma altında olan çeşitli parçalarla karşılaştırmak için temasa geçtiğim uzmanlar bunlar."

David, hahamın kuramını kavramak için çaba gösteriyordu. "Adem'in kitabının birden fazla kopyasını mı buldular?"

"Öyle olduğunu sanıyoruz. Arami, Kıpti ve İbranice dillerinde yazılmış papirüsler bulundu."

"Sadece İbranice olur diye düşünmüştüm."

"Hayır." Ben Moshe kafasını salladı. "İsmail, İbrahim'in Yahudi olmayan cariyesi Hagar'dan doğma oğlu olduğu için, onun soyundan gelenlerin kopyaları eski Arap dillerinde yazılmıştı. Ve birçok papirüste aynı bölümlere rastlandığı hâlde daha kimse tam metni bir araya getiremedi. Ama, gözleri ışıldadı, "bazılarımız oldukça yaklaştığımızı hissediyor."

David öne eğildi. "O hâlde devam edip giden arkeolojik kazılar var?"

"A, evet." Hahamın sesi keskinleşti. "Ne yazık ki eksik parçaları arayan sadece bizler değiliz. Başkaları da, isimleri ilk çeviren olmak için bütün el yazmasını bir araya getirmek üzere yarışıyor – ancak, bunlar kötü insanlar, David. Tanrı'nın düşmanları."

David şaşırmıştı, bir elini saçında gezdirdi, yağmur pencerede daha hızlı trampet çalmaya başladı. "Terröristler mi? Kimler?"

"Gnoseos."

David boş boş baktı. Rabbi ben Moshe, ellerini göğsünde kule şeklinde birleştirerek masasının etrafında yürüdü. Yüzü, David'in o ana kadar gördüğünden daha sert göründü.

"Gnoseos eski bir dinsel mezhepten gelme gizli bir topluluk."

David gözlerini ona dikti. "Ne kadar eski?"

"Hristiyanlıktan öncesine gidiyor. Gnoseos, gnostisizmin hâlâ süregelen birkaç kalıntısından biri – yüzyıllar önce olduğundan daha canlı ve sır dolu bir tarikat."

David gnostisizmi duymuştu. Bir cumartesi günü simit ve krem peynir yiyip dinin daha geniş kökleri üzerinde tartışırken Dillon'ın bundan bahsettiğini hatırladı.

"Hedonistler değil mi?" Dışarıda gök gürlerken, David belleğini yokladı. "İnsanlığı günahkâr vücutlar içinde hapsolmuş olarak görüyorlar, doğru mu?"

"Evet. Ve her ruhun, vücuttan serbest kalmak amacıyla ruhsal olarak yeterli yüksekliğe çıkmak için yaradılıştan gelen bir bilgiden yararlanma yeteneği olduğuna inanıyorlar – sanki bir merdiven gibi..."

"Peki ondan sonra ... cennete gitmek mi?"

"Tam değil, David." Ben Moshe içini çekti. "İsimlerinin kökü *gnosis* – Yunanca bilgi demek. Gnoseos yeterli bilgiyle Tanrı'yı yenebileceğine inanıyor. Ve tam da bunu yapmayı kararlaştırdılar."

David'in aklında bir düzine soru vardı, ama daha ilkini soramadan kapı çalındı ve Haham Goldstein başını uzattı.

"Haham, beni bağışlayın. Yael HarPaz geldi."

"İyi, iyi. Onu yukarı gönder, Tzvi." Ben Moshe koltuğuna döndü. "Umarım sence bir sakıncası yoktur, David. Bir eski çağ uzmanını bize katılması için davet ettim – Safed'den, İsrail'li çok zeki bir arkeolog. İsrail'den bu sabah geldi."

"Bakın, haham." David kollarını ileri doğru açtı. "Bu iş gittikçe daha karışık bir hâl alıyor. Konudan sapmamızı istemiyorum. Üvey kızımın ismi ajandamda ve ben endişeliyim. Şayet biliyorsanız –lütfen– iz sürme meselesini bırakıp bana neden o kadar çok ölü insanın benim isimlerini anımsamamı istediğini söyleyin!"

"Oraya geliyoruz, David. Lütfen sabırlı ol. Düşündüğünden daha büyük bir şeyin parçası olduğunu kavramalısın. Siyaset bilimi doktorası yaptığını ve bu alanda iyi tanındığını biliyorum. Seni temin ederim ki sen kendi alanında ne kadar bilgiliysen, ben de kendi alanımda o kadar bilgiliyim. Yael HarPaz da kendi alanında."

David cevap veremeden kapı aralığında bir kadın göründü. Uzun siyah ince kumaştan bir etek, fildişi rengi kolsuz bluz ve ipek spor ceket giymiş uzun ve fidan gibi bir kadın. Bakır rengi deri bir çanta taşıyarak, kararlı bir biçimde, uzun adımlarla odada yürüdü. Egzotik çene kemikleri, belli belirsiz pembe ruj sürülmüş dudaklarıyla David'i etkilemişti. Otuz yaş civarında olduğunu ve renginden –gevşek düğüm atılmış uzun bakır rengi saçları ve esmer teninden– bir *Sabra*, doğma büyüme İsrailli, olduğunu tahmin etti.

"Yael HarPaz, bu David Shepherd, sana bahsettiğim adam."

Kadın David'e doğrudan, tartan bir bakışla baktı ve çantasını yere koydu. El sıkıştılar, gümüş bileziği şıngırdadı. "*Shalom*."

Sesi, zengin İbrani aksanıyla, pürüssüzdü ve diğer her şeyi gibi çekiciydi.

"Benim için bunca yol geldiniz. Neden, anlamıyorum, gerçekten."

"Taş için geldim. Onu getirdiniz mi?"

David, onun otoriter tavrına şaşırmıştı. Masaya dönmeden önce durdu, sonra taşı alıp inceledi. "Demek, siz de onun başrahibin göğüs zırhından olduğuna inanıyorsunuz?"

"Bakabilir miyim?" Taşı David'in elinden alırken Yael'in koyu yeşil gözleri parıldadı. David bir şey diyemeden, hahamın yaptığı gibi taşı evirip çevirmeye başladı.

"Naftali," dedi sesi heyecanlı.

Haham gülümsedi.

"Tamam." David bir soluk aldı. "Varsayalım ki bu, göğüs zırhındaki taşlardan biri. Ya diğerleri? Onlara ne oldu?"

"Diğer dördü Kudüs'te güvendeler," dedi Yael. Hahama baktı, konuşmasını bekleyerek.

Haham, "bende bir tane daha var," dedi David'e. "Levi'nin taşı, bir kehribar."

Bu sözleri söylerken, kitaplığa doğru ilerledi ve kasayı gizleyen ciltleri indirdi. "Bu Detroit'te bir Sefardik sinagogda ortaya çıktı. Bir Tunus Yahudisi, taşı Kaire'de açık pazarda satın almış, yetmiş yıl önce ve ne olduğu hakkında hiçbir fikri yokmuş. Oğlu Birleşik Devletlere göç etmiş ve onu bir ay önce hahamına göstermiş. O da benimle temasa geçti."

Haham yıpranmış omuz çantasını çekti ve elini içine uzattı. İçinden David'in akiği ile aynı büyüklükte bir taş çıkarttığı büzme ipli kadife keseyi çekti. İkisini yan yana koyduğunda David'in nefesi tutuldu. Akik ve kehribar taşlar yalnızca aynı büyüklükte değil, aynı zamanda aynı biçimde traşlanmıştı. İbranice yazı da, tartışılmaz şekilde, aynı elden çıkmaydı.

Her şey çok hızlı gelişiyordu. Taşlar, isimler, taşların üzerindeki isimler, Crispin, Stacy, ajandası. Haham yeniden konuşmaya başladığında düşüncelerini bir düzene sokmaya çalışıyordu.

"Yael, akiği önümüzdeki hafta İsrail'e götürme niyetindeydim, ama senin ziyaretin beni acil bir yolculuk yapmaktan kurtardı. Bu iki taş mutlaka Kudüs'te güvenliğine kavuşmalı – başlarına bir iş gelmeden önce."

Ben Moshe arkeoloğa vermek üzere iki taşı da eline aldığında taşlar romatizmalı parmaklarından kayıp yere düştü ve masanın altına yuvarlandı. David taşları bulup almak için dizlerinin üstüne çöktü.

Ama masanın altında, donup kalmasına yol açan şeyi gördü. "Lanet olası, bu da ne?" Masanın altına yapıştırılmış gümüş rengi küçük bir alıcı vardı.

"Konuşmamızı kayıt mı ediyorsunuz?" diye sordu, kızgın bir sesle. Taşları eliyle kepçeleyip çıkardıktan sonra ayakları üzerinde doğruldu.

Yael'in yüzünde alarm ifadesi belirdi.

Haham hızla konuştu "Neden bahsediyorsun?"

Sorusunu daha yeni bitirmişti ki, Yael dizüstü çötü ve masanın altını dikkatle inceledi. Dinleme aygıtını tahtadan söktü, yanık tenine rağmen yüzünün rengi soluklaşmıştı.

"Biliyorlar," dedi, hahamın dehşete kapılmış gözlerine bakarak.

"Çabuk." Ben Moshe, titreyen ellerle omuz çantasını kapattı. "Bunları alın ve gidin"

O anda aşağı kattan gelen bir gürültü duyuldu. Bir an için David bir otomobilden gelen egzoz sesi olduğunu düşündü, ama, sonra bir çığlık duyuldu.

"Haham, koşun, kaçın" Rabbi Goldstein'ın bağıran sesi ana kattan duyuldu. Sonra başka kurşun sesleri duyuldu çığlıklar binayı kapladı.

"David, taşları sakla!" Ağır adımlar merdivenleri döverken Ben Moshe omuz çantasını Yael'in kollarına doğru itti. "Yangın merdiveni! Çabuk olun! Her şeyi alın –sonra açıklarım, Tanrı izin verirse– ama, *şimdi* gitmeniz gerek."

David iki taşı da pantalonunun cebine tıkarken haham kapıyı sürgülemek için koştu. Ajandasını spor çantasına attı ve çantayı omzuna astı. Yael pencereyi yukarı doğru açmaya başlamıştı bile.

"Siz önden." David hahamın kolunu yakaladı ve onu yangın merdivenine doğru çekti, ama yaşlı adam kendisini çekip kurtardı.

"Hayır, David, *sen* önden. Şimdi." Ben Moshe'nin sesi sakindi. "Yael, onu Safed'e götür. *İsimleri biliyor. Lamed Vovnik*ler'in isimlerini biliyor."

Yael çoktan bir bacağını pencere eşiğinden atmıştı. "Hadi," diye emretti David'e.

"Git!" Davetsiz misafirler kapıyı dövmeye başladığında Ben Moshe David'i itti.

Adrenalin vücuduna pompalanırken, David başını eğerek yangın merdivenine tırmandı. Yağmur yüzünü kamçıladı. Yael caddeye olan mesafeyi yarılamıştı, ancak, David tereddüt etti ve elini geriye hahama uzattı. Ama Ben Moshe kendisine pencere eşiğinde yer bulmak için çabalarken, kapı yıkılarak açıldı ve kurşunlar havada uçuştu. Sakalından kıpkırmızı kan damlayarak David'in kucağına düşen haham hırıltıyla devrildi.

Dehşet David'in içinde yankılanırken, Yael "Koş, David!" diye bir çığlık attı. Yangın çıkışından aşağıdaki caddeye doğru hızla fırlarken, neredeyse ıslak metal üzerinde kayıyordu. Bir an yukarı baktığında, hahamın cansız vücudunu tekmeleyip yana iterek nişan alan sarı saçlı dev gibi bir adam gördü.

David eğilirken kurşun arkasındaki tuğlada patladı. Yael'in ardından fırlarken bir kurşun daha çınladı ve sarışın adam yangın merdiveninden aşağı doğru hamle yaptı.

Şiddetli sağanağın altında koşup köşeyi dönerken, Yael, şemsiyesi ve bakkaldan aldığı erzakla boğuşarak caddede yolunu bulmaya çalışan bir kadınla neredeyse çarpışacaktı.

"Önüne bak," diye bağırdı kadın, ama Yael'in özür dileyecek zamanı yoktu. İki bina arasında öne fırladı, David onu izledi; caddeye daldığında kornaların bangır bangır çaldığı trafikten kaçınarak ona yetişti. Aniden bir kurşun, bir UPS kamyonunun arka lastiğini patlatarak onu yan yatırdı ve doğrudan David'in üstüne gönderdi.

David kendisini ileri fırlattı ve kaldırımda yan tarafı üzerine düştü. Yael onu kolundan tuttu, David ayağı üstünde doğruldu. Sarışın adam, elinde silah onlara doğru uçarak gelirken insanlar etrafa kaçışıyordu.

"Bu taraftan!" David onu üç metre ötede yolcularını indiren bir otobüse doğru sürükledi. Ortalıktaki çöp paketi yığınlarının etrafından dolandılar ve binmeye çalışan diğer insanları sıkıştırarak kendilerini merdivenden yukarı attılar. David, yağmurdan kirlenmiş camın ardından bakarken sarışın adam gözüne çarptı – yetişmek için çılgınca otobüse doğru koşuyordu.

Kapılar tıslayarak kapandı. Sarışın adam nişan aldı.

"Herkes yere yatsın! Orada tabancalı bir manyak var!" diye bağırdı David. İhtiyar bir kadın çığlık attı.

Şöföre bağırdı, "Gazla hemen, *şimdi*!".

Diğer yolcular camdan dışarı bakmak için döndüler.

"Bana bak, kahrolası!" diye bağırdı iPod'unu dinleyen zenci çocuk. "Burda inmem lâzım!"

Şöför, küfrederek, trafiğe daldı. Kurşun, ardından sular fışkırtarak güç bela kaldırımdan ayrılan otobüsün arkasına gürültüyle saplandı. Dev silecekler kenti batıran yağmur sağanağına ayak uydurmak için yarışıyordu.

"Hareket memurunu ara," diye nefes nefese şöföre talimat verdi Yael. Yüzündeki gözyaşlarını gördü David. "Z Bulvarındaki B'nai Yisroel Merkezine ambülâns yollamasını söyle. Bir adam vuruldu."

David'e baktı, ama otobüs gürüldeyerek trafiğin içinde yol alırken ikisi de konuşmadı. Artık çok geç olduğunu ikisi de biliyordu. Rabbi ben Moshe ölmüştü.

David, şaşkın, kendisinin de onun kadar solgun ve sarsılmış görünüp görünmediğini merak etti. Kalbi hâlâ göğsünde fırtınalar koparıyordu. Az önce olanlara bir türlü anlam veremiyordu.

Güvenli bir yer bulmak zorundaydılar. *David*'in daha fazla cevaba gereksinimi vardı.

Bir eliyle yağmurdan sırılsıklam olmuş omuz çantasını sıkıca kavrarken, diğer eliyle cebini yokladı.

Değerli taşlar hâlâ oradaydı, ve Stacy'nin ismi hâlâ ajandasındaydı.

Gillis yangın merdiveninden geri dönerken, "Lanet olası kasayı boşaltmış! Her şeyi götürmüş!" diye bağırdı Enrique. Gillis, kitaplığın gerisindeki kapağı açık boşluğa baktı.

Kahretsin. Sirenler çalmaya başlamıştı. Fazla zaman yoktu.

"Ajanda burada değil mi? Ya değerli taşlar?"

"Shepherd ve İsrail'li kadın ikisini de almışlar." Enrique, hahamın masasını çoktan alt üst etmiş ve çekmecelerin içindekileri yere dökmüştü. Birden, bilgisayarın yanında duran fakslanmış kâğıt yığınını fark etti. David Shepherd'ın ismi ve faks numarası üstte yazılıydı.

"Hey, bunlar nedir dersin?"

İsim listesini taradıkça yüzü gevşeyen Gillis'e kâğıtları uzattı.

"Bir şey bulduk, Sanjay," diye cep telefonunun mikrofonuna havlarcasına bağırdı. "Shepherd'ın ajandasından faksladığı sayfalar. Şimdi bilgisayarla birlikte onları da getiriyoruz."

"Polisler oraya gelmedi mi daha", diye sordu Sanjay. Sesi artık kararlı ve sıkılmış gibi değil, kaygılı çıkıyordu. "Oradan toz olun."

Daha o konuşurken, Enrique, döşemedeki elektrik prizine takılı kabloları kopartarak bilgisayarı kaldırmıştı. Merdivenlere doğru hızla koştu. Gillis, masa üzerindeki kutuda bulunan disketleri toplayacak ve ayakkabısının tabanında bir kibrit çakacak kadar kaldı. Gelecek dünyaya ne kadar yakın olduğunun tadını çıkararak, alevi bir salise kadar seyrettikten sonra yere düşmüş kâğıtların üzerine attı.

Siren sesleri gittikçe yaklaşırken, basamakları ikişer ikişer indi.

Beyaz pastane kamyoneti, polis arabaları gıcırdayarak kaldırımın kenarına çekmeden önce, yarım blok uzaklaşmıştı, şiddetli yağmurda, artık sadece soluk, önemsiz ve bulanık bir görüntüydü.

Ve Sanjay, çoktan, Sicilya'daki merkeze ilk şifreli raporunu e-postalamakla meşguldü.

Eduardo DiStefano öne doğru bilgisayarına eğildi ve her sözcüğün üzerinde dikkatle durdu.

DOKUZUNCU BÖLÜM

Meredith, omuzları gergin, açık tribünde öne eğildi. Stacy'yi alnındaki terleri silerken ve topu serbest atış çizgisinde iki kere zıplatırken izledi.

Hadi bebeğim, dedi içinden. *Gönder içeri.*

Stacy gözlerini kısarak potaya baktı ve hayattaki en kolay şeymiş gibi topu çembere doğru yolladı. Bir an için, ortaokulun tıka basa dolu spor salonuna sessizlik çöktü. Top havada kavis çizerken Meredith bile nefesini tuttu, sonra top çemberden içeri süzülürken tezahürat patladı.

Stacy sırıtarak takım arkadaşlarıyla avuçlarını çakmak için etrafında döndü.

Oyunda kalan beş saniyelik süre, rakibin basket atması için yeterli değildi.

Korna çalarken, "İşte benim kızım!" diye bağırdı tribünlerden Meredith. Stacy takım arkadaşlarıyla birlikte rakip takım oyuncularının elini sıkmakla meşguldü.

Saatine göz atan Meredith seçenekleri gözden geçirdi. Oyun erken bitmişti. Len, Stokolm'den bir saatten önce aramazdı. Eve dönerken Stacy ile birlikte Çin yemeği almak için yeterli zaman.

"Sen duşunu alırken ben arabayı getireyim, tatlım."

"Tamam, anne, ama çabuk hazırlanırım – karnım zil çalıyor."

"Neden China Palace'a gitmiyoruz. Sadece köşeyi dönünce," dedi Meredith salon çıkışına doğru yönelirken.

Stacy soyunma odasına koştu. Sırılsıklam formasını çıkarıp suyun altına girmek harika bir duyguydu. Yıkadıktan sonra saçını kurutma derdine bile katlanmadan, nemli bir atkuyruğu yaptı ve kot pantolonuna ve geçen yaz Washington'a ziyarete gittiğinde David'in almış olduğu koyu pembe tişörte uzandı. Aynı gün bir de, ona "Daima Yukarıyı Hedefle"mesini hatırlatan her gün taktığı sarı mesaj bileziğini almıştı."

Giyinirken, o kadar iyi basketbolcu olmasını David'e borçlu olduğunu düşündü. Daha beş yaşındayken ve elleriyle topu kavramayı daha yeni becerirken, ona, garaj yolunda potaya şut atmayı öğretmişti. Sekiz yaşında ona dripling yapmayı öğretmişti ve her akşam annesi yemek hazırlarken onlar antrenman yapmışlardı. Stacy, David'i At oyununda yendiğinde, onun tezahürat yapması için nasıl bağırarak annesini çağırdığını anımsadığında gülümsedi. Doğal olarak, onun hep isteyerek yenildiğini şimdi biliyordu.

Her akşam yemekten sonra, hava kararmadan önce yüz serbest atış yapabilmesine zaman kalması için bulaşık makinesini bir an önce doldurmak için koşuşturmaları çok hoşuna giderdi.

Sonra, hava potayı göremeyecek kadar karardığında, yanlarında annesi, kan ter içinde, verandada oturur, muz ve dondurma dolu kocaman mavi kâselerle serinlemeye çalışırken ilk yıldızların belirmesini seyrederlerdi.

David bunu "pırıltı zamanı" olarak adlandırmıştı."

Kapıya doğru koşarken, Stacy jimnastik çantasını omzuna attı ve anıları aklından uzaklaştırmaya çalıştı. *Kabul et. Artık o senin üvey baban değil ve basketbolla ya da dondurmayla ilgilenmiyor.*

Len, skuaş ve soya sütlü kahveye meraklıydı.

Açmak için çifte kapıyı ittiğinde, birden, ayaklarının altındaki yer sallanır gibi oldu. Tüm kızlar çığlık attı.

Oh, Tanrım, bir artçı sarsıntı daha mı? Dün, yatağını sallayan 3,6 büyüklüğünde bir sarsıntıyla uyanmıştı. Daha sonra pek önemli bir şey olmadığı anlaşılmıştı, Allah'tan, sadece ufak bir kıpırtı.

İyi ki artık, hemen hemen alışmıştı bunlara. Annesiyle Santa Monica'ya ilk taşındıklarında, her ufak sallantıda yüreği ağzına gelirdi. Artık, doğma büyüme bir Kaliforniyalı gibi sarsıntıların geçip gitmesini bekliyordu.

Ancak son zamanlarda, dünyada birçok felaket olmuştu, o da büyük bir depremin olabileceğinden kaygılanmaya başlamıştı. Herkes, büyük depremin Batı Yakasını vurmasının an meselesi olduğunu söylüyordu. Bunu düşünmek korkutucuydu.

Korkutucu – Toronto'daki o, pusuya yatıp insanlara gelişigüzel ateş eden adam gibi. Şimdiden kaç kişiyi öldürmüştü? Daha bu sabah annesi tiksinerek televizyonu kapatmış, dünyada olan biten korkunç şeylerle ilgili tek bir habere daha katlanamayacağını söylemişti.

Ama Stacy olanlardan endişe etmeye devam ediyordu.

Sadece bir günlüğüne, neden annen gibi olmuyor, kötü şeylere gözlerini kapatıp kulaklarını tıkamıyorsun? diye kendine sordu, akşamüstünün güneş ışıkları altında hızla arabaya doğru yürürken. *Piliçli marul sarmasını ve acılı ekşili çorbayı ve zencefilli dondurmayı düşünmeye çalış.*

Düşüncelere o kadar dalmıştı ki otoparkın önündeki Dodge Caravan'da gazete okuyup vakit öldüren adamı fark etmedi. Onu açık tribünün arka sırasında otururken de fark etmemişti.

Explorer'a tırmandı ve emniyet kemerini taktı, karnı açlıktan guruldüyordu.

"Yemeğe ihtiyacım var!" Bir Alicia Keys CD'si koydu ve sesi açtı, Meredith jipi vitese geçirdi.

Stacy Lachman sevimli bir çocuktu. Kötü bir oyunla karşılaşmak üzere olması fenaydı.

Raoul LaDouceur gazeteyi katladı ve yere attı. Otoparktan çıktı ve Meredith Lachman'ın Explorer'ını üç araba arkadan izlemeye başladı. Kadın da çocuğu kadar dikkatsizdi. Onları son iki gündür izliyor, yaptıklarının kaydını tutuyor, ve Santa Monica caddelerinde araç kullanmaya alışıyordu. Ve o ikisinin haberi bile yoktu.

Görevinin tek zor kısmı lanet olası dumanlı sisti. Kahrolası zeytin ağaçlarından kalan boğazının batmasından çok daha kötüydü.

Elindekini bitirmeden, bu akşam Walgreen's'e uğrayıp yeni bir solutucu almayı unutmamalıydı. Zorunluluk nedeniyle, yanında hep geçerli bir reçete bulundururdu, – silahları, prezervatifleri ve uluslararası cep telefonuyla birlikte.

Explorer, China Palace'ın otoparkına girince, Raoul da aynısını yaparak kısa bir mesafe öteye park etti.

Hırıltılı nefesin yaklaşmakta olduğunu hissetti ve Stacy Lachman'ın annesiyle birlikte içeri girişini seyrederken solutucusundan bir nefes çekti.

Ona verilen talimatlar genel türdendi – bu seferkini kaza veya kaçırmaymış gibi göster. Kaçırmanın daha temiz görüneceği konusunda karar kıldı. Böylece Stacy Lachman kayıplara karışmış olacaktı. Sierra Leone'daki hedefinin dört ay önce kayıplara karıştığı gibi. Bu sefer Vegas'a giderken Ölüm Vadisinde cesetten kurtulacaktı. Biri kemikleri bulmadan aylar geçerdi.

Midesi protesto edene kadar Raoul karnının aç olduğunu fark etmedi. Arabadan çıktı ve loş ışıklı, kırmızı siyah restorana doğru aheste aheste yürüdü.

Restoranda oturdukları yere çapraz düşen bölmeye fark ettirmeden sızdığında, Stacy ve annesi başlarını bile çevirmediler. Siparişini verdi, sonra yemeğini çubuklarla zorluk çekmeden yiyen kızı seyretti. Raoul, Oolong çayına iki küp şeker atıp karıştırırken gülümsedi.

Yemeğini ye, bitir, Stacy Lachman. Yarın ölmüş olacaksın.

Tabii ki lanet olası puslu hava beni engellemezse.

ONUNCU BÖLÜM

David, Yael'in ardından Riverside Tower Hotel'in 736 numaralı odasına girdiğinde, "Kapıyı sürgüle," diye emretti Yael. Yael kendi çantasını ve hahamın omuz çantasını pencereye yakın masanın üstüne pat diye bıraktı ve telefonunu çıkardı.

"Telefon etmem lâzım –

David, telefonu onun elinden aldı. "Önce kimden kaçtığımızı bana söylemelisin."

"Telefon ettikten sonra açıklama yapacak dünya kadar vaktimiz olacak. Onu geri ver!" Sesi soğuktu, yeşil gözleri daha da soğuk.

"Kimdi onlar Gnoseos mu?"

Yael kaşlarını çattı. "Onların suikast ekibi. İsimleri Kara Melekler. Lütfen – burada bir bağlantım var. Eğer onu aramama izin verirsen, sen ve ben belki bu ülkeden canlı ayrılabiliriz."

"Ülkeden ayrılmak mı? Nasıl? Pasaportum yanımda değil."

"Bu endişeleneceğin son şey. Şimdi o telefonu bana ver."

Telefonu kaptı. David başka tarafa döndü. Sırılsıklam olmuş spor çantasını bagaj rafına attı ve gözü şifonyerin üstündeki aynadaki kendi görüntüsüne takıldı. Saçı başına yapışmış, derisi hastalıklı gri bir görünüm almıştı. Belki de şoktan. Şaşmamalı. Zihninde, ben Moshe'nin yangın merdiveninde yığılışının görüntüsünü tekrar tekrar oynatıyordu.

O ve Yael hayatta oldukları için şanslıydılar. Polis otobüsün yolunu kesip onları sorgulamaya almadan, bir sonraki durakta inmişlerdi. Boşalan sağanak altında, bir şekilde, bir taksi çevirmeyi başarmışlar ve Hudson Irmağına doğru yol almışlardı, sessiz, sırılsıklam ve fırtınadan çok daha başka bir nedenden dolayı titreyerek. Şimdi bu otelde güvende olup olmadıklarını kim bilebilirdi? Hahamın çalışma odası dinleniyorsa, hattın öbür ucundaki, her kimse, kim bilir neler duymuştu?

Kendisinin peşinde olduklarına inanmak pek saflık sayılmazdı. O sarışın çam yarması hahamı öldürmekle yetinmemiş, onunla Yael'i bloklar boyunca kovalayarak peşlerinden gelmiş, New York caddelerinde etrafa ateş etmişti.

Değerli taşların peşinde miydi? Yoksa ajandanın mı? Ben Moshe isimleri aradıklarını söylemişti.

Cep telefonunu çekip çıkardı, ancak dört kere çaldıktan sonra, hüsranla, Stacy'nin hattının onu telesekretere yönlendirmesini dinledi.

"Merhaba, Mançkin." Doğal görünmeye çalıştı, ama sesi gergin çıktı. Bunu dinler dinlemez beni ara, olur mu? Sadece nasıl olduğunu öğrenmek için aradım."

Sonra Meredith'i denedi, kayıtlı mesaj çıkınca yüksek sesle küfretti.

"Beni ara, Mere, acil. Seninle Stace hakkında konuşmam lâzım. Hemen."

Geri aradığında ona ne söyleyeceğini bilmiyordu. Birine, çocuğunun isminin, birden ölüveren insanlar listesinde olabileceğini nasıl anlatırdınız? Meredith ya da Stacy aramadan önce Yael Har-Paz'dan cevaplar almak zorundaydı.

Pencerenin yanındaki masaya giderek, hahamın omuz çantasının kilidini açtı. Arkasında Yael yaylım ateşi gibi İbranice konuşurken, içindekileri taradı – İbranice bir dua kitabı, bir telli dosya, üzerinde sekiz biçiminde kabartma bulunan küçük bir bronz para.

David yakından baktı. Hayır, sekiz biçimi değil – bir çift yılan.

Çantanın dibinde iki tane lamine kart gördü ve birini aldı, üzerindeki garip ve karmaşık çizime baktı. *Bu da ne böyle?*

Bir şemaydı bu. Kesişen çizgilerle birbirleriyle birleştirilmiş farklı renklerde on molekül. Ona ilaç prospektüsü üzerindeki ampirik formülü anımsattı.

Ya da çocukken tahta TinkerToys'uyla inşa ettiği bir şeyi.

Yael'in konuşmasını bitirdiğini duyunca, şemayı omuz çantasının içine bıraktı ve karşısına geçmek için ona doğru yöneldi.

"Şimdi o açıklamayı bekliyorum."

Soğuk bir tonla konuştu. "Nereden başlamamı istersin."

"İsimleri ajandamda yazılı olan insanlar tehlikede değil mi?"

"Evet."

"Neden? Neden bu isimler hahamın bana anlattığı tüm o papirüslerde yazılı?" Sözcükler ağzından bir çırpıda çıktı. "Kimlerin ismi bunlar? Ortak yönleri ne?"

"Onlar dünyanın varlığını sürdürmesini sağlayan insanlar. Nadir ve özel insanlar. Ve sistematik olarak Gnoseos tarafından öldürülüyorlar."

Soğuk bir dehşet iliklerine işledi. Google'da aradığı o isimler – kendisi haklı çıkmıştı. Tüm o kazalar gerçekte kaza değildi.

Stacy.

Tanrım, *neredeydi*?

"Üvey kızımın adı o ajandada." Sesi çatallaştı. "Bana onun tehlikede olduğunu mu söylüyorsun?"

Yael yutkundu. Gözlerinde merhamet emaresi yanıp söndü. "Üzgünüm. Bilmiyordum. Evet, tehlikede. Tüm Lamed Vovnikler tehlikede. Şu anda Washington'da mı?"

"Hayır, öteki kıyıda, Santa Monica'da." David dişlerini gıcırdattı. "Onun peşinde olanlar da aynı kişiler mi? Şu Kara Melekler?"

Başını salladı, yüzündeki ifade sertti. "Son derece iyi eğitilmiş acımasız katiller." Soluk aldı. "İsmi ellerindeyse, onu bulurlar. Hemen korunmaya ihtiyacı var. Tekrar Avi'yi arayacağım."

"Hayır." David'in sesi kararlıydı. "Güvendiğim biri var. Bulunabilecek en iyisi. Onu korur, ve ondan uçakla bir saatten daha az uzaklıkta."

Yael dudağını ısırdı, sonra omzunu silkti. Islak, ipek spor ceketini çıkardı ve titredi. Rengi yüzüne geri dönmemişti. "İyi, o zaman. Sen işleri yoluna koyarken ben kahve yapacağım."

David, Karl Hutchinson'ın numarasını tuşladı, ezbere bildiği numarayı. Onu son gördüğünden bu yana üç yıl geçmişti, ama her bir iki ayda bir konuşmuşlardı. Hutch'ın cevap vermesi için dua etti.

"*Hola*!" Hutch'ın bildik sesi ona sinyal sesinden sonra mesaj bırakmasını söyledi. David'in göğsü daraldı.

"Hutch, benim, New York'tayım, acil bir durum çıktı. Stacy'nin hayatı tehlikede. Sana ihtiyacım var, ahbap."

Herkes ne cehennemdeydi? David başı patlayacakmış gibi hissediyordu. Derin bir soluk aldı, sonra bir tane daha. *Bilgi güçtür. Odaklan.*

Kendisine bir fincan kahve veren Yael üzerine odaklandı. "Şimdi bana tüm olan biteni anlatacak mısın?"

"Deneyeceğim. Otur, David." Ona tartarak baktı. "Kabul etmesi senin için zor olacak. Benim için de açıklaması."

David masadaki sandalyeye iki büklüm oturdu ve kahve fincanını masaya koydu.

Ben Moshe'nin, Yael yangın merdivenine tırmanırken bağırdıklarını anımsadı.

İsrail uçağına binmesinin yolu yoktu – Stacy olmadan.

Bakışları karşısında yatağın üzerinde oturan uzun bacaklı kadına dikildi.

"Başlayabilirsin," dedi sakince, "bana Lamed Vovnikler'den bahsederek."

ON BİRİNCİ BÖLÜM

"Talmud'u bilir misin?" Yael kararlı bir biçimde onu seyretti.

"Genel olarak. Eski Ahit üzerindeki eski haham yorumları, doğru mu?"

"Dahası da var. Talmud, Yahudilerin dinsel yazılarının ana metni – Yahudi hukuku, tarihi, felsefesi, ahlaki öğretileri, hatta efsaneleri hakkında bilinmesi gereken her şey." Yael kahvesinden bir yudum aldı.

"Hepsi de üç ile altıncı yüzyıllar arasında, Yahudi bilgelerin en bilgili olanları –tüm yaşamlarını Yahudi hukukunu her yönüyle tartışarak, çözümleyerek ve tanımlayarak geçiren insanlar– tarafından yazılmış altmış üç risale. Lamed Vovnikler'in açıklaması Talmud'da yatıyor."

"Konuşmaya devam et." David sabırsızlığını kontrol etmekte zorlanıyordu. "Haham Abbaye'ye –o bilge kişilerden birine– göre, dünyada her kuşakta, *Şekinah* ile kutsanmış otuz altı erdemli kişi bulunmalı." "Kim?"

"Tanrı'nın dişil yanı." Göz göze geldiler.

"Yahudi geleneği, Tanrı'nın sadece bu otuz altı kişinin yaradılıştan olan meziyetleri sayesinde dünyanın varlığını sürdürmesini sağladığını öğretir."

David başını salladı. "Dur, bir dakika, bütün dünyada sadece otuz altı erdemli insan olduğunu mu söylüyorsun bana?"

"Aslında, yaklaşık 18.000," dedi geçici bir gülümsemeyle. "Ancak, Lamed Vovnikler özel kişiler, ruhları en yüksek manevi düzeye erişen insanlar. Onların iyiliği o kadar güçlü, o kadar içten ki dünyadayken Tanrı ile manevi birleşmeyi tam olarak gerçekleştirebiliyorlar."

David'in kaşları inanmadığını belli edercesine kalktı. "Tanrı'yla aralarında kırmızı telefon hattı mı var demek istiyorsun. Bak, Stacy'nin altın kalpli bir çocuk olduğunu her zaman biliyordum, ama, yapma."

"Mistikler, Lamed Vovnikler'in aramızda fark edilmeden dolaştığını söylüyor. En azından, her kuşakta otuz altı tanesi, hiç tanınmadan, hatta kendileri tarafından bile. Dolayısıyla, onlardan biri olduğunu iddia eden, kesinlikle onlardan biri değil. Onlar alçak gönüllüdür ve iyiliği herkesten gizli olarak, saygınlık ve övgü peşinde koşmadan, yaparlar. Hasidik hahamlar, kente yabancı olarak gelip onu felaketten kurtardıktan sonra tantanasız, geldikleri gibi ortadan kaybolan Lamed Vovnikler'in öykülerini anlatır."

Yael'in elleri kahve fincanını sıkıca kavramıştı. "Bir kuşaktaki Lamed Vovnikler'in tümü ölürse dünyanın varlığı sona erer."

Gökgürültüsü göğü parçaladı. İkisi de, zaten boğulmakta olan kente yağmurun oluk oluk boşaldığı pencereye baktılar.

"Görmüyor musun, David? Çoktan başladı bile. Bütün dünyada, birbiri ardına artan tüm bu dehşet veren şeyleri? Karmaşanın bu kadar yoğun, bu kadar acımasız olduğu herhangi bir anı anımsıyor musun? Gnoseos, David, dünyayı yok ediyor. Lamed Vovnikler'i yok ederek."

David'in başı, yağmurun çaldığı davulun ritmine uyarak, yeniden zonklamaya başladı. Yol boyu kabarıp taşan yağmur suyuna odaklandı. İzlerken, yıldırım karşıdaki binada kıvılcımlardan oluşan kavisli bir yol çizdi. Üst camlar parçalanırken, gök gürültüsü bomba gibi patladı. Yankılanmayı ayaklarının altında hisseden David geriye sıçradı.

Türkiye'deki depremler, Dayyer limanındaki patlama, Melbourne'daki teröristler. Atlantik'te birbiri ardına fırıl fırıl dönen kasırgalar... Şili'deki çamur kaymaları...

Yael'e döndü. "Kaçı kaldı? Bu kuşaktan? Kaç tane Lamed Vovnik?"

Berrak yeşil gözleri loş otel odasında hüzünlüydü. "Bilmiyoruz. Pek fazla değil, sanırım, dünyanın bu durumunu göz önüne alırsak. Seni İsrail'e götürmemiz gerek – Safed'e, kutsal ve mistik kente. Kendi gözlerinle göreceksin, David."

Gözleri parıldamaya başladı. "Işıkta ve havada seziliyor. Babam ve benim gibi laik bilim insanları bile yukarıdaki yıldızlardan ışıyan mistik aurayı yadsıyamayız. Safed'deki Kabalacıların ajandana, *beynine* gereksinimi var. Ellerinde kumdan kazıp çıkarılmış papirüs parçaları, tüm yaratılmışların isimlerini –Lamed Vovnikler de dahil– içeren eski kitabın bölümleri var. Ama, David, o isimler sende de var. Senin beyninde."

"Stacy onlardan biriyse," diye araya girdi, korkudan midesi bulanıyordu. "Ya o son kişiyse? Bütün dünyanın onun hayatına mı bağlı olduğunu mu söylüyorsun?"

"Evet." Elini saçına daldırarak yüzüne düşen ondüle dalgaları taradı. "O yüzden, senin Hutch'ın oraya hızla yetişmesine bel bağlayamam, özellikle de seni geri aramadığına göre. Bir destek timi yolluyorum. Bağlantım Avram Raz'ın en iyi İsrail güvenlik ve istihbaratına erişme olanağı var. İsmi yaptığı işe uygun düşüyor."

"O da ne demek?"

"Raz, İbranice, 'sır' demek. Ama her İbranice harfin bir sayısal değeri vardır. Ve Raz sözcüğünü yazarken kullanılan harflerin sayısal değeri İbranice 'ışık' ve 'yabancı' sözcüklerininkiyle aynıdır."

"Seni hâlâ anlayamadım."

"Avi Raz sırlara ve yabancılara ışık tutan bir adam," dedi. "Bu sana onun mesleği ve becerileri hakkında yeterli bir fikir vermeli. O yüzden," gözlerinde meydan okuma edasıyla telefonu tuşlarken, "gelecek sefere, bunu benden almayı aklından bile geçirme."

David'in dudakları kenetlendi. Stacy'den *hemen* haber alması gerekiyordu. Yael telefonda hızla İbranice konuşmaya başladığında, David'in cebi çaldı, Stacy'nin ismini görmek için dua ederek telefonu hemen yukarı kaldırdı.

Hutch.

"David, neler oluyor? Ne yapabileceğimi söyle."

"Santa Monica'ya git — Stacy ve Meredith'i koruman gerek. Evi anımsıyor musun? Onları Kaliforniya'dan çıkar. Bir destek timi yolda. Hepiniz güvende olduğunuzda, yerinizi bildirmek için beni ara."

"İsa adına, dostum, neyle karşı karşıyayız?"

"Stacy ölüm listesinde, Hutch." David ne dediğine neredeyse kendisi bile inanamıyordu. "Dinsel bir mezhep onun peşinde. Sana derhal ihtiyacım var, dostum."

Telefonunu çat diye kapattığında, Yael'in kendisini izlemekte olduğunu gördü. Gözlerini yumuşatacak en ufak sempati izi bile yoktu.

"İki Mossad ajanı bu akşam Los Angeles Uluslararası Havaalanına uçuyor. Hutch bize haber ulaştırır ulaştırmaz, onunla buluşup işi devralacaklar. Onu koruyacaklar, David. Bu konuda bana güven." Gökgürültüsü çatırdıyarak patladı ve camları sarstı, Yael yataktan atladı ve David'e yaklaştı. "Bu arada, seninle mümkün olan en kısa zamanda Safed'e gitmeliyiz. Biri, senin pasaportunu bu gece buraya getirmeli."

Gözleri kendisininkilere kilitlenmiş, sordu. "Kime güvenebilirsin?"

ON İKİNCİ BÖLÜM

Su yüzünde sırtüstü yatmak dünyadaki en huzur verici duyguydu. Neredeyse mükemmel bir öğleden sonra, Stacy gözlerini kapadı ve kendinden memnun içini çekerek güneşin okşayışının tadını çıkarmaya koyuldu. Bugünkü maçı kazanmışlardı, talihi ona bir serüven sözü vermişti ve en önemlisi David, annesiyle, onu da "aile balayı"na sürüklememesi için konuşacaktı."

Şimdi, keşke telefonda Len'le konuşurken annesinin miyavlama gibi sesler çıkarmasını önleyebilseydi. Mide bulandırıcıydı.

Şu anda rahatım yerinde olmasaydı, diye düşündü, *havuz başına kadar kürek çeker ve müziğin sesini açardım*. Ama canı kıpırdamak istemedi...

Annesinin gülüşü yukarıdaki pencereden on desibele yükseldi. *Kimi kandırıyorum*? Yüzü öfkeden buruşmuş hâlde saldan ılık suya kaydı, yüzü öfkeyle buruştu. *Kendi annesi onu böyle utandırırken ve tüm komşuların duyacağı kadar yüksek sesle konuşurken kim rahat edebilirdi ki*?

Sular sıçratarak havuzdan çıktı ve telefonunu, güneş kremini ve havlusunu bıraktığı şezlonga doğru yürüdü. Coca Cola'sı güneşte ısınmıştı ama, bir yandan taşınır müzik setinin sesini yükseltirken, yine de kafasına dikti.

Tamam. Çok daha iyi. Şimdi dinlemek zorunda değildi...

Arkasından sertçe yakalanınca burnundan Coca Cola geldi. Kutu fırlayıp gitti, sert derili bir el ağzını ve burnunu kapatırken hava almak için mücadele etmeye çalıştı. Nefesi tıkanıyor, zorlukla soluk alabiliyor, nefes almak için savaşıyor, çığlık atmaya çalışıyor, hepsini birden yapmaya çabalıyordu, ama dudaklarını hafifçe aralamayı başarsa bile duyulabilir hiçbir ses çıkmadı ağzından.

Saldırgan kıllı koluyla onun ayağını yerden keserken korku içini sardı. Kaleye doğru hızla koşan bir Amerikan futbolu oyuncusu gibi onu yakalamış koşarken göğsü havasızlıktan patlayacakmış gibiydi. Panik içinde, nereye doğru gittiklerini anladı. On uzun adımdan sonra kendini garajın dışındaki acayip kamyonetin içinde buldu.

Eva Smolensky, Dyson marka elektrik süpürgesini merdivenlerden aşağıda sürüklerken oflayıp pufluyordu. Ufak tefek bir kadındı, Dr. Shepherd'ın odasına itelediği elektrik süpürgesinden olsa olsa üç beş santim daha uzundu ama pek geniş sayılmazdı. Tavandaki lambayı yaktı, geçen Salı yaptığı temizlikten bu yana biriken gazete yığınına bakıp dilini şaklattı. Dr. Shepherd onu arayıp Peder McGrath'ın bu akşam eve girmesine izin vermesini istemiş, o da *evi bir gün önce temizlerim, salı sabahı da yeni torunumu görmek için serbest kalırım* diye düşünmüştü.

Ama, of of, artık eskisi gibi genç değildi. Kendi çocuklarının küçükken uyumalarını bekleyip sonra eve çeki düzen verdiği günlerden beri, Eva, gece bu kadar geç saatte temizlik yapmamıştı. Dr. Shepherd'ın evine çeki düzen vermek de pek o kadar kolay değildi. Çok hoş bir genç adamdı, tamam, ama o da kendi damadı Henry gibi pasaklıydı.

Eva kafasını salladı. Neyse, en azından yeter derecede erken aramıştı. Peder McGrath gelip Dr. Shepherd'ın ihtiyacı olan her neyse onu alıp gitmeden önce evi düzene sokmuş olurdu.

Eva, papaz gözüne ilişir mi diye pencereden bakarken belini ovaladı. Artık ev temizliği için yaşlanıyordu, ama yine de gözde müşterilerini elinde tutuyordu. Şimdilik.

Gelecek sene, kim bilir? Belki, artık emekliye ayrılırdı.

Yakışıklı papaz görünürlerde yoktu, yorgun argın süpürgeye doğru yürüdü ve eğilip fişi prize soktu. Olsun, isterse o süpürürken kapıya gelsin – ona, elektrik süpürgesi ve çamaşır makinesi yüzünden zili duymazsa ön kapının açık olduğunu söylemişti.

Parmağı süpürgenin düğmesi üzerindeyken zil çaldı. Kurutucu. İçini çekerek çamaşır odasına ve bekleyen ütü istemez gömlek yığınına doğru ayaklarını sürüyerek yürüdü. Onları hemen askıya asması gerekiyordu, kırışmadan.

Kurutucunun kapağını açarken, çamaşır makinesi çıt sesi çıkararak durulama aşamasına geçti. *Biri çıkıp da aynı programa göre çalışan bir çamaşır makinesi ve kurutucu icat edemez miydi? Bu çok fazla şey mi istemek olurdu?* Aniden, Eva holde bir ses duydu. Peder McGrath. Pencereden bakmadan önce içeri süzülmüş olmalıydı. Nasıl da gözden kaçırmıştı? Galiba, kızlarının söyleyip durduğu gibi bir işitme cihazına ihtiyacı vardı...

Hımm. Gözde papazıyla biraz zaman geçirecek olmaktan memnun, hole doğru koşturdu. Peder McGrath sadece göze hoş gelen bir adam değil, aynı zamanda sıcak ve nazik biriydi. Onu her gördüğünde, meleklerle bir arada olmuş gibi bir duyguya kapılırdı.

Hole baktı. Garip. Orada yoktu.

"Peder McGrath?", diye seslendi Eva. Mutfağa doğru yavaş adımlarla yürüdü ve etrafa bakındı, sonra hole döndü ve merdivenlerden yukarı başını uzattı.

Tuhaf. Evde birini duyduğuna yemin edebilirdi. "Peder?", diye tekrar seslendi.

Yalnızca sessizlik vardı.

Omzunu silkerek çalışma odasına doğru yöneldi. Ancak oraya hiçbir zaman varamadı.

Başına geçirilip kolları boynuna dolandığında Dr. Shepherd'ın kurutucudan yeni çıkmış açık mavi ince çizgili gömleği hâlâ buram buram sıcaktı.

Hava almak için iplerin ucundan sarkan kuklalar gibi mücadele etti, ama vücudu çamaşır kurutucunun içindeki buruşuk gömleklerin arasına atılmadan tam bir dakika önce meleklerle buluşmuştu.

Stacy'nin gözleri annesinin yatak odasının açık penceresine yalvararak bakıyordu. *Anne*, diye çığlık atmak istedi. *Anne!* Ama çığlık atamadı, soluk bile alamadı. Burun delikleri ve boğazı ateş gibi yanıyordu, ışıktan iğneler gözünün önünde benekler oluşturmaya başlamıştı.

Topu rakipten sökmek için nasıl bükerse aynı şekilde adamın elinden kurtulmaya çalıştı. İşe yaramadı. Adam çok kuvvetliydi. Kamyonetin yukarı doğru açık arka kapısı esneyen bir devin ağzı gibiydi. *Kendinden geçme*, dedi kendine, sonra, bir adrenalin dalgasıyla ağzını açabildiği kadar açtı ve bir Doberman gibi dudaklarını bastıran parmakları ısırdı.

Adam içgüdüsel olarak kollarını gevşetti ve acıyla bağırdı. Stacy havayı içine doldurdu ve kıvrılarak adamın elinden kurtuldu. Adam onu yakalamak için hamle yaparken kendini öne attı.

"İmdat! Saldırıyorlar!" Stacy çıplak ayakla caddede hızla koşmaya başladı. *Tanrı'ya şükür*! Bay Atkins köpeği Reckless'i yemekten sonra yürüyüşe çıkarmıştı.

İskoç çoban köpeği havlamaya başladığında Bay Atkins Stacy'yi fark etti. Sonra kayışın ucundaki köpek Lachman'ların garaj yoluna doğru hamle yapınca o da birden o yöne doğru sürüklendi.

Kamyon Stacy'nin arkasından kükreyerek geliyordu. Stacy atlayarak yoldan çekildi, göksalkım ağacına çarpıp düştüğünde, kamyonet gıcırtılar çıkararak yanından geçti ve hafifçe yan yatarak caddeye döndü.

"Stacy! Kimdi o? İyi misin?" Bay Atkins ve Reckless ona yetiştiğinde, Stacy bir çığlık daha attı.

"Anne!"

ON ÜÇÜNCÜ BÖLÜM

Capitol Hill'in üzerine sıcak ve rutubetli bir alaca karanlık çökmüştü. Dillon McGrath D Caddesindeki evinden çıktı ve Acura'sına doğru aceleyle yürüdü. Direksiyona geçti ve kontak anahtarını deliğe soktu, ama çevirmedi. Onun yerine cep telefonunu ve mendilini çıkardı, üst dudağında biriken terleri sildi.

"Dillon, buldun mu?"

David'in sesi, Dillon'ın şimdiye kadar duyduğundan çok daha endişeli çıkıyordu. Gözlerinin önünde Ben Moshe'nin öldürüldüğü dikkate alınınca, bu anlaşılabilir, diye düşündü Dillon.

"Üzgünüm, David. Bulamadım. Masanın üst çekmecesinde yoktu. Aslında diğer çekmecelerde de yoktu. Çalışma masanı bile aradım. Maalesef."

"Tekrar bak. Orada olması lâzım." Alarm zilleri David'in sesinde yankılandı.

"İnan bana, her yeri köşe bucak aradım. Yok. Eva da yoktu. Ön kapıyı benim için açık bırakmıştı." Bir bilek hareketiyle Dillon motoru çalıştırdı.

Diğer uçta sessizlik vardı.

"David?"

"Biri senden önce oraya vardı." David'in sesi hüsran doluydu. "Biri benim lanet olası pasaportumu aldı."

"Hayır, hayır, Sanmam." Dillon direksiyonu kavradı. İçinde gerilim artıyordu. "Orası altüst edilmiş gibi görünmüyordu. Her şey düzenliydi. Elektrik süpürgesi hariç. Eva onu kaldırmayı unutmuş."

"Bu pek onun yapacağı işe benzemiyor."

"O halde ne yapmam lâzım?" Bir otomobil arkasından kurumuş yaprakları dağıtarak, vınlayarak geçti." Polisi arayıp pasaportunun kayıp olduğunu bildirmemi ister misin?"

"Hayır. Polisi unut. Başka bir yol bulurum."

"David – akik." Dillon boğazını temizledi. "Hâlâ yanında, değil mi?"

"Evet. Kehribar olanla birlikte. Ben Moshe, bana Levi'yi verdi ... şeyden hemen önce." Sesi giderek azalıp kayboldu.

Koyu renkli arabada, Dillon gözlerini kapadı. "Umarım sırtında nasıl bir güç taşıdığının farkındasındır."

"Üzerinde düşünecek fazla zamanım olmadı."

"Keşke yapabileceğim başka bir şey olsaydı, David. Bu durumda ülkeden biraz ayrılmak zorundayım. Önümüzdeki birkaç gün içinde bana ihtiyacın olursa, ofisime mesaj bırak. Düzenli olarak arayacağım. Ancak ..." Tereddüt etti.

"Dikkatli ol, David. Bu işin geldiği durumdan hoşlanmıyorum.

David yüzünü ekşitti. "Bana mı söylüyorsun."

David telefonu çarpıp kapatırken Yael'e göz attı. Hahamın not defterine eğildiğinde, saçı, bakır renkli bir perde gibi, yanaklarına dökülmüştü.

"Pasaportum kayıp, Hutch aramadı ve kızımın ne cehennemde olduğunu bilmiyorum. Peki, *senin* günün nasıl geçiyor?"

Yatağın üzerine çökerken ellerini gözlerine bastırdı.

Yael yukarı baktı. "İşte öyle."

Türkiye'ye depremin getirdiği can kaybı ve yıkıntı görüntülerinin yansıdığı sesi kapatılmış televizyonun ekranını gösterdi.

"Kötü gün geçiren sadece bizler değiliz," dedi.

Dillon başka bir telefon numarası daha çevirmek için trafik ışıklarında durana kadar bekledi.

Günlerdir değerli taşlar üzerinde düşünüp duruyordu. Artık harekete geçme zamanıydı.

"Piskopos Ellsworth'ün orada olduğundan emin misiniz," diye sordu, herhangi bir giriş yapmaksızın. "Sizinle konuştuğumuz şu anda ben Reagan Uluslararası Hava Alanına doğru gidiyorum."

Trafik ışıklarının rengi değişene kadar telefonu dinledi, arkasında sabırsız bir korna çaldı. "Harika. Glasgow'a yarın akşam erken saatlerde ineriz. Doğrudan size gelirim."

ON DÖRDÜNCÜ BÖLÜM

"Avi Raz'ın sana sahte pasaport temin edebileceğini biliyorum, ama birkaç gün alabilir," dedi Yael endişeyle pencerenin önünde bir ileri bir geri yürürken."

David yüzünü ıslak bir havluyla kurulayarak banyodan çıktı. "Daha iyi bir fikrim var. Yarın sabah olmadan gerçek bir pasaport almanın yolunu biliyorum."

"Nasıl?" Yael durdu, ona bakarak.

"Bazen senatör oğlu olmak işe yarayabilir."

Eğer Judd Wanamaker o sıralar ülkedeyse.

Onu aradı.

Babasının en yakın arkadaşı şimdi Amerika'nın Mısır Büyükelçisiydi. Senatoda, ulusal sulak alanların koruma altına alınması konusunda yasa teklifini birlikte hazırlamış ve yorulmak bilmez şekilde destekleyerek müteahhitlerin ve kerestecilerin çıkarlarını hüsrana uğratmışlardı. Aileler arasında da bir bağ oluşmuştu. Shepherdlar ve Wanamakerlar, bir kez Niagara-on-the Lake'de birlikte tatil yapmışlar ve böylece her yıl tekrarlanan bir gelenek doğmuştu. Bu gelenek, David'in babası Senatoda kalp krizi geçirip ölene kadar yaklaşık yirmi yıl sürmüştü.

"David, Yael'e "Şanslıyız," dedi, "BM'le ilgili bir iş için burada." Bizimle yemekte görüşmek için ısrar etti. Üç blok aşağıda, rahatça konuşabileceğimiz özel odası olan bir Japon restoranı var."

"Bu bana, çantanın içindeki diğer şeylere bakma zamanı veriyor." Yael hahamın omuz çantasını yatağın üstüne koydu ve birer birer içindekileri çıkardı. Bunları çiçekli yatak örtüsünün üstüne bloknotun yanına dizerken David'e sorgulayıcı bir bakış attı.

Daha önce çantayı karıştırdığında önemli bir şey bulabildin mi?"

Çekici olduğu kadar da dikkatli, diye düşündü, onun farkında olduğuna şaşıran David.

"Aslında buldum. Anlamadığım bazı şeyler. Ya sen? Hahamın not defterinde önemli bir şey var mı?"

Cevap vermeden önce, bacaklarını altına kıvırarak yatağın bir kenarına, omuz çantasının yanına yerleşti. "Gnoseos hakkında araştırdığı bazı ayrıntılar. Eski gnostikler gibi Gnoseos'un gizliliği nasıl takıntı hâline getirdiği. İşte o yüzden inançları ve uygulamaları hakkında çok az şey biliniyor. Geleneklerini yalnızca sözle birbirlerine aktarıyorlar ve birbirlerini tanımak için hâlâ gizli tılsımlar ve simgeler kullanıyorlar."

Yael'in alnında hoşnutsuzluk belirten bir kırışıklık oluştu. "O çok endişeliydi. Gnoseos'un amacına kısa zamanda ulaşmasından korktuğunu yazmış. Ayrıca bir şey daha yazmış."

David, yüzündeki ifadenin yumuşamasını izlerken, bekledi.

"Haham Tanrı'ya olan inancını yazmış. Tanrı'nın Gnoseos'u yenmenin yolunu göstereceğine olan inancını."

David daha önce böyle bir inanç deneyimi yaşamamıştı. Böylesine kesin biçimde inanmanın nasıl bir duygu olduğunu merak etti.

Bir an için duyulan tek ses pencerelerde davul çalan yağmurun sesiydi. Sonra David yatak örtüsünün üstünden renkli bir kart aldı. "Bundan hiç söz etmiş mi?"

"Bir tarot kartı." Yael karta doğru uzanırken kaşları çatıldı.

"Bu o mu?" David şaşırmış görünüyordu. "El ayası okuma işine ya da ruh çağırma tahtasına başvurmanın –okült olan her şeyin– Ortodoks Yahudilere yasak olduğunu sanıyordum. Üniversitede yurtta aynı odada kaldığım bir arkadaş, Torah'ın kehanette bulunmayı yasakladığını söyleyerek, her gün falını okumaktan vazgeçmesi için bir Yahudi arkadaşın başının etini yerdi."

Yael kaşlarını kaldırdı. "Doğru. Ama, arkadaşın yanlış yönlendirilmiş. Astroloji kehanette bulunmakla hiçbir zaman bir tutulamaz. İsrail'de kazı yaparken bulduğumuz eski ev ve sinagogların –özellikle birden dördüncü yüzyıla kadar olanların– döşemelerini görmelisin. Kaç tanesinin özenle hazırlanmış zodyak kuşağıyla süslenmiş olduğunu sana sayamam."

"Gerçekten mi?"

"O, evet. Eski Kabalacılar manevi âlemde olan her şeyin bizim dünyadaki fiziksel âlemimize yansıdığına ve yıldızların ve gezegenlerin devirleri yoluyla iletildiğine inanırdı. Onlar yıldızların ve gezegenlerin Tanrı'nın büyük tasarımının ayrılmaz bir parçası olduğunu, gökkubbedeki her şeyin dünyaya yansıdığını öğretirlerdi."

Yael elindeki kartı inceledi. Ön yüzünde, canlı renklerle çizilmiş bir kule vardı – resimde sarmal çizerek yükselen muazzam bir kaleden insanlar baş aşağı kale hendeğine yuvarlanıyordu. Onların arkasında, kapkara gökyüzünde kulenin en üst katını alevler içinde bırakan bir şimşek çakıyordu. Arka yüzünde ise, birbirine dolanan yılanları gösteren basit bir resim ve sol alt köşede 471 sayısı vardı.

Kule

"Haham ben Moshe'de böyle bir kart neden bulunsun anlayamıyorum?" Yael'in kafası karışmış görünüyordu. "Ben Tarot uzmanı değilim, ama sana doğrudan Kabala'nın Yaşam Ağacından türetildiğini söyleyebilirim. Sana göstereyim."

Yael eline, daha önce fark ettiği küçük lamine resimli öteki kartı alırken, "*Artık beni hiçbir şey şaşırtmıyor,*" diye düşündü David. Birbiriyle bağlantılı molekülleri işaret etti.

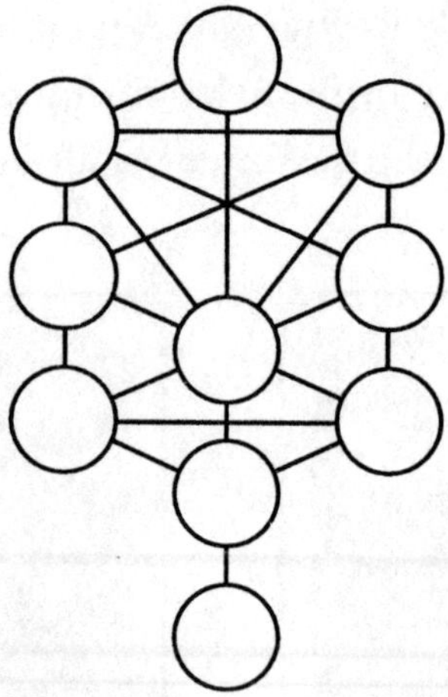

"Bu 'Yaşam Ağacıdır' dedi Yael

"Yaşam Ağacı Kabala'nın en merkezi yerindedir."

"Ben onların molekül olduğunu sanmıştım," diye itiraf etti David.

Yael, hafif gülümsemesini saklamaya çalışarak başını salladı. "Doğal olarak simgesel bir ağaç. Bu on daireden her biri –ya da Sefirot– insanların öykünmeye çalıştığı Tanrı'nın bir sıfatına karşılık gelir. Kabalacılar manevi aydınlanma için bunları basamak taşları olarak kullanarak derindüşünmeye girerler. Benim de bir bilim insanı olduğumu, bir mistik olmadığımı biliyorsun David – ama bu ağacın ifade ettiği kavramlara, gizeme ve güzelliğe karşı hayranlıkla dolu saygı duyuyorum."

David karta göz attı, sabırsızlık onu rahatsız etmeye başlıyordu. Çemberler hâlâ molekül gibi görünüyordu. Ve bütün bunların Stacy'yi korumakla ne ilgisi var anlayamıyordu.

"Fakat Tarot'la ne ilgisi var? Ya da Gnoseos'la?", diye sordu, gerginlikle.

"Gnoseos'la ilgisini bilmiyorum. Ama tarot destesi Yaşam Ağacı model alınarak hazırlanmıştır. Eliphas Levi adında bir on dokuzuncu yüzyıl Fransız okülisti benzerlikleri araştıran ilk kişiydi. Şöyle,"

Yael dudağını ısırdı, sözcükleri dikkatle seçerek.

"Özet olarak, Sefirot tüm yaratılışı simgeler – geçmiş, şimdiki ve gelecek. Bu çemberlerin her birinin ilahi ışık ya da enerjiyle dolu bir 'kap' olduğunu düşün, David. Mistikler, Tanrı'nın, bu çok kuvvetli ışığı 'kaplara' dökerek dünyayı bunlardan yarattığını, öyle ki kapların çömlek parçalarına ayrıldığını söylüyor. Çömlek parçaları saçıldı ve ilahi ışık dünyayı oluşturmak üzere evrene serpildi."

"Büyük Patlama?"

Yael'in gözleri kısıldı. "Tam değil. Devam edebilir miyim?"

Yüzündeki acılı ifade ona üçüncü sınıftaki endişeli öğretmeni Bayan Karp'ı anımsattı. Ama Yael HarPaz çok daha güzeldi.

"Devam et." David omuzlarını gevşetti. Ensesindeki gerilim onu etkilemeye başlamıştı.

"Tamam, saçılan çömlek parçaları," diye devam etti Yael. "Mistikler, bunların her birinin ışığını gizleyen bir kabukla örtüldüğünü ve insanlar olarak bizim görevimizin Tanrı'nın ışığının dünyaya tekrar ulaşmasını sağlamak için bu kabukları kırıp açmak olduğunu söylüyorlar."

Yael yataktan kalktı ve odayı tekrar adımlamaya başladı. "Bundan fazlasını anlamayı bekleme, David. Kabala aşırı derecede karmaşıktır. Bana inan, benim bilgilerim en iyimser bakışla yüzeysel. Sadece Kabalanın yüzünde bir çizik oluşturmak bile yıllar süren derin çalışma ister. İşte bu yüzden geçmişte de hep gizli tutuldu."

"Sanırım Kabalacıların Gnoseos'la ortak bir yanı var," diye derin

derin düşündü David. "Gizlilik, evet. Aynı zamanda derin bir ilahi bağlantı kurma özlemi." Adımlamayı kesti ve David'e döndü. "Ancak Kabalacıların dünya görüşü ve insanoğlunun amacı hakkındaki fikirleri Gnoseos'unkilerden temelde farklıdır. Kabala dünyada ışık ve iyilik yaratma potansiyelini öğretir. İnsanlar olarak bizim dünyayı onarma görevimizi, onu yok etmeyi değil."

"Nihayet, İbranice okulundan bir şey hatırladım – *Tikkun olam.* Dünyayı onarma, onu daha iyi yapma yükümlülüğü."

"Aynen." Yael bir kalçasını masaya dayadı. "Bir fark daha. Gnoseos maddesel dünyanın kötü olduğunu çok erken yaşta çocuklarına öğretmeye başlar. Buna karşılık geleneksel olarak, Kabala, yalnızca, yıllarını Torah öğrenimiyle geçiren kırk yaşın üstündeki evli erkeklere öğretilir."

"Bu durumda Madonna dışarıda kalıyor."

Yael'in dudakları büzüldü. "Onu pop dini haline getiren pek çok kişi de... Kabala'yı Yahudilikten, Torah öğreniminden ayıramazsın. Bunlar iç içe geçmiştir."

"Henüz kırk yaşında değilim, artık evli de değilim, ancak yine de bu ağacın Tarotla ne ilişkisi var bilmek isterim."

Gözleri kısıldı. "Sabır senin bir meziyetin değil, değil mi?"

"Kızım tehlikedeyken değil."

Yael parmaklarını hâlâ ıslak olan saçları arasında gezdirdi. "Neredeyse bitti." Kartı David'in eline doğru itti.

"Bu on Sefirot –çemberler– ruhanilik düzeylerini temsil eder. Aralarındaki yirmi iki çizgi ise Yahudi mistiklerin ruhani bilinci yükseltmek için izledikleri yollardır."

David şakaklarını ovdu. Hafif bir baş ağrısı kafasının arkasında zonklamağa başlamıştı. "Anladım."

"Tamam, –on sefirot, yirmi iki yol– İbrani alfabesindeki yirmi iki harf. Tarotun Majör Arkanasında da tesadüfen yirmi iki kart var. On sayısı da Tarot destesi için önemli."

"Neyin var?"

David şakaklarına masaj yapıyordu. Ağrısı varmış gibi gözüküyordu. "İyi misin?", diye üsteledi Yael, bir bardağa su koymak için banyoya giderken.

David gözlerini kapamak için güçlü bir dürtü hissediyordu. Bu baş ağrısı onu tüketiyordu. Saatine bakmak için kendini zorladı.

Neredeyse Judd'la buluşma zamanıydı. Hutch neden aramamıştı? Yael'i bir bardak uzatırken gördü, endişeyle ona bakarken.

"Baş ağrısı," diye mırıldandı, sonra aniden yataktan kalkarken sendeledi. Uzun iki adımda spor çantasına ulaştı ve ajandasını çekip çıkardı.

Percy Gaspard.

Masadan bir kalem kaptı, sayfaları ajandanın arkalarına doğru çılgınca çevirdi ve bulduğu boş yere ismi karaladı.

"Percy Gaspard." Sesi ancak duyulabiliyordu. Yael ona doğru ilerledi ve David tarih düşerken omzunun üzerinden ajandadaki en yeni isme baktı.

"Avi'yi arayıp bu ismi kopyasını çıkardıklarımızla karşılaştırmasını söyleyeceğim," dedi hızla. "Hâlâ yaşayıp yaşamadığını öğrenmek için başka kaynaklardan kontrol edecek."

Veya ölü. Ya da mevcut hedef... David düşündü. *Onu bulmak ne kadar zaman alırdı? Onu kurtarmak...*

"Hazır onu aramışken," dedi Yael, telefon kulağında, "Pasaport işinle ilgilenmeye devam etmesini söyleyeceğim – babanın arkadaşı başarılı sonuca varamazsa diye."

David yalpalayarak banyoya gitti ve yüzüne soğuk su çarptı. Odaya döndüğünde, "Gitmemiz gerek," diye mırıldandı. Ajandasını spor çantasına tıktı, sonra hahamın eşyalarını yatağın üzerinden topladı ve onları da aynı yere soktu.

"Bunların hepsini yanımıza alıyoruz. Her ihtimale karşı." Derin bir nefes aldı ve kapının kolunu kavradı. "Tufanla karşı karşıya gelmeye hazır mısın?"

Yael daha pek kurumamış ipek ceketini giyerken omuz silkti. "Nuh'un dışarıda gemisiyle beklemiyor olması ne kötü." Çevik bir hareketle yanından geçip açık kapıdan çıktı.

ON BEŞİNCİ BÖLÜM

Judd Wanamaker taşra doktoruna benziyordu. Seyrek saçlı, tıknaz, titizlikle düzeltilmiş gri sakallı ve Noel Baba burunlu samimi bir yüze hâkim olan bir adamdı. David'in babası her zaman, eğer günün birinde yeniden seçilemezse, Judd'ın New York taksi şöförü olarak ikinci bir kariyer sahibi olabileceğini, çünkü ölüm eğilimi olan bir canavar gibi araba sürdüğünü, anlatacak bir milyon hikâyesi bulunduğunu ve bunları paylaşmaktan hiçbir zaman bıkmadığını söylerdi.

"Sanma Shioyaki ısmarlamalısınız," diye ısrar etti Judd, tanıştırma merasimi bittiğinde ve Yotsuba'nın ana yemek salonunun bir kat üstündeki özel tatami odasında oturduklarında. Yael, pirinç samanı dolu kıvrımlı hasır minderin ahşap arkalığına dayandı ve alçak masanın altında bacak bacak üstüne attı. Kabartmalı dört yapraklı yoncayla süslü menüyü eline aldı.

"Tuzda pişirilmiş uskumru. Taze rendelenmiş Japon turpuyla servis yapıyorlar. Şimdiye kadar yediklerimin en iyisi. Ted Kennedy beş yıl önce beni bununla tanıştırdı, o kadar harikaydı ki ertesi akşam tekrar geldim."

"Judd her zaman politika için olduğu kadar yemek için de hevesli olmuştur," diye Yael'e anlattı David, garson su bardaklarını önlerine koymak için eğilirken. "Ve karısı için de."

Babasının arkadaşına döndü. "Katharine teyze nasıl? Ulusal Senfoni için hâlâ herkesten daha fazla para toplamaya devam ediyor mu?

"Biz şu anda bunları konuşurken rekor kırmakla meşgul. Fon toplama işi sanırım politikadan da daha politik bir şey ve Katharine için çok doğal." Menüsünü kenara bırakırken, "Gerçekten uskumruyu düşünmelisiniz," dedi Yael'e.

"Korkarım geçirdiğimiz bu günden sonra biraz fazla riskli olur, Büyükelçi Wanamaker." Yael bitkin bir şekilde gülümsedi. "Sanırım ben Kitsune Udon'dan vazgeçmeyeceğim."

Judd ona sempatiyle baktı. "Bu ne tür bir gündü, Bayan Har-Paz, çok ıslak olmasının dışında?"

"Yürek parçalayıcı bir gün."

David, daha bu sabah ülkeye gelen, bir adamın öldürüldüğünü gören, kendisine ateş edilen, izlenen ve şimdi de bir Amerikan Büyükelçisiyle yemek yiyen bir kadın olarak mükemmel derecede kendine hâkim görünüyor diye düşündü. Kim bilir, yaşamında kendisine bu mücadele azmini veren daha neler görmüştü.

Etraflarında dönen garsona göz atan David, "Sanırım önce sipariş versek daha iyi olur," diye önerdi.

Judd'ın gözlerinde ilk defa kaygı belirdi ve başını onaylayarak salladı.

Birden ışıklar sönükleşti, sonra tekrar güçlendi. David sinirlerinin gerildiğini hissetti. *Bu da neydi? Durumun aciliyeti hatırlatmak için göklerden gelen bir mesaj mı? Kendisi hiçbir şeyi unutmuş değildi.*

Çeşitli mezeler ve ana yemekler konusunda karar verdiler ve garson shoji kapıları arkasından kapatıp ayrıldıktan sonra David'in gerilimi azalmaya başladı. Işıkların sönükleşmesi elektrik arızasının habercisi değildi. "Seni bu işe bulaştırmak istemezdim, Judd, gerçekten gerekli olmasaydı." David boğazını temizledi. "Ama yarın ükeden ayrılmak zorundayım ve pasaportum kayıp."

"Anlıyorum." Judd David'in yüzünü inceledi. "İş mi eğlence mi?"

"İş." Cevap David'in istediğinden daha sert çıkmıştı. Judd'ın gözleri endişeyle keskinleşti.

"Acil gibi gözüküyor."

"Öyle olmasaydı sana yük olmak istemezdim."

"Yük olmak meselesi değil, David. Sana yardım etmekten mutluluk duyarım. Biraz kırtasiye işi söz konusu olacak, sabah ilk iş benimle BM'de buluşman gerek, ama sana acil çıkış izni almak bir sorun olmamalı."

Yael yemek çubuklarını saran keten peçeteyi açarken, "Ne kadar zaman alır?" diye araya girdi.

"Yemekten sonra bir yere telefon edeceğim, öğleden önce elinde olur."

"Teşekkür ederim, efendim." David, minnettarlıkla dolu, ona çocukken öğretildiği resmî biçimde hitap etti. Bu Judd'ın gülümsemesine yol açtı.

"Elbette senin baban da benim çoluk çocuğum için aynı şeyi yapardı."

Garson dönüp sanatsal biçimde dizilmiş suşi dürümü ve saşimi ile dolup taşan tahta tepsiyi masaya koyduğunda, David "Katie, Ashley ve Mark nasıl" diye sordu.

David Kaliforniya sandviç ekmeğinden ısırdı, ama polistiren köpük gibi geldi adeta. İştahını kaybetmişti. Konuşma aile, kariyer ve evlilik hakkında gevezeliğe dönüşünce, Judd'ın fark etmeyeceğini umarak yemeğini tabakta çubuklarla evirip çevirip durdu. Yael'in buğday şehriyesi ve kızarmış tofu dolu tabağından sessizce bir lokma aldığını, arada sırada yorum yaptığını, çoğu zaman da gözlem yapmakla yetindiğini gördü.

Sonra, Judd, Stacy'yi sorarak ani ve gergin bir sessizliği tetiklemiş oldu.

"Birkaç gündür onunla konuşamadım." David sesindeki endişeyi saklamaya çalıştı. "Meredith yeniden evlendiğinden beri biraz sinirli."

Judd aptal değildi. David'in gözlerini, kontrolü tekrar ele almadan saniyenin binde biri kadar bir süre buğulandıran ani huzursuzluğu farketmişti.

Judd'ın alnındaki kırışıklıklar derinleşti. "Burada bir sorun var, değil mi, David?" diye yavaşça sordu. "Seni kendi çocuğummuş gibi anlayabiliyorum. Stacy hasta mı?"

"Hayır. O iyi," diye başladı, sonra göğsü acıyla doldu, başını salladı. "O tehlikede, Judd. Ve tehlike gittikçe yayılıyor."

Büyükelçi çubuklarını bıraktı ve kongre oturumunda pek çok tanığı sindiren kasıtlı bakışını David'e yöneltti. "Ne demek istiyorsun?"

"Bilmek istemezsin. Kendim de anlamıyorum."

"Beni dene. Yapabileceğim bir şey varsa, herhangi bir şey, bilirsin yaparım."

David ve Yael biribirlerine baktılar. Yael'in hafifçe omuz silkişi David'i kendi içgüdülerini izlemede serbest bıraktı.

Doğruca Judd'ın sorgulayıcı yüzüne baktı.

"Hiç Gnoseos adında dinsel bir tarikat duydun mu?"

ON ALTINCI BÖLÜM

Santa Monica'dan dört yüz kilometre uzakta, Stacy hâlâ titriyordu. Kiralık Grand Cherokee Jeep, Kara Dağların gölgesinde I–40 üzerinde doğuya doğru hızla yol alırken, karanlık gece, sadece uzak tepelerdeki kırateşlerinin titrek ışıklarının aydınlattığı açık yolu sarmıştı.

Hutch dikiz aynasına baktı. Arka koltukta Meredith kızını kollarına almıştı. Kent trafiğini geride bırakıp otoyolun uğultusunda kendilerini kaybettiklerinde Stacy'nin hıçkırıkları yatışmıştı. Şimdi annesinin yanına yerleşmiş, artık kendileriyle yan yana giden her beyaz kamyoneti gördüğünde korkuyla sıçramıyordu.

Ne tür bir manyak bu çocuğu kendi bahçesinden kaçırmaya çalışmış olabilir? Hutch merak ediyordu. *O kimse için bir tehdit oluşturmuyor.*

Yoksa peşinde oldukları David miydi – birisi üvey kızı yoluyla mı ona ulaşmaya çalışıyordu?

Bu durum tuhaf bir daha önce yaşanmışlık hissi verir gibiydi. Kaç yıl önce David'i korumuştu – ve şimdi de David için öz kızıymışçasına önemli olan bu kız da onun korumasına muhtaçtı.

Meredith arka koltukta kımıldandı. "Flagstaff'a daha ne kadar var?" diye fısıldadı ve Stacy'nin kendi omzuna dayanıp uykuya daldığını farketti.

"Üç saatten fazla oldu. Tuvalet molasına ihtiyaç var mı?"

Tereddüt etti. "Şimdi değil. Eyalet sınırını geçelim önce."

"Yaklaşıyoruz." Hutch gene dikiz aynasına baktı, ama Meredith'in yüz ifadesini görmek için çok karanlıktı. Santa Monica'daki evden apar topar fırlamaları tam dehşet içinde olmuştu. "Neden biraz kestirmiyorsunuz. Arizona'daki ilk uygun dinlenme tesislerine varınca sizi uyandırırım."

"Hayır teşekkürler. Bundan sonra hiç uyuyacağımı sanmıyorum," diye mırıldandı. "Uyursunuz. Söz veriyorum. Sizi götürdüğüm yerde kimse sizi bulamaz."

Hutch iri yarı bir adamdı, uzun boylu, boğa gibi omuzları olan. Daha önce, dövüşmek ve korumak için eğitilmiş bir Donanma Özel Harekât görevlisiydi. Ondan sessiz bir güven yayılıyordu. Meredith güvenlikte hissetmesi gerektiğini biliyor, ama hissetmiyordu. Gece tehdit doluydu ve düşmanın yüzü yoktu.

Ürpertiden kolları karıncalanıyordu, Stacy'ye sımsıkı sarıldı.

Meredith, sulanmış gözlerle eyalet yolunun karşı tarafındaki titrek far ışıklarını seyrederken, kimsenin onları bulamayacağı konusunda Hutch'ın haklı olması için dua etti. Bugün dikkate değer şekilde başlamamış ama şimdi her şey değişmişti. Farklı bir kadın gibi hissediyordu. Bir kaçak gibi, korku dolu. Kendisi için değil, kendisi için dünyada her şeyden değerli tek kişi için.

"David'e tekrar ulaşmaya çalışacağım." Eli telefon için tekrar çantasına gitti.

"İyi şanslar." Hutch bir on sekiz tekerlekli kamyonu geçmek için hızlandı.

"Nedense hep telesekreter çıkıyor."

"Telesekreterini ara sıra araması gerekir." Sesinde sinirli bir hava vardı.

Hutch sakin, "Bir şey bana, David'in şu anda yapabileceğinin en iyisini yaptığını söylüyor," dedi. "Arayacak."

Dudakları zorla kontrol altında tutabildiği gerginlikle sıkılmış Meredith, *aradığında neden birinin kızımın peşinde olduğunu söylese iyi olur* diye düşündü.

ON YEDİNCİ BÖLÜM

David konuşmayı kestiğinde, Judd Wanamaker hafif bir ıslık çaldı. Bakışı David'in gergin yüzünden Yael'in acılı yüzüne kaydı ve sessizliği bozmadan düşüncelerini topladı.

"Sanki bilim kurgu gibi, David. Lamed Vovnikler, gizli mezhepler, Tanrı'nın yerine geçme,

"Dünyayı yok etmeyi de unutmayın," Yael ondan tarafa göz ucuyla baktı.

Judd içini çekti. "Bob Shepherd'ın oğlu olmasan, yüzüne gülmemek için kendimi zor tutar ve uzaklaşır giderdim. Ancak bu şartlar altında ..." Zeki gri gözleri David'in bakışlarını deldi.

"Bundan ne çıkaracağımı bilmiyorum. Söylediğin doğruysa, bu bir ulusal güvenlik meselesi – tüm dünya çapında."

"Judd, biliyorum, çılgınca gözüküyor, ama tehlike hakikaten gerçek. Gnoseos ve Kara Melekler'i hakikaten gerçek. Ve dünyayı sona erdirmeye kararlılar." David masanın ucunu kavradı. "Haham bunun çok yakın olduğunu hissediyordu. Belki birkaç gün meselesi."

"Dışarı çıkın ve sokaklara bakın Sayın Büyükelçi" diye araya girdi Yael. "Bu normal bir yağmur ve fırtına değil. Sokakların böylesine sel altında kaldığını hiç gördünüz mü? Bütün dünyada her şey ters gidiyor. Çivisi çıkmış. Bu bir tesadüf değil."

"Belki Başkanı aramalıyım." Kısmen meydan okuma, kısmen şakaydı.

David spor çantasından ajandasını çekip çıkardı. "Belki ona bunu okumalısınız."

Kırmızı deri not defterini masanın üstünde ileri doğru itti. Judd'ın eli göğüs cebine uzandı ve okuma gözlüğünü çıkardı. Sessizce defteri açtı ve sayfaları taradı.

"İsimler listesi."

"Özel isimler," dedi David. "Crispin Mueller ve Abby Lewis'le birlikte çatıdan düşüşümü anımsıyor musunuz? O öğleden sonra, hastanede bir an için öldüğümde mistik bir deneyim yaşadım. Bu isimlerin sahiplerini gördüm, benimle konuştular ve onları anımsamamı söylediler. Size bahsettiğim insanlar bunlar –Gnoseos'un ortadan kaldırmak istedikleri. Bunlar onların isimleri, Judd– Lamed Vovnikler'in isimleri."

David uzandı ve ajandasını geri aldı, elleriyle sıkıca kavradı. "Bu isimler Yael ile babasının Orta Doğuda bulunan eski papirüslerden deşifre ettiği isimlerle uyuşuyor."

Yael öne doğru eğildi. "Papirüslerin doğruluğu kanıtlandı. İlk defa Âdem tarafından kaydedilen efsanevi İsimler Kitabının parçaları."

Judd şaşırmıştı. "Âdem ve Havva'daki gibi mi?"

"Şimdi anlamaya başlıyorsunuz," dedi Yael hafifçe.

Judd bir soluk aldı. "Söylediğiniz doğruysa ..." dedi titrek sesle. "Bunun ülkeyi terketmenizle ne ilgisi var?"

"David'in Safed'deki mistiklerle görüşmesi gerek. Gnoseos'un planını ortaya çıkarmanın anahtarı onun elinde olabilir. David, yeryüzünde hiç kimsenin sahip olmadığı özel bilgilere sahip. Arkeologların, Âdem'in Kitabının tüm metnini bir araya getirmesi kısa zamanda gerçekleşecek gibi gözükmüyor."

Yael David'e baktı. Yavaşça, "Burada kalırsa Gnoseos onu bulup öldürür."

Bulmak. Öldürmek. David saatine göz attı. Hutch neden hâlâ aramamıştı? Meredith ya da Stacy?

Cep telefonunu kontrol etti. *Dört aramayı kaçırmıştı.* Mesajları dinlerken "Bana bir saniye izin verin," diye mırıldandı.

"Aman Tanrım." Sözcükler boğuk bir sesle ağzından çıktı. Yael ve Judd dondu kaldı.

"Biri Stacy'yi kaçırmak istemiş. Ama kurtulmuş –şimdi Hutch'-la beraber– Meredith de."

"David, olamaz." Judd sandalyesini geri itip ayağa kalktı. Hayretten kaşları çatılmıştı. "O iyi mi? Polise gitmişler mi?"

"Hutch iyi olduğunu söylüyor. Hutch oraya varmadan önce polis hemen gelmiş. Onları kulübeye götürüyor." David, çeneleri kenetlenmiş, Yael'e doğru döndü. "Avi'nin ekibi ne zaman orada olur dediniz?"

"Yarın. Nereye gittiklerini söylersen, tahmini varış saati için ekibi ararım."

Katlanmış bacaklarını uzattı ve yavaşça ayağa kalktı, paravanlı odanın bir köşesine gitti.

"Yarın sabah ilk iş pasaport için BM'de olacağım," dedi David, gergin. "Bunlara inanıp inanmadığını bilmem ama Judd, pasaporta ihtiyacım var." Bakışı diğer adamınkiyle kenetlendi.

"Alacaksın. Ben ... ben bundan ne çıkaracağımı bilmiyorum. David ben inançlı bir insanım. Bunu bilirsin. Ancak ..." Judd Wanamaker kolunu sıkıca kavradı. "Eğer bu söylediklerinizin herhangi bir kısmı doğruysa, yardım etmek isterim. Söyle, daha başka ne yapa ..."

"*Hayır!*" Yael'sin çığlığı onun sözünü kesti. "Bu imkânsız!"

Dinlerken parmakları cep telefonuna kenetlenmişti, gözyaşlarına boğuldu. Tuşa basıp kapattıktan sonra kaskatı onlara doğru yürüdü, yüzü tabaklarında kalan pirinçler kadar beyazdı.

"Uçakları düşmüş. İki motor da Atlas Okyanusu üzerinde patlamış."

David'in karnına bir ağrı saplandı.

"El Al motorları hiçbir zaman patlamaz," dedi Yael pürüzlü bir sesle. "Kendi kendilerine ve ikisi birden hiçbir zaman."

ON SEKİZİNCİ BÖLÜM

Yael ve David sağanağın altında başlarını eğmiş Parkside'dan yukarı Riverside Tower ulaşmaya çabalıyorlardı. Görünürde boş hiçbir taksi yoktu, su birikintileri artık ayak bileklerini geçiyordu. Çevrelerini saran gazaptan çaresizce kurtulmaya çalışırken, kavşaklarda trafik ışıklarına aldırmayıp karşıdan karşıya geçmeye çalıştıklarında vahşi bir rüzgâr yüzlerini tokatladı.

Diğer yayalar da şemsiyeleriyle alay eden, kendilerini tokatlayan rüzgâra karşı savaşı kazanmak için aynı şekilde çabalıyor, koşturuyorlardı. Caddelerdeki birkaç taşıtın tekerlekleri yükselen suları çalkalayıp püskürtüyordu.

Bir bloktan az bir mesafe gidebilmişlerdi ki David bir çiçekçi dükkânının tabelasını ve Duane Reade eczanesini ve sonra titreyerek yanan mor *Tarot Okuma* işaretini –ve bodrum katı girişini– fark etti.

Yael'in kolunu tuttu. Yağmurun arasından bağırdı, "Bir fikrim var, bu taraftan."

Merdivenden hızla aşağı indiler ve üzerine koyu kırmızı renkte kırpışmayan bir göz resminin boyandığı kapıdan içeri girdiler. Kristal bir rüzgâr çanı çalarak gelişlerini haber verdi. Kendilerini içinde buldukları oda garip bir biçimde vanilya ve sarımsak kokuyordu. Odanın ortasındaki masanın etrafında birçok katlanabilir sandalye ve masanın üstünde donuk ışıklar saçan tozlu bir avize vardı. Eğreltiotu, uğurlu bambu ve paşa kılıcı saksıları, yumuşak tonlu ışıklar altında içinde nazarlıkların göz kırptığı, köşeye yerleştirilmiş sergi sandığına kadar uzanıyordu.

Altın iplikli boncuklu perde parıldadı ve aralandı – yaşlı bir kadın göründü. Ufaktı, üzerinde topuklarına kadar inen siyah bir etek ve işlemeli yeşil tünik vardı, ağaran saçları kalın bir örgü halinde sırtına dökülüyordu. David onun yetmişlerinde olduğunu söyleyebilirdi, ancak derisi yumuşak ve nemli ve olağanüstü derecede küçük elleri damarlarla bozulmamıştı. Yine de kataraktların perdelediği soluk kahverengi gözleri yaşını açığa vuruyordu, göz kapaklarındaki buruşuklukların yaptığı gibi.

Üzerindeki uzun saten kumaşın dökümleriyle süslediği yuvarlak masaya doğru ilerledi ve bir tarot kartı destesi aldı.

"Böylesine yağmurlu bir gecede ziyaretçi beklemiyordum. Hanginiz bir okuma ister?"

Ben. Eğer Stacy'nin iyi olduğunu söyleyebileceğinize keşke inanabilseydim diye ümitsizce düşündü David. Bilmemek işkenceydi ama şimdi o kaygıyı bir kenara bırakmak zorundaydı.

"Biz bilgi edinmek için buradayız, aslında." David, Yael için bir sandalye getirdi, kendisi de onun yanındakine yerleşti.

"Kartlar oldukça çok bilgi içerir," dedi yaşlı kadın desteyi sunarken. "Kim karmak ister?"

Kadının kartlarını almak yerine David spor çantasını karıştırdı ve hahamın tarot kartını çıkardı.

"Bunun hakkında söyleyecekleriniz beni daha çok ilgilendiriyor."

Kadın biraz tedirgin bir ifade ile kendi destesini bıraktı ve karşılarındaki sandalyeye yerleşti. Omuz silkerek David'den kartı aldı, kule resmini bir an inceledikten sonra kartı havada ters çevirdi.

"Bu bir Kule Kartı. Başka ne bilmek istiyorsunuz?"

"Onları bulduk. Bölgeyi tanıyorum."

James Gillis, Aşağı Doğu Yakasındaki motel odasında iki kişilik yataklardan birinde uzanmış yatan Enrique'ye parmaklarını şaklattı. Porto Rikolu hemen yataktan fırladı, yazı masasının üstündeki kamyonet anahtarlarını kaptı ve hızlı adımlarla kapıya yürüdü. Kapı güm diye kapandığında Gillis hâlâ cep telefonuyla hızlı hızlı konuşuyordu.

"Tam üstündeyiz," Gillis tufandan korunmak için yakalarını kaldırdı. "Yolda konuşuruz."

Kamyonete doğru koşuştururlarken ortağına durumu özetledi.

"Çok talihliyiz. İkinci bir şans yakaladık. Yotusba'dan yeni ayrıldılar. Riverside Parka yakın. Enrique homurdandı. *Talihimiz bu sefer yaver gitse iyi olur*.

Yael sandalyesini masaya daha yakın bir yere yaklaştırdı. "Bu kartın üstündeki resimler ne anlama geliyor bilmemiz gerek."

Tarot okuyucusu kartı Yael'e doğru sürdü ve göz göze geldiler.

"Kule Kartı Yüksek Arkana'dan bir mesaj kartıdır. Bütün destenin en uğursuz kartı."

"Ne açıdan uğursuz?" diye sordu David. Kadının bakışları David'in kararlı yüzüne kaydı.

"Taşıdığı mesaj ölüm, yıkım, korku ve kurbana delalet eder. Her şeyden çok da yakında gerçekleşecek bir değişikliğe işaret eder." Kuleden düşen figürleri gösterdi. "Büyük bir düşüş ve nihai gerçeğin gelişi." Yaşlı kadın arkasına yaslandı ve tam o sırada nereden çıktığı belli olmayan bembeyaz bir kedi kucağına zıpladı. Kedi o zamana kadar David'in dikkatini çekmemişti.

"Kabuki" dedi, yaşlı kadın, "ziyaretçilerimizi incelemeye mi geldin?"

David oturduğu yerden kalktı. "Söyleyeceğiniz başka bir şey var mı?"

"Ne kadar zamanınız var?" diye hafiften alaycı bir gülümseyişle sordu kadın ve kitap rafına yönelmek için ayağa kalkarken, kedi kucağından aşağıya sıçradı. Kitap rafını dikkatlice gözden geçirdikten sonra oldukça kalın bir tanesini alıp masaya getirdi.

Parmakları hızla aradığı sayfayı buldu. "İşte, burada." Kitaba doğru iyice eğilip yüksek sesle okumaya başladı.

"Savaşçı Mars gezegeni Kule kartına hükmeder, bu da bu kartı savaşla ilgili bir kart hâline getirir." Dudakları bu sözcüğü söylerken bir anda büzülmüştü.

Okumaya devam etti. Yalanlardan inşa edilmiş bir yapı ile gerçeğin körleştirici ışığı arasındaki bir savaş. Bunu okurken Kule Kartının üstündeki kuleye isabet eden bir şimşeği parmağıyla işaret etti. Sonra da kitaptan kafasını kaldırarak ziyaretçileri dikkatlice süzdü. Eğer birisi bana böyle bir kartı okumam için getirirse, onlara devasa bir değişikliğe hazırlıklı olmalarını söylerim. Bir kralı tahtından indirecek kadar veya eskiden gelen bir inanç sistemini yıkacak güçte bir şeye..."

Eskiden gelen bir inanç sistemi. Sashimi, David'in midesinde çalkalandı. *Uygar dünyayı eskiden gelen bir inanç sistemi olarak adlandırabilir miydiniz?*

Sakın bu okus pokusa inanma diye söylendi David içinden.

Yaşlı kadın yeniden konuşmaya başladığında, şiddetli bir gök gürültüsü yankılandı ve aniden elektrikler gitti. Küçük odanın üzerine karanlık çöktü, Tarot okuyucusu kibrit çakarak sığ bir su kâsesi içinde yüzen büyük mumu yakana değin herkes nefessiz kaldı.

"Şimdi daha iyi," diye sakince mırıldandı kadın, mumun alevinden yukarı doğru hafif bir vanilya kokusu yayılırken.

David elektriğin gelmesini bekleyerek endişe içinde etrafa bakındı. Yanında Yael'in yüzü titreyen mum ışığında hayalet gibi ve gergin parıldıyordu. Ancak, konuşmanın yönünü aniden değiştirdiğinde sesi güçlüydü.

"Tarot ile Yahudi mistisizmi arasındaki ilişki hakkında ne kadar bilginiz var?"

"A, evet. Kabala." Sönük ışıkta başını salladı. "Evet, bazıları ilişki olduğunu söyler bazıları da olmadığını. Muhakkak ki aralarında pek çok benzerlikler var." Kitabı David'in önüne doğru itti. "Elektriğin çabuk geleceğini zannetmiyorum. Senin gözlerin mum ışığında benimkinden daha iyi görür." David ona, "Kartlarla İbrani alfabesi arasındaki sayısal ilişkiyi zaten biliyoruz," dedi bir yandan da parmakları hızla kitabın dizin bölümüne doğru sayfaları çevirirken.

"Majör Arkana'da yirmi iki kart ve alfabede yirmi iki harf."

Kedinin gövdesini sürterek bacaklarının arasında gezindiğini hissetti. "Kabala, yine" dedi. Kitabın ortasından bir yerinden yüksek sesle okumaya başladı.

"Tarot destesi Kabalistik Yaşam Ağacı'nın aynasıdır. On Sefirod gibi, tarotun minör arkanasının her bölümünde on adet numaralı kart vardır. Ve bir diğer büyüleyici ilişki –Yaşam Ağacının var olduğu dört mistik dünya da– toprak, hava, su ve ateş –Tarot'un dört serisine - asa, tılsım, kılıç, kupa– yansır." David, kadın gülümsediğinde mum alevinin gözbebeklerinde titrediğini görebiliyordu.

"Daha da fazla ilişki isterseniz, New York City Halk Kütüphanesinde sayısız tablo bulabileceğinizden eminim. Öte yandan," diye ekledi mırıldanarak, "Tarot'un Kabala ile hiçbir ilişkisi olmadığını, Tapınak şövalyelerinin onu Haçlı Seferleri sırasında Müslümanlardan aldığını iddia eden bolca kitap da bulabilirsiniz."

Tarot okuyucusu başını yana eğdi. "Bir de dünyanın ilk tarot destesinin onbeşinci yüzyılın ortalarında Gnostikler tarafından ortaya konduğunda ısrar eden güçlü bir grup da var."

Sanki David'in belkemiğine bir elektrik şoku saplandı.

"Öyle mi?" Kule kartını eline aldı. "Burada Kabala veya Gnostiklerle ilgili herhangi bir şey görebiliyor musunuz?"

Kadın yeniden öfkeyle pofladı. "Tabii. İnsan bunu pek gözden kaçıramaz." Kadın kartı eline alıp çevirirken David'e büyüklük taslar biçimde baktı, kartı mumun titreyen ışığına doğru tuttu.

"Bu ... çift *ouroboros*."

"Bu Yunanca değil mi?" Yael birbirinin kuyruğunu yutan, vücutları sekiz figürü oluşturan iki yılana dikkatle baktı.

"Evet Yunanca kuyruk yiyen demek. Yılanlardan birinin kanatlı, diğerinin ise kanatsız olduğunu görüyor musunuz? Gnostikler için kendi kuyruğunu yutan tek bir kanatsız yılan güneşi ya da dünyayı ifade eder. Ama bunun gibi bir çift yılana "Büyük Dünya Yılanı" adı verilir ki bu da sonsuz ölüm ve yeniden doğuşun gnostik simgesidir."

Ölüm ve yeniden doğuş. Yıkım ve yenilenme, diye düşündü, iç bayıltıcı yağda kızarmış Japon yemeği ve vanilya kokusundan midesi bulanan David. *Tam da Gnoseos'un dünya çapında gerçekleştirmeyi planladığı şey. Lamed Vovnikler'i öldürerek.*

Kapıyı kurşun gibi döven dolu tanelerini gönderen yağmur birden şiddetlenmiş gibiydi.

Bir an düşünceye daldıklarından, hiçbiri dükkânın arka merdivenlerinden sinsice inen iki kişinin ayak seslerini duymadı.

David, Haham ben Moshe'nin neden bu kule kartını başrahibin değerli taşlarıyla ve diğer eşyalarla birlikte kasada kilitli tuttuğunu düşünmekten kendini alıkoyamadı.

Sessizliği ilk bozan yaşlı kadın oldu. Loş ışık altında yüzünü incelerken kule kartını David'e geri verdi.

"Çok sorun var. Belki de aradığın cevaplar kartlarda bekliyor." Umutlu bir gülümsemeyle desteyi Yael'e doğru tuttu.

"Hadi. Kartları karıştır. Söyleyecek neleri olduğunu sana anlatayım."

Yael kafasını salladı ve, David'in boncuklu perdenin arkasındaki hareketi –açık renk saçlı iri kıyım birini– fark ettiği anda, aniden sandalyesinden kalktı.

İçini yoğun bir korku kaplamıştı. Yael'i kapıya doğru iterken "Fırla!" diye haykırdı. İki adam odaya saldırmadan bir salise önce kapıyı hızla itip açtı.

Sarışın adam yaşlı kadını duvara doğru fırlattı. İri yarı İspanyol kökenli silahını doğrulttu. Bir kurşun David'in kulağını sıyırarak geçtiğinde, David çoktan dışarı çıkmış, Yael'in ardından sıçrayarak merdivenleri çıkıyordu. Zifiri karanlığa daldıklarında onları izleyen yalnızca yaşlı kadının çığlıklarıydı.

Kent karanlıktı, zifiri karanlık – sırılsıklam ve terkedilmiş ve gök gürültüsüyle kaplanmış gibi.

Karanlık için Tanrı'ya şükürler olsun diye düşündü David, girdap oluşturan derin su birikintilerinin engellemesine karşın Yael'in elini kavrayıp körlemesine caddeden yukarıya doğru koştu. Tabii ki Yael de...

"Bu taraftan." Peşlerindeki su fışkırtan adımlar yaklaştığında Yael, David'i de kendisiyle birlikte çekerek aniden sola döndü. Kahverengi kumtaşından bir binanın merdiven altına daldılar. Neredeyse dizlerine kadar gelen suyun içinde büzülerek nefeslerini kontrol etmeye çalıştılar. Donuk karanlıkta, kanalizasyonda iki sıçan gibi birbirlerine sokulduklarında korku David'in içini kazımakla meşguldü. Değerli taşların hâlâ güvenlikte olduğundan emin olmak için bir elini cebine soktu.

Onların hemen üstünde, cadde düzeyinde, ağır adımlar David'le Yael'in gözlerine görünmez ayakkabılardan sular sıçratarak ve kaldırımları döverek geçti.

Korkudan buz kesmiş, nefeslerini tutarak beklediler. Beklediler...

Nefes vermeden tam bir dakika geçti ve tereddütle saklandıkları yerden emekleyerek çıktılar. Hızla caddedeki sığ yerlerden geçtiler, zikzaklar çizerek otele dönerken karşı taraftaki binaları kucaklayarak ve gecenin örtüsüne teşekkür borçlu olarak.

Riverside Tower'a girer girmez, artık konuşmaya cesaret eden Yael fısıldadı. "Bizi nasıl buldular?"

"Herhalde tahminimizden daha kalabalıklar. Kentin her tarafında olabilirler." David dikkatle, kapkara koridorda çıkış kapısının oyulu yüzeyini bulana kadar dokunarak ilerledi.

"İyi ki en üst katta değiliz," diye mırıldandı David körlemesine, tek koldan merdivenleri güçlükle çıkarken.

Merdivenden inen ayak sesleri. Dondular, ancak bir kadının sızlanan çocuğuyla yumuşak ve yüreklendirici tonda konuştuğunu duyduklarında rahatladılar.

Duvara yaslanarak ikisinin geçmesine izin verdiler, sonra tırmanışlarına sessizce devam ettiler.

Bir sonraki sahanlığa ulaştıklarında, David'in sırılsıklam spor çantası sanki elli kilo daha ağır çekiyordu. Kendisini dünyanın yükünü omuzlarında taşıyormuş gibi hissetti.

Bugün öğrendiği şeyler doğruysa eğer, belki de gerçekten dünyanın yükünü omuzlarında taşıyordu.

ON DOKUZUNCU BÖLÜM

FLAGSTAFF, ARİZONA
ERTESİ GÜN

Hutch su kabını ocağın üstüne koydu ve gazı yaktı. Kahvesini hâlâ eski moda yöntemle yapmayı ve kaç fincan kahve yaparsa yapsın fazladan birkaç kaşık kahve eklemeyi seviyordu.

Televizyon köşedeki rafın üstünden kötü haberleri bangır bangır bağırırken, saplı tencereye iki yumurta kırdı ve içine biraz doğranmış domuz pastırması attı. Ama aklı yemekte değildi. Aklı kulübenin arkasındaki konuk yatak odasını paylaşan iki konuktaydı.

Stacy'yi gece karanlığında taşımış ve Meredith'e kendisine ihtiyaçları olursa hemen, saat kaç olursa olsun, çağırmasını söylemişti. Gece boyunca kızın birçok kez uykusunda bağırdığını duymuş, ama Meredith'in yatıştırıcı sesi her defasında bağırışı izlemişti. Neredeyse öğlen olmuştu ve son iki saattir konuk yatak odasından hiç ses gelmemişti.

David'in sabahın ilk ışıklarıyla temasa geçeceğini ummuş ama David aramamıştı. Tüm sabah boyunca Hutch tekrar arama tuşuna basıp durmuş, ama arkadaşına ulaşamamıştı ve şimdi CNN bunun nedenini açıklıyordu.

"... dün gece Doğu Yakasında yirmi yedi buçuk santimetreden fazla yağış bırakan gök gürültülü sağanaktan sonra beş ilçe ve New Jersey'nin bazı kısımları bugün elektriksiz kalacak. Ana elektrik santraline düşen yıldırım Ağustos 2003'teki elektrik şebeke arızasına benzer bir hasar meydana getirdi. Dünkü fırtına aynı zamanda cep telefonu iletişimini de yere serdi, yetkililer bize, elektrik gelse bile metro sistemindeki sel sularını dışarı pompalamanın haftalar alabileceğini söylüyor."

Hutch yumurtaları tabağa boşaltırken monoton ses devam etti. David New York'tan kurtulana kadar yerinden kımıldamamak, Stacy ve Meredith'i korumak ve Meredith'in çocuğu halen olduğundan daha fazla heyecanlandırmasını engellemekten başka yapılacak bir şey yoktu.

"Duman kokusu geliyor."

Hutch kızın sesini duyunca döndü. Kız mutfağın kapısında durdu, omzuna gelen saçları birbirine karışmış, gözleri ağlamaktan hâlâ kırmızıydı. Arabada giydiği aynı gri eşofman altını ve tişörtü giymişti.

"Orman yangınları çok uzakta tatlım. Hareket eden sadece duman. Kahvaltıda ne istersin? Yumurta? Yoksa kahvaltıda gevrek sevenlerden misin?"

"David'le konuşmak istiyorum," dedi Stacy ürkekçe.

Ben de.

"Dün sana ulaşmam için beni aradığında Brooklyn'deydi. Gerçekten kötü bir fırtına dün tüm New York'u vurdu." Hutch başıyla, sel altındaki caddeleri aşmaya çalışan New Yorkluları gösteren televizyonu işaret etti. "Tüm elektrikler kesik, Stace, oradaki cep telefonu kulesi bile çalışmıyor. Yerimizden kımıldamayacağız ve David'in bizimle temasa geçmesi için biraz bekleyeceğiz."

"Ne olup bittiğini anlamıyorum." Sesi zayıf çıkıyordu. Hutch korkunun gözlerini yeniden kapladığını gördü.

"Burada orman yangınları, New York'ta da seller var. Teröristlerin geçen hafta Avustralya'da bir hava alanını bastığını duydum. Gerçekten çılgınlık. Bazen dünyanın sonunun geldiğini düşünüyorum. Keşke bununla ilgili bir şey yapabilseydim."

Stacy pencereye gitti ve ufuk boyunca uzanan kızıllıktan yükselen dumana baktı. Gözleri yaşla dolu Hutch'a döndü.

"Hutch? Orman yangınlarında hayvanlara ne olur? Kuşlar ve tavşancıklar ve geyikler – nereye giderler..." Sesi pürüzlüydü. "Kaçıp kurtulabilirler mi?"

Hutch boğazını temizledi. "Bazen."

"Ya diğer zamanlar? Ölürler değil mi? Neden Tanrı buna izin veriyor?"

O elâ gözlere bakmak berrak elem havuzlarına bakmak gibiydi. Üzüntü kızın masum genç yüzünde iz bırakmıştı.

Sonunda, "Tanrı hakkında belki de bilmem gerektiği kadar şey bilmiyorum,"dedi. "Ama, şüphesiz yumurta pişirme konusunda çok şey biliyorum. Tavada, çırpılmış ya da kırılıp haşlanmış, küçük hanım?"

Stacy zor yutkundu ve ellerinin tersini ıslak gözlerine bastırdı. "Çırpılmış, sanırım." Pencereye geri döndü, bakışları uzaktaki yakut rengi kızıllığa sabitlendi.

"Yangını söndürmeleri ne kadar zaman alır?"

YİRMİNCİ BÖLÜM

NEW YORK

Kalabalık caddelerde Judd Wanamaker'ın bürosuna yürümek David'in tam tamına iki saatini almıştı. Bütün New York kaldırımlardaydı, radyoların etrafında toplanmış, yiyecek ya da çalışır bir bankamatik bulma peşindeydi – ayrıca elektriğin ne zaman geleceği ve her şeyin ne zaman normale döneceği konusunda bir ipucu arıyorlardı..

David, bir gözünü ihtiyatla çevresindeki insanlar üzerinde tutarak, tüm duyguları alarmda, BM'nin güvenliğine ulaşana kadar hızla aralarında yürüdü – ancak binayı karanlıkta ve kapalı buldu.

Dışarıda bir işe yaramayan cep telefonuna lanet okuyarak durdu. Judd'a ya da Hutch'a kaç kez ulaşmaya çalışırsa çalışsın olanaksızdı.

Yılgın ve kızgın David sadece, Stacy'nin Hutch'ın yanında tam güvende olmasını umabilirdi. Kalbinde bir şey düğümlenirken, onu tekrar görüp göremeyeceğini düşündü.

Otele geri dönmekten başka çaresi yoktu. Daha birkaç blok yürümüştü ki bir fırının vitrininde dizilmiş hamur işi yiyeceklerin cazibesi onu içeri çekti. Sadece gün ışığının aydınlattığı dükkân tıka basa doluydu.

Tezgâha vardığında, "Hepsi dünden kalma," dedi tezgâhtar, "Hepsi satılık, üç al bir öde. Bunlar bitince ben de gidiyorum. Ceryan gelmeden hiçbir şey pişiremeyiz."

David yarım düzine küçük kek, birkaç dilim biscotti ve 2 litrelik bir şişe ısınmaya yüz tutmuş Coca Cola aldı ve sonra ıslak sokaklara daldı. Gece sular çekildiği hâlde, caddelerde trafik hâla ürkütücü biçimde seyrekti. Otele doğru yürümeye devam ederken dikkatle etrafına bakındı, dün akşam kendilerini nasıl bulduklarını düşünüyordu.

New York'ta bin tane tarot okuyucusu olmalıydı – Kara Melekler orada olduklarını nasıl bilebilirlerdi? Anlık bir kararla girmişlerdi.

Restorandan çıktıktan sonra izlenmediysek. Ya da Yotsuba'dayken. Kara Melekler Judd Wanamaker'la yemek yediklerini fark ettilerse, o da tehlikede olabilirdi.

Onu uyarmanın bir yolu yoktu –kalan Lamed Vovnikler'i tehlikede olduklarına dair uyarmanın yolu olmadığı gibi. Hepsinin ismini bildiğinden de emin değildi– ya da bazılarının hâlâ kafasında saklı olup olmadığından.

Safed'e gitmek için içinde ilk kez gerçek bir istek uyandı. Gnoseos'a karşı elindeki tek silah aklındaki, ajandasındaki isimlerdi. Yael'in sahip olduğu bilgilere ya da ilişkilere, veya Haham Ben Moshe'deki bilgeliğe sahip değildi, onda sadece mantıklı açıklamaya meydan okuyan bir deneyimin yansımaları vardı. Eğer Safed kenti, Yael'in iddia ettiği gibi kutsal ve mistik ise, kendilerini anımsaması için ona yalvaran ruhların seslerini özgür kılabilirdi.

Adımları hızlandı. Yürüme, kaslarını gevşetme, zihnini boşaltma şansını yakaladığı için memnundu. Tom'u skuaşta sanki beş gün değil, asırlar önce yenmiş gibiydi. Yaşamının o günden sonra nasıl tepe taklak olduğunu düşündü.

Şimdi kaçaktı, sıcak ve nemli bir otel odasına tıkılmıştı, kimseyle görüşemiyordu ve delirmek üzereydi. Otel odası her an küçülmeye devam etse de Yael bir kez bile şikâyet etmemişti. David bu sabah pasaport için tehlikeye atıldığında o olduğu yerde kalmaya gönüllü olmuştu. Meredith olsaydı, etrafının sarıldığından sürekli şikâyet ederek şu anda duvarlara tırmanıyor olurdu.

Hutch çok meşgul olmalı, diye düşündü, tırmanmadan önce merdiven boşluğuna göz atarken. *Onlar yanındaysa.*

Onlar yanında olmalı.

Otel odasının kapısının ardında sesler duyan David dondu kaldı. Daha yakına eğildi, bir erkek sesi duydu ve kart anahtarı kilide soktu. Kapıyı itip açtığında kendisini bir silahın namlusuna bakarken buldu.

YİRMİ BİRİNCİ BÖLÜM

VILLA CASA DELLA FALCONARA, SİCİLYA

Başbakanın kâhyası, DiStefano ile karısının küçük kurabiye ve espressodan oluşan olağan kahvaltı sonrasında gündelik ipek kıyafetleriyle vakit geçirdikleri terasa çıktı.

"*Scusi, signore e signora.*" Küçük bir reveransla başbakana döndü, özür diler bir tonla, "Köyden genç bir adam sizi görmek için yalvardı. Çok ısrar etti. Siz ordudayken annesinin burada mutfakta çalıştığını söyledi, ben de kadını anımsıyorum. Ona yardım edebilecek tek kişinin siz olduğuna inanıyor."

Karısı espressosunu yudumlarken, DiStefano gazetesini ani bir hareketle katladı ve tabağının yanına bıraktı. "Onu içeri alabilirsin, Carlo," dedi umursamazca.

Mario Bonfiglio paldır küldür terasa çıktı, esmer yüzünde telaş okunuyordu. Emekçi vücudunun kasları, DiStefano'ya saldırmaya hazır bir dağ kedisini hatırlatan, gerilmiş dokulardan oluşan bir demetti.

"*Mi dispiace* – özür dilerim, *eccelenza*, bu kadar çaresiz olmasaydım size gelmezdim. Polis, hiçbir şey yapmıyor, hiçbir şey bilmiyor. Nişanlımın ailesi ve ben her gün işkence altında yaşıyoruz." Zorlukla yutkundu ve başbakanın keskin bakışları ve karısının soğuk incelemesi altında terleyerek devam etti.

"Nişanlın mı?" diye sordu Başbakan teşvik edercesine.

"*Si*, İrina'm, sevgilim, canım. Geçen hafta evlenecektik. Ama ortadan kayboldu. Babası onu bir iş için postaneye göndermiş, o bir daha geri dönmedi. Signore, çiftlikleri, tarlaları, her yeri aradık. Polisler umursamıyor ve bir şey yapmıyor. Gülüyorlar ve bana onun başka biriyle kaçmış olabileceğini söylüyorlar. Bunun doğru olmadığını biliyorum, İrina'mla ben birbirimizin olmak için ant içmiştik. Evlenmek ve aile kurmak için sabırsızlanıyorduk."

"Polisin yapamadığı, ama benim yapabileceğim şeyin ne olduğunu düşünüyorsun?" Başbakan ona hayretle baktı.

"İrina'nın ortadan kayboluşunu soruşturmaları ve çevredeki kasabalara bildirmeleri için emir verebilirsiniz, eccelenza. Kayıplara karıştığından bu yana üç hafta geçti ve çok değerli vakit kaybettik. Lütfen, emir verirseniz, onu aramamıza yardım ederler." Mario, Başbakanın karısı fincanını yerine koyarken yardım dilemek için ellerini uzattı.

"Signora, aşkın nasıl bir şey olduğunu bilirsiniz. Hem güzeldir hem acı verir. Sevgilimin geri dönmesini istiyorum. Başına korkunç bir şey gelmiş olmalı. Yoksa beni hiçbir zaman terk etmezdi."

Mario kadının yüzünde sempati ve merhamet aradı. Yalnızca, çelik mavisi gözlerindeki soğukluğu ve tepede toplanmış altın sarısı saçları gördü. Kadın peçetesini bıraktı ve yüzünde ustura kadar keskin bir gülümsemeyle ayağa kalktı.

"Ah, ama aşk bazen gelip geçicidir, genç adam, ve bazen aşk uçar gider. Belki de İrina'n bulunmak istemiyordur."

Öfke Mario'nun yüzünde bir an yanıp söndü. Gözleri iki cam kaya kömürü gibi yanıyordu, fakat saygısızca konuşmaktan kendisini alıkoydu.

Flora Dondi eve girmek için yanından geçip giderken, Mario bakışlarındaki gücü kadının kocasına çevirdi. "Asla," dedi alçak bir ses tonuyla, "İrina'm asla beni isteyerek terketmez."

"Senin adına üzgünüm." Başbakan öne eğildi ve asil yüzündeki kaygıyı görmek Mario'yu sözcüklerin ötesinde rahatlattı. "Kendi ismini, nişanlının ve babasınınkileri de kayboluş tarihiyle birlikte yazarsan polisin tam bir soruşturma yapmasını –aranmamış bahçe ya da köy kalmamasını– isteyeceğim." DiStefano bir kalem uzattı ve kâhyaya kâğıt getirmesi için seslendi.

Mario bilgileri yazıp minnetle masa örtüsünün üzerinden ileri uzattığında, "Buraya gelmekle iyi ettin, oğlum," dedi.

DiStefano elini uzatmak için ayağa kalktı. Mario velinimetinin iri elini neşeyle sıktı. İçini umut kapladı ve sessizce Meryem'e, kendisine buraya gelme cesareti verdiği için teşekkür etti.

"Tanrı sizden razı olsun, signore. Sağolun." Terastan ayrılıp kendisine yolu gösteren kâhyaya doğru ilerlerken neredeyse bir sandalyeyi deviriyordu.

DiStefano kâğıdı sertçe çekip aldı ve kalın harflerle yazılmış sözcüklere baktı. Sonra hemen simgeyle süslü gümüş çakmağını giysisinin cebinden çıkardı. Çakmağı çakıp Mario Bonfiglio'nun umutlarını yakıp kül etmeden önce, üzerine işlenmiş çift ouroborous simgesine bir an baktı.

YİRMİ İKİNCİ BÖLÜM

David'in eli silahı yana doğru kıvırmaya çalışırken namluyu kavradı. Ama adamın silahı tutuşu, kısa boyunu inkâr edercesine, çelik gibiydi. Tetiği çekemeden David adamın göğsünü bir omzuyla kuvvetle iterek dengesini bozdu. Silahın kontrolünü ele geçirmek için göğüs göğüse mücadele ederken birlikte yere yuvarlandılar. Fırıncının paketi uçup giderken David'in spor çantası sırtına çarptı.

"*Lo* Avi!" Yael İbranice bağırdı. "Hayır, ateş etme, David bu!"

Sözcükleri duyunca David'in yumruğu bir an havada kaldı. Silahı gördüğünde vücudunda yükselen adrenalin düşmeğe başladı, ama kalbi hâlâ hızla çarpıyordu.

Kahretsin. Silahı kavrayışını gevşetti ve ayakları üzerine doğruldu. Rakibi de sendeleyerek kalkarken sert sert baktı.

"Ne tür bir cehennem olası karşılama bu?" diye sordu David, karşısındaki kısa boylu, fırça saçlı İsrailliye dik dik bakarken.

Adam sakin, aksanlı İngilizcesiyle, "Benim yaptığım işte hayatta kalmanın yolu bu," diyerek konuşmaya katıldı.

Yael kapıyı sürgüledi ve fırıncının paketini yerden aldı. "Birbirinizi öldürmeye çalışma işini bitirdiyseniz, bana anlattıklarınla ilgili David'i de bilgilendirir misin?"

Avi elini uzattı. "Kendini iyi idare ediyorsun." İsrailli kırmızımsı saçlara, favorilere ve David'in gördüğü en kara gözlere sahipti. Duruşunda sertlik ve Aşkenazi yüz hatlarında kendine güven ve kuvvet ifadesi vardı.

"Kendini koruma gayreti insana hızlı öğretiyor," diye katıldı David.

"Pasaportunu aldın mı," diye sordu Yael.

David başını salladı. "Wanamaker'ı bulmayı başaramadım. BM kapalı. Her yerde elektrik hâlâ kesik."

"Farkındayım." Yüzünü kaplayan tere hafifçe dokundu. Oda en az 27 derece olmalı.

"Ama bazı iyi haberler var David. Avi sana pasaport getirmiş. Nasıl başardığını bilmiyorum." Diğer adama hafifçe gülümseyerek ekledi, "Ama her zaman başarır."

David, onun sesindeki takdir hissini sezinledi ve bu, anlamadığı bir nedenden dolayı canını sıktı. Yine de İsraillinin verdiği pasaportun mükemmel olduğunu itiraf etmeliydi. Yatak odasında bıraktığı kaybolan pasaportundan ayırt etmek hiç mümkün değildi.

"İmzala."

Avi masanın üstünden bir kalem uzatırken, *Buyurucu piç*, diye düşündü David.

"Şimdi tek ihtiyacımız JFK hava alanının açılması," dedi Yael.

"Ve lanet olası cep telefonlarının yeniden çalışmaya başlaması." David imzaladığı pasaportu spor çantasına tıktı. "İkinci ekibiniz kızıma ulaşamadı mı şimdiye kadar?" Avi'ye sordu.

İsrailli, odadaki tek iskemleye, silahını koyduğu masanın yanına oturdu. "Henüz ulaşamadı. Flagstaff'a yarın erken saatlerde ulaşmaları gerekir. Son resmi açıklamaya göre Newark hava alanı kapalı –sanırım, elektrikler ilk önce New Jersey'de kesilmiş– o yüzden daha uzun yoldan gitmek zorunda kaldılar – Tel Aviv'den Londra'ya, oradan da Phoenix'e, en az 21 saatlik bir yolculuk."

David'in kalbi düş kırıklığının etkisiyle kasıldı. Demek ki Flagstaff'a kadar da karayolundan gitmek zorundalar?"

"Yael bize oradaki adamının oldukça becerikli olduğunu söyledi."

"Çok." Ancak David, Hutch'ın inen bir Kara Melekler sürüsüyle başa çıkıp çıkamayacağını düşündü. Stacy'nin *nerede olduğunu bilmiyorlar* diye kendisine anımsattı. Ama sonra, onların da kendisinin ve Yael'in yerini bilmediklerini düşündü. Boğucu odanın içinde bir tur attı, damarları patlayacakmış gibi hissediyordu. Hutch'ın Stacy'ye ulaşıp ulaşamadığından, Stacy ile Meredith'in hayatta olup olmadığından bile emin değildi.

"David." Yael düşüncelerini okuyor gibiydi. Koluna dokundu. "Şu anki görevin –senin ve bizim– isimler kitabımızı tamamlamak." Bütün isimler bizde yok. Adem'in Kitabının pek çok parçası hâlâ kayıp, mağaralarda ya da çölün altında gömülü. Eğer o aynı isimler beyninde kilitliyse, onları çıkarabiliriz. "Gnoseos'u yenmenin tek yolu bu," diye ekledi Avi, kara gözleri David'inkileri lazer gibi delerek. "Mümkün olduğu kadar çok Lamed Vovnikin hayatta kalmasını sağlamalıyız. Ancak sen onların kimler olduğunu bize söyleyebilirsin."

Sorumluluğunun büyüklüğü üzerindeki baskıyı artırırken, David yere baktı. Haklıydılar, her kuşakta dünyanın varlığının sürmesini sağlayan o özel ruhların isimlerini bir tek *o* biliyordu. Göğsünden ter damladığını hissetti, ama bu bunaltıcı sıcaklıktaki odadan değildi.

Yael, David'in taşıdığı dayanılmaz yükü hissedercesine tatlılıkla devam etti.

"Safed'e varır varmaz mistikler sana söylenen her şeyi anımsamana yardım edebilirler. Odaklanman gerek. Senin için Stacy'ye yardım etmenin en iyi yolu bu. Dünyanın sonu henüz gelmedi David, dolayısıyla kızının hâlâ hayatta olduğuna inanmaya devam etmelisin."

Kısa bir sessizlik oldu. Sessizliği bozan, fırıncının paketini alıp içindeki ufalanmış yabanmersinli kekten kocaman bir parça koparıp alırken kâğıdı hışırdatan Avi oldu. Parçayı ağzına atarken paketi Yael'e uzattı. "Percy Gaspard ne olacak?" David Avi'ye baktı. Onunla ilgili ne buldunuz?"

"Şimdilik çok az şey." Sadece bir tane bulduk – 1939'da Montreal doğan bir erkek. Elektrik fiyaskosuna kadar, kaynaklarımızın toplayabildiği tüm bilgi bu. Şu anda daha fazla şey biliyor olabilirler. Buradan ayrılıp otomobille Pennsylvania'ya gidiyorum, ya da uygarlığa ulaşabileceğim yere kadar, bir başka deyişle çalışan cep telefonu kulesi olan bir kente kadar. Meslektaşlarımla yeniden bağlantı kurduğumda yapabileceğimiz çok şey olacak.

"O hâlde yola koyulsan iyi olur," diye önerdi Yael.

Avi sandalyeden kalkarken başını salladı. "Bir şey daha," dedi David'e doğru yürürken. "Değerli taşlar. Onları artık ben alacağım."

"Neden?" diye sordu David.

"Benimle birlikte daha güvende olurlar, siz ikiniz İsrail'e benden önce varsanız bile. Onların Yahudi toplumu için yaşamsal önemi var, bizden çok zaman önce çalındılar." Yael'e baktı. "Bazı değerli taşların şimdiden Gnoseos'un seçkin Cemiyetinin eline geçtiğini ona söyledin mi?"

David'e bir bakış attı. "Ellerine geçirmek için hiçbir şeyden çekinmezler. Dengeyi bozmak için sahip oldukları doğal güçleri nedeniyle değerli taşları en az otuz altı isim kadar istiyorlar."

David, yıllar öncesine –akiği yukarı doğru tutarak David ve Abby'ye düşmeyeceklerine dair söz veren– Crispin'e geri gitti. *Crispin taşın sihirli olduğunu nereden bilmiş olabilirdi. Onu eline nasıl geçirmişti?*

"Bu son kısmını bana açıkla," David kısa konuştu. "Dengeyi bozma meselesini."

Avi göğsüne yapışan nemli haki gömleğini çekerek çıkardı. "Bilgeler taşların mistik özelliklerini öğrettiler. Başrahibin göğüs zırhındaki her değerli taş on iki kabileden birinin adını taşır ve rengi o kabilenin kampının önünde dalgalanan bayrağın rengiyle aynıdır. Başrahip Kutsal Tapınağın en kutsal yerine her girdiğinde göğüs zırhını takardı. Neden biliyor musun?" David bir tahminde bulunmayı denemeden, Avi kendi sorusunun cevabını kendisi verdi.

"Tanrı'ya on iki kabileyi anımsatarak ve merhametini dileyerek Yahudi toplumunu temsil ettiği için. Dahası da var," dedi Avi.

"Ruh çağırma tahtası nasıl çalışır biliyor musun?" diye Yael araya girdi. David başını sallayınca devam etti. "Başrahibin göğüs zırhı İsrail'in eski ruh çağırma tahtasıydı, Tanrı'yla iletişim kurmanın bir yoluydu. Yahudi toplumu Tanrı'nın hoşuna gittiğinde, taşlar ışıl ışıl parlardı. İsrail savaşırken taşların parıldaması uğurlu bir zafer işaretiydi."

David başını salladığını fark edince şaşırdı. Ne kadar saçma da olsa, bir gün içinde, bir zamanlar ona gülünç gelebilecek bir açıklama şimdi çok akla yakın bir olgu gibi geliyordu.

O gün çok şey olmuştu.

"İşte sana bir örnek." Avi konuşurken silahını kılıfına soktu. Yael ruh çağırma tahtasından söz etti. "Kutsal Kitap çağında ruh çağırma tahtası şöyle iş görürdü. Halk Tanrı'ya sorması için başrahibe sorular yöneltirdi. Harun bunları sorduktan sonra göğüs zırhındaki taşlara bakar ve Tanrı'nın çeşitli isimleri üzerinde derin düşüncelere dalardı. O bunu yaparken, taşların üzerindeki harfler ışıl ışıl parlayarak Tanrı'nın cevabını yazardı."

David hareketsizleşti. Karlar eridikten sonra taşı bulduğu anı anımsadı. O kadar parıldamıştı ki gözleri ağrımıştı. Güneşin yansıması olduğunu sanmıştı. Şimdi Avi'nin sözleri zihninde yer ettikçe, iki taşı da cebinden çıkarıp inceledi.

Bir akik ve bir kehribar. Napthali ve Levi. O kadar sıradan gözüküyorlardı ki. Şimdi parıldamıyorlardı, ama yine de, eğer...

"Onları kendim götüreceğim." dedi, taşları avuçlarıyla örterek ve Avi'nin gözlerine bakarak.

"Hayır, sen götürmeyeceksin," diye başladı İsrailli, ancak David sözünü kesti.

"Burada mistik olaylardan söz ediyorsak, sanırım senden biraz daha fazla deneyimim var. Bu taşı bulan benim, ve duymakta olduğum tüm bu şeylere bakılırsa, benim bulmamın da gayet iyi bir nedeni var. Üstelik Haham ben Moshe öldürülmeden sadece birkaç saniye önce ikisini de bana emanet etti."

"Sanırım haklı, Avi." Yael iki adamın arasına girdi. Napthali taşını görüntülerin belirmesine yol açan düşüşten hemen sonra buldu. Orada David'i *bekliyordu*. Bunun bir tesadüf olduğunu sanmıyorum. Yıllar boyunca onun elindeydi. Onda kalması istenmişti," diye ısrar etti. "Belki şu an bilmediğimiz bir nedenden dolayı."

Avi, ağzı kızgınlıktan kenetlenmiş, önce birine sonra diğerine gözlerini dikti. En sonunda omuz silkti. "Haklı olabilirsiniz. İyi, o hâlde."

David'e elini uzattı. "Elektrik gelir gelmez, sana üvey kızın hakkında bilgi veririm – ve Percy Gaspard hakkında. Umalım ki hava alanı yirmi dört saat içinde yeniden açılsın. Zaman aleyhimize çalışıyor."

YİRMİ ÜÇÜNCÜ BÖLÜM

LOS ANGELES

Alberto Ortega'nın canı sıkkındı. Bu da Raoul LaDouceur'ün sinirini tepesine çıkarmıştı.

Raoul serinkanlılığını sık sık kaybetmezdi, ama daha önce Avis'ten kiraladığı üstü açık sarı Firebird'le Sofitel'den ayrılırken terliyordu ve kızgındı. İlk dürtüsü beyaz kamyoneti basitçe bir hendeğe yuvarlamak olmuştu, ama sonra Los Angeles Uluslararası Hava Alanı otoparkında kaybolmasının daha kolay olacağını düşünmüştü. Şimdi farklı bir isim altında başka bir arabası vardı. Polisler onu hiçbir zaman Stacy Lachman'la ilişkilendiremezdi.

Ancak Ortega'nın öfkesi hâlâ Raoul'un kafasında uğulduyordu. *Memnun değil! Benim memnun olduğumu mu sanıyor?* İçinden Firebird'ü sonuna kadar gazlamak geldi fakat yine de kendine hakim olmayı bildi. Onun yerine, sakinleşmek için radyonun sesini sonuna kadar açtı.

Bu akşam her şey tereyağından kıl çeker gibi gitmiş olmalıydı. Çocuk şu anda çoktan ölüm vadisinde çakallardan yardım istiyor olmalıydı. Lanet olsun. *Bir gün daha... en çok iki*, dedi kendi kendine *ve Ortega'nın pis kokulu nefesini ensemde hissetmeyeceğim. Arizona eyaleti çocuğun ikinci kez kurtulmasına yetecek kadar büyük değil.*

Gün geçtikçe, ihtiyar Ortega ona kendi büyükbabasını anımsatıyordu. Müşkülpesent ve nankör. Ortega gençlik günlerinde, Birleşmiş Milletler Genel Sekreteriyken övgüde çabuk, Raoul'u Kara Melekler arasında terfi ettirmede hızlıydı. Şimdi son yaklaşırken, aksi bir yaşlı kadın gibi huysuzlaşmıştı. Onun için imha ettiğim onca düşmandan sonra, uyarılara ve tehditlere başlaması için ufak bir hıçkırık yeterli oluyor. Sanki Kara Melekler'in en beceriklisi ve en başarılısı olan benden, Nuh'un Gemisinde yolculuk esirgenebilirmiş gibi. Şimdi, hem de Yükseliş bu kadar yakınken.

Son iki ismi sıfırlamak için yalnızca Yılan'ın işini bitirmesini bekliyorlardı.

O halde neden Ortega başımın etini yiyor? Yılan bana kim olduklarını söylemeden onları nasıl öldürebilirim?

Bu –kız– sorun yaratmazdı. Bu akşam olanlar bir tesadüftü. Elinin üstünü kaplayan kanlı bandaja baktı. Böylesine uysal küçük bir fare için keskin dişleri vardı. Ancak kızın yapabildiği kendisi için birkaç saat daha kazanmaktan ibaretti.

Bunun bedelini ödeyecekti.

Telefonu yazılı bir mesajın gelmekte olduğunu bildirmek için bipledi.

Yine Ortega, Buenos Aires'teki sarayından. Oranın keyfini çıkartacak pek fazla zamanı kalmamıştı, sinsi piçin. Raoul, Ortega'nın aceleyle Arjantin'e gitmesinin tek nedeninin karısı ve çocuklarını toparlayıp Nuh'un Gemisine getirmek olduğunu biliyordu.

Yazılı mesajı gözden geçirdi.

Sahne değişikliği. Örneği şahsen kendim incelemeyi arzu ediyorum. Güvenli limana getirin, çizilmemiş olsun. Raoul plan değişikliği üzerine kaskatı kesildi. Şimdi kızı canlı istiyorlardı. Ne değeri olabilirdi ki, ölü olmadıkça?

Öldürme işiyle bir başkasını ödüllendirmek istemiyorlarsa şayet.

Arizona sınırına doğru hızla ilerlerken kaşlarını çattı. O işin icabına bakacaktı.

YİRMİ DÖRDÜNCÜ BÖLÜM

Haham Tzvi Goldstein'ın dul eşi, kederden içine kapanmış, ince yapılı, karaca yavrusu gibi bir kadındı. Yirmilerini daha yeni bitirmiş gibi görünse de kocasına yedi yıl içinde yedi çocuk doğurmuştu. En küçüğü beş aylık olan kız çocuğu, sarı pamuklu tulumunun sol üst köşesindeki kasıtlı yırtığın ne anlama geldiğini daha bilemezdi. Ne de her *Şabat* başlangıcında çocuklarını kutsarken babasının kendisine yukarıdan bakan yüzünü bir daha göremeyeceğini bilebilirdi.

Sarah Leah Goldstein ve çocukları gösterişsiz evlerinde hemen hemen karanlıkta oturuyorlardı. Hepsi bir sıraya tünemiş küçük kuşlar gibi, üzerinden yastıkların kaldırıldığı kanepeye dizilmişlerdi. Arkalarındaki konsolun üzerinde hahamın anısına büyük bir mum yanıyordu. Fırtına yüzünden, mum odadaki tek ışıktı. Onun yanında, erkeklerin günde iki kez evde yaptıkları ibadet sırasında kullandıkları dua kitapları sıralanmıştı.

Tzvi Goldstein'ın en yakın akrabalarının yas kurallarına uyduğu bu yedi gün böyle sürecekti. Kocasının öldürüldüğü haberi üzerine, Sarah Leah makasla bluzunun yakasını kesti, sonra çocukların her birinin giysilerini de benzer şekilde kesti. *Şivah* olarak adlandırılan bu yedi gün süresince, evdeki bütün aynalar örtülür, aile alçak taburelerde ya da yastıksız kanepelerde oturur ve Tzvi'nin babasıyla erkek kardeşleri sakallarını kesmezdi.

Diğer aile bireyleri ve arkadaşları, aileye yiyecekler, dualar ve varlıklarının verdiği huzurla destek olmak için akın akın ziyarete geliyorlardı. David ve Yael, birbirine bağlı bu insanların oluşturduğu destek denizi içinde kendilerini davetsiz misafir gibi hissediyorlar, ancak bu baskının gerekli olduğunu biliyorlardı. Sarah Leah'nın yeğeni bebeği ondan alıp bir bardak meyve suyu için yemek masasına gitmesi için ısrar edince Yael kadının koluna dokundu.

"Bayan Goldstein, Profesör Shepherd ve ben saldırı anında Haham ben Moshe ile birlikteydik," dedi yavaşça. "Size daha fazla yük olmak istemeyiz ama, bize vaktinizin birkaç dakikasını ayırabilirseniz belki kaybınızdan kimin sorumlu olduğunu bulmamıza yardımcı olabilir."

Dul kadın onlara hüzün dolu gözlerle baktı.

"Benimle gelin," dedi.

Onları kitapla dolup taşan bir çalışma odasına götürdü. Batmakta olan güneşin ışıkları panjurların arasından süzülerek mütevazı, rahat, pipo tütünü ve mobilya cilası kokan bu odayı gözler önüne serdi. "Kocam, ruhu şad olsun, burada araştırarak ve çalışarak saatler geçirirdi."

Artık orada olmayan bir şeyi ararmışçasına, çaresizlik içinde gözlerini odada gezdirdi. "Size nasıl yardımcı olabilirim?"

David spor çantasından tarot kartını çıkardı. "Bu, Haham ben Moshe'nin saklamam için bana verdiği şeyler arasındaydı. Bunun neden onda olduğu veya nereden gelmiş olabileceği hakkında bir fikriniz var mı? David incelemesi için kartı uzattığında kadın birden irkildi. Gözleri David'e dikildi. "Ölüm bu kartı izler."

Bir an sallanınca, onun dengesini bulması için Yael kolunu tuttu.

"Bununla ne demek istiyorsunuz," diye sordu Yael, şaşırmış, David'e bakarken.

"Kocam bana o karttan söz etti. Krakowlu Haham Lazar, rahmetli Haham ben Moshe'ye, sadece iki hafta önce yollamış. Haham ben Moshe'nin bu kartın aynısından kimin iki bin kopya sipariş ettiğini bileceğini umuyordu." Devam etmeye çalışırken dudakları titredi. "Ve kimin bir adamı baskı levhaları için öldürmüş olabileceğini de."

"*Hangi* adamı öldürmüş olabileceğini?", diye sordu David, ağzı açık.

"Matbaacı – Krakow'daki matbaacı." Sarah Leah dudaklarını ıslattı. "Bu olay olduğunda genç oğlu arka odada makinenin mürekkebini değiştiriyormuş. Babası ona kendi zanaatını öğretiyormuş. Tzvi, çocuğun, babasının koyu bir yabancı aksanla Lehçe konuşan bir adamla tartıştığını duyduğunu söyledi. Sesi tanımış, çünkü adam iki gün önce de gelmiş ve matbaacı işi kırk sekiz saat içinde bitirebilirse fiyatın iki katını ödemeyi teklif etmiş. Adam bu kartlardan iki bin tane basmasını istemiş."

David içini çekti. "Yani bu karttan daha 1999 tane var..."

"Ne hakkında tartıştıklarını biliyor musunuz?" diye Yael sordu.

"Müşteri baskı levhalarını almak istemiş. Matbaacı böyle bir şeyi hiç duymadığını söyleyerek reddetmiş. Bunun üzerine adam sinirlenmiş ve ısrar etmeye devam etmiş; matbaacı bir bahane bulup arka odaya gitmiş. Çirkin bir tartışmadan korumak için oğlunu eve yollamış. Çocuk silah sesini duyduğunda arka kapıdan daha yeni çıkıyormuş. Geri döndüğünde sadece pencerelerden yayılan alevleri görmüş."

Sarah Leah başını üzüntüyle salladı. "Zavallı çocuk babasına ulaşmaya çalışmış, ama ateş çok sıcakmış. Bütün o kâğıtlar, mürekkepler ve kimyasallar, korkunçmuş."

Kadının derisi gri görünüyordu. "Haham ben Lazar matbaacının -kocam gibi- iyi bir insan olduğunu söyledi..." Sesi alçalarak kayboldu.

David içinde bir hüzün dalgası hissetti. Küçük çocuğun çaresizlik duygusuyla kendisininkini özdeşleştirebiliyordu. "Haham Lazar'ın bu kartı nasıl elde ettiğini biliyor musunuz?" diye nazikçe sordu.

"Matbaacının oğlu yılanlara hayranlık duyuyormuş. Babasına basılan kartların kenarlarını düzeltme işinde yardım ederken kartın arka yüzündeki birbirine dolanan yılanlardan büyülenmiş. Matbaacı, çoğu meslektaşı gibi, yaptığı her işin bir örneğini kendi kayıtları için saklarmış. Haham Lazar matbaacının ailesine şivah ziyaretinde bulunduğunda çocuk ortaya çıkmış. Haham Lazar'a kartı babasının dosyalarından aşırdığını söylediğinde titriyormuş." Kadın ağzını büzdü. "Zavallı çocuk, kartı çaldığı için cezalandırıldığını düşünerek babasının ölümünden kendisini sorumlu tutuyormuş."

"Bir çocuk için ne kadar büyük bir yük," diye mırıldandı Yael. "Ve de katlanmak zorunda olmadığı bir yük." Sesi güçlendi. "O müşteri çocuğun arka odada olduğunu bilseydi, kartları gizli tutmak için ikisini de öldürürdü."

Gizli. David parçaları bir araya getiriyordu. "Demek levhalar yüzünden, bu nedenle öldürdü – böylece kartlar hiçbir zaman izlenemeyecek veya kopyalanamayacaktı."

"Bu kocamın katilini bulmanıza yardımcı olacak mı? Gözyaşları dul kadının gözlerinde parıldadı. Gözyaşlarına engel olma amacıyla hızla gözlerini kırpıştırdı. "Aynı müşterinin, kartı Polonya'dan buraya kadar izlediğini ve onu geri almak için kocamla Haham ben Moshe'yi öldürdüğünü mü düşünüyorsunuz?

"Onun gibi bir şey." David'in parmakları kartı sıkıca tuttu. "Hepsi birbirine bağlı, ama tek bir adamın yapabileceğinden daha büyük bir iş."

Sarah Leah ellerini boğazına götürdüğünde sessizlik oldu. Birden bir bebeğin çığlıkları çalışma odasındaki sessizliği bozdu.

Sarah Leah'nın, feryat eden bebekle kapıda görünen yeğeni, "Galiba, Bayla acıktı," dedi.

"Gitmem gerek." Rachel Leah kızını kucağına aldı ve sallamaya başladı.

Kadın onlara üzgün bir şekilde tebesüm edip yeğenini izleyerek odadan çıkarken, "Yardımınız için teşekkürler Bayan Goldstein," dedi David.

David'le Yael çıkmak için kalabalık oturma odasından geçtiler. Yael tam elini kapı topuzuna koymuştu ki elektriğin vızıldayan sesi evi doldurdu ve kısa bir an sonra oturma odasındaki lambalar parıldayarak canlandı.

"Işık ortalığı aydınlatsın," diye mırıldandı David, yaşamakta olduğu korkunç Araf süreci sanki ortadan kalkmış gibi.

Dışarı çıkar çıkmaz, ikisi de telefonlarına sarıldı, ama ikisininki de hâlâ çalışmıyordu.

"Uçak rezervasyonlarını yaptırmak için otel telefonunu kullanırız." Yael taksi bulmak için hızlı adımlarla kavşağa yürümüştü bile.

"Eğer kentin o tarafına elektrik gelmişse." David adımlarını onunkine uydurdu. Kartı spor çantasına sokmaya başlamıştı ki bir şeyi fark etti ve kartı geri çekti.

Neden daha önce görmemişti? Orada, kuleden düşen cesetlerden birinin arkasında bir açılır asma köprü vardı. İkiye bölünüp kale hendeğinin içine düşmüştü. Düşen ceset onu neredeyse gizlediği için, daha çok sur gibi gözükse de, aslında bu bir köprüydü.

Birden, daha önce böyle bir açılır asma köprü gördüğünü anımsadı. Bu yılın başlarında, Londra'da o köprünün üstünde durmuş, Thames nehrine bakarak kentin muhteşem gece görüntüsünü seyretmişti.

Aynı akşam Tony Blair'le yemek yemiş, küçük bir grup onu Thames'in üzerindeki Tower Bridge'in içindeki özel odalardan birine götürmekte ısrar etmişti. Görüntü şaşırtıcıydı. Halkın özel günler ve iş konferansları için şölen hizmetlerinden yararlanabildiğini öğrenmek daha da şaşırtıcı olmuştu.

David, tarot kartına bakarak köprü mimarisinin perspektif çizimini inceledi. Tower Bridge'le benzerliği çarpıcıydı, Kraliçe Victoria dönemi stili, açılma ve asılma tarzlarının bileşimi, duvarcılık...

Kusursuz bir yorum sayılmazdı, ama, yine de...

London Bridge is falling down (Londra Köprüsü yıkılıyor).

Çocuk şarkısının nakaratı kulaklarında çınladı. Londra Kulesinin yakınındaki köprüye değil de başka bir köprüye atıfta bulunduğunu bilse de, sözcükler beyninde fırıl fırıl dönüyordu.

Londra Kulesi. Yıkılıyor. Karttaki düşen figür...

Kule kartı. Tower Bridge?

David ürperdi. Kart bir uyarı mıydı? Gnoseos Londra'ya bir tür saldırıda mı bulunmayı planlıyordu? Yoksa Londra'*dan* mı saldırmayı?

Ve neden biri aynı karttan iki bin kopya yaptırmak istemişti... uyarı ya da başka bir şey için?

"İşte bir taksi – hadi gel!" Yael seslenince bir taksi fren sesi çıkararak kaldırıma yanaştı.

David hızla taksiye doğru koşarken Yael içeri daldı. David'in beyni birçok yöne doğru hareket ediyor, bunlar çaprazlama kesişerek hâlen izleyemediği bir yol haritası oluşturuyordu.

YİRMİ BEŞİNCİ BÖLÜM

Taksi şöförü kendi şeridine dalan otobüse korna çalarken cep telefonunun tanıdık sesi çaldı. *Nihayet*! "Hey, dostum," Hutch'ın sesi kulağında gürledi. "Burada seninle konuşmak için bekleyen biri var."

"Benim onunla konuşmak için beklediğim kadar değil." Stacy'nin minik berrak sesini duyunca David'in kalbi hopladı ve havada asılı kaldı.

"David, annem bir adamın bana kötülük edeceğine dair bizi uyarmaya çalıştığını söyledi. Bunu nereden bildin?"

David gözlerini kapadı, tüm kalbiyle onu bu işkenceden korumayı umarak. Hiçbir anne baba çocuğunun tehlikede olmasını istemezdi. Fakat bu "Tanrı vergisi yetenek" –şayet böyle denebilirse– yüzünden, en azından onu uyarma şansı verilmişti.

Ama bu iş daha sona ermemişti. O hâlâ bir hedefti, avcılar hâlâ peşindeydi. Bunu ona nasıl anlatabilirdi?

"David? Orada mısın?"

"Buradayım, Mançkin. Sana şu anda açıklayamam ama, Hutch ne derse onu yapman gerek. İçeride kal, hep onun yanında kal. Uzaklaşmak yok."

"O adam geri gelebilir mi?"

"O, ya da onun gibi biri." Stacy'nin ağlamaya başladığını duyunca David, "Tanrım bana güç ver" diye yalvardı.

"Korkuyorum. Neden buraya bizim yanımıza gelmiyorsun?"

Yalvarışı David'in kalbini parçaladı.

"Keşke yapabilseydim, tatlım. Şu anda yanınızda olmak için neler vermezdim. Ama gitmem gereken başka bir yer var, uzakta bir yer. Çok önemli – ve sizi korumakla alakalı."

"Ne kadar u....uzak...?" diye başladı. Sesi titriyordu. Meredith'in telefonu istediğini duydu.

"David neler oluyor, Tanrı aşkına? Ne işlere bulaştın. Biri onu arka bahçemizde neredeyse boğup öldürüyordu ve bir arabanın bagajına atmaya çalıştı biliyor musun?"

David cevap vermek için ağzını açtı, ama Meredith sıkıştırmaya devam etti.

"Lanet olası Arizona'da, her tarafımızda orman yangınları olan cehennemin dibinde bir yerde olduğumuzu biliyor musun? Len'e ulaşamıyorum ve güya lanet olası aile balayımıza gidecektik! Başımıza ne *lanet* işler açtın!"

"Meredith izin verir misin? Hutch'la konuşayım." David dişlerini gıcırdattı.

"Ne yaptığını söyleyene kadar, hayır. *Kızımı* tehlikeye attın, bilmek hakkım."

"Meredith, dünyanın sonu, tamam mı? Durdurmaya çalışıyorum. Şimdi bırak da Hutch'la konuşayım."

Meredith sert bir soluk aldı. Öfkesini, yüzündeki inanmazlığı, görebiliyordu. "Dünyanın sonuymuş, *seni* istiyor." Sesinden alay akıyordu.

"Sorun nedir, dostum? Destek timi hâlâ ortalarda yok."

Her zamanki Hutch. Sağduyunun sesi.

"Çünkü öldüler. Biri onları Atlas Okyanusunun üstünde patlattı, ama başka bir ekip her an orada olabilir. Kaleyi koruyabilecek misin?"

"Ayı ormanı kirletebilir mi?"

"Dinle. Rezervasyon yaptırır yaptırmaz ülkeden ayrılıyorum. Sadece birkaç günlüğüne. Destek timi İsrailli. Onları kapıdan içeri bırakmadan İbranice birkaç dua okumalarını sağla."

"*Hava Nagila, shalom* ve *oy* gibi mi?"

"Ukala herif. Onlar dua değil." Bisikletli kuryeyi kıl payı farkla kaçıran taksi şöförü sağa doğru keskin bir dönüş yaptığında David gözlerini kapadı. "Her şey için sana güveniyorum, Hutch. Bunu biliyorsun?"

"Kendi kan grubumu bildiğim kadar. Huzur içinde git ahbap."

Huzur. Şu anda bu kavram geçmişte kalan bir anıydı. Tam şu anda dünyada huzur diye bir şey kalmamıştı. Ve ufukta da gözükmüyordu.

David cep telefonunu cebine attı.

"Ağlıyordu," dedi.

Yael'in eli eline değdi, bir an parmaklarının üzerinde kaldı. "David, üzgünüm. Korkunç bu."

Dokunuşu tüy kadar hafifti, ama yine de parmak uçlarından sıcaklık akıyordu. İçindeki dehşeti bir parça olsun hafifletir gibi geldi.

"Talihimiz yaver giderse, bu akşam JFK'den kalkan bir uçakla gidebiliriz," dedi.

Talih. Sonuçta işin gelip düğümlendiği yer bu muydu? Talih? Lades kemiği? Dört yapraklı yonca? Ya da dua?

Riverside Tower görüntüye geldiğinde, *ancak Tanrı bilir* diye düşündü.

GEORGETOWN ÜNİVERSİTESİ

Üniformalı iki polis odasına daldığında Tom McIntyre sandalyesinden fırladı, neredeyse okumakta olduğu sınav kâğıtlarının üzerine kahve fincanını devirecekti.

"David Shepherd sen misin?" Polis memurlarından daha genç olanı masasına doğru yürüdü ve arama emrini suratına doğru salladı.

Burnu havada orospu çocuğu. Tom'un öfkesi anında kabardı. *O pembe yanaklar, yönetmeliklere uygun asker traşlı, plaj cankurtaranının fiyakalı fiziğiyle. Ve gözlerle*, Tom dikkat etti, *adam tam polisti*. "Hayır, ben Tom McIntyre," dedi, arama emrini görmezlikten gelerek. "Neyle ilgili?"

"David Shepherd'ın nerede olduğunu biliyor musun?"

"Neden bilmek istiyorsunuz?" Tom polisle göz göze geldi. Polisin, universitedeki çalışma odası arkadaşını aramaya gelmesini gerektirecek bir senaryo düşünemiyordu, özellikle arama emriyle. David'in en iyi arkadaşı bir papazdı, Tanrı aşkına, babası da A.B.D. senatörü. Nasıl bundan daha düzgün bir adam olunabilirdi?

"Onu en son ne zaman gördün?"

Tom, düşüncelerini toparlamaya çalışırken, bir an tereddüt etti. "Hım, birkaç gün önceydi, sanırım. Geçen hafta, pazartesi ya da Salı... Tam anımsamıyorum."

"Burası onun odası, değil mi?"

"Evet ve de benim. Bakın, neden bunun neyle ilgili olduğunu bana söylemiyorsunuz?" "Cinayet." İkinci polis nihayet ağzını açtı.

Tom şokun yüzüne yansımamasını umdu.

"David Shepherd' ın hizmetçisi Shepherd' ın evinde ölü bulundu, Professor McIntyre," ikinci polis devam etti, iri çenesi ve saldırgan tavrıyla, sesi de görünümü kadar kabaydı. "Profesör Shepherd'ın iyi olduğundan emin olmalıyız."

Memur Burnu Havada durumu devraldı. "Cep telefonu cevap vermiyor. Bunun doğru numara olup olmadığını biliyor musun?" Tom'a doğru bir kâğıt parçası uzattı.

David'in numarasıydı, tamam da.

"Doğru." Sarsılmış, ve kağıda bakmamaya gayret ederek, Tom dudaklarını ıslattı, ağzı aniden kupkuru olmuştu. "Birkaç günlüğüne New York'a gitti – kişisel işleri için. Bildiğiniz gibi orada elektrikler kesik, telefonlar, her şey. Belki de bu yüzden cevap alamadınız."

Genç memur kararlı bir şekilde ona baktı. "Belki."

Öteki polis David'in masasının çekmecelerini karıştırmaya başlamıştı bile. Stacy'nin çerçevelenmiş resmini birden çekip ortağına gösterdi, o da tanıdığını belirtir şekilde başını salladı.

"Kim olduğunu biliyor musun?" diye sordu ikinci polis.

"Evet. Bu onun üvey kızı."

Tom onlara Stacy'nin ve Meredith'in isimlerini verdi. Polis onların nerede yaşadığını sorduğunda Tom'un göğsü daraldı.

"Bakın, size söylemeliyim, David Shepherd asla kimseyi öldüremez. Demek istediğim, skuaş oyununda acımasızdır ama, adamın yapabileceği gaddarlık ancak bu kadardır." İçgüdülerinin aksine Tom koltuğunda çöktü.

"Profesör," diye başladı Memur Burnu Havada, dilinden küçümseme dökülerek, "Oda arkadaşınızı birisini öldürmekle suçlamıyoruz. Sadece onunla konuşmak istiyoruz, tamam mı? Kendisinin pis bir oyuna kurban gitmesini engelleyin. Eğer nerede olduğunu biliyorsanız, bu bilgiyi bizimle paylaşmanız onun, ve de sizin yararınıza olur."

"Tek bildiğim New York'a gittiği." Tom, David'in kendisini skuaşta sürekli yenmesinden ve daha iyi tırmanıcı olmasından nefret ederdi. Tamam kabul, David'in düştüğünü görmeyi gizlice arzuladığı zamanlar da olmuştu. Ama bunun başına gelmesini istemezdi. Memur Burnu Havada terfi etmek için sabırsızlanıyor gibiydi. *David'i de bu iş için kullanmak istiyordu.*

Bir saatin önemli bir bölümünü David'in masasını, dosyalarını, kitaplığını, hatta üst çekmecedeki sınav kâğıtlarını didikleyerek geçirdiler.

İşleri bittiğinde Tom'a olay numarasını ve kendileriyle temas etmek için gereken bilgileri içeren bir kart verdiler. Burnu havada olan, David'den haber alır almaz kendilerini araması için ciddi bir "hatırlatma"da bulunarak Tom'un yanından ayrıldı.

Tom kapıyı kapatmadan önce, merdivenlerden inmeye başladıklarından emin olana kadar bekledi ve telefonunun yanına gitti.

YİRMİ ALTINCI BÖLÜM

Memur Scott Conrad, karakola dönerken Üniversite kafeteryasından aldığı jambonlu peynirli sandviçi yerken, arada hazırladığı Tüm Noktalara Duyuru'nun tarihini attı.

Ortağı Lou Minelli, yetişkin kızını tekrar sorgulamak üzere kurbanın evine dönmüştü. Conrad ona şans diledi. İlk ifade tutanağını doldurmak için birlikte gitmişler, kız kendisini hemen hemen anlaşılmaz kılan hıçkırıklara boğulunca Conrad sabırsızlığını dizginlemek zorunda kalmıştı.

Kıza göre, Eva Smolensky, Shepherd'ın evine giderken güveci toprak tencerede yavaş yavaş kaynamaya bırakmıştı. Kızının yemeğini. Yaslı kızı otuz yaşında bir CVS fotoğraf teknisyeniydi. Annesi, Shepherd'ın evini temizleyeceğini ve kendisini yemeğe beklememesini söylemek için kızını işten aramıştı. Bu, temizlikçi kadının kızının annesinin sesini son duyuşu olmuştu.

Conrad bu olayı sevmişti. Hem de çok sevmişti. Dr. Shepherd sorgulama masasında karşısında oturduğu zaman daha da sevecekti.

Gözleri kısıldı, parmakları klavye üzerinde davul çalmaya başladı.

Tüm polis bölüm ve şubelerine. 233 D Caddesi Kuzey Doğu, Washington, DC'deki cinayetle ilgili olarak sorgulanmak üzere aranan kişi için gözetlemede kalın.

Aranan kişi Profesör David Shepherd, beyaz erkek, otuz üç yaşında, 1.85 boyunda, 85 kg ağırlığında, kahverengi saçlı, elâ gözlü, ayırdedici özelliği yok, doğum tarihi 15 Ağustos 1973, ikametgâh adresi: 233 D Caddesi Kuzey Doğu, Washington, DC.

Conrad, kolalı içeceği Dr. Pepper'dan bir yudum aldı ve ağzını tüm paket yemek servislerinde bulunan ince kâğıt peçeteyle sildi. Bilgisayar ekranını yazım hataları için gözden geçirdi, sonra devam etti.

Aranan kişinin New York City'de bulunduğu sanılmaktadır. Uçak, tren veya kiralanmış taşıtla seyahat ediyor olabilir. Lütfen gözaltına alın ve derhal Washington, DC Polis Merkeziyle temasa geçin.

Memur Conrad gönder tuşuna basarak tüm New York ve New Jersey hava alanlarına derhal dağıtılmak üzere Tüm Noktalara Duyuru'yu New York City Polis Merkezine ve Uçuş Güvenlik Kurulu'na gönderdi.

Oradaki iletişim merkezleri Tüm Noktalara Duyuru'yu dağıttıktan sonra sadece bir an meselesiydi.

YİRMİ YEDİNCİ BÖLÜM

"David!" Yael'in sesi, David'in şaşkın yüz ifadesine bakarken, kaygıdan tizleşti. "Kimdi o? Ne dedi?" David başını inanmadığını gösteren bir biçimde salladı. Çenesini sıkınca ağzı aynı anda açılıp kapandı. "Yolunda gitmeyen bir şey mi var? Bana söyle," diye sordu, birbiri ardına felaket haberleri yayınlayan CNN'i izlediği sandalyeden fırlayan Yael. Cildini neyin kül rengine döndürdüğünü merak ederek önünde durdu.

"Eva ölmüş."

"Eva da kim?"

"Hizmetçi kadın. Biri onu öldürmüş – benim evimde."

Gözlerini bir an kapadı ve son yedi senedir her hafta evini ovup paklayan hamarat kadının torbalanmış gözleriyle yorgun gülümsemesini gördü. Üzüntü onu sarsmıştı.

Gözlerini açtı ve doğruca Yael'e baktı. Polis beni arıyor.

"Aman Tanrım."Titreyen ellerini boğazına götürdü. "Onu ne zaman bulmuşlar?" "Hiçbir fikrim yok. Arayan Tom McIntyre'dı.

Georgetown'da çalışma odamı paylaştığım arkadaş. Arama emriyle gelip masamı didik didik etmişler. New York'ta olduğumu biliyorlar." Midesi bulanıyordu.

"Bu demektir ki sabaha kadar bekleyemeyiz – hemen hava alanına gitmeliyiz ve seni, resmin JFK'in her yerine yapıştırılmadan, güvenlikten geçirmeliyiz."

David ona boş boş baktı, şokun etkisinden hâlâ kurtulamadığı için iyi düşünemiyordu. "Önce polise gitmeliyiz."

"Hayır." Yael onu sandalyesine geri itti. "Düşün, David. Eva'yı her kim öldürdüyse, belki de *seni* arıyordu. Polisle temasa geçersen, seni tutuklayacaklar belki de ülkeden ayrılmana izin vermeyeceklerdir."

Onun haklı olduğunu biliyor, yine de bocalıyordu. *Kaçarsam, bir kaçak olacağım, kalırsam, Gnoseos kazanacak.*

Yael tuvalet malzemelerini toplamaya başlamıştı bile, hareketleri hızlı ve emindi. "Geceyi hava alanında geçireceğiz. Sen eşyalarını toplarken ben çabuk bir duş alacağım."

Banyo kapısı kapandığında, David odayı arşınlamaya başladı, düşünceler kafasında hızla akıyordu.

Eva'ya orada Dillon'la buluşmasını söylemek benim hatam, diye düşünüyordu. *Ama Dillon, oraya varmadan önce Eva'nın evden ayrılmış olduğunu söylemişti. Elektrikli süpürge de kaldırılmamıştı...*

Çünkü çoktan ölmüştü, David farkına vardı. Odayı arşınlamayı kesti, görmeyen gözlerle pencereden dışarı baktı.

O hâlde Dillon neden cesedi bulmamıştı?

Koltuk altlarından ter damlıyordu. Dillon'la katil muhtemelen birbirinden birkaç saniye farkla oradaydılar. Polise ancak Dillon yardımcı olabilirdi...

Dillon'ın ülke dışında olduğunu anımsadı. *Beklenmedik acil bir durum...*

Pencereden dışarı bakarken, beynini dolduran çılgınca düşünceleri uzaklaştırmaya çalıştı.

Dillon onun en iyi arkadaşıydı. O Tanrı adamıydı.

Ama Eva'yı bulmadı – benim pasaportumu da...

David'in başına ağrı saplandı. *Katolik olsaydım, bu düşünceler aklımdan geçtiği için kendimi aforoz ederdim.*

Hızla spor çantasını aldı ve yatağa attı, dün giydiği gömleği rulo yapıp içine tıktı. Televizyonun titreyen görüntüsü gözüne çarpınca, uzaktan kumandayı kaptı ve "sessiz" komutunu iptal etti."Burada, Arizona'da rüzgârın yönü değişti," diye konuştu uzun saçlı kadın muhabir. "Elli bin hektar arazi şimdiden yandı. Şimdi de yangın yön değiştirdi, isteyerek tutuşturulan artçı ateşleri gerisinde bırakarak Flagstaff'a doğru ilerlemeye başladı. Bu, itfaiyecilerin son otuz altı saattir aralıksız süren çabalarına muazzam bir darbe indirdi. Şerifin bürosu yörede oturan insanları gerekirse tahliye olmak için hazır olmaları konusunda uyarıyor. Flagstaff'tan canlı olarak bildiren, Lisa Wilson."

Dehşet onu sarstı. Meredith bağırarak orman yangınlarıyla ilgili bir şeyler söylemişti, ama o pek aldırış etmemişti.

Hutch'ın hızla onları oradan çıkarması gerekiyordu ve David bunun ne anlama geldiğini biliyordu. Hutch yıllar önce, ailesini korurken, hareket hâlinde olmanın tehlike katsayısını artırdığını ona öğretmişti. Birden tekrar Stacy'nin sesini duyma ihtiyacı hissetti. Yarın uçağı pistten ayrılmadan önce bir kez daha.

Ona söylemediği bir şey vardı. Söylemeye fırsat bulamadan Meredith telefonu kapmıştı.

Ülkeden ayrılmadan önce, dünyanın sonu gelmeden önce, bir kez daha, kendisini ne kadar çok sevdiğinden Stacy'nin emin olmasını sağlamalıydı.

Yael duşu sonuna kadar açtığı anda kafasında bir şimşek çaktı. *David polis tarafından aranıyor. Yepyeni pasaportu hiçbir işe yaramaz.*

Su sıcaklığının sabitleşmesini beklerken masaya doğru eğildi ve hızla düşündü. Avi'yi on beş yıldır tanıyordu ve on beş yıldır onun sınırsız yaratıcılığıyla övünmesini dinliyordu.

Şimdi onu bununla ilgili olarak aramanın zamanı gelmişti.

YİRMİ SEKİZİNCİ BÖLÜM

Nehirdeki yük gemilerini seyrederken, gerilim David'in omuzlarını dağlıyordu. Daha önce yaşanmışlık hissi söz konusuydu gene. Hutch, Meredith ve Stacy'nin cep telefonları cevap vermiyordu.

TV'nin sesini yeniden kıstı, ama ekran hâlâ yıkım ve kan görüntüleriyle doluydu.

Haham ben Moshe haklıydı. Dünya gittikçe, döne döne, tehlikelerin derinliklerine dalıyor, Kutsal Kitap boyutlarında felaketlerden sarsılıyordu. Zaman buharlaşıyor – ve Stacy telefona cevap vermiyordu.

Yael'in banyo musluğunu kapattığını duydu, ancak beyninin başka bir parçası Stacy'nin onun adını dehşet içinde haykırdığını duyuyordu.

Hayır. Karabasan kasetini kapattı ve kendine Karl Hutchinson'ın yaptığı işte en iyisi olduğunu hatırlattı – kimse Hutch'ı aşıp Stacy ile Meredith'e zarar veremezdi, bir Kara Melek bile.

Yael'e, "Hiçbiri cevap vermiyor," dedi. "İçimde kötü bir his var." Pencereden geriye döndüğünde donup kaldı.

Nasıl...

Yael düzeltilmemiş yatağının ayakucunda duruyordu. Otel bornozu yarı açıktı ve yeşil gözleri korkudan yarı saydam görünüyordu. Yanındaki sarışın izbandut on santimlik bir avcı bıçağını boğazına dayamıştı.

Hiçbir şey duymadım.

Yakından bakınca, David onun sadece bir çocuk olduğunu fark etti – heyulâ gibi bir çocuk. Düşmana saldırmaya hevesli askeri okul öğrencisinin suratına sahip, bir Amerikan futbolu oyuncusu kadar iriydi. Gözlerinde tuhaf bir şey vardı. Soluk mavi, hatta renksiz ve bir çift pinpon topu kadar duygudan yoksundular. *Futbol ön oyuncusu ile kiralık katil melezine benziyordu.*

"Bırak onu," dedi David. Dudaklarını yaladı. Birden cebindeki iki değerli taş sıcak kömür gibi ısındı ve uyluğunu yaktı. Yael'in boğazındaki toplardamarın, bıçağın derisine bastırdığı yerden yalnızca bir kaç milimetre uzakta atışına gözlerini dikti.

Bir Kara Melek'le nasıl mantıklı olunabilirdi?

"Ona zarar vermezsen, ikimizin bir tür anlaşmaya varabileceğinden eminim," diye söze başlarken öne doğru yavaşça bir adım attı. "Ama, her şeyden önce onu bırakman gerek."

"Bunu düşüneceğim – sen şu küçük kırmızı defterini bana verdikten *sonra.*

Ajandamdan haberi var. David şaşırmıştı. *Değerli taşların ya da babamın çantasının peşinde olduğunu sanıyordum.*

Ve zevk için de kellelerimizin.

David soluğu içine çekerken bir yandan da çam yarmasını ölçüp biçiyordu. *Zaman kazan. Ayağını sağlam basacağın yeri bul. O yaşça senin öğrencilerinin herhangi birinden daha büyük değil. Ve nasıl terlediğine bakılırsa kendine güveni de onlarınki kadar.*

"Neden bana kim olduğunu ve bütün bunların neyle ilgili olduğunu söylemiyorsun?" Sesi, kendisini şaşırtacak biçimde, her zamankinden bir oktav daha düşük çıktı.

"Ben sadece haberciyim, profesör." Çenesiyle işaret ederek, "Telefonunu o masanın üzerine bırak ve bana defterin nerede olduğunu söyle. Ayrıca hahamın verdiği şeyleri de alacağım."

David'in bakışları Yael'ine kilitlendi. Herife defolup olup gitmesini söylemek isterdi, ama Yael'in ölümünün vicdanında açacağı yarayla yaşayamazdı. Nabız atışlarını acıyla şakaklarında hissetti. Hasmını bakışlarıyla sindirmeye zorladı kendini.

Orada, o perdeli gözlerin ardında bir şey olmalı. Ancak ona nasıl ulaşabilir? Değerli taşlardan birini ona verirsem belki Yael'i bırakır.

Sanki onu duymuştu. "Sakın yapma David." Yael'in sesi, kendi kafasının içinde fırtınalar koparan kaosun yarattığı yaygara kadar panik içindeydi. "Ne yaparsan yap beni öldürecek. Buradan kaç – *şimdi.* Çam yarması hafifçe gülümsedi ve bıçağın ağzını Yael'in etine doğru daha sıkı bastırdı. Düzeltilmemiş yatağa doğru başını salladı. "Dün akşam onu becermişsin. Galiba, onu becerme sırası bugün bende."

Bıçak boğazını çizerken Yael zorlukla nefes alıyordu. İnce yırtıktan bir parça kan çıkmaya başladı.

"Bedenlerin neden elverişsiz olduğunu gördün mü?" dedi çam yarması küçümsemeyle. "Ne kadar pis. Rahatsız edici. Manevi yükselişin önünde ne büyük engel." Bıçağı Yael'in boğazında yarım santim daha ilerletti. Kan, Yael'in giysisinin yakasına doğru süzülmeye başlamıştı. "Hadi kıpırda, profesör. Yoksa daha fazlasını mı görmek istersin?

"Orospu çocuğu," Yael dişlerinin arasından tükürdü ve geriye doğru bir hareket yaptı ve adamın kaval kemiğine tekmeyi yapıştırdı. David bıçağı almak için ileri doğru bir hamle yaptı. Can havliyle çırpınan Yael kıvrılarak kurtuldu, ama izbandut bir yumrukla onu neredeyse uçurarak panelli dolap kapaklarına gönderdi. Sonra David'e doğru döndü. Karnına atılan mükemmel karate tekmesi David'i dizleri üstüne çökertti.

Soluk alamıyordu, nasıl alındığını bile anımsayamıyordu. Akciğeri sanki bir yandan çöküyor, bir yandan da yanıyordu. Karyola başını kavrayıp kendisini ayakları üzerinde doğrulturken midesindeki bulantı boğazına kadar yükseldi.

Üçü de yerdeki kehribarı aynı anda fark etti. David'in cebinden yuvarlanmış, şimdi küçük bir güneş gibi Yael'in ince ökçeli sandaletinin tekinin yanında yanıp sönüyordu, kazınmış eski harfler gizemli bir şekilde kapkaraydı.

Sarışının kalın kolu öne atılırken Yael taşa doğru bir dalış yaptı. David metal bagaj rafını kaparak adamın kafasına indirdiği anda darbenin tiksindirici sesi duyuldu. Kara Melek bir fil gibi gümbürtüyle halının üstüne devrildi

"Yael, iyi misin?" David, beynini yeniden yavaş yavaş oksijenle besleyen havayı içine çekti.

"Buradan cehennem olduğumuzda kendimi daha iyi hissedeceğim," dedi bornozunu bağlarken. Titreyen eliyle boynunu bastırdı, kana dokunduğunda ürperdi. "Senden ne haber? Kırılan bir tarafın yok ya?"

"Galiba," diye yüzünü ekşitti. "Üzerinde durmazsam, eminim geçer."

Yael hafif bir gülümsemeyle, değerli taşı aldı ve David'e uzattı.

David taşı tekrar cebine koydu ve hâlâ orada saklı duran akiğe çarpışının yumuşak sesini duydu.

"Bakalım buradan çıkmadan işimize yarayacak bir şeyi varmıymış görelim," dedi yerdeki adamın önünde diz çökerken.

New Jersey sürücü belgesi çam yarmasının adının James Gillis olduğunu söylüyordu.

"Kimlik belgesi sahte olabilir. Onu Avi'ye ulaştırabilirsek, bu sersemi kimin yolladığını bulabilir," diye mırıldandı Yael, Gillis'in pantolonunun arka cebini karıştırırken.

"Bu Avi'ye epey güveniyorsun, değil mi?"

"Tanışıklığımız oldukça geriye gider." Cüzdanı karıştırmaya devam etti. "Kocamla aynı yıl Mossad'a girmişti."

"Kocan mı?" diye David sordu, Gillis'in konçlu çorabının içindeki şişkinliği incelerken.

"Görevdeyken öldüğünde biz daha üç aylık evliydik. Balayımızı ertelemiştik..."

Bu çok zor olmuş olmalı, diye düşündü David. Ancak, duyduğu sempatiyi dile getiremeden Yael konuyu değiştirdi, Gillis'in çorabından çıkarttığı küçük kalibreli tabancaya dikkatle bakarken.

"Onu güvenlikten geçirmeye kalkışmanı tavsiye etmem."

Alnından akan terleri eliyle silerken, Yael'in mermi yuvasını boşaltıp mermileri yatağı altına saklamasını seyretti. Sonra Gillis'in diğer bacağını kontrol etti ve öteki çorabının içinde bir tarot kartı buldu.

"Şuna bak. Tamamen aynı."

Yael incelemek için yaklaştı. "Arka yüzündeki rakam farklı," diye işaret etti.

Haklıydı. Bunun numarası 1098'di. *Bunu sonra çözeriz* diye düşündü David. Şu anda, Gillis kendine gelmeden onu hareketsiz hale getirmeliydi.

Çabucak yatak çarşafını yırttı.

"Yael, banyodan bir bardak soğuk su getir."

Yael ona uzun uzun baktı, sonra, ortadan kayboldu. Bu arada, David çarşafın bir ucuyla Gillis'in kollarını arkasından sıkıca bağladı, sonra aynı şeyi bacaklarına yaptı.

"Hazır mısın?" Yael soğuk su bardağını Gillis'in başının üstünde tuttu.

"Tamam, şimdi."

David sular damlayan suratını tokatladığında da, Gillis irkilmedi. "Uyan, sarışın. Fakat Gillis'in göz kapakları kıpırdamadı.

Yael yanına çöktü ve parmaklarını boğazına bastırdı. "Nabzı yavaş atıyor. Kolay kolay uyanmaz. Ama bizim bekleme lüksümüz yok."

Yael giyinirken David küfrederek adamın sürücü belgesiyle tarot kartını spor çantasına koydu. Yael çantasını omzuna attı, birlikte odada son kez göz gezdirdiler. Televizyonda Türk kurtarma ekipleri deprem enkazı altından ceset çıkarmaya devam ediyordu.

Gillis bir kez inledi, ama kıpırdamadı. David ona doğru yürümeye başladığında Yael kolunu yakaladı. "Zamanımız yok, David, lütfen."

Haklı olduğunu biliyordu. Gillis'i konuşturmak saatler alabilirdi. Bu arada, polis bildirileri *onunla* konuşmak için hava alanı güvenliğinin ilgisini uyandırabilirdi.

Kapıyı ihtiyatla açtı ve koridora bakındı. Kimseler yoktu.

David'in göremediği, aşağıda lobide duvara dayanmış duran iri kıyım Porto Rikoluydu, – Profesör David Shepherd ve Yael Har-Paz, Gillis'i atlatıp otelden ayrılırlar diye, her ihtimale karşı, gözlerini asansörlere dikmişti.

FLAGSTAFF, ARİZONA

"Modern teknoloji bu kadar." Hutch bezgince güneş gözlüklerini başının üstüne kaldırdı ve Charlie'nin Bakkal Dükkânındaki iri yarı tezgâhtara baktı, o sırada Stacy tahta raflarda sergilenen şekerlemeler arasında seçim yapmak için kafa yoruyordu.

"Evet." Tezgâhtar traşı uzamış yanağının içinde tuttuğu tütün topağını emiyordu. "Bu orman yangınları kesin bize bir oyun oynuyor. Doğa Ana, her zaman teknolojiyi alt edecek."

"Akıl alacak şey değil. Yani sen bize Flagstaff'ta çalışan tek bir cep telefonu bile olmadığını mı söylüyorsun?" diye Meredith sordu. Sesinin tonundaki sabırsızlık tezgâhtarın hafifçe homurdanmasına yetti. Stacy çam kirişli tavana baktı ve gözlerini döndürdü.

"Size söylediğim bu, bayan – AT&T, Verizon, Cingular, ya da onun gibi bişeyiniz yoksa, hayır. Ana kuleden sinyal alanların bir teki bile burada sinyal minyal vermez.

"Ve tüm kara yolları bölgeden uzaklaşmaya çalışan insanlar yüzünden tıkalı," diye seslendi soğutucudan altı kutu bira alan yanık tenli bir adam. Stacy adamın, karışık dikişleri ve özenli süslemeleriyle bir sanat yapıtı olan siyah botlarına gözünü dikti.

Hutch adama dikkat etmiyordu. Bir gözü Stacy'de diğer gözü ön kapıyla birlikte otoparkın ötesindeki aşırı büyümüş çalılıklarla ve kaya çıkıntısıyla kaplı yoldaydı. Walnut Creek'teki kulübeden bu yana kimse onları izlememişti. Gelmesini beklediği destek timi de. Onlarla nasıl buluşacağı konusunda hiçbir fikri yoktu, ama başka seçenek de yoktu – yangının yolu üzerinden uzaklaşmalıydılar.

"Ya birinin acil durumu varsa?" Bayat kahve ve Pine Sol kokan küçük dükkânda Meredith'in tiz sesi yükseldi.

"Bütün dünyanın acil durumu var, anne," diye mırıldandı Stacy, yanakları gri eşofmanının üstündeki harfler gibi al aldı. "Haberleri izlemiyor musun?"

Tezgâhtar sırıttı ve aldıkları gazoz ve çipsin parasını ödemek için kasada bekleyen iki küçük çocuğa doğru gitti.

Hutch seçeneklerini tarttı. Hiçbir seçeneği yoktu. Güvenli bir yere ulaşır ulaşmaz David ve destek timiyle bağlantı kurmaya çalışmaları gerekiyordu.

"Hadi, hanımlar, gitmemiz gerek. Anneanneyi arayıp doğum gününü kutlamak için başka bir yer bulmalıyız."

Stacy'nin bakışı bir an ona döndü, sonra durumu kavrayınca başka yere kaydı. *Zavallı çocuk.* Arada sırada bu küçük serüvenin neyle ilgili olduğunu unutuyordu olasılıkla. On üç yaşında bir çocuk için ayakları oldukça yere basan biriydi, ancak, yine de bunun bir bedeli vardı. Bu sabah, bir zamanlar büyükbabasının oturduğu ve Hutch'a Cattle Rancher dergisini okuduğu yüksek arkalıklı sandalyeye kıvrılmış, günlüğüne öfkeyle bir şeyler karalarken izlemişti onu. Kısa zaman içinde Stacy'nin duyarlı ve başkalarının duygularını anlayan, tatlı, korkmuş, duygularını bütün dünyaya belli eden bir çocuk olduğunu anlamıştı.

Meredith tezgâhın üzerinden bir paket Marlboro Light ile birlikte on dolarlık banknotu aldı, Hutch güneş gözlüğünü indirdi ve Stacy'nin önünde kapıya doğru yürüdü.

Hutch'a arkasından seslendi, "Sen önden git, hemen geliyorum."

Hutch, Explorer'a doğru Stacy'ye eşlik ederken, gözleri yolu ve dükkândan aşağı doğru inen eğimli ve engebeli araziyi taradı. Olağandışı bir şey görmemesine karşın yine de eliyle hafifçe Stacy'nin omzunu tuttu.

Raoul LaDouceur gülümsedi. Koruma görevlisi tam görüş alanı içindeydi. Üç dakika sonra kızı bagaja atmış, onları bekleyen özel uçağa doğru hızla giderken kız kloroform rüyaları görüyor olacaktı.

"Orada durun, bayan." Güneş yanığı adam, tam kapıya varmış olan Meredith'i kolundan yakaladı ve geri çekti.

"Çek elini."adamın elindeki silahı görünce Meredith'in yüzü bembeyaz kesildi.

"Stacy! Koş, bebeğim!" diye çığlık attı.

Fakat çığlığı kopardığı anda adam hızla fırladı, tabancasını ateşledi, havai fişek patlaması gibi bir ses çıktı. Başka bir yönden de ateş edildiğini anlaması birkaç saniyesini aldı.

"Yere yatın, bayan," diye bağırdı yerdeki tezgâhtar. Aynı anda Meredith Hutch'ın, bir elinde silah, yere çöktüğünü, Stacy'nin onun altında hıçkırarak süründüğünü gördü.

"Koş!" Meredith acı acı bağırarak dışarı fırladı. "Koş, Stacy!"

Kurşun Marlboro paketini parmaklarından uçurdu. Sendeledi, sonra Explorer'a doğru atıldı. Aynı anda güneş yanığı adam, yüz metre uzaktaki kaya çıkıntısına doğru ateş ederek park yerinden yılan gibi sinsice yaklaştı.

"Ona yardım et, anne. Çok kan var. Hutch'a yardım etmen lâzım." Güneş yanığı adam aniden dönüp onlara doğru koşarken, korkudan yüzü bembeyaz olan Stacy, Hutch'ın yanına diz çöktü.

"Bizi öldürme," diye yalvardı. "Lütfen, bizi öldürme."

Adam dizlerinin üzerine çöktü ve Hutch'ın sağ elini kavradı, tabancayı gevşeterek aldı ve Meredith'in yanına koydu. "Ben sizin tarafınızdayım, hanımlar. Garrick Rix, Hutch'ın desteği," dedi, nabzını almaya çalışırken.

Hutch'ın yüzünü tokatladı, tepki almaksızın. "Hadi, kahrolası herif, işin içine etme şimdi."

Rix kot pantolonunun kemerini çıkarıp Meredith'e fırlattı. "Bunu bacağının etrafına elinden geldiği kadar sıkı dolayıp ben gelene kadar orada tutmazsan ölecek. Ne olursa olsun bu noktadan ayrılmayın. Sanırım o orospu çocuğunu yaraladım, ama garantisi yok. Bizi teker teker avlamayı beklemediğinden emin olmalıyım, sonra buradan gideriz. Bu arada, sizin göreviniz, Hutch'ın kanamadan ölüp gitmesine engel olmak."

YİRMİ DOKUZUNCU BÖLÜM

Stacy deri kemeri aldı ve Hutch'ın kot pantolonundan sızan kana aldırış etmeden doladı. Garrick Rix'in onları yalnız bıraktığının az buçuk farkındaydı. Ateş sona ermişti ancak sesi hâlâ kulaklarında uğulduyordu. Midesinin bulandığını hissetti, ama ona teslim olursa Hutch ölebilirdi. Onun başına bunların gelmesi zaten Stacy'nin hatasıydı.

"Lütfen ölme," yüzü sanat dersinde kullandığı gri kil rengi olan adama bakarken zor soluk alıyordu.

"Stacy, bana bırak." Meredith kemeri usulca kızının kenetlenmiş ellerinden almaya çalıştığında o kadar titriyordu ki dişleri birbirine çarpıyordu. "Explorer'ın altına gir *şimdi*."

Stacy'nin parmakları kemeri daha sıkı tuttu. "Burada seninle ve Hutch'la kalıyorum. Yardım edebilirim."

"Stacy, onlar senin peşinde. Altına gir."

Kaya çıkıntısından bir silah sesi geldi. Stacy inledi.

"Hutch'ın arkadaşı vuruldu mu dersin?" Gözlerinden akan yaşlar yanaklarından süzülüyordu.

Biri vuruldu gibi görünüyor, diye düşündü, kalbi yerinden fırlayacakmış gibi atan Meredith, ama daha cevap veremeden tezgâhtarın boğuk fısıltısı dükkândan onlara ulaştı.

"Siz ikiniz, buraya gelin. Tüfeğimle onları uzakta tutabilirim. Koşun!"

"Çok fazla kanıyor. Onu bırakamam," Meredith, saçları gözünün önünde darmadağınık, alçak sesle "Stacy, şimdi git," diye umutsuzca zorladı. Hutch'ın yapışkan kanı dizlerini ısıtıyordu. "Dükkâna doğru sürün, bebeğim. Yalvarırım. Söz veriyorum Hutch'la ben ilgileneceğim."

Stacy annesinin sözünü dinlemekle onu korumak arasında kalmıştı. Ağlamayı kesemiyor gibiydi. Hareket edemiyor gibiydi Ve sonra, artık çok geçti.

Garrett Rix, silahını yirmi metre ötedeki esmer tenli adama doğrultarak karnının üstünde süründü. Vurulmuştu, ama adrenalin acıyı uzakta tutuyordu. Sadece bir el ateş etmeye ihtiyacı vardı, iyi bir el.

Adam daha yaklaştı. Orospu çocuğu elinde floş ruayal varmış gibi gülümsüyordu. Rix gözüne gelen terleri silmeye, sol kolunu biraz sola kaldırmaya çalıştı. Nefesi tıkanıp yerini belli etmemek için ağzına dolan kanı tükürdü. *Beni tencereye atılmış tavuk gibi eline geçirdiğini düşünüyor. Ama bende bir el ateş daha var, bir el daha.*

Parmağı tetiği çektiğinde ateşin alevi onu kör etti. Bütün dünya kıpkırmızı oldu. Sonra da kapkara.

Raoul, silahı adamın cansız parmaklarından ayağıyla iteledi ve ölü olarak kalmasını sağlamak için başından bir kez daha vurdu.

Vakit kaybetmeden hızla Firebird'e koştu, günlerdir ilk kez kendisini neşeli hissediyordu. Ölüm adımlarına her zaman canlılık katardı.

Üstü açık sarı Firebird kaya çıkıntısının etrafında sağa sola yalpalayıp durduğunda çakıl taşı fırlatan tekerleklerin sesi havayı yardı, Explorer'la dik açı yaparak kaçış yolunu etkin bir biçimde kapattı.

Dükkâncı ateş etti, ancak üstü açığın ön lastiğini ıskaladı ve kurşun kapının alt kısmından sekti. Stacy Firebird'den inen adamı tanıdı.

"Anne, bu o!" diye hıçkırdı ve kendisini jipin altına attı.

Hutch'ın silahını kapan Meredith nişan almaya çalıştı. Ama kolları kontrol edilemez biçimde titriyordu ve alt dudağını o kadar kötü ısırmıştı ki kanın tadını alabiliyordu. Adamın ona aldırdığı yoktu. Kemerindeki bir şeyi kurcalamakla meşguldü.

Meredith, uyuşmuş durumda, adamın kolunu geriye atıp dükkâna bir şey fırlattığını izledi.

Onu vur, şimdi! Onu vur, içindeki ses haykırdı. Gözlerini kıstı ve tetiği çekti. Silahın geri tepmesiyle Hutch'ın üstüne devrildi. İşte o anda, kulakları sağır edici bir patlama dükkânı temellerinden kopardı ve pencerelerden alevler fışkırdı.

Bir an şoktan donakaldı. Sonra ayakları üzerinde doğrularak bir kez daha ateş etmeye çalıştı.

"Silahı ... bana ver." Hutch'ın sesi zor duyuluyordu. "Sadece yere bırak," diye fısıldadı, "teslim oluyormuş gibi."

Dizleri üstüne çöktü ve silahı Hutch'ın açılmış avucuna bıraktı. Gözleri, Explorer'ın altında titreyerek ona bakan Stacy'yi buldu.

Orada kal bebeğim diye sessizce dua etti. *Tam orada kal.*

Koyu renk saçlı adam öksürerek cehenneme arkasını döndü, uzun ve emin adımlarla Meredith'e doğru ilerledi, iki metre kalınca durdu, korku Meredith'in bedenindeki her hücreyi titretti. Yine de tüm görebildiği gözlerindeki gariplikti. İkisi farklı renkteydi – biri kahverengi, diğeri mavi.

Bakışlarını o gözlere dikmişti ki Hutch'ın kolunu kaldırdığını göremedi. Yalnızca silahın sesini duydu ve garip gözlü adamın sendelediğini gördü.

Bir an içini umut kapladı. Bir daha Hutch. Vur onu bir daha. Bu kez kalbinden.

Ama adam, kan sağ omzunu lekelemeye başladığında bile olağanüstü hızla hareket etti.

"Hayır!" diye bağırdı Meredith, adam Hutch'ın bütün vücudu boyunca dört el ateş ederken. "Aman, Tanrım. Hayır!"

"Stacy!" diye gürledi adam.

Dudaklarından kızının adını duymak Meredith'i iliklerine kadar dondurdu. Bu kadar kötülüğü hiçbir zaman düşünemezdi.

"Onu rahat bırak!"

"Kapa çeneni. Şimdi!" Silahı kafasına doğrultmuştu. "Stacy, sen düşündüğümüz gibi küçük iyi bir kızsan ortaya çık, yoksa annen de koruman gibi ölecek."

"Onu dinleme, Stacy!" diye bağırdı Meredith.

Rüzgâr yanan dükkândan çıkan duman ve kıvılcımlı külleri kamçıladı. Adam öksürdü ve daha aşağıya, kalbine doğru nişan aldı. Ama tetiği çekerken son saniyede nişan aldığı yeri birkaç santimle kaçırdı ve kurşun yere isabet etti. Meredith'in arkasındaki taş ve toprak parçaları serpinti halinde patlayarak etrafa dağıldı.

"Anne!" Stacy çığlık atarak Explorer'ın altından sürünüp çıktı ve annesinin üstüne atladı.

"Bizi rahat bırak!" Meredith hıçkırdı. "Bizden ne istiyorsun?"

"*Onu* istiyorum" Silahı Stacy'ye doğrulttu. Sonra namlusundan tutacak şekilde elinde çevirdi, panter gibi Meredith'in üstüne atıldı.

Bayılmadan önce Meredith'in gördüğü son şey kayıtsız ve birbirine uymayan gözlerdi.

Kız, hıçkırıklar içinde, kendisini annesinin üstüne attı. Kloroform şişesinin tıpasını açıp cebinden çıkardığı bez parçasını ıslatmak Raoul'un sadece altı saniyesini aldı. Bu kez keskin dişli küçük fare fazla ciyaklayamayacaktı.

OTUZUNCU BÖLÜM

7... 6... 5... Asansör ıslık çalar gibi bir sesle aşağıya indi. Dördüncü kata yaklaşırken durmak üzere yavaşladı. David, Yael'i hızla çıkmaları gerekebilir düşüncesiyle daha yakına çekti. Kapılar kayarak açıldığında ikisi de gerildi, ama bagajını çekerek içeri giren şık giyimli iş kadını onlara pek bakmadı bile.

Asansör tekrar inişe geçtiğinde, Yael'in rahatladığını hissetti. Birden eli ikinci kat düğmesine basmak üzere uzandı.

"Az daha unutuyordum, şekerim. Annenle babana odalarına uğrayacağımızı söyledim."

Yael ona şaşkın bir bakış attı. "Aa, bizi lobide beklemiyorlar mı?" Bunları söylese de David'le birlikte asansörden çıktı, yeniden konuşmak için kapıların kapanmasını bekledi.

"Bu da neydi böyle, *şekerim*?"

"Aniden aklıma geldi – Gillis tek başına yolculuk yapmaz. Ortağı gizlice lobiyi gözetliyor olabilir." Yael'in gözleri kısıldı. "İyi karar. Merdivenleri öneririm."

David, koridorun iki aksi ucundaki çıkış işaretlerinden birinde karar kılmak için öne ve arkaya bakındı. "Dün gece merdivenlerden çıktığımızda odamızı bulmak için sola mı sağa mı döndük, anımsıyor musun? "Sağa... Sanırım."

"O zaman sola gidelim. Ön kapıdan en uzak merdiven bu."

Yael çantasını omzunda daha yukarı çekti. "Umalım da arkada bir çıkış olsun," diye mırıldandı, merdiven boşluğuna yöneldiklerinde.

Yavaş yavaş aşağıya inmeye başladılar. David birinci katın çıkış kapısını milim milim açmadan önce bir soluk aldı.

Şimdilik işler yolunda. Hol boştu. Soluna bakınca oraya çıkan bir başka koridor daha gördü ve hızla oraya doğru yürüdüler.

Ancak burası sadece, üzerinde *Personele Aittir* yazan bir kapının yanı sıra tavana kadar dizilmiş sandalyelerin bulunduğu bir girintiydi.

"Buradan." David kapıyı iterek açtı, ama Yael arkalarından gelen hızlı ayak seslerini duyunca döndü.

Esmer tenli bir adam, tavşan peşinde koşan bir kurt gibi, hızla onlara doğru yaklaşıyordu. Gillis'in ortağı. Dün onlara ateş eden İspanyol kökenli adam.

"Hadi! Acele et!" Yael onu kapıdan itti ve çarparak kapıyı arkasından kapadı.

Kaval kemiğini kenarda duran bir şölen masasının ayağına çarpan David sızlandı. "Kahretsin."

Uzun masalar, istiflenmiş sandalyeler, podyumlar, projeksiyon donanımı, hatta bir piyanonun bulunduğu depo alanında bulunuyorlardı.

David piyanoya doğru kaydı. Bana bunda yardım et!"

Avuçlarıyla piyanoya dayandı ve bütün ağırlığıyla itti. Piyano kımıldamadı bile. Yael karşı tarafa geçti, birlikte piyangoyu kapıya doğru birkaç metre itmeyi başardılar.

"Hadi! Bir kez daha!" David'in şakaklarından ter damlıyordu. Yüzü zorlamadan dolayı kıpkırmızı kesilmişti. Yael ürkerek geri çekildi, parmakları pahalı tahta üzerinde yayılmıştı. Bu sefer kapıya kadar ilerletmeyi başardılar.

"Bir kez daha," diye söylendi, kendisini efor için hazırlarken.

O anda onlara doğru itilen kapı piyanoya çarptı. Birden kıllı parmaklar kapının kenarını kavradı ve bir omuz tahtaya yüklendi.

"Simdi!" diye bağırdı Yael.

David tüm kaslarını gererek itti. Piyano kapıya doğru hareket etti ve pervaza çarparak adamın kalın parmaklarını sıkıştırdı. Kapının dış tarafından vahşi bir feryat duyuldu, bunu barikata indirilen umutsuz omuz darbeleri izledi.

"Hadi!" Yael'in elini tutan David zikzak çizerek şölen mobilyalarının ve devasa bir porselen konsolunun arasından yan odaya geçti, burası paslanmaz çelik kap kacak dolu kocaman bir mutfaktı. Gürültülü bir biçimde sandviç yiyen kırmızı giysili komi onları görür görmez sandviçi bıraktı.

"Afedersiniz efendim." Birçok şaşırmış aşçı, çalıştıkları yerden onlara bakarken, komi elleri açık onlara doğru ilerledi.

"Özür dilerim efendim, ama burası otel konuklarına yasak."

"Arka kapı ne tarafta?" diye bağırdı David.

Komi cevap veremeyecek kadar şaşkındı, ancak soğan doğrayan Çinli aşçı elindeki şef bıçağıyla yan tarafı işaret etti.

Onlar bıçağın gösterdiği yönü izlerken, komi İspanyol kökenlinin feryatlarına doğru seyirtti. "Ne oluyor? Lanet olası..."

"O kapıyı açma – elinde silah var!" Yael omuzunun üstünden bağırdı. "Güvenliği çağır!" "Bu ne," diye sordu şef yardımcısı sırıtarak, "Reality TV mi? Kamera şakası mı?"

Dışarıda David'le Yael kendilerini parıldayan ışıkların altındaki servis girişinde buldular. Binanın etrafını hızla dolanarak caddeye çıktılar ve sonunda orada boş bir taksi gördüler.

Taksi tam önlerinde durduğunda Yael'in cep telefonu çaldı.

Kapıyı açık bırakıp kayarak taksiye atlayan David soluk soluğa "JFK," dedi. "Ama hanımı bekleyelim."

Yael, Blackberry'si kulağına yapışmış hâlde taksiye girerken David'in soluğu yatıştı.

Yael, "Otelden çıkış işin kolay tarafıydı," dedi soluğu kesilmiş durumda, taksi trafiğe doğru ilerledi. Kulağına fısıldamak için David'e doğru eğildi. "Telefon seni İç Güvenlik'ten geçirmeye yönelik bir adımdı."

OTUZ BİRİNCİ BÖLÜM

Yılan, ekran tarafından hipnotize edilmiş gibi, bütün gece çalıştı. Tan ağarırken, son iki ismi hâlâ bulamamıştı.

Tekrar formüllere saldırdı. Kirli sarı saçları iki gündür yıkanmamıştı ve parmakları klavye üzerinde uçarken koltuk altları terden leş gibi kokuyordu. Aklı, komutası altındaki ana işlemciden daha hızlı çalışıyordu.

Günlerdir yıkanmayı, yemek yemeyi, hatta bastonunu kullanmayı bile unutmuştu. Bir ara sandalyesini geri itip bastonu olmadan ayağa kalmaya çalışmış, ancak kendisini yerde bulmuştu.

Küfürler ederek ayağa kalkmaya çalışmış, lanet olası bastonunu yakalayıp ünlü heykellerinden birini paramparça etmişti.

Yavaş yavaş sayılardan, grafiklerden, çakışan transkripsiyonlardan nefret eder hâle geliyordu. Zekâsını yansıtmak yerine, şimdi sırlarını gizleyerek, esrar perdesini kaldırmayı reddederek onunla alay eder gibiydiler. Artık ilerleme olmuyordu, ama, 2001 yazından beri hiçbir papirus parçası da bulunamamıştı.

İhtiyacım olan her şey burada. Burada *olmalı*. Çok yakınım.

Çok yakınız.

Ve her şey bana bağlı. Tanrı'nın çöküşü. Dünyanın sonu. Gnoseos'un zaferi.

Çok çalışmışlar, çok kez denemişlerdi. Cemiyetinin insanlarının tarihi onu her zaman duygulandırmıştı.

Gizliler'in yok olma noktasına ilk defa bu kadar yakın olduğunu düşündü. Dünyadaki dengesizlik, Vezüv yanardağının patlamasına neden olmuş ve Pompeii'yi yok etmişti. Ve 'Tanrı'nın Gazabı' Hun hükümdarı Atilla beşinci yüzyılda binlerce insanı kılıçtan geçirmişti.

Gnoseos inananları on dördüncü yüzyılda Batı Avrupa'da insanların neredeyse yarısını öldüren veba, 'Kara Ölüm'den sevinç duymuşlar ve bütün dünyaya yayılması için dua etmişlerdi.

Torquemada'nın yönetimi altında İspanya'daki engizisyon ve katliamlar Gizliler'in pek çoğunu öldürmüştü, ama hiçbir zaman yeterli sayıda değil, hiçbir zaman aynı kuşaktan otuz altısını değil.

Sayısız umut anı olmuştu – 1887'de Çin'de Sarı Nehir taştığında ve bir milyona yakın insanın ölümüne neden olduğunda, Titanik'in battığında ya da Kamboçya'da Kimmer Gerilla hareketinin milyonlarca insanı katlettiğinde olduğu gibi.

Çoğu ülkede ve çoğu zaman, kölelik – umudu boğarak, insan ruhunu ezerek, saf ruhlu olanları zararlı böcekler gibi yok ederek onların aracı olmuştu.

Naziler de kendi üstlerine düşeni yapmışlardı – kendi büyük büyük babası da kendi kuşağının Cemiyetine dünyayı alaşağı etme kampanyasında kahramanca önderlik etmişti. Çok yaklaşmışlardı.

Ama şimdi daha yakınız, dedi kendi kendine, *tarihte herhangi bir anda olduğumuzdan daha yakın.* Gemiyi, yeraltı kalesinde yeni stoklanan erzakları ve sinyali – yeni dünyaya girme sinyalini, ancak *o* görevini tamamladığında gelecek olan sinyali – bekleyen iki bin inançlıyı düşündü.

İki isim daha. Neden onları bulamıyordu? Neyi yanlış yapıyordu?

Farklı bir algoritma denedi, başka bir sekansı değiştirdi, eşit aralıklı harf atlama programını çalıştırdı. *Değersiz veriler.* Ekran ona yalnızca değersiz veriler gösteriyordu.

Dilini kanayana kadar ısırdı. Pis kan, ne önemi var? Önemli olan sabır.

Karanlıkta kilitli gençliği ona sabırlı olmayı öğretmişti. Işığın tekrar geleceğini her zaman biliyordu. *Ve şimdi de gelecek*, diye düşündü. *Işık ve cevaplar. Sabır.*

Ama Cemiyet ona baskı yaparken sabırlı olması zordu. Günler uzadıkça, kendi babası bile mesafeli ve umudu kırılmış görünüyordu. Gerçeği –tamamını– bilse beni ne kadar hor görürdü?

Başarısız olamam. Olmayacağım.

Kafasını boşaltmaya gereksinimi vardı. Karanlık ve huzurlu yerin sessizliğine geri dönmeye, hiçbir şeyin sesini duymamaya.

Cevap onun içindeydi. Yükselme ve Kaynakla yeniden birleşme gücüne sahipti. Bu sezgiseldi – ilk muskasını aldığı günden beri bu ona öğretilmişti.

Eliyle boynunda asılı altın madalyonu arayıp buldu. Parmaklarıyla madalyonun ortasına kazınmış çifte ouroborous'u izlerken dünyanın ikiye parçalandığını kafasında canlandırdı. Başı öne eğik, trans hâlinde yere yığılana kadar eski sözcükleri tekrarladı.

Kötü dünya, yanılsama küresi,
Prangana lanet ediyorum,
Aklımı hapseden kötü bedeni aşağılayarak,
Yukarı doğru alevlenen bir mum gibi, Kaynağı arıyorum,
Sonsuz mutluluğa doğru savaşarak,
Benim için İlahi olanla birleşmek üzere.

Tekrar gözlerini açtığında vakit öğleye yaklaşmıştı, haftalardır ilk kez kafası sakin, omuzları gevşemişti.

Birden neyi gözden kaçırdığını anladı. Eşit aralıklı harf atlama programının ince bir varyansını, ancak bu her şeyi değiştirebilirdi.

Ve değiştirdi.

Bu defa, sunucu sayısız veri dosyasını yalnızca bir saat çalkaladıktan sonra, nihayet ekranın üst tarafında yeni bir şey belirdi.

Harfleri not aldı ve sonra varyansı tekrar çalıştırdı. Her defasında sonuçlar aynı çıktı.

Bu bir isimdi. Daha önce kendisinin seçmediği bir isim.

Jack Cherle.

İki dakika sonra ismi ağda göndermişti bile. Kara Melekler'e bilmeleri gerekeni vermek fazla zaman almazdı.

Jack Cherle şu anda hayattaysa bu pek uzun sürmeyecekti.

Duş veya yemek için ara vermeksizin, Yılan işinin başına döndü.

OTUZ İKİNCİ BÖLÜM

QUEEN MARY2

Jack Cherle balkonun kapılarını açtı ve ay ışığı altındaki Atlas Okyanusunun akıp gidişini seyretti. Geminin Southampton'a varmasına tam iki gün vardı ve ikisinin de tadını çıkarmaya niyetliydi.

Bu hayatta bir kere olacak bir yolculuktu; karısının hep QE2 ile yapmayı düşlediği yolculuk.

Yasmin'in her öğleden sonra müzik eşliğinde ikindi kahvaltısında keyifle iç çekişini görmeyi seviyordu. Oxford'dan başlayacak tekne gezintilerinin zamanının neredeyse geldiğini belirtirken sesindeki heyecanı seviyordu. Onu her akşam harika yemekleri fazla kaçırdıktan sonra bu balkonda kucaklamayı seviyordu.

Otuzuncu evlilik yıldönümlerini kutlamak için bu yolculukta savurganlık yapmaya karar vermişti. Üç oğullarını, eşlerini ve çocuklarını altı günlük deniz yolculuğuna ve bunu izleyen bir haftayı da Londra'da birlikte geçirmeye davet etmişlerdi. Yasmin neşesini zar zor bastırabiliyordu. Bu, en büyük çocukları Cornell Üniversitesine gittiğinden bu yana ilk aile tatiliydi.

St. Louis'deki yaşamları rahattı, ama çocuk hastalıkları doktorluğundan arta kalan zamanlarını da kendilerininkiler dışındaki çocuklara harcıyorlardı. Her yıl, Jack ve Yasmin güneş kremlerini, şortlarını ve sandaletlerini çantalarına atar, koruyucu aşılarını olur, torunlarını öper ve Sınır Tanımayan Doktorlar'ın bir parçası olarak savaş ve felaketlerden felce uğramış farklı bir bölgeye uçarlardı.

Jack, geçen yıl Darfur'da tedavi ettikleri kötü beslenmiş çocukları ve ondan önceki yıl Afganistan'da bulundukları yerden bir buçuk kilometre uzakta öldürülen beş meslektaşını düşündü. Jack, burada, balkondan karanlık deniz ve göğün oluşturduğu sonsuzluğa bakarken, dünyada yaşanan kaosu neredeyse unutabiliyordu. Neredeyse.

Yine de bir şey onu çekiyordu. Japonya'daki son tsunamiden sonra, az daha bu yolculuğu iptal ediyorlardı. Çocuklarını ve torunlarını düş kırıklığına uğratacak olmasa ve yolculuk için bir yıl öncesinden rezervasyon yaptırmamış olsalar, Asya'ya doğru yola çıkmış olacaklardı. Onun yerine, o ve Yasmin bir orta yol bulmuşlar, eve dönüş için British Airways'den vazgeçerek, iki dönüş biletini Londra'dan doğrudan Tokyo'ya uçmak için değiştirmişlerdi.

Bazı günler, Jack ikisinin muayenehaneyi kapatıp, dünyanın en savunmasız, kendi hâline terkedilmiş çocuklarına bakmak için birlikte, her seferinde aylarca sürecek, yolculuklara çıktıklarının düşünü kurardı. Belki bir gün...

Kamara kapısı çalınınca balkondan içeri girdi. Yasmin dişlerini fırçaladığı için kapıyı o açtı. On bir yaşındaki kız torunları Emily pijamalarının üstüne plaj örtüsü geçirmiş ona gülümsüyordu.

"Bir iyi geceler öpücüğü daha istiyorum dede. Timmy oda servisinden yemek getirtmek istediği için annemi deli ediyor. *Açlıktan öldüğünü* söylüyor."

"Tanrı'ya şükür, kardeşin açlıktan ölmenin ne demek olduğunu hiçbir zaman gerçekten bilmeyecek," dedi Jack, Emily'nin uzun kahverengi perçemini düzeltirken. "Böyle daha iyi, şimdi güzel gözlerini görebiliyorum." Eğildi ve ortanca torununu yeni ovalanıp temizlenmiş yanağından öptü.

"Gemide sadece iki günümüz kaldı," kapıda oyalanan Emily içini çekti. "Hepimizin her zaman burada kalmasını istemez miydin?"

Jack kıkırdadı. "Bunu gerçekten istemezsin, Em. Yaşamının kalan kısmında seni bekleyen pek çok serüven olacak."

"Sanırım," omuz silkti, sonra canlandı, "Senin de, dede."

"Tabii," diye söze başladı Jack. Birden buz gibi bir esinti sırtından aşağı aktı ve kayboldu. *Şimdi neydi bu?*

Ürperdi, açık balkon kapısına baktı, deniz köpüklü tepeler hâlinde akıyordu. Fakat ani ürperti geçmişti.

Yasmin banyodan çıktı, Emily kollarına atıldı. Jack onu koridorda kamarasına doğru götürdüğünde garip duyguyu çoktan unutmuştu. Denizin yumuşak dalgalanışı ve ailesini bekleyen güzel günler dışında her şeyi unutmuştu.

PYONGYANG, KUZEY KORE

Yarım dünya kadar ötede, bir bilgisayar Jack Cherle'nin bulunduğu yeri saptadı. Kısa süre içinde, Galler'de konuşlandırılmış üç Kara Melek'ten oluşan bir tim Southampton'a yanaştığında Queen Mary'yi karşılamak üzere yola çıktı.

OTUZ ÜÇÜNCÜ BÖLÜM

JFK havaalanı tüm bu gecikmeler nedeniyle mahsur kalan yolcular yüzünden tıkanmıştı. Binlerce sıkıntılı müşterinin gürültüsü arasında bilet görevlileri rezervasyonları yeniden yapmaya ve yolcuları ve uçuşları ayarlamaya çalışıyordu. David, İsrail'e gidiş dönüş bileti almak için girdiği, bantlarla ayrılmış şeritler arasında beşli sıra hâlinde yılan gibi kıvrılan kuyrukta takılmıştı. İlerideki bilet görevlilerinin onu gözleyip gözlemediğini merak ederken sinirleri iyice gerilmişti.

Bir başka kuyrukta Yael, ele avuca sığmaz iki çocuklu bir anneyle futbol forması giymiş bir grup genç arasında beklerken, sakin ve telaşsız görünüyordu. David'in durdurulmasına karşı önlem olarak farklı kuyrukları seçmişlerdi.

Avi'nin kısa zamanda temin ettiği kopyaya hayranlık duyarak, elindeki pasaporta tekrar baktı. Ancak kuyrukta santim santim ilerlerken, işgüzar hava alanı çalışanlarının bilgisayarların kenarına bir fotoğrafını yapıştırmış onu bekliyor olmaması için dua etti.

"Sıradaki."

Geç farkına vardığı, Kate Wallace'a çok benzeyen sarışın kadın bilet görevlisi saç telini kulağının arkasına attı ve kan çanağı gözlerle ona baktı. "Sizin için ne yapabilirim, bugün?"

Şimdilik işler yolunda. Londra üzerinden Tel Aviv'e bir gidiş dönüş bileti istedi. Yael'in rezervasyon yaptırdığı uçuşun da yarın sabahki uçuş olduğunu biliyordu.

"Bir bakalım, bundan sonraki uçuş yarın saat 9:00'da. Tel Aviv'de sabah 5:35'te olacaksınız. Heathrow'da yalnızca iki saatlik bir bekleme süresi var. Ve," bilgisayar ekranını kontrol ederken ekledi, "şansınız var. Beş kişilik boş yer var. İnsanların çoğu ilk tercihlerini elde edemiyorlar bugün. Adınız lütfen?"

David'in zihni bir an durdu. Tüm vücudunun korkudan buz kesildiğini hissetti. İsimleri takıntı hâline getirmiş biri olarak, bu ismi söylemekte güçlük çekiyordu.

"Alan Shiffman." Kadın ismini bilgisayarda tuşlarken kalbinin küt küt atışını duymamasını umarak soluğunu yavaşça bıraktı.

"Bir kimlik görebilir miyim, Bay Shiffman?"

David, pasaportunu bankonun üzerinde kaydırırken elinin hafifçe titrediğini görünce dehşete düştü. Kate Wallace benzeri pasaporta yakından baktı, sonra geri verdi.

"Kredi kartıyla mı ödeyeceksiniz?"

"Nakit ödeyeceğim."

Maharetli Avi Raz ona "Alan Shiffman" adına düzenlenmiş bir pasaport tedarik etmiş, ama ona uygun kredi kartını ihmal etmişti.

Hava alanına giderken yolda Yael, barda ona bir pasaport daha getiren biriyle buluşacaklarını söylediğinde David afallamıştı. Uçuş öncesi kokteyl alan tanıdık üç iş arkadaşıymış gibi doğal davranması konusunda uyarmıştı.

Yine de, kızıl saçları çenesine gelen, dişlek gülümseyişli orta yaşlı kadın "tanıdık", "Aa, Alan pasaportunu düşürdün!" diye bağırınca şaşırdı.

David tam düzeltmek üzereydi ki Yael masanın altından onu tekmeledi. Kadın bar taburesinden kayıp yerdeki pasaportu alınca David durumu kavradı.

"Her hâlde bunu kaybetmek istemezsin," diye kıkırdadı kızıl saçlı kadın açık pasaportu ona doğru uzatırken.

David, ismi dışında, Avi'nin daha önce ona getirdiği pasaportun aynısı olduğunu gördü.

Alan Shiffman.

Bundan böyle o kişiydi. Pasaportu yedi yıl önce Şikago'da düzenlenen Alan Shiffman.

Zorla gülümsedi ve kalan içkisini yuvarladı. "*Çok* teşekkür ederim. Bu olmadan fazla uzağa gidemezdim."

Avi'nin bu kadar kısa sürede bunu nasıl becerdiğini tasavvur edemiyordu, ama minnettardı. Yine de sahte kimlikle yolculuk yapmak, özellikle ülke dışında, özellikle sorgulanmak üzere arandığınızda, epey önemli bir suç olmalıydı.

David bunun olası sonuçları üzerinde düşünmek istemedi. Şu anda Alan Shiffman adını, sanki orada kaynayan yeterli sayıda isim yokmuş gibi kafasına kazımak zorundaydı.

Bu işten sıyrılmış olduğuna şaşkın, bilet bankosundan ayrıldı, yakın bir yerde oturup çantasını düzenlermiş gibi yapan Yael'i gördü. Bakışları kesiştiğinde sandalyesinden kalktı ve güvenlik kuyruğuna doğru yöneldi. David biraz ara bırakarak onu izledi.

Pasaportunu parmaklarıyla sıkıca tutarak ilk kontrol noktasına doğru ilerlerken, *Alan Shiffman,* diye kendine hatırlattı. Erkekler tuvaletinin önünden geçerken, Coors Light tişörtü giyen, beysbol kepli ve deri sandaletli güneşten iyice yanmış bir geveze tuvaletten dışarı fırladı. Cep telefonu kulağında, su soğutucusuna eğilmiş soluk sarı saçlı bir çocuğa neredeyse çarpıp tökezliyordu.

"Tamam, o zaman mıhla kıçını. Kendine bir avukat bul ve o seni becermeden sen onu becer. Sana söyledim onun peşinde olduğu tek şey..."

"Hey," diye seslendi David sertçe, Bay Coppertone öne doğru atıldı, ayaklarını sürüyen yaşlı bir adamı yere sermemek için birden hızla yana saptı, tekerlekli bagajını arkasında çekip götüren bir hostese çarptı. Dengesini kaybeden hostes, David hamle yapıp kolundan tutmasa, düşecekti. David bu arada pasaportunu yere düşürdü.

"Önüne bak, ahbap," diye bağırdı umursamaz serserinin arkasından kaşını çatıp bakarken.

Pasaportu almak için yere eğilen hostes, "Alın, bunu düşürdünüz," dedi ve David'e gülümsedi. "İyi yakaladınız."

David'in parmakları pasaportu sıkıca kavradı. Kahretsin. Yael'i kaybetmişti. Ama adımlarını sıklaştırınca onun beş metre ileride kendisini beklediğini fark etti. Yanından geçerken gözleri kısa bir süre kesişti. *Benim önden gitmemi istiyor*, diye düşündü. *Kontrol noktalarından geçişte beni izleyecek*.

Kontroldan geçmeyi bekleyen kalabalık yolcuları gözden geçirdi ve kuyrukta bir sonraki boş yere geçti.

Kalan iki kontrol noktası. İki yakalanma olasılığı.

Jeff Fortelli, kimlik kartını takmadan önce, Trans States Airlines salonunda son fincan kahvesini höpürdeterek içti. Yirmi saatlik vardiyası yaklaşık doksan saniye içinde başlayacaktı. Amiri prosedürleri günaşırı değiştiren ahmağın teki olsa da Jeff dakik olmanın önemini biliyordu. Neredeyse, keskin gözler ve çalışan bir kafa kadar önemli. Bunlar ve disiplin bilinci iyi bir güvenlik görevlisinin ayırıcı özellikleriydi.

Özellikle büyük bir uluslararası hava alanında, Trans States Airlines'da görevli olan biri için, diye düşündü, siyah pantolonunu yukarı çekerken. Amiri ve tarama görevlisi meslektaşları bu gerçeği zaman zaman göz ardı etseler de JFK dünyanın en önemli kavşak noktalarından biriydi. Çoğu zaman yolcuları aceleyle kontrol noktalarından geçirmek onlara, tam bir kontrol yapmaktan daha ilginç gibi görünse de.

Bagaj bölümünde çalışan arkadaşları, ona hava yolu şirketlerinin birçok valizin vaktinde uçaklara ulaşmadığından sürekli şikâyet ettiğini söylüyordu. Valizleri teslim etmenin onlara kaça mal olduğu konusunda mızırdanıp daha hızlı taramadan geçirilmeleri için emir vermişlerdi. Bu, valizleri vaktinde uçağa yetiştirmek için bir iki valizin taranmadan geçmesi anlamına gelse de.

Böyle bir zamanda, güvenlik sağlamanın ne biçim bir yoluydu bu?

Jeff polistiren köpükten yapılma fincanını çöpe gönderdikten sonra, her akşam göreve çıkmadan önce yaptığı gibi bildiri panosuna yöneldi. Oraya asılı güvenlik alarmıyla ilgili bilgilerini taze tutmada işine düşkündü, bildirileri ezberler, uçması yasak kişiler listesine yeni isimlerin eklenip eklenmediğini kontrol ederdi.

Bu akşam yeni bir şey yoktu.

Sonra Washington D.C.'den gelen Tüm Noktalara Duyuruyu gördü. Öne doğru eğilip başparmağıyla aranan kişinin adının altındaki hayali bir çizgiyi izlerken kalın omuzları birbirine yaklaştı.

David Shepherd. Evinde işlenen cinayet hakkında sorgulanmak üzere aranıyor

Ne yazık ki isimle birlikte bir yüz yok, ama yine de.

Tüm Noktalara Duyuru'yu tekrar okudu, kişi hakkındaki önemli kişisel bilgileri belleğine yerleştirirken. Anımsanması kolay bir isim – David Shepherd.

Bu herifin kimliğini kontrol eden ben olursam şef pozisyonuna terfi etmeme kesin yardımcı olur. Öne çıkmak için önemli birini ya da bir şeyi yakalamak lâzım. Ve bugünlerde bunu yapacağım. Sonrası harika olur. The Times, JFK'deki en kartal gözlü ve vazgeçilmez adamla röportaj yapar.

Jeff Fortelli'nin nabzı umutla daha hızlı atmaya başladı. Tanrım, gazetenin birinci sayfasındaki bu haberi nasıl babasının burnuna sokardı. Ona, bütün bir bacağını Afganistan'da patlamada yitiren ve gazilere verilen Mor Kalp madalyasını alan altın çocuk Tony'yle karşılaştırıldığında bile – ikinci oğlunun beceriksizin biri olmadığını gösterirdi.

Pekala baba, ben de ön cephedeyim. Ben İç Güvenliğin ön cephesiyim – tam burada, birileri daha röntgen cihazına varmadan ya da leş kokulu pabuçlarını çıkarmadan.

Fortelli saat kartını bastı ve yanından geçip gitmeyi bekleyen sonsuz ve meçhul yolcularla karşılaşmak üzere güvenlik kapısına doğru ilerledi.

Tamam, David Shepherd. Gel ve günümü şenlendir bakalım.

David güvenlik kuyruğunda ilerlerken, birinci TSA kontrol görevlisi gözüne ilişti. Kısa sarı saçları arkada atkuyruğu şeklinde toplanmış, sivri perçemleri şakaklarına tutturulmuş tokalarının arasından dışarı fırlamış bir kadın. David, büyük olasılıkla kadının dilini de deldirdiğini, ancak görev sırasında metal iğneyi takmadığını tahmin etti.

Her kimlik kartını iade ederken gülümseyişinden, *pek tehdit edici değil*, diye düşündü.

Önündekiler santim santim ilerler, her seferinde el bagajlarının yerini biraz öne kaydırırken, kuyrukta Yael'in yerini bulmak için geriye doğru baktı. Sadece yedi sıra gerisinde, hâlâ lanet olası telefonla hızlı hızlı konuşan Bay Coppertone'un hemen önündeydi.

David, bir yandan önündeki yolcuların dizüstü bilgisayarlarını, ayakkabılarını ve anahtarlarını konveyör üzerindeki yolculuk için plastik kutulara koymalarını izlerken bir sıra daha ilerledi. Midesi garip küçük bir dansa başlamıştı, yüzüne kayıtsız bir ifade vermek için çalıştı.

Keşke bunca yıl skuaş oynamak yerine zamanımı poker oynamakla geçirseydim.

O anda, ensesi boğa gibi kalın yirmili yaşlarda bir adamın kuyruğun başına doğru sessizce yaklaştığını fark etti. Üzerinde TSA üniforması vardı, tokalı sarışının yüz ifadesi onu görünce rahatladı. Bu tek bir şeyin göstergesi olabilirdi. O da yerine kimin geçeceği.

Fevkalade.

Adamın tavrında, David'e en hırslı öğrencilerini hatırlatan bir şey vardı. Kendisini taşıyış biçimi. Kadının yerine geçtiğinde ayağını yerleştiriş biçimi. Hâl ve tavrında bir saldırganlık vardı. Kendisine verilen ilk belgeleri inceledikten sonra sadece kaba bir baş sallamayla geri verdi. *Pek de size "iyi günler" dileyecek türden bir adam değildi.*

Derken David'in midesine ağrı saplanmasına neden olan bir şey gerçekleşti. Beş sıra öndeki bir adam belgelerini verdi, kontrol görevlisi normalden uzun bir süre onları inceledi. Ancak David'i alarma geçiren bu değildi. Yeni kontrol görevlisi, adamın pasaportunu ve biniş kartını geri vermek yerine, ikinci bir kimlik belgesi daha istedi.

Alan Shiffman'ın tek kimlik belgesi vardı.

Avuçlarının terden kayganlaştığını hissetti. Ve öndeki adam cüzdanını karıştırırken kendisini derin nefes almaya zorladı.

Sonu gelmeyecekmiş gibi görünen birkaç saniye sonra kontrol görevlisi, adamın tüm belgelerini gönülsüzce iade etti ve geçmesini işaret etti.

Yolcu hızla ilerleyince David gerildi. *Adamla aynı boyda ve kilodayız,* diye düşündü endişeyle. *Aynı saç rengi. Beni arıyor.*

David kuyruktan çıkma dürtüsüyle mücadele etti. Bu sadece dikkati üzerine çekecekti. Geri çekilme söz konusu olamazdı. Yalnızca tek yol vardı – o da ileri. Sonuna kadar gitmek zorundaydı. Kontrol görevlisi pasaportuna uzandığında nabzı kulaklarında uğulduyordu. Adamın gözleri kendi gözlerine kilitlendi, bakışı soğuk ve kuşku duyan bir bakıştı.

Adamın pasaportu ve biniş kartını incelemesi sonsuza kadar sürecek gibiydi. Geri vermek için hiçbir hamle yapmadı. Onun yerine delici bakışlarını David'in yüzüne dikmişti ve konuşmaya başladı. David sözünü kesti.

"Bir şeyi ihbar etmem gerek," dedi alçak sesle. "Kuyrukta yaklaşık sekiz sıra geride biri var. Coors Light tişörtü giymiş – ve bir de beysbol kepi. Aynı anda erkekler tuvaletindeydik. Belki önemli bir şey değildir ama adamın tuhaf davranışları var."

"Tuhaf demekle neyi kastediyorsun?"

Kontrol görevlisinin gözleri yüzünü röntgenden geçiriyor gibiydi.

"Yemin edemem – yanılıyor olabilirim," David aceleyle devam etti. "Beysbol kepinin altına parlayan bir şey sakladığını gördüğümü sandım. Belki bir şey değildir," diye hızla ekledi, "ama, birine söylemem gerek diye düşündüm. Bugünlerde belli olmaz."

Saniyenin binde biri kadar bir süre kontrol görevlisinin bakışlarının kendisinin üzerinden kuyruğa doğru kaydığını gördü. Gözleri Bay Coppertone'a odaklandığında çenesinin ortasındaki hafif tiki gördü "Doğru olanı yaptınız, efendim."

Tekrar bakmaksızın, kontrol görevlisi David'in belgelerini geri verdi ve sıradaki yolcununkilere uzandı, bakışları kontrol ettiği kadınla beysbol şapkalı adam arasında gidip geliyordu. .

David kendisini düzenli adımlarla röntgen cihazına ve konveyör bandına doğru yürümeye zorladı, elbisesinin kemer kısmı terden sırılsıklam olmuştu. Ancak ayakkabılarını tekrar bağladıktan ve biniş kapısına yöneldikten sonra rahatlama hissi bir tek sakenin verdiği sıcaklık gibi vücuduna yayıldı.

Birkaç dakika sonra Yael ağır ağır salona gelerek yanındaki koltuğa çöktü. Yüzünde gülümseme belirdi ve sonra titrek bir gülüşe dönüştü.

"Arkamdaki zavallı mankafaya bu kadar ateşli ilgi göstermesi için kontrol görevlisine ne söylediğini sorabilir miyim?

OTUZ DÖRDÜNCÜ BÖLÜM

MARYLEBONE, LONDRA

Hiçbir anlamı yoktu. Zerre kadar bile. Her şeyi bırakıp babasını karşılamak için Heathrow'a koşmanın. Lanet olası bir arabaya atlayamaz mıydı? Ya da onu hava alanından almasını Gilbert'tan isteyebilirdi. Ama, yok. Elektronik postada özel olarak vurgulanmıştı.

Seninle yüz yüze konuşmam lâzım, Crispin. Dikkatimi bir şey çekti ve ancak sen beni aydınlatabilirsin. Akşam 9:47'de Heathrow'da olacağım. Gümrükten geçer geçmez seninle görüşmeyi umuyorum. Beni düş kırıklığına uğratma.

Bana on yaşında bir çocukmuşum gibi hitap ediyor. Cemiyet üzerinde yarattığım etkiye içerlediği belli. Son on iki yıldır başardıklarım onun bütün parlak kariyerinde yaptığı katkılardan çok daha büyük. İşte ben buradayım, büyüklüğü yakalamama az kaldı, ve o, bir okul çocuğuna emreden müdür gibi beni ayağına çağırıyor.

Yılan tiksintiyle elektronik postayı kapattı ve el yordamıyla bastonunu buldu. *Nasıl istersen baba.*

Yazık. Şimdi Chloe'nin teninde bıraktığı hoş kokuyu duş alıp çıkarması gerekecekti. Önceki gece uzun ve cesaret isteyen bir gece olmuş, isimleri avlamanın yarattığı baskıdan etkili bir gevşeme sağlamıştı.Kadının, gövdesinde bırakmış olduğu tırmık izleri duşta sabunlanırken yanıyordu. Tokatların verdiği ızdırabın tadını çıkardı ve ismini haykırırken kadının dilinin geriye doğru kıvrılışını yeni baştan anımsadı.

Sevgili Chloe, yatağa attığı en vahşi ve en dolgun kadınlardan biriydi. Ne yazık ki onu bir daha göremeyecekti. Bu kendisine izin vereceği son ara, bedenine göstereceği son hoşgörüydü. Babasını kulübe bıraktıktan sonra iş tamamlanana kadar artık hiçbir dinlenme olmayacaktı. Son iki isim, son iki engel. Gemiye iniş.

Heathrow'a doğru yol alırken Ferrarisinin gaz pedalını köklediğinde, babasından duyduğu hoşnutsuzluk yaptığı aşırı hızla orantılı olarak artıyordu.

Ancak sen beni aydınlatabilirsin. Şimdi ne demek oluyordu bu? Sakat bacağından aşağı ilk kez hafif bir rahatsızlık duygusu iğneleyerek yayıldı. Parmak uçları sertleşmiş kaslarını rahatsız etmeyecek biçimde elinin kenarıyla bacağını dalgın dalgın ovaladı.

Arabaların kısa süre için bırakılabildiği otoparka girerken on dakika geç kalmıştı. *Bu pek fena sayılmazdı.*

OTUZ BEŞİNCİ BÖLÜM

David'in bacakları, uçak Heathrow'da iniş kapısına doğru ilerlerken, âdeta taşlaşmıştı. Diğer Atlantik ötesi yolcularla birlikte, David ve Yael kaslarını bir an önce esnetmek arzusuyla topallayarak 4 numaralı terminale ayak bastılar ve bağlantılı El Al uçuşu için 1 numaralı terminale yöneldiler.

Yemek servisi toplandıktan sonra uçakta kestirmesine karşın David şaşırtıcı biçimde yorgundu. Tüm düşünebildiği ise Stacy'den ne kadar uzakta olduğuydu.

Uzun adımlarını David'inkilere uyduran Yael, "Kendimizi uyandırmak için neden birer Coca Cola almıyoruz," diye önerdi.

"Önce biraz Euro almak için para bozdurmalıyım. Büyük olasılıkla makineler benim kredi kartımı kabul etmez."

"Aşağıda uluslararası gelişler katında nakit döviz bozdurmak için bir makine var."

Kuyrukta, altı yolcunun arkasında aynı şey için bekledikten sonra, David Eurolarını cebine tıkıştırırken parmakları kazara değerli taşlara değdi. Dokunduğu anda, sanki arkasından gömleğinin içine bir yılan kayarak girmiş ve kürek kemikleri arasında sürünerek dolaşıyormuş gibi garip bir his duydu. Doğruldu ve arkasına döndü.

Adam hareket eden kalabalığın arasında hiç kıpırdamadan duruyordu. Diğerleri sahne arkası perdesi gibi düz görünürken o üç boyutlu gibiydi.

On metre öteden bile adamın gözleri sanki terminalde başka kimse yokmuş gibi ona dikilmişti.

Olamaz. Mümkün değil.

Kan, David'in beynine hücum etti. Bir an dengesini kaybeder gibi hissetti. Geçmişte sendeler gibi durdu. Tekrar çocuk olmuştu, genç, kendinden emin olmayan. Kendisinden daha yaşlı, daha güçlü, çok daha kendine güvenen birine bakıyordu. Yaşamını tehlikeye atması için ona meydan okuyan birine...

Ama olamazdı. Bu kibar görünümlü koyu sarı saçlı adam o olamazdı...

Gerçeküstü bir şaşkınlığa kapılan David, Yael'in sesi sis perdesini yırtana kadar ona doğru yürüdü. "Hayır, David, o taraftan değil. Orası Gelen Uluslararası Yolcuları Karşılama Alanı. Self servis restoran diğer tarafta."

"Bu o. Yael." David'in sesi karga sesi gibi çıkmıştı. "Tanrım. Bu o!"

OTUZ ALTINCI BÖLÜM

Bakışları David'inkini izledi. "Bastonlu adam mı? O da kim?"

David daha cevap veremeden, araya bir insan güruhu girdi ve David onu gözden kaybetti. Bir daha görüş açısına girdiğinde ise adam yalnız değildi. David'in hemen tanıdığı yaşlı bir adam, eliyle onun omzuna dokundu. Genç olanı yüzünü babasından yana çevirdi. David, Erik Mueller'i hemen tanıdı. Kızgın görünüyordu. Genç olanın sert bir tavır içinde olmasına rağmen onu pek de dinlemediği aşikârdı.

Bu ya bir kopya ya da yanında babası ile Cristin Mueller. David inanmaz bir tavırla başını salladı. "Fakat bu imkânsız! Geri dönüşü olmayan bir komadaydı."

Yael'in gözleri faltaşı gibi açıldı. "Değerli taşı düşüren çocuk mu?"

"O olduğuna yemin edebilirim. Ne kadar garip değil mi? Kimse onun iyileşeceğini ummuyordu. Babam kazadan sonra iki yıl –dört yıl– boyunca onu izledi, annesiyle babasının, durumu hareket edebilecek kadar istikrar kazanır kazanmaz onu götürdüğü Stokholm'deki özel klinikten hiç çıkmamıştı."

"Ben rastlantılara inanmamayı öğrendim," dedi Yael, onu Terminal 1'deki döviz bürosuna doğru çekerken. "Özellikle de şimdi."

"Değerli taşla ilişkisini anlamaya çalışmanın zamanı. Ve de Gnoseos'la," diye mırıldandı David. Bir yandan da geriye bakıyordu. Fakat sürekli değişen insan denizinin içinde onları göremedi.

"Aynı fikirdeyim fakat bir an önce buradan çıkmalıyız" dedi Yael. "Bakarsın geri gelmeye karar verir."

Araba parkından ayrıldıklarında Erik Mueller cep telefonunu neredeyse yumruklayarak tuşluyordu.

"Onun David Shepherd olduğundan emin misin?"

"Evet, Kesinlikle oydu! Havaalanındayken beni dinlemiş olsaydın onu kendi gözlerinle de görebilirdin. Aylar önce Daily Mail'de Tony Blair'inkiyle birlikte gördüğüm aynı yüz. Küçük kız arkadaşını kurtarmaya çalışırken beni damdan aşağı yuvarlayan, o yüzden hayatımın dört yılını çalan lanet olası serseri."

"Eduardo" Erik Mueller telefonda hızlı hızlı konuştu. "Biraz önce, David Shepherd ve yanındaki kadın Heathrow' da tesbit edildi."

Cristin başını babasından yana şimşek hızıyla çevirdi. "Bunu niçin DiStefano'ya söylüyorsun?"

"Sessiz ol!" Erik elini yukarı doğru kaldırarak neredeyse kükrer gibi bağırdı.

Crispin dişlerinin arasından konuştu. "Shepherd'ın nerede olduğu Di Stefano'yu neden ilgilendiriyor?"

Babasının sesi onu cam çizen metal gibi etkilemişti. Geri gidip Shepherd'ı bulma arzusuyla yanıp tutuşuyordu.

Kızgınlık ve iğrenç bir tamamlanmamış iş duygusu boğazını ağrıtıyordu. Ah şu kahrolası bacakları böyle olmasaydı!

Kafasından çılgın gibi düşünceler akıyordu. Kollarındaki güzel de kimdi? Büyümüş küçük kız arkadaşı mı?

"Crispin, bana doğruyu söyleme zamanı geldi. Oğlu gaza basarken Erik telefonunu kapattı. "Birlikte uğraş verdiğimiz her şey şu anda tehlikede ve ben gerçeği öğrenmek istiyorum. On dokuz yıl önce evimizde kaybolan akiği sen mi aldın?"

Crispin gözlerini yola dikti. "Keskin zihinsel güçlerim bana bu soruyu komadan çıktıktan iki hafta sonra sorduğunu söylüyor."

"Bana cevabının hala aynı mı olduğunu söylüyorsun?"

"Tabii ki aynı. Ben de senin benim sorduğum soruya cevap vermeni bekliyorum. David Shephard'ın DiStefano ile bağlantısı nedir?"

Erik Mueller başını Crispin'den yana çevirdi ve dikkatlice süzdü.

"Öyle görünüyor ki taş yeniden ortaya çıktı"

Crispin bir anda direksiyonu tüm gücüyle sıktı; babasının dikkat etmediğini umuyordu.

"Çıktı mı? Öyleyse bu işin benle bir ilgisi olmadığını biliyorsun artık."

"Taşın merhum Senatör Shepherd'ın oğlunun elinde olduğunu biliyorum." Crispin öfke içindeydi. "Değerli taş David Shepherd'ın elinde mi? Geri dönüyoruz öyleyse" dedi ve U-dönüş için uygun bir yer bakmaya başladı. "O orospu çocuğunu bulacağım."

"Hayır" dedi Erik sertçe karşı çıkarak. "Bu Kara Melekler'in işi.

Biz konuya dönelim. Shephard'ın taşı nasıl ele geçirdiğini merak etmiyor musun? Bir ev ziyareti ve kazadan sonra..."

Shepherd sadece hayatımın dört yılını değil aynı zamanda 12nci yüzyıldan beri ailemiz tarafından saklanan değerli taşı da çaldı. Ve piç burada. Şu anda.

O anda Crispin, alınyazısının Shepherd'ı bugün karşısına çıkardığını kristal kadar berrak bir şekilde anladı.

Bu kötü bir şey değil, dedi kendi kendine, tekrar sakinleşirken. Hayır, bir rastlantı. Taş kaybolduğunda Shepherd benimle birlikteydi, ve şimdi –işimin doruk noktasında– onu bana geri verecek. Ama o şimdilik bunu bilmiyor.

"Merak mı edeyim, neden?"

"Shepherd düşmanlarımızla işbirliği yapıyor." Diye kızgınlıkla cevapladı Erik. "Bugün benimle buluşman için bu nedenle ısrar ettim. Akiği en tehlikeli hasmımıza, tam Kara Melekler'in öldürdüğü gün, Haham ben Moshe'ye götürdü. Shepherd her nasılsa onunla –ve ben Moshe'nin kasasının içinde ne varsa hepsiyle birlikte– kaçmayı başardı – ancak Kara Melekler onu bulacak. Özellikle de şimdi."

"DiStefano başka ne söyledi?"

"Ben Moshe'nin bürosunu dinleme bantlarındaki ayrıntıları benimle paylaştı. Rahatsız edici haberler var. İşimizin tamamlanmasına karşı yeni bir tehdit oluştu. Shepherd artık Yael HarPaz adında İsrailli eski metin uzmanı bir kadınla işbirliği yapıyor. Ve her nasılsa bir isimler ajandası derlemiş – Gizliler'in isimlerinden oluşan."

Babası bunları söylediğinde Crispin şerit değiştiriyordu. Bunun sezinlendirdiği şeyler içini öylesine boğucu bir hiddetle doldurdu ki öndeki arabanın duracağını fark ettiğinde neredeyse arka koltuğuna çıkmak üzereydi. Frenlere asıldı, araba yoldan çıkıp sol bankete girerken babası küfrederek kontrol paneline dayandı.

On yıldan fazla bir süredir çalışıyorum, yıllardır insanın beynini uyuşturan hesaplarla uğraşıyorum ve o benim bulmak için ter döktüğüm isimleri biliyor, öyle mi?

"Nasıl? İsimleri nereden buluyor? Kaç tanesini biliyor?"

"İkimizi de öldürmeden biraz sakinleş. Ajandasını henüz ele geçiremedik – ancak kısa zamanda elimizde olur. DiStefano tüm isimleri bildiğini düşünüyor."

Crispin yumruğunu direksiyona indirdi. "Peki sen ne zaman bundan bana söz edecektin?"

"Ajandayı daha yeni öğrendim. Değerli taş ayrı bir mesele. Bu konu hakkında hâlâ söyleyecek bir şeyin yok mu?"

David Shepherd bir kez daha hayatımı mahvettikten sonra sıvışamayacak demek isterdim.

Fakat Crispin, babasının ısrarlı sessizliğine karşın cevap vermeyerek, bu görüşünü kendine sakladı.

"Anlıyorum." Erik dişlerini sıktı, koltuğunda geriye yaslandı. "Bir şey daha var. DiStefano ajandanın varlığının planlarda değişiklik gerektirdiğini hakkında bana bilgi verdi. Kara Melekler'e verilen ajandayı bulup Shepherd'ı öldürme emri geri çekildi."

"İyi de neden?" Crispin tükürdü.

"Cemiyet onun Gemiye canlı olarak getirilmesini istiyor. Kız yüzünden. Stacy Lachman. Herhalde ismini biliyorsun."

"Tabii ki ismini biliyorum. Onu Cemiyete bildirdiğim daha bir hafta bile olmadı."

"Shepherd da Stacy Lachman'ın ismini biliyor. Birbirlerine çok yakınlar – onun üvey kızı. Şu anda biz konuşurken Raoul onu Londra'ya getiriyor."

"Shepherd'ın onu kurtarma girişiminde bulunacağını düşünüyor musun?" Crispin, genç David Shepherd'ın kurtarmak için hayatını riske attığı Abby Lewis'i, elma yanaklı kızı, düşünmeden edemedi.

"Cemiyet bundan emin. Girişimde bulunduğunda da elimize geçecek – tüm isimler kitabıyla birlikte. Ve akik yeniden elimize geçince," Erik kınayıcı bir biçimde baktı, "şimdiden Gemiye götürdüğümüz zümrüt ve mor yakutla bir araya gelince güç dengesi daha çok bizim lehimize dönecek."

Crispin kendisini çok büyük bir güçle mücadele ediyormuş gibi hissetti. İşte o burada, başarıya o kadar yakınken, David Shepherd –kendisini o çatıdan uçarak aşağıya gönderen aynı garip yaratık– dikkatleri kendi başarılarından, kendisinin Cemiyette sahip olduğu benzersiz güçten başka yöne çekiyordu.

Yıllar boyunca nihai yıkımı olanaklı kılmak için didinen ben oldum. Zafere ulaşmak için Cemiyetin dayandığı kişi ben oldum. Şimdi Shepherd bir kez daha ayaklarımı yerden kesmek için burada.

Nefret içini kavurmaya başladı. Kırmızı bir belirsizlik beynini yiyip bitiriyordu. "Bilgisayarımın başına dönmem lâzım," dedi boğuk sesle. "Bugünkü işimi bitirmeliyim."

"İşini Marylebone'da bitirmeyeceksin. DiStefano eşyalarını toplayıp operasyon üssünü Gemiye taşımanı istiyor. Vakit yaklaşıyor. Cemiyet yeraltına taşınmaya başlıyor."

Sonunda, Crispin kendisini keyiflendiren bir şey duymuştu. Shepherd da yeraltına götürülecekti.

"Belki eski tırmanış arkadaşımı tekrar yakından tanıma fırsatını elde ederim."

"Kesinlikle. Eğer Kara Melekler onu oraya getirmeyi başaramazlarsa, üvey kızının yalvarışları başarır."

Bütün Cemiyet, diye düşündü David, şevki yeniden geri geliyordu. Bunca yıl sonra, tekrar bir araya geliş.

OTUZ YEDİNCİ BÖLÜM

Gün, Londra'nın kurşuni gökyüzüne rengârenk ışıklar saçarak ağardı, ama Stacy Lachman bunu hiç göremedi.

İnsan kaynayan kentin kilometrelerce altında, loş ışıklı bir odaya kilitlenmiş, portatif karyolada kıvrılmış uyuyordu. Burası bir kilerden daha büyük olmayan küçük bir mekândı. Yalnızca pencereden değil, çıta arkalıklı bir sandalye, ufak ahşap yazı masası ve ilaçla uyutulup üzerinde uyuduğu portatif karyola dışında mobilyadan da yoksundu.

Raoul LaDouceur'ün bir dizi özel jet uçuşundan sonra onu getirip yatırdığı oda, dip kayaya oyulmuş yeraltı ısıtma sistemine karşın, soğuk ve rutubetliydi.

Kendisini kaçıran adamın odadan çıkıp kapıyı sürgülemeden önce omuzlarına fırlattığı yün battaniyenin altında yatıyordu. Sakinleştiricilerin etkisinin geçmesi saatler alacaktı. Başına neler geldiğini anımsamadan, korku ve panik içinde uyanmadan geçecek saatler.

Beyninin kenar bölgelerinde rahatsız edici görüntüler belirdikçe göğsü hırıldıyordu. Her görüntüyle birlikte adrenalin güçsüz uzuvlarına kaçması için bağırıyordu.

Ancak ilacın o kadar etkisi altındaydı ki parmağını bile oynatamıyordu.

İçinde derinlerdeki bir ses ona hareketsiz kalmasını söyledi. O da buna uydu. İstese de kirpiğini bile oynatamazdı.

OTUZ SEKİZİNCİ BÖLÜM

İSKOÇYA, GLASGOW'UN KUZEYİ

Valizinin tekerlekleri arkasında takırdarken Dillon eski taş manastırın karanlık merdivenlerinde hızla koşturuyordu. Cornelius McDougall ahşap oyma kapıyı sıcak karşılama göstergesi olarak açık tutuyordu. Cornelius hâlâ dimdik ve uzun boyluydu, ancak Dillon'ın onu son görüşünden beri geçen yıllar içinde kızıl saçları aklaşarak devetüyü rengine dönüşmüş ve kısa ve bakımlı bir sakal uzatmıştı.

"Üzerinde adının yazılı olduğu bir bardak Bellhaven var," diye Dillon'ı selamlarken bavuluyla ilgilendi.

"Önce susuzluğunu giderelim. Sonra sen yemekten önce yıkanıp rahatlarsın. Önümüzde uzun bir gece var."

Dillon manastırın kokusunu içine çekti, biraz mum, biraz tütsü, biraz da eski rutubetli taşlardan yükselen misk otu kokusu. Bunlar ona, ilahiyat fakültesinde geçirdiği ilk yazı ve Tanrı'ya hizmet etmek için dünyayı bir kenara bırakma kararını anımsattı.

Piskoposu sormak istedi, ancak bu Cornelius ve kendisi ilk kupaları devirene kadar bekleyebilirdi. Bu ikisi arasında bile hassas bir konuydu. Ayrıca, selamlanacak başka keşişler ve onu masasına davet edecek olan bir başrahip vardı.

Sabırsızlığını kontrol etmeye, değerli taşla ilgili düşüncelerini bir kenara bırakmaya çalıştı, ancak uçağı okyanus üzerinde uçarken kafasına takılan tek konu bu olmuştu. Hatta Cornelius'la birlikte sıfır dereceye yakın sıcaklıktaki kupalarını sağlığa kaldırırken dahi aklındaki şey taştı – almak için geldiği taş.

OTUZ DOKUZUNCU BÖLÜM

KUDÜS, İSRAİL

David, Kudüs gözüne ilk iliştiğinde mıhlanıp kaldı. Güneşin eski taşlardan yansıyan uçuk pembe doğuşu semavîydi, öbür dünyaya aitti.

"Şimdi neden ona Altın Kudüs dediğimizi anlamışsındır." Yael, yanında, eski kentin ışımasını içiyor gibiydi. Yüzü, gözlerindeki yorgunluğa rağmen, ışıl ışıldı. "Tanrı'nın yeryüzüne on ölçü güzellik gönderdiğini, bunun dokuzunu Kudüs'e ayırdığını söylerler."

Yolun kenarından ışık sağanağı altındaki kutsal kente bakarken David buna inanmakta zorluk çekmedi.

Kentin sınırlarına birkaç metre kala Yael, Tel Aviv'de tuttuğu taksinin sürücüsüne arabayı durdurmasını söyledi.

"Benimle gel, bu sadece birkaç dakika alır. Ön kapıyı açtı ve David'e eliyle işaret etti.

"Sakıncası yoksa ne yaptığımızı sorabilir miyim?"

"Bir geleneğe uyuyoruz. Kudüs'e yeni gelen ziyaretçiler kente yaya olarak girmeliler." Elinden tutarak onu kaldırımda yürüttü ve kentin girişini gösteren işaretten geçirdi.

Yorgun olduğu hâlde, beton kaldırımı tırmanıp tepelerin üzerinde uzanan eski kente ilk defa ayak basarken David içinde enerji veren ani bir karıncalanma hissetti.

Sürücü yanlarına yaklaştı, arabaya binerken "Babamla karşılaşmaya hazır mısın?" diye sordu Yael iğneleyici bir gülümsemeyle.

Gün ağarmadan biraz önce Tel Aviv'e inmişler, oradan alınıp başka bir yere götürülmeden David modern sahil kentine ancak bakma fırsatı bulabilmişti. Bütün farkına varabildiği, günün o erken saatlerinde bile havanın çok sıcak ve kuru olduğu ve kendisinin de sürücünün buz gibi şişe sularıyla onları karşılamasına minnettar olduğuydu.

1 Numaralı Otoyoldan Kudüs'e yolculuk sırasında kilise çan kuleleri, yuvarlanan kayalar, selvi ağaçları ve Yael'in açıkladığına göre 1948 Bağımsızlık Savaşını hatırlatmak için orada bırakılan yanmış otomobil ve kamyon enkazlarıyla kaplı kayalık tepelerden geçtiler. David İsrail'de ne bulmayı umduğunu bilmiyordu, ama son günlerde katlandığı her şeye ve Stacy'yi merak edişine karşın önünde duran geçmiş olaylar dizisi onu sersemletmişti.

Büyüleyici biçimde, bu küçük ülke eski ve modernin hipnotize edici bir karışımı, binlerce yıllık taş mimari ile modern yüksek binaların, Kutsal Kitap döneminden kalma mekânlara bitişik koşerlerin, Burger King restoranlarının, havalı kafelerle modaya uygun mağazaların hatasız bir bileşimiydi.

Yafa Kapısı'ndan arabayla geçerken ve Yosef Olinsky'nin geceyi kuzeninin evinde geçirdiği Eski Kent'e giderken seyrettiği Kral

Davut'un eski kulesini, ve görebileceği ne varsa hepsini görmeye çalıştı. Eski çağ uygarlıkları profesörü iki gün önce otobüsle Kudüs'e gelmiş ve Âdem'in kitabının son ele geçen parçalarını ilk elden tekrar incelemek için Kutsal Kitap Tapınağına kapanmıştı. Yael ona, kendisiyle babasının Ölü Deniz Yazmaları'nı daimi evlerinde, yani Âdem'in kitabının bir araya getirildiği aynı beyaz kubbeli binada, incelediklerini söylemişti.

Sürücü David Caddesindeki yayalardan sağa sola kaçınarak kurtulmaya çalışırken önündeki koltuğu sıkı sıkı kavrayan David, "Baban yeni bir şey bulup bulmadığını söyledi mi?" diye sordu.

"Ne yazık ki, hayır. Ama şu ana kadar doğru olan her şeyi yaptığımıza dair güvence verdi. Bu devasa bir yapbozla uğraşmak gibi bir şey," diye açıkladı, sürücü en işlek caddeye, renkli Zincir Caddesine saparken. "Bizim işimizde, parçaların pek azı aynı anda veya aynı çevrede ortaya çıkar. Eski Yapıtlar Kurumu parşömenin yaşını belirler. Sonra biz, aynı yazmadan gelen parçaları eşleştirmek için mürekkep ve el yazısı ustalığındaki benzerlikleri araştırırız."

Sürücü, parke taş döşeli yolda ok gibi fırlayan kediye çarpmamak için frenlere asıldığında Yael ürktü.

Derin bir soluk aldıktan sonra devam etti. "Bu durumda, babam en son bulunan parşömenler üzerindeki orijinal mürekkebi kendi gözleriyle incelemek istedi. Bazen ince farklılıklar Safed'de üzerinde çalıştığımız slaytlarda gözükmeyebiliyor."

Kent içinde kendilerine yol açarak ilerlerken David pişmiş et ve baharat kokusunu aldı ve açlıktan ölmek üzere olduğunu fark etti.

"Babam şimdi, şu ana kadar bir araya getirilmiş en büyük yazmaya en son parçaları doğru biçimde eklediğimizden emin."

"Özür dilerim, bunun ne anlama geldiğinden emin değilim."

"Bu, son parçada şifrelenmesi gereken isimleri bulabiliriz anlamına geliyor. Yael şişenin kapağını açtı ve suyundan bir yudum aldı. "Tüm Lamed Vovnikler'in isimlerini ajandana yazmamışsan eğer."

Yael öne doğru eğildi. "Şöför bey, bir sonraki köşede inelim. Tam... orada. Kırmızı kapı." Özür diler bir gülümsemeyle David'e döndü. "Kendini hazırla. Babamla tanışmak üzeresin."

David, Yael'i dar cepheli eve doğru koyu renkli ahşap merdivenlerde izlerken sayfaları isim dolu ajandasını düşündü. Yosef Olinsky ve meslektaşlarının ajandayı kendi gözleriyle incelemesi için birden istek duydu. Eğer David'in isimlerini şimdiye kadar kendi yazmalarında şifresini çözdükleri isimlerle karşılaştırırlarsa tehlike altındaki Lamed Vovnikler'i gerçekten bulabileceklerdi. Ne kadar zaman kalmıştı? Gnoseos onlardan bir adım önde miydi? Ya da iki?

Bir daireden koşarak çıkan yeni yetme kız paldır küldür merdivenlerden inip gülümseyerek yanlarından geçti. Bir an için David'in kalbi hopladı. Bir an için kızı Stacy'ye benzetti.

Hâlâ hayatta mıydı? Kalbi sakinleşip eski hâline döndü, ama göğsünde daha ağır bir yük vardı. Düşünceleri geriye, Stacy'nin bat mitzvahına, törene ve hahamın onu yetişkin bir Yahudi kadın olarak Torah'a ilk kez davet edişine gitti. İbranice ismini kullanmıştı, *Shoshana*.

Yahudiliğin dokusunda ne kadar çok isim olduğunun farkına vardı. *Kafamda ne kadar çok isim var.*

Ne yazık ki şu anda ihtiyacım olanları istediğimde çekip çıkaramıyorum.

Önde Yael, duvarları büyüklü küçüklü, eğri ya da düz asılmış parlak resimlerle dolu küçük bir oturma odasına giriyordu. Alçak masada üzerindeki dövme pirinçten tepsiye çay konmuştu, tabaklardaki çörek, zeytin ve dilimlenmiş kavunları görünce gözleri parıldadı.

Sonra dikkati, yüz hatları haşin ve gri beyaz kıvırcık perçemlerle kaplı kocaman kulaklı, güneşten yanmış iri bir adamı kucaklayan Yael'e kaydı.

Bir generalin keskin bakışlarına ve dik duruşuna sahipti ve David onu açık arazide olduğu kadar kazı yaparken de gözünde canlandırabiliyordu.

"*Baruch ha ba'ah*, David Shepherd. Hoş geldin." Yosef Olinsky kösele gibi sert elini uzatıp odayı geçti, ancak kaşları çatılmıştı.

"Lütfen." Üzerine renkli yastıklar serpiştirilmiş düşük arkalıklı kanepeyi işaret etti. "Yola koyulmadan bir parça kahvaltı için otur. Uzun ve yorucu bir gün olacak."

David küçük tabağını doldururken Yael'le babası birbirileriyle yaylım ateşi gibi İbranice konuştular. Tek sözcüğünü bile anlamasa da aralarında bir gerilim olduğunu hissetti.

Birkaç dakika sonra, haki pantolon, bol keten gömlek ve sandalet giymiş, Yosef'in genç bir kopyası onlara katıldı.

"David, bu babamın kuzeni Eli." Yael genç adama doğru eğilerek öptü, sonra David'in yanındaki koltuğa oturdu.

"Zeytin almıyor musunuz?" Eli kaşları çatık, sordu.

"Ben daha çok onları martiniden avlamaya alışığım."

Yael ve her iki adam gülüştü. "Çöl sıcağında hayatta kalmak istiyorsan, kahvaltıda zeytin yemeğe alışsan iyi edersin," dedi Eli.

"İsrail'de sabahları, bizi susatacak tuzlu yiyecekler yeriz," diye ders verdi Yosef. "Böylelikle gün boyunca çok su içmeyi hatırlamamız gerekmez. Sadece içeriz." Bunu der demez ağzına iki zeytin attı.

Yael, "Burada farkına varmadan tehlikeli biçimde susuz kalmak kolaydır," dedi.

"O zaman bol bol zeytin ye," dedi Yosef sertçe. "Sana Safed'de ihtiyacımız var, hastanede değil."

Yael'in bu kadar güçlü bir iradeye sahip olmasına şaşmamalı, öyle olmak zorunda. David tabağına bir avuç dolusu zeytin doldurdu.

Hızla yediler ve yola çıkmaya hazırlandılar. David, Eli'ye konukseverliği için teşekkür ederken, Yael'in babası sırt çantasını karıştırdıktan sonra David'e küçük bir plastik kutu uzattı.

"Aç onu," diye emretti, "ve tak."

Yael armağanı incelemek için bir adım öne yaklaştı.

David altın zinciri kutudan çıkardı ve ucunda sallanan şeyi hemen tanıdı. Yıllar önce bunun benzerini bar mitzvahta almıştı, ama şimdi nerede olduğu hakkında hiçbir fikri yoktu.

"Bir *chai.* "Yaşam" anlamına gelen *chai* sözcüğünü oluşturan birbirine bitişik iki altın harften oluşuyordu, –het ve yod– başını kaldırıp sorgularcasına Yosef'e baktı.

Yael'in babası, "Yahudilikte yaşam en önemli şeydir," dedi. *Her şey* yaşamla ilgilidir. Şimdi ve burada. Bilge kişiler bize, bir yaşam kurtarmanın tüm dünyayı kurtarmaya eşdeğer olduğunu öğretti. Bir yaşamı yok etmenin de tüm dünyayı yok etmeyle aynı olduğunu."

Yosef'in içine çökmüş gözleri David'in gözlerine kilitlendi. Yael'inkilerden daha koyu yeşil gözleri sabah ışığında daha hüzünlüydü. "Şimdi, bu inanç her zamankinden daha doğru. Çünkü Gnoseos, kalan Lamed Vovnikler'in yaşamlarını söndürmeyi başarırsa bu dünyanın sonu olur. Haham ben Moshe'yle kızımın bana söylediğine göre sen onları kurtarabilirsin, David. Ama bu en kısa zamanda olmalı." Bunu söyler söylemez hemen döndü ve merdivenlere yöneldi.

Biraz baskı gibisi yoktur. David'in midesi buruldu ve zeytinin bıraktığı tad boğazını yaktı.

Babasının aniden yola çıkışını gözleyen Yael içini çekti. Zinciri David'in elinden aldı. "O böyledir, sakın kişisel alma."

El yatkınlığıyla Chai'ı David'in boynuna taktı. Parmaklarının tenine tüy gibi dokunuşu üzerine David farklı bir baskı hissetti. Chai göğsüne yerleşince metalin ağırlığı üzerine konsantre olmaya çalıştı.

O anda bir anı zihninde canlandı. Çocukluğundan kalma. En çok yedi veya sekiz yaşında olmalıydı. Annesinin babasının, ona kendi chai'ını incelemesi için verişini ve yaşam üzerinde felsefe yapışını anımsıyordu.

David yaşamlarımızın bize Tanrı'nın birer armağanı olduğunu hiçbir zaman unutma. Ama yaşamlarımızla ne yaptığımız bizim Tanrı'ya geri verdiğimiz bir armağandır.

Yaşam ve ölüm. David her ikisinin ağırlığını da sessizce hissetti. Yael'le birlikte aceleyle Yosef'in ardından ahşap merdivenlerden indiler. Kuzeye doğru otomobil yolculuğu yaklaşık üç saat sürdü. Zeytin numarası çok iyi iş görmüştü. David özellikle susamıştı ve arka koltuğa yığılmış bir sürü su şişesi vardı.

Ancak, Stacy, Meredith ve Hutch'ı boşuna tekrar tekrar aradığında gerilimi arttı.

Safed'e yılan gibi kıvrılan yolda bir turist otobüsünün arkasına düştüklerinde midesindeki düğümlenme ağrıya dönüşmeye başladı. Kenti meydana getiren üç tepe arasından en önemlisinin çevresinde bir halka oluşturan Kudüs Caddesinde oyalandı. Safed hakkında çok az şey, sadece Yael ve Yosef'in yolda anlattıklarını biliyordu, ancak Kudüs'ün, Taberiye ve Hebron'la birlikte İsrail'in dört kutsal kentinden biri olduğu öğrenmek onu şaşırtmıştı.

Güneye, Kinneret'e –Celile Denizi'ne– doğru, kıvrıla kıvrıla inen görkemli tepelerin manzarasını seyrederken Safed'deki uygarlığın tarihselliği onu hayrete düşürdü. David kentin *İ.Ö. 70 yılında, Romalılar Coliseum'u inşa etmeden bir yıl önce kurulduğunu* düşündü. *Vezüv Pompei'yi yok etmeden on yıl önce. Ve Mayalar ilk tapınaklarını inşa etmeden bir yüzyıl önce.*

David, *kentin kökeninin Roma İmparatorluğunun çöküşünden beş yüzyıl öncesine gittiğini* anladı.

Yine de, Yael'in anlattığına göre Yahudi mistiklerin buraya yerleşmesi on altıncı yüzyıldan önce gerçekleşmemişti. Bunların çoğu Engizisyon sırasında İspanya'dan kovulan mültecilerdi.

Dolayısıyla,Shakespeare Macbeth'i yazar, Mikelanj Sistin Kilisesini boyar ve VIII. Henry, Anne Boleyn''in kafasını uçururken, Safed mistikleri Kabala çalışmalarının dünya merkezi olarak İsrail'in en yüksek kentini kurdular.

"Onu İsrail'in Sedona'sı gibi düşün," diye önerdi Yael. "Burada da aynı türden bir yan yana dizilişi görmek mümkün – yaşam dolu sanatçı kolonisi, dinsel arayış içinde olan dalga dalga insanlar ve görünmez mistik güçlerin cazibesi."

Dolayısıyla, Hutch'la yıllar önce Sedona'nın kızıl kayalarını gezdiği için, David ne umması gerektiğini bildiğini düşündü. Arizona'daki kaya oluşumları güzellikleri ve mistik burgaçlarıyla ünlüydü. Fakat, otomobil zarif bir düğün pastasının katları gibi beyaz kayalar üzerinde yükselen kente döne döne tırmanırken tamamen yeni bir heyecan duydu.

Toprak rengindeki ve toprak temele dayanan ve burgaçları kendi merkezinin derinliklerinden gelen Sedona'nın aksine Safed'in atmosferi Tanrı'dan geliyordu sanki. Hava bile, elmasın kalbi gibi göz kamaştırıcı, saf ışıkla parlıyor gibiydi. Yael'in Hisar Parkı işaret ederek gösterdiği doruğa ulaştıklarında David açık cama doğru eğildi.

"Orası Haçlıların ilk kalesinin yeri. Kenti alınca Yahudileri Safed'den sürdüler. Daha sonra, Tapınak Şövalyeleri de dâhil başkaları, Osmanlı hâkimiyetinin tüm İsrail'e yayıldığı 1517'ye kadar kenti ellerinde tuttular."

Kent merkezinde, on dokuzuncu yüzyılda atalarının Polonya'da giydiğine benzer redingot giyip geniş siperlikli şapka takan Hasidik Yahudiler sokaklarda hızla yürüyorlardı. Şortlu, tişörtlü ve beysbol kepli turistler bir sanat galerisinden diğerine koşuşturuyor, çoğu modern dükkânlarla kafeler arasında parke taş döşeli sokaklara serpiştirilmiş ortaçağdan kalma sinagoglara uğramadan geçiyorlardı.

Yael "Gabrieli Kabala Merkezi orada – ileride solda," diye sokakla bina arasındaki eğimli yolu işaret etti. Tepede kemerli pencereleri olan ve süslü parmaklığın ardında yükselen uzun taş bir bina duruyordu. Çiçek açmış kaktüslerle başka tomurcuklar, güneş ışığında bronz gibi parıldayan sivri uçlu kısa demirlerin arasından etrafa bakıyordu. Merkez, aşı boyası renginde kiremit kaplı çatısıyla, uluslararası mistik araştırmalar merkezi olmaktan çok bir Toskana restoranına benziyordu.

David, Yael ve Yosef'in arkasında kapıdan geçerken, cep telefonu onu şaşkınlık içinde bırakarak, çaldı.

Arayanın kimliğine baktı.

"Tanrı'ya şükürler olsun! Arayan Stacy!"
Telefona cevap verirken Yael gülümseyerek ona döndü.
"Stace! İyi misin? Kim..."
Kalbi durdu.

KIRKINCI BÖLÜM

Elizabeth Wakefield aşığının ödediği pahalı ve muhteşem yataktan kalktı. Bloomsbury'deki kasvetli dairesinde etrafa bakarken, bisküvi dolu bir fırının vitrininde çilek dolu çikolata ve romlu pasta ne kadar yanlış yerde gözükürse, burada da kiraz ağacından yapılma Fransız yatağın o kadar yanlış yerde bulunduğu aklına geldi.

Tüm süslü yastıkları, 800 numaralı iplikle dokunmuş Mısır çarşaf takımlarını, krem rengi ve altın sarısı kuş tüyü yorganı, birlikte yattıkları yatağın kendisi kadar güzel olması gerektiğinde ısrar ederek *o* seçmişti. Elizabeth güzel olmadığını biliyordu. Çenesi çok sivri, kahverengi saçları çok yumuşaktı ve tek belirgin özelliği zarif uzun parmakları ve koyu elâ gözleriydi. Ama *o* Elizabeth'in güzel olduğunu düşünüyordu ve Elizabeth de bu odadayken neredeyse ona inanıyordu.

Evliydi, tabii. Ve zengin. Ve güçlü. Harrods'da karısına Fendi marka bir el çantası seçmesine yardım ettiğinde şans eseri tanışmışlardı.

Aralarında anlık bir kıvılcım oluşmuş, ama satış çekini imzalayana kadar onun ne kadar önemli biri olduğunu anlayamamıştı. Bir ay sonra geri gelmiş ve ona The Ivy'de yemeğe çıkmayı teklif etmişti. Elizabeth reddetmişti. Adam evliydi ve onun da herhangi birinin kenarda bekleyen sürtüğü olmaya niyeti yoktu.

Ama o her hafta geri gelmiş ve alış veriş eder görünerek onunla çene çalmış ve sonunda da, onun direncini kırmıştı.

Böylesine hoş bir adamla yemek yemenin ne ziyanı olabilirdi? Böyle lüks restoranlarda yemek yeme şansını, Leeds'li bir kızın hiçbir zaman bilemeyeceği bir yaşam biçimine göz atma fırsatını bir daha hiç bulamayabilirdi.

Tek bir yemek olacağı varsayılmıştı, ama tek yemek dört yıllık çalıntı gecelere, rahat bir arkadaşlığa ve yalnızca gizli âşıkların alevlendirebileceği heyecan verici cinsellikle kendinden geçişe dönüşmüştü.

Onu Lyon'a götürdüğü hafta ile Saint Tropez'de gece sahil gezintileri arasındaki bir anda ona âşık olmuştu. Nasıl olmasın dı? Verici, nazik ve zekiydi, diye düşündü yatak başındaki ince mumları yakıp yatak çarşaflarına lavanta serperken.

Kapı zili çaldığında kalbi heyecanla atmaya başladı ve hızla aynadaki yansımasına baktı, boynundaki yakut kolyeyi ayarladı, sade giysisinin etek baskısını düzeltti. Kapıyı açtığında gülümsüyordu, ancak onun yüzüne bir bakış ve korku soluğunu boğazına tıkadı.

"Sorun mu var?" Soluğu kesildi. "Biliyor mu?"

Başını salladı ama bir şey söylemedi, bu Elizabeth'i daha da korkuttu. Sözcükleri kullanımı her zaman cömert olmuştu.

"İçeri gel, anlat bana." Elini tuttu ve onu içeri aldı. Kapıyı kapattı ve sırtını dayadı.

Korktuğu sözcüklerin dudaklarından dökülmemesi için dua etti. Hayır, hayır, bitmiş olamaz, diye düşündü. Her şey bir gün içinde nasıl değişebilirdi?

"Beni hâlâ sevdiğini söyle." Sesi yükseldi ve kendi kulaklarına bile küfürbaz balıkçı kadın sesi gibi geldi.

"Seviyorum. Elizabeth. Her zamankinden çok. Ama seni terk etmem gerekiyor. Bu bizim birlikte son gecemiz olacak."

"Neden? Anlamıyorum. Beni seviyorsan..."

"Seviyorum." Onu tutup kapıdan uzaklaştırdı, kendine çekti ve yüzünün her yerini öptü.

Elizabeth onun gözlerindeki acıya kendi gözlerini kapadı ve bütün gücüyle itti.

"Defol! *Şimdi.*"

"Elizabeth. Lütfen..."

"Dışarı!" diye bağırdı. "Bacaklarımı senin için açmayacağım. Dün geceki sondu!"

Adam o kadar yaralanmış görünüyordu ki söylediklerini geri almak istedi ama, kadın tam tersine sertleşti ve ona sırtını döndü.

"Defol!"

Bu kez adam uydu. Kapı kilidinin kapanırken çıkardığı yumuşak ses kalbine sıkılmış bir kurşun gibiydi.

Gerçeği o zaman anladı. Güzel değildi ve hiçbir zaman sevilmemişti.

KIRK BİRİNCİ BÖLÜM

Londra kentinin derinliklerinde, ilk kez 1800'lerde inşa edilen metro sisteminin çok altında, karmaşık bir tüneller labirenti kayalar içinde kıvrılarak uzanıyordu. Pek çoklarının unuttuğu, bir zamanlar metro sisteminin yaşayan bir parçası olan bazı havalandırma bacaları 1930'larda terkedilmiş ve uyumaya bırakılmıştı. Bazıları kapatılmıştı ve bazıları da bugün dev birer depo olarak kullanılıyordu. Birçok tünel İkinci Dünya Savaşında sığınak olarak kullanılmak üzere açılmış sonra bir kez daha unutulmuştu.

Londralıların pek azı tirbuşon gibi toprağın derinliklerine inen dik merdivenlerin yerini anımsıyordu. Ve daha da azı Londra Kulesinin altında, Thames Nehrinin altındaki tünellerin dev havalandırma vantilatörlerinin yeniden çalışmaya başladığını biliyordu.

Eduardo DiStefano bu döner merdivenlerde, karısına dirseğinden tutarak eşlik ediyordu. Yerleşmesine yardım etmenin kendi görevi olduğunu biliyor, ama bir an önce ayrılmak için can atıyordu. Yılan'ı bulması gerekiyordu. Hem de bir an önce.

Cemiyet, araştırmasının son aşamasını gerçekleştireceği yeraltındaki bu alanı inşa etmek için çok uğraşmıştı – ancak o ortalıklarda yoktu. Kahrolası bilgisayar son isimleri bulmak için senfonik sesler çıkararak çalışıyor olmalıydı, ama birinin onu açması gerekiyordu. Gemideki hiç kimse onu görmemişti, Erik de hâlâ gelmemişti.

"Yeraltında yaşamaya alışacaksın, *bella*. Seni yerleştirmek için acele etmeliyiz. Cemiyet bir saat içinde toplanacak."

"Sen bana sadece kapıyı göster, yeter, *caro* – valizleri açmak ya da alışmak için sana gereksinimim yok."

Flora'nın topukları kendine güvenli bir biçimde metal üzerinde tıkırdadı. Görkemli ancak hâlâ ilkel duran çevreye hayranlıkla baktı. Eduardo burada pek çok kez bulunmuş ve ona buradan söz etmiş olsa da, bu onun Gemiyi ilk görüşüydü.

Çocukları ve torunları bu akşam hava karardıktan sonra Milano'dan geleceklerdi. Çocukken onları, Kaynakla yeniden buluşma yolculuğuna hazırlamak için nasıl şarkılar öğrettiğini çok iyi anımsıyordu. Önlerinde onları ne büyük bir serüven bekliyordu.

İlk merdiven sahanlığına ulaşınca gülümsedi ve soluklanmak için durdu. Gemide her akşam şarkı söyleyeceklerdi – tüm ruhların özgür kalması için kaç akşam gerekiyorsa o kadar. Taş ve kayanın yoğunluğu tarafından korunan gizli sözcükleri ve seslerinin çınlamasını duymak için kendisini zor tutuyordu.

Eduardo karısının tepedeki villadan ayrıldığı için sinirli olduğunu düşündü, ama hayır, korkacak bir şey yoktu. Bu harikulade bir zamandı. Yakında bütün Cemiyet burada aileleriyle birlikte toplanacaktı. "Düşünsene, Eduardo." Nefes nefes kalmıştı. "Yüzyıllarca peşinden koştuğumuz şey bu. Sesindeki bayram havası kayalardan yankılandı. "Sonunda – Gizliler'in soyu tükenmenin eşiğinde. Kurtuluşumuz an meselesi."

Dikkatle basamaklardan inerken elinin sıcaklığı karısının omzunu okşadı. "Sen olmasaydın bu kadarını başaramazdım, bella. Coşkun neredeyse benimkini aşıyordu. Benim neşe kaynağım oldun."

"Önümüzde daha çok şey var." Bu zafer gününün her adımının kendi ömründe gerçekleşeceğinin heyecanı içinde kocasına gülümsedi.

Geride bıraktıkları için hiçbir sızı hissetmedi. Son dakikada, villadan telefon edip erkek kardeşiyle –sefil, budala– konuşmuştu. Alfonso'nun son kez konuştuklarından haberi yoktu, o Gnoseos değildi ve bir işe yaramazdı – onu ve sofu Protestan karısını Tarikata sokmayı aklından bile geçirmemişti. Kalabalık Milanolu ailesinde kimse onun Eduardo'yla evlendikten hemen sonra inanç değiştirdiğini ve gizli âdetleri benimsediğini bilmiyordu.

Hepsi onun ateist olduğunu düşünüyordu. Hiçbir şey gerçekten bu kadar uzak olamazdı. Tanrı'nın var olduğunu biliyordu, ama onu sevmiyor ve ona ibadet etmiyordu. Şimdi gerçeği biliyordu. Tanrı bir yanılsamalar ve fenalıklar dünyası yaratmıştı. Gerçek dünya ruhani bir dünya idi ve kocasıyla Cemiyet bu âlemi ona açmıştı.

Eduardo'nun ona yavaş yavaş açtığı eski âdetler, içinde derinlerdeki bir şeyi canlandırmış, onu serbest bırakmış ve büyümesine izin vermişti.

Her hafta villanın altındaki altın rengindeki odada Eduardo'yla birlikte, ruhsal alemleri, zihinsel yolculuğu başlatan ve sona erdiren uyuşturucu katılmış likörle yükselmiş olarak meditasyon yaparken kendisini ruhunun Kaynağına daha derinden bağlanmış buldu.

Ve daha değersiz ilahlara – Yahudilerin ve Hristiyanların, özgür kalmaya hasret insan ruhunu kapana kıstırmak için bedeni ve maddeyi yaratan gaddar Tanrı'sına meydan okumaya hevesliydi. Eduardo onu geleneksel dinin dalkavukluğundan kurtarmıştı. Şimdi, tarikatın seçkinleriyle birlikte, derinlerdeki ruhunu bu aldatıcı, baskıcı ve kötülük dolu dünyadan kurtarmasına sadece saatler vardı.

Merdivenlerin dibine ulaştığında, Yükselişin, yeraltında bu kadar derinde gerçekleşmesi ne garip, diye düşündü. Dünya ikiye parçalandığında, ne taş, ne derin kaya yataklarının, ne de çeliğin ruhlarını gömebileceğini bilerek muazzam toplanma alanını gözden geçirdi.

Tanrı bu dünyayı ilk kez Tufanla yok etmişti. Şimdi yok etme sırası Gnoseos'taydı.

KIRK İKİNCİ BÖLÜM

SAFED

"Üzgünüm," dedi telefondaki alaycı erkek sesi David'e. "Küçük kızın şu anda telefona gelemiyor." Kanın yüzünden çekildiğini hissetti. "Lanet olası, kimsin sen? Kızım nerede?"

"Kim olduğumu biliyorsun, David," adam alaya devam etti. "Sende bana ait bir şey var. Bende de sana ait bir şey."

David o zaman anladı. Nasıl olduğunu bilmiyordu, ama isimler her zaman aklına geldiği gibi bu da gelmişti.

Crispin Mueller.

"Ne istiyorsun, Mueller?"

Vahşi bir kahkaha duydu. Hat bir kez bip sesi çıkardıktan sonra telefon kapandı.

"Neler oluyor?" David ağzı açık telefona bakarken Yael kolunu tuttu.

"Stacy, Mueller'in elinde," dedi boğuk bir sesle. "Ve nerede olduğunu bilmiyorum. Orospu çocuğu telefonu suratıma kapattı."

Öfkeyle Stacy'nin numarasını tuşladı. Meşgul sesi kulağında yankılandığında vücudunu buz kütlesi gibi hissetti.

Artık şüphesi kalmamıştı Crispin bir Gnoseos'tu. Stacy büyük olasılıkla çoktan ölmüştü...

Hayır. Değerli taşı alana kadar onu öldürmez. Ben taşı ona götürene kadar.

Yael onun beynini okuyor gibiydi.

"Seninle oynuyor," dedi çabucak. "Ona zarar vermez, David, istediğini elde edene kadar. Ama yapamazsın."

"Taşı ona geri veremem, öyle mi? Neden veremezmişim?" İçinde öfke yükseldi. Boynundaki altın Chai'ı yakaladı, eliyle öyle sıktı ki metal avucuna battı.

"Yaşam en önemli şey değil mi? Babanın bana söylediği şey bu değil mi? O hâlde, bir çocuğun yaşamı her şeyden önemlidir."

"Ya bütün dünya, David?" Elleriyle kapsayıcı bir hareket yapan Yosef sordu. Yüzü kül rengi ama sesinin tonu sertti. "Bir çocuğun yaşamı ondan daha mı önemli?"

"O bir Lamed Vovnik –unuttun mu?" David ona döndü. "Onun yaşamını kurtarırsam– yalnızca *onunkini* – dünyayı kurtarmış olacağım. Bütün sorun da bundan ibaret değil mi?"

Telefonu tekrar açarken elleri titriyordu. Yael'e, "Bu akşam, bulabildiğim ilk uçakla Londra'ya gidiyorum. Ajandam sizde kalabilir," dedi. Yüzündeki üzüntüye aldırış etmeksizin spor çantasından çıkarıp Yael'e doğru itti. "Hadi, incele, paramparça et. Onunla ne yapmak istiyorsan yap. Bunun için bana gereksinimin yok."

Telefonunu havada salladı. "El Al'la nasıl temasa geçebilirim? Numarası kaç?"

"David, içeri gel." Yosef ölçülü bir tonda konuştu. "Senin için rezervasyonu biz yaparız, ama bunu enine boyna düşünmelisin. İşler dönüm noktasına geliyor. Hem de büyük bir hızla."

Babasıyla kızına bakarken, David, ikisinin de onu harekete geçiren bağı anlamamasına inanamıyordu. Yael'in eziyet çeken gözleri onu delip geçti, ama kendisine daha fazla acı çektirilmesine izin vermeyecekti.

Kafasında bir milyon çirkin görüntü çarpışıyordu.

Hutch'a ne olmuştu? Ya Meredith'e? İkisi de ölmüş müydü?

Karabasan görüntülerle başa çıkmaktan âciz, Yael'le babasının yanından geçip Merkezden dışarı yöneldi.

Geniş, güneşli, badem desenli muşamba kaplı giriş salonuna çıktığında, ani bir soğuk hava dalgası ona çarptı. Birden eski bir fısıltı kulaklarında yankılanıyormuş gibi geldi.

Dağ yalnızca aşılamaz gibi görünür.

David dondu kaldı.

Granit Dağının eteklerinde Hutch'ın sakin, cesaret verici sesi. *Tırmanmak kemikli biftek yemek gibidir, ahbap. Her defasında bir parça kes, asla defada çiğneyebileceğinden fazlasını değil.*

İçine garip ve zorlama bir sakinlik çöktü, Hutch'la ilk birkaç tırmanışında kendisini zorladığı sahte sakinliğin aynısı. Barsaklarını söken korku yerini özgüvene bırakana kadar süren sahte sakinlik. Hutch'ın ona öğrettiği gibi derin derin soluk alarak, yalın duruluğun, öfkesini yenmesini bekledi.

Çevreden kulağına çarpan sesler arasından Yael'inkini duydu. Hava yollarını arıyordu.

Ve Crispin Mueller burada yetki sahibiymiş gibi davranıyor.

David, yandaki odalardan hole çıkan bazı adamlarla konuşmak

için yanından geçen Yosef'e aldırış etmeksizin, iki değerli taşı cebinden çıkarıp inceledi.

Avucunun içindeki akik ve kehribar şimdi daha ağır geliyordu – ve kaboşonlardan yansıyan ışıkların dansı gözlerini acıtıyordu. Parmaklarını kapatarak taşların parlamasına son verdi ve tekrar cebine koydu.

Mueller'in oyunu açışını bir kez izledim. Üzerinde düşünüp taşınmadan hareket ettim. Bu kez onun istediği gibi yapmayacağım.

Bu kez, diye düşündü David, *ayağımı yere basışıma güveneceğim. Ve ayağımı bastığım yere dikkat edeceğim.*

"Tüm uçuş izinleri iptal edilmiş de ne demek?" David telefonu Yael'in elinden kapma dürtüsüne karşı koydu.

"Bana inanmıyor musun? Buyur o zaman, El Al'ı güvenlik alarmı sırasında uçmaya kendin ikna et. Doğrusu, başarılı olacağından şüpheliyim."

David derin bir soluk aldı. Kendisine, *dizginlere hâkim ol*, dedi.

"Ne tür bir güvenlik alarmı?" diye sordu.

"İran nükleer saldırıya hazırlanıyor olabilir." Sesi korkunun izlerini taşıyordu. "Televizyonu izleyelim bakalım."

Aceleyle, üzerine kâğıt örtüler yayılmış uzun masalar ve yanlarında kırmızı sandalyeler olan personel salonuna geçtiler. Arka duvara monte edilmiş geniş ekran televizyon dışında herhangi bir okul yemekhanesine benziyordu. Asık suratlı, on kadar sessiz İsrailliyle birlikte dikkatle ekranı izleyen Yosef'e katıldılar.

Gözlükleri boynuna asılı bir zincirin ucunda sallanan ince yapılı kadın Yael'e, "geçen hafta Deyyer limanında olan patlamadan İsrail'le Amerika Birleşik Devletlerini sorumlu tutuyorlar," dedi.

David gerildi. Sunucu ölü sayısının şimdi üç yüze çıktığını söylüyordu. New York'a giderken hava alanında televizyon görüntülerini izlediği sadece birkaç gün olmamış mıydı? Washington D.C.'den ayrıldığından bu yana sanki sonsuzluk kadar uzun bir zaman geçmiş gibi hissetti.

Yuvarlak sert yüzlü bir İsrailli homurdandı, "Bu kazayla ilgili olarak milyonlarca masum insanın ölmesi mi gerekiyor?" Sonra kızgın bir şekilde fısıldayarak ekledi, "Bir mucizeye ihtiyacımız var."

"Haham, o mucizeyi yaratabilecek olan adam bu." On tane baş, televizyondan Yosef Olinsky'ye çevrildi. On çift göz, onun elini David'in omzuna koyuşunu seyretti. "Bu, David Shepherd, Haham Cardoza. Safed'e ajandası ve *Kohen Gadol*'un göğüs zırhındaki iki kıymetli taşla birlikte geldi."

Odada herkes bir an soluğunu tuttu, Yael, David'in çenesinde bir kasın gerilimden seğirdiğini gözledi. Kapana kısıldığını hissettiğini biliyordu. Çocuğunu kurtarma konusunda kendisini çaresiz hissettiğini biliyordu.

Haham elini uzatarak onlara doğru gelirken Yael alçak sesle yalvardı, "Bizimle çalış, David,"

"Şu anda Stacy'ye yardım edebilmenin tek yolu bu. Hava alanı açılır açılmaz, sana söz veriyorum, gitmekte özgürsün. Ama şu anda sadece ajandana değil, sana da ihtiyacımız var. Beyninde saklı başka bilgiler de olabilir. Burası bulunman gereken kent –tek kent Stacy'nin iyiliği için– kalan Lamed Vovnikler'in iyiliği için. Dünyanın iyiliği için."

Seçeneğim ne?, diye düşündü David. Umutsuzluk çaresizlik duygusuyla karışmıştı, ancak Yael'in haklı olduğunu biliyordu.

Doğruca sert yüzlü hahama baktı, kendisinden çok da yaşlı bir adam değildi, uzattığı elini sıktı. "Nereden başlıyoruz?" diye sordu, kısaca.

"Yukarıdan." Haham Israel Cardoza elini sıktı. "Çalışma odama çıkalım." Yael'le babasına bakarak onları da davete dâhil etti.

"Durum kötüleşirse bizi çağırın," diye odadakilere seslendi kabaca. "Televizyonu açık tutun. Ama lütfen bu öğleden sonra da dersleri normal şekilde yapın. Tanrı'nın yardımıyla, çalışmalarınız yeryüzüne ve tüm insanlığa bir parça aklıselim getirsin."

Merdivenlerden üst kattaki uçsuz bucaksız bilgisayar laboratuarına hızla çıkarken, Haham Cardoza David'e Gabrieli Kabala Merkezi hakkında kısa tanıtıcı bilgiler verdi.

"Eski Yapıtlar Kurumunun doğruladığı papirüs parçalarının kopyalarını incelediğimiz yer burası," dedi zorlukla nefes alarak. Arkeologlar tarafından bulunduktan sonra, Kudüs'teki Eski Yapıtlar Kurumu onların hakikiliğini doğrular ve tarihini belirler. Ondan sonra, *Ha Şem*'den gizli mesaj taşıyıp taşımadıklarını biz Merkezde araştırırız."

"David laik bir Yahudi, Haham," diye sözünü kesti Yael. "O yüzden Tanrı'nın çeşitli isimlerini –Ha Şem gibi– veya sahip oldukları gücü bilemeyebilir."

Yine mi isimler? Neden şaşırmadım acaba? diye düşündü David. "Kaç tane ismi var?" diye yüksek sesle sordu.

"Yetmişiki," diye cevapladı Yael, zaman kaybetmeden. "*Ha Şem, Adonai, Elohim* en yaygın olanlarından bazıları. *Şekinah* Tanrı'nın dünyadaki dişil varlığının ismi. Mistikler her Kutsal İsim üzerinde, her defasında biri üzerinde, her birini İbranice şekliyle zihinlerinde canlandırarak meditasyon yaparlar."

Haham Cardoza Yael'i onaylar biçimde gülümsedi. "Burada geçirdiğin süre içinde epey bir şey öğrenmişsin, bakıyorum."

David'e döndü. "Mistikler olarak, biz aynı zamanda bütün Torah'ın –silinen sözcükler arasındaki tüm boşluklarla birlikte– Tanrı'nın diğer isimlerini de hecelediğine inanırız."

"Seslendirilemez, sanırım?" diye mırıldandı David.

Haham bir kaşını kaldırarak ona baktı, ama sorusunu cevaplamadı. Geniş bir cam kapıdan geçip, David'in gözüyle en son teknolojinin kullanıldığı, klimalı bilgisayar laboratuarına girdiler.

Ancak, hızla ilerlerken, dikkatini en çok laboratuarın uzak bölümü çekti. Kipa takmış adamlar, yan tarafında kemerli pencereler bulunan büyük bir alanda, uzun meşe masalar üzerine yüzen kıtalar gibi yayılmış parşömen parçaları üzerine konsantre olmuşlardı. Diğerleri, üzerlerinde kitapların dizildiği masalarda yığınla bilgisayar çıktısını incelemekle meşguldü.

David, *ajandasındaki isimlerle daha önce parçalarda bulunan isimlerin karşılaştırıldığı yerin burası olduğunu* anladı.

Haham Cardoza eliyle ilerlemesi için işaret ederken, "Daha sonra Binyomin ve Rafi'yle tanışırsın," dedi. "Ama önce buradan başlamalıyız."

Laboratuarın orta bölümüne yine bir cam kapıdan geçiliyordu. Burası rahat okuma masaları ve koltuklarla ve duvara dayalı birkaç bilgisayar terminaliyle donatılmıştı. Bazıları çok eski olduğu için sırtları çoktan kırılmış ya da soyulup gitmiş, on iki dilde kaleme alınmış kitaplarla dolu tahta raflar yerden tavana kadar uzanıyordu. Oda tatlı bir biçimde, eski kâğıt ve ciltçi zamkıyla karışık temiz tahta kokuyordu.

"Burada bir sürü kitap var, gördüğün gibi. Ama şu anda benim incelemeyi çok arzu ettiğim tek bir kitap var." Üzerinde bir düzine yeni açılmış kurşun kalem bulunan ve bilgisayar çıktılarının yığılı olduğu yuvarlak masadan bir sandalye çekti. "Ajandanı görebilir miyim, David?"

David Yael'e doğru baktı. Yael ajandayı verdi. Göğüs cebinden gözlüklerini çıkaran Haham Cardoza sandalyeye iyice çöktü. "Herkes otursun. Rahatınıza bakın. Konuşacak çok şeyimiz ama çok az zamanımız var."

Parmaklarıyla ajandayı sayfa sayfa çevirirken yığının en üstünden çekip aldığı çıktıyla hızla karşılaştırıyordu. Ne arıyor? David merak etti. Sabırsızlıktan rahatsızdı.

Dakikalar geçti ve haham hâlâ ajandaya doğru eğilmiş, isimlere dalmıştı. Sonunda defteri kapatıp gözlüklerini yüzünden çekip çıkarttığında, David kaçmaya hazırdı. Ancak, Cardoza'nın sözleri koltuğuna mıhlanıp kalmasına yol açtı.

"Bu ajanda Haham ben Moshe'nin tahmin ettiğinden bile daha önemli olabilir."

Afallayan Yosef öne eğildi, kaşları çatıldı. Yael kıpırdamadı ama hayretini gösteren bir nefes aldı.

"Nasıl?" diye sordu David. "Eksik isimleri buldunuz mu?"

"Hayır, bunun için ajandanın tüm içeriğini bilgisayara yüklememiz gerekecek. Ancak, ilk bakışta, bu isimlerin sana geliş biçiminde bir gariplik görüyorum, profesör..."

"David. Lütfen."

"David, o zaman. Bizim bulduğumuz parçaların hepsinde isimler hep aynı sırayla yazılmıştır. Seninkiler öyle değil. O hâlde neden senin ajandanda yazılı olan isimler Âdem'in İsimler Kitabı'nda gizlenmiş olanlardan farklı bir sırayla yazılmış? Belki de," defteri yukarıya doğru tuttu, "Ajandan ihtiyacımız olan buluşun anahtarını elinde bulunduruyor."

"David'in defterinde şifrelenmiş bir mesaj olduğunu mu düşünüyorsunuz," diye Yael heyecanla fısıldadı. Cardoza ellerini karnında kavuşturdu ve başını salladı.

"İsimlerin David'e *bu* sırayla gelmesinin bir nedeni olduğuna inanıyorum. Mistik görüntü sırasında isimlerin hepsinin birden ona açıklanmasının özel bir nedeni olmalı – Lamed Vovnikler'in kurtulabilmelerini sağlamak amacıyla isimlerini ona vermek için. Fakat bu isimlerin veriliş *sırasının* başka bir mesaj içerdiğine inanıyorum. David'in henüz erişemediği bir mesaj."

Bütün gözler David'e çevrildi. Omuzlarındaki yükün daha da ağırlaştığını hissetti.

"Ona nasıl erişebileceğim, Haham? Madem zaman çok kısa, belki bana bir ipucu verebilirsiniz, beni trans gibi bir şeye sokabilirsiniz."

"Keşke o kadar kolay olsaydı," diye içini çekti Cardoza. Sen matematikçi değilsin, ben de. Ama matematik kutsal Torah'ın –Musa'nın beş kitabı Yaratılış, Çıkış, Levililer, Sayılar ve Yasanın Tekrarı'nın– deşifre edilmesini sağlayan şey. Burada, Gabrieli Kabala Merkezinde, İsrailli bilim insanlarının Torah araştırmalarında kullandığı bilgisayar programlarının aynısını kullanıyoruz. Şu farkla ki, burada biz onları Lamed Vovnikler'in, Âdem'in İsimler Kitabında şifrelenmiş isimlerini bulmak için kullanıyoruz."

David, Haham ben Moshe'nin, sonunda kaybolana kadar Kitabın nasıl Âdem'den sayısız kuşaklar yoluyla oğullarına devredildiğini anlatışını anımsadı ve başını salladı...

Rabbi Cardoza devam etti. "Âdem tüm yaratıkların ismini yazmış olsa da, Lamed Vovnikler'in isimleri kimliklerini saklayacak şekilde metnin içine gizlenmişti..."

"Yani yazdığım isimlerin arasına gizlenmiş bir şeylerin olabileceğini mi düşünüyorsunuz?" David'in parmak boğumları koltuğun kollarını sıkmaktan bembeyaz kesildi.

"İşte bunu bulmaya çalışacağız." Haham ajandayı aldı ve kapı aralığından takkeli adamlardan birine "Binyomin," diye yavaşça seslendi. Saçsız parlak başı siyah yarmulkesiyle pırıltılı bir zıtlık oluşturan Binyomin hemen ayağa fırladı ve hızlı hızlı yürüdü.

"Binyomin, Profesör Shepherd'ın ajandasının bir kopyasını çıkart ve üzerinde çalışmaya başla. Onun isimlerinin bizim papirüslerde bulduğumuzdan farklı bir sırayla yazıldığını göreceksin – nedenini bulmaya çalış. Durumun ne kadar acil olduğunu sana hatırlatmama gerek olmadığını biliyorum."

Adam defteri kısa tombul parmaklarıyla aldı ve yorum yapmadan hızla ayrıldı.

"Gizli mesajı nasıl araştırıyor?" David hayrete düşmüştü. Deşifre programının nasıl çalıştığını kafasında canlandıramıyordu.

"Karmaşık bir süreç, ama yapabileceğim en hızlı ve basit şekilde açıklamaya çalışacağım." Cardoza masaya döndü. Başındaki yarmulkeyi öne doğru düzeltti. Boğazını temizledi ve David'e dimdik baktı.

"Her şeyden önce İbrani *alef-bet*inin basit bir şey olmadığını anlamalısın. Aksine her harf kendi mistik gücünü telkin eder."

"Değerli taşlar gibi." David öne eğildi, birden umutsuzca bütün bu sözde güçlerin bir araya gelerek fark yaratacağına, ajandasının bu kentin mistiklerinin bulmasına yardımcı olacağı başka bir bölüm içerdiğine inanmak istedi.

"Aynen değerli taşlar gibi." Haham Cordoza'nın gözleri David'in gözlerine dikildi. "Konu açılmışken, onları senden alacağım."

KIRK ÜÇÜNCÜ BÖLÜM

İSKOÇYA'DA KIRSAL BÖLGE

"Biraz daha çay alır mısın, oğlum?"

Dillon McGrath'ın porselen fincanına Seylan çayı koyarken Piskopos Ellsworth'ün damarlı elleri titriyordu. Dillon, günlerini sürgünde geçiren yaşlı piskoposun ne kadar çelimsizleştiğini görmezden gelemedi."Seni akşam yemeğine davet edemediğim için üzgünüm, özellikle bunca yolu beni görmek için geldikten sonra, ama ne yazık ki uçağım üç saat içinde kalkıyor..."

Piskopos yüzünü buruşturdu ve kaderci bir biçimde omzunu silkti. "Seni böyle acele geri göndermekten nefret ediyorum."

"Böyle uygunsuz bir zamanda önceden haber vermeden geldiğim için üzgünüm." Dillon, hiçbir şeye üzüntü falan duymadan, sütlü çayından bir yudum aldı. Piskoposun ev hizmetçisinin, piskoposa iyi tatiller dileyip evine, ailesinin yanına, dönmeden önce aralarındaki alçak masanın üzerine koyduğu tabaktaki limonlu turtaya uzandı.

Şimdi eski ve hoş kır evinde yalnızca ikisi kalmıştı. Bir zamanlar yazları Kraliyet ailesinin av köşkü olarak kullanılan harap şatonun uzun gölgesindeki ev küçük ve mütevazı görünüyordu.

Yine de Dillon fincanların Spode porseleni, masa örtüsünün paranın satın alabileceği en güzel İrlanda keteninden yapılmış olduğunu ve Piskoposun güney Fransa'da sonbahar tatiline değil de daha çok operada bir akşama uygun giyindiğini fark etti. Perdeler bile el işlemesi dantelden yapılma ve duvarda tiktaklayan, obsidyenden yapılma kol ve rakamlarla süslü sekizgen saat de som altındandı.

Yoksulluk yemini için bu kadarı yeter, diye düşündü Dillon ince alayla. Şatafatlı saf gümüş tepsi bile tek başına bin Eurodan fazla ederdi. Yalın kır evini süsleyen bunca hazineye karşın Dillon'ın dikkatini çeken Bishop Ellsworth'ın sağ işaret parmağındaki yüzüktü, ancak yaşlı adamın bunu fark etmesine izin vermedi.

Yakut, dövme işi altın yuvasında, bir kan damlası gibi parlıyordu. Aynen yıllar önce Roma'da Kardinaller Meclisinde gördüğü gibiydi, o zamanlar yüzüğün düzgün yüzüne oyulmuş yazının ne anlama geldiği konusunda hiçbir fikri yoktu. David'in gösterdiği taş gibi, bir kaboşon. Referans kitabında betimlenen diğer onu gibi.

Dillon turtanın son kırıntılarını da yuttu ve dudaklarını yaladı. Yaşlı adam tabakları toplamaya başladığında tek yapabildiği piskoposun yüzüğüne bakmamaktı.

"Durun, yardım edeyim." Dillon ayağa kalktı ve ağır gümüş tepsiyi kaldırdı. Ev sahibini eviyeye kadar takip etti, çay takımını tezgâhın üzerine bıraktı, ancak turtadan arta kalanları almak için geri dönmek yerine ağır ayaklıklı demliği kaldırdı ve piskoposun başının arkasına şiddetle indirdi. Darbeyi tiksindirici bir çatırtı sesi izledi.

İri yapılı yaşlı rahibin yere yuvarlanmadan önce musluğa çarptığı burnu kırıldı.

Dillon aceleyle piskoposun yanına diz çöküp sağ elini kavrarken, adama karşı aşağılamadan başka bir şey duymuyordu. Yaşlı adamın sıska parmağındaki takılı yüzüğe asıldı.

Yüzük takılıp kalmış, piskoposun yamrı yumru parmağından çıkmayı reddediyordu. Dillon bulaşık deterjanını almak için ayağa kalktı, sonra sıvıyı piskoposun parmağına sıktı. Tek bir çekişte yüzük parmaktan, patlayan şampanya mantarı gibi, fırladı.

Dillon değerli birkaç saniyesini efsanevi değerli taşı incelemeye ayırdıktan sonra yakut kaboşonu kendi parmağına geçirdi. *Reuven*. İbranice ismi şimdi açıkça okuyabiliyordu.

"Uçağı kaçıracak gibi görünüyorsunuz, ekselansları." Cilalı döşeme üzerinde hareketsiz yatan bedene doğru bir adım attı ve piskoposun tıka basa dolu çantasının üstüne koyduğu zarfı aldı. Köşede Lufthansa işareti vardı. Dillon gülümsedi ve zarfı kendi göğüs cebine soktu.

"Umarım seyahat sigortası yaptırmayı ihmal etmemişsinizdir, ekselansları."

Biraz sonra Dillon kiralık mobiletin üzerinden bir bacağını geçirip oturdu ve manastıra giden gölgeli ağaçlık kır yolunda gazladı. Çantaları çoktan hazırlanmış onu beklemekteydi. Kendi uçağının kalkmasına da üç saatten az zaman kalmıştı.

KIRK DÖRDÜNCÜ BÖLÜM

David acele etmeden taşları pantolonunun cebinden çıkarırken Haham Cardoza umutla bekliyordu.

Şimdi taşlardan vazgeçme anı geldiğinde, David gönülsüzdü. Buraya ait olduklarını bildiği hâlde. Gene de, akik neredeyse yirmi yıldır onun elindeydi. Şimdi ondan ayrılmak garip geliyordu.

Onları Cardoza'nın kocaman avucuna bırakırken içini çekti.

Haham kendisine dünyanın en kıymetli armağanı verilmiş gibi değerli taşlara baktı.

"Onları nereye koyacaksınız?" diye sordu David.

Haham, gözlerinde şükran ve umut parıltısıyla ona baktı. "Çok güvenli bir yere. Başrahibin göğüs zırhında bulduğumuz diğerlerinin yanına. Dua edelim de, hepsi beraber, güçlerini birleştirerek bu savaşta bir fark yaratsınlar."

Cardoza değerli taşları uzun kollu gömleğinin cebinden çıkardığı küçük bir keseye yerleştirdi. Sonra keseyi cebine koydu, kipasını tekrar düzeltti, David'in cep telefonu tiz sesle çaldığında suratı asıldı.

David, sendeleyerek telefonu cebinden çıkardı.

"David...oh, David...."

Arayan Meredith'di. Sesi o kadar titrek çıkıyordu ki duymak için tüm gücünü zorladı. Dinlerken, David'in göğsündeki gerginlik başını döndürdü.

Meredith sustuğunda, "Hangi hastanedesin?," diye sormayı başardı.

"Tamam, sakinleşmeye çalış. Bir şey öğrenir öğrenmez seni arayacağım. Onu geri alacağım, Meredith. Sana söz veriyorum, onu geri alacağım."

Şaşkın bir hâlde telefonu kapadı. *Hutch ölmüştü. Meredith ağır yaralıydı. Ve Stacy...*

Yavaş yavaş odadaki herkesin kendisine baktığını fark etti.

"David?" Yael'in rengi solmuştu.

"Bir gözü mavi, diğeri kahverengiydi." Sesi soğuktu.

"Kimin, David?" Yael ayağa kalktı, David'e doğru yürüdü. "Kimden söz ediyorsun?"

David gözlerini kapadı, başka kimsenin göremediği şeyi görüyordu – Stacy bir canavarın elindeydi.

"Stacy'yi kaçıran katil."

Bir saat sonra Haham Cardoza ona merhamet ve ivedilik karışımı bir duyguyla bakıyordu. "Aklının başka yerde olduğunu biliyorum, ama hâlâ vaktimiz varken harekete geçmeliyiz. Harflerin ve rakamların gücünü öğrenmeye hazır mısın?"

Şu anda yapabileceğim başka bir şey yok gibi görünüyor, diye düşündü David, hâlâ uyuşmuş durumdaydı. *Orta Doğu'dan yapılacak uçuşlara hâlâ izin verilmediği için Londra'ya gidemem, Crispin Mueller'i arayamam, çıplak ellerimle onu paramparça edemem.*

"Dinliyorum."

"İyi." Haham koltuğunda öne doğru eğildi, David'e yanındaki koltuğa oturmasını işaret etti. "Burada, her gün, gizleri çözmek için harf ve rakamları kullanırız. İbrani alef-betini anımsıyor musun? Yirmi iki harf vardır, bunların beşi sözcük sonuna geldiğinde farklı yazılır," diye ekledi.

David başını salladı. "Bar mitzvah derslerimden o kadarı aklımda kalmış. Ama korkarım aklımda kalan şeyler pek fazla değil."

"Büyük olasılıkla," dedi Haham "öğrenmediğin şey, her İbrani harfinin kendine özgü bir mistik gücü, benzersiz enerjisi ya da titreşimi olduğudur. Ayrıca her harfin sayısal bir değeri vardır." David'e İbrani alfabesini içeren bir tablo verdi ve ilk harfleri *–alef, bet, gimal, dalet, he–* boş bir bilgisayar kâğıdına yazmaya ve yazdığı sıraya göre her birine bir numara vermeye başladı.

"İbrani sayı bilimine *gematriya* adı verilir. İlk on harf birden ona kadar sayı alır. Yani *alef* bire, *bet* ikiye eşittir ve böyle devam eder."

David tabloya göz attı. "Ya ondan sonra?"

Cevap veren Yael oldu. "Onar onar sayarsın. Sonra da yüzer yüzer. Jül Sezar Galya'da Roma İmparatorluğunu kurarken buna benzer bir teknik kullandı. Gizli mesajlar göndermek için yerine başkasını koyma şifresini uyguladı."

David eliyle saçını taradı. "Umarım bunun sonunda bir test yoktur."

"Test yok. Sana en temel örnekler dışındakileri öğretmek için zamanımız yok," diye Cardoza güvence verdi.

David birden alef-bet tablosunu aldı ve daha yakından incelemeye başladı.

"*Lamed* harfi 30'a eşit," dedi yavaşça. "Vov harfi de 6'ya." Yukarı baktı ve içinde bir kavrayış kıvılcımı çaktı. "*Lamed Vov.* 'Otuz altı hak tanır' – bu yüzden onlara Lamed Vovnik deniyor." "Kesinlikle." Omzunun üzerinden bakmak için Yael masaya geldi. "Mistikler gematriyayı işte tam böyle uygularlar. Kabalacılar da Torah'daki aynı sayısal değere sahip sözcükler arasında mistik bir ilişki olduğuna inanırlar. Ve bu ilişkili sözcükleri incelemek, yüzeyde görünmeyen saklı anlamları ortaya çıkarabilir.

"Saklı anlamlar mı?"

"Daha derin anlamlar," diye açıkladı Yael, bir tutam saçı kulağının arkasına atarken. Torah'da bilgi katmanları vardır, kimi yüzeyde, kimi de o kadar derinlerde saklanmıştır ki mistikler yüzyıllardır bunların ardındaki sır perdesini kaldıramamışlardır."

"Gematriyayı uygulayanlar yalnızca Yahudiler değil," dedi Yosef. "Araplar da uyguluyor. Sufiler de – Kur'an-ı Kerim'deki anlam derinliklerini keşfetmek için kullanıyorlar."

"Bazıları sizin Kurucu Meclis üyelerinizin de gematriya kullandığını söylüyor, dedi Haham. İbranice 'bir' demek olan *Echad*'ın sayısal değeri 13'tür. Ülkenizin sloganı olan '*e pluribus unum*' 'çokluktan birlik' anlamına gelir – ilk 13 koloni tek bir ülke hâlinde bir araya gelerek Birleşik Devletleri kurdular."

"Hayret verici," David başını salladı. "Babam bir A.B.D. senatörüydü. Bunu bilmekten hoşlanırdı." Kapının hafifçe çalınması konuşmayı böldü.

"Evet, Rafi, içeri gel," Haham kapıda tereddüt geçiren zayıf, uzun boylu adamı çağırdı.

"Şimdi Avi Raz'dan bir e-posta geldi. Bulabildiğimiz tek Percy Gaspard bundan altı ay önce kuşkulu bir yangında ölmüş."

David ve Yael birbirine baktı. Öldürülen bir Lamed Vovnik daha. Ciddi görünen Haham Cardoza boğazını temizledi.

"Teşekkür ederim, Rafi."

Adam işinin başına dönerken, Cardoza saatine baktı. "Hızlanmamız lâzım," dedi. Torah'daki şifrelere geçelim."

David dikkatini yeniden toplarken, Haham öne atıldı.

"Torah şifreleri yeni bir şey değil. Bu tür saklı mesajlarla ilgili teoriler binlerce yıldır ortalıkta dolaşıyor. Daha 1291'de Torah hocası Rabbeinu Bechaye bu konuya Yaratılış Kitabı yorumunda değinmiş. Ve on altıncı yüzyılda mistik R. Moshe Cordovero, Torah'ın her harfinin ilahî anlamlarla dolu olduğunu iddia ederek, teoriyi desteklemiş."

Yael David'e, "Sör Isaac Newton da Kutsal Kitapta gizli mesajlar olduğuna inanırdı," demek için araya girdi. "Ancak, o kadar parlak zekâya sahip olmasına karşın hiçbir zaman bunu kanıtlayamadı. Çünkü çok erken doğmuştu," diye alayla kıkırdadı Yosef. "Kanıtı bulması için bilgisayara gereksinimi vardı."

Cardoza şisenin kapağını açtı ve büyük bir yudum aldı. "Doğru David. Yirminci yüzyıla kadar kimsenin gizli mesajları bulamamasının nedeni bu – şifreler bilgisayarsız saptanamayacak kadar karmaşık."

"Burada EHA sahneye çıkıyor," dedi Yosef.

David kaşlarını çattı. *EHA?* "O da ne?"

"Eşit aralıklı harf atlama – ya da sekme." Haham koltuğunda geri kaykıldı. "Torah veya diğer metinlerdeki gizli sözcükleri ve cümleleri bilgisayar böyle saptıyor. El yazmasında böyle ortaya çıkıyorlar, çünkü gizli sözcükleri oluşturan harfler birbirinden eşit uzaklıkta bulunuyor."

David'in kaşları yeniden çatıldı. "Bunu bana biraz daha yavaş anlat."

"Diyelim ki Torah'tan herhangi bir yeri başlangıç noktası seçtin." David hakkını vermeliydi, Haham Cardoza sabırlı bir öğretmendi.

"O harften itibaren bilgisayarı ileri ya da geri 'x' sayıda harf atlayacak şekilde programlıyorsun – örneğin on harf. Dolayısıyla, bilgisayar onuncu, yirminci, otuzuncu harfe atlar, ve bu böyle devam eder ve her onuncu harfi içeren bir çıktı verir."

David ferahladı, şablonu görmeye başlamıştı. "Çıktıyı alınca sonuçları tarayarak bir sürü anlamsız yazı arasında sözcükler ve cümleleri ararsın, tamam mı?"

"Tamam." Yosef"in dibe kaçmış gözlerinde onaylama parıltısı yansıdı. "Bilgisayar yardımıyla EHA sekmesini mümkün olan her biçimde yapabilirsin – ileri, geri, çaprazlama, yatay ve düşey. Sekmenin uzunluğunu ve araştırmanın yönünü seçtiğin başlangıç noktasından itibaren istediğin gibi değiştirebilirsin. Böyle bir araştırmanın, üzerinde yıllarca çalışsan bile, kâğıt kalemle yapılmasının hemen hemen olanaksız olduğunu anladığından eminim."

"Ama bilgisayar bunu yıldırım hızıyla yapabilir," dedi David başını sallayarak. "O hâlde, Âdem'in İsimler Kitabı'ndan papirüs parçalarını araştırırken Lamed Vovnikler'i bulmak için hangi sekmeyi kullandınız?"

Hahamın gözlerinde bir ışıltı parıldadı. Yosef gülümsedi, ancak cevap veren Yael oldu. Sesi kütüphanenin sessizliğinde güçlüydü ve genizden geliyordu.

"Otuz altı. Lamed Vovnikler'in isimlerini açığa çıkaran EHA sekmesi otuz altıydı."

David bir an için suskun kaldı. Öğrendiği şeyi tüm yalınlığıyla sindirmek için kendisine süre tanıdı. Birden, sonsuz bilgi kavramı

–tüm zamanlar içinde, Tanrı'nın zekâsının ve her şeydeki ince tasarımının yüceliği– yıldırım gibi çarpınca kendisini çok küçük hissetti. Âdem, Tanrı'nın tüm yaratıklarını adlandırıp onları kendi el yazısıyla bir kitaba kaydetmiş olsa da, Tanrı gene de o metin içine bir sır gizlemişti. Hakikaten hak tanıyan tüm ruhların isimlerini.

David"in başı bilmeceyi çözmeye çalışmaktan ağrıyordu.

"Tanrı her şeyi bilir," diye başladı, neredeyse duyulmayan bir sesle. "O hâlde, o her zaman –en başından beri, hatta Âdem kitabını yazarken– her kuşaktan Lamed Vovnikler'in kimliklerini biliyordu." İterek sandalyesinden kalktı ve odayı adımlamaya başladı, diğerleri onu izlerken suskunlaştılar.

"Âdem gibi bizim de özgür irademiz var. Âdem yazarken Tanrı onun elini yazmaya zorlamadı, yine de her şey orada Âdem'in kitabında var. Zamanın başlangıcından beri her Lamed Vovnik'in ismi..."

Yüzü cam kapıya dönük, masalarda çalışan adamlara doğru bakıyordu, ama ansızın döndü. "Tanrı Lamed Vovnikler'in ismini biliyorsa, Gnoseosların ve Tanrı'nın diğer düşmanlarının isimlerini de bilir."

"Amelek." Yael'in gözleri büyüdü. "Her kuşakta Tanrı'ya karşı çıkarlar." "Amelek?" David başını salladı. Bu terimi hiç duymamıştı.

"İsrailoğulları Mısır'dan kaçtıktan sonra Afer Çölün'de dolaşırken onları izleyen kabile, " diye açıklamaya başladı Haham Cardoza, "İsrailoğulları'na arkadan saldırdı ve binlerce insanı öldürdü. Çıkış kitabı, Musa'nın kollarını kaldırıp Tanrı'ya yakarırken İsrailoğulları'nın savaşı kazanmakta olduğunu, ama ne zaman ki yorulup kollarını indirdiğinde Amelek'in kazandığını anlatır. Sonra Harun ve Xur Musa'nın yardımına koşar. Her biri Musa'nın bir yanına geçip kollarını havaya kaldırırlar. Ve İsrailoğulları Amelek'i yenilgiye uğratır."

Yosef yorgun, içini çekti. "İsrail sonunda Amelek'i kırıp geçirse de hahamlarımız bize onu daima hatırlamamız konusunda ısrar eder. Biliyor musun David, Amelek her kuşakta Yahudileri yok etmek için baş kaldırırır? Bunu pek çok kez denedi. Haman, Herod, Hitler, ve şimdi..."

Her kuşakta. Bu sözcükler David'in donup kalmasına yol açtı.

"Amelek'in gematriyası ne?" diye sordu düşünmeden.

"İki yüz kırk", diye Haham Cardoza cevapladı. "Neden?"

David telaşla kapı aralığına gitti. "Binyomin nerede? Ajandamı almam lâzım."

Haham şaşırarak ona baktı, sonra hiçbir söz etmeden kabalacıyı aramak için David'in yanından lambur lumbur geçip gitti. Yael David'e döndü. "Neden geri almak istiyorsun? Ne düşünüyorsun?"

"Âdem'in kitabının parşömenlerini Gnoseosların isimlerini bulmak için 240'lık sekmelerle araştırdınız mı?"

"Bildiğim kadarıyla, hayır." Yael'in elleri boğazına gitti. "Aman Tanrım, David, haklı olabilirsin."

Haham Cardoza ile Binyomin, ajandasıyla geri geldiklerinde David çabucak teorisini açıkladı.

"Sanırım hem parşömenleri hem de ajandamı 240'lık EHA sekmesiyle araştırmalıyız." Belki Gnoseosların kimliklerini ortaya çıkarabilir ve planlarını uygulamaya koyamadan *onlara* arkadan saldırabiliriz."

Haham Cardoza'nın gözleri umutla parladı.

"Binyomin, çabuk. David'in ajandasının kopyalarını tüm araştırma ekibine dağıt. Gerek ajanda gerekse parşömen parçaları üzerinde eşanlı olarak 240'lık EHA sekmesi uygulamalarını sağla."

Koltuğuna çöktü ve bir eliyle gözlerini ovuşturdu. "Bir yandan beklerken, ikinizin de bana Haham ben Moshe'den, *ah la va'sholem,* -Tanrı'nın inayeti üzerine olsun- öğrendiğiniz her şeyi anlatmanızı istiyorum."

David hahamın deri çantasını kendi spor çantasının içinden bulup çıkardı ve aralarındaki masanın üstüne koydu.

"Benim ajandam bu muammanın sadece bir parçası, Haham. Yael ve ben, ben Moshe ile bu tarot kartı," kule kartını masanın üzerine koydu, "ve Krakow'da bir süre önce baskı levhaları yüzünden öldürülen bir Yahudi matbaacı arasındaki bağlantıyı anlamaya çalışıyoruz."

David yine spor çantasına uzandı. "Ve de New York'ta bizi öldürmeye çalışan bir Kara Melek'ten aldığımız bu kart arasında," dedi sertçe. "Arkasındaki numara dışında hahamınkiyle aynı."

David eşyaları masa üzerine yaydı ve Stacy'nin o anda nerede olduğunu -ve Crispin Mueller'in ona neler yapabileceğini- düşünmemeye çalıştı.

Fakat Cardoza gözlerini kısarak tarot kartını eline alırken, David'in yemekhanede gördüğü orta yaşlı kadın, yüzü kıpkırmızı, hızla kapıdan içeri girdi.

"Haham, beş dakika içinde Başbakan İran krizi konusunda ülkeye seslenecek." Merdivenleri koşarak çıktığı için soluksuz kalan kadın, zar zor soluk almak için durduktan sonra devam etti. "Muhabirler sığınaklara inme gereği konusunda tahminde bulunuyor. Hepiniz aşağı gelseniz iyi olur."

KIRK BEŞİNCİ BÖLÜM

SOUTHAMPTON, İNGİLTERE

Geoffrey Bales ve diğer iki Kara Melek için güvenlik izni almak zor olmadı. Güvenlik belgeleri kusursuzdu. Lord Hallister onlara kefil olmuş ve uygun belgeleri sağlamıştı, neden olmasındı? Son Gizliler'den birini imha etmek için bir Kara Meleğe yardım etmek, Gnoseoslar Gemide yükseldiğinde Lord Hallister'a faydası dokunacak bir onurdu. Bizimle birlikte, kahramanlardan biri olacak diye düşündü Bales, kiralık dairesinin mahremiyeti içinde koyu yeşil hamal üniformasını giyerken.

Pantolon biraz uzundu ama artık idare ederdi. Terzi işi için vakit yoktu. Bu akşam, Lionell silahların sonuncusunu rıhtımdaki erkekler tuvaletinin duvarına saklayacaktı. Kimse büyük metal kâğıt havluluğun arkasındaki derli toplu deliğin içinde bir cephaneliğin gizlendiğinden şüphelenmezdi. Kimse Queen Mary2 güvenli limana yanaşırken, gemiden inen yalnız başına bir yolcunun çantalarını taşıma ayrıcalığı için yarışan görevli üç hamaldan şüphelenmezdi.

Bales bu son görev nedeniyle kendisini iyi hissediyordu. Cherle'nin parlak renkli fotoğrafını yapıştırdığı tozlu aynanın önünde gezindi. Adamın gülümseyen yüzündeki her kırışıklık ve kıvrımı ezberlerken acele etmedi.

Cherle daha karaya ayak basamadan yaşlı adamın derisi buruşuk boğazına kurşun sıkanın kendisi olacağını, her nedense, bildiği için sırıttı.

GEMİ

Stacy'nin kımıldamaya başladığı portatif karyolanın karşısında beklerken Crispin havayı kokladı. Küçük yeraltı odası bayat ve belli belirsiz ilaç kokuyordu. Kokudan hoşlanmamıştı, ona karanlıkta gömülü olduğu yılları –gençliğinin yitik yıllarını geçirdiği hastaneyi– çok fazla anımsatıyordu. Bir bakıma, David Shepherd için bu kadar değerli olan bu çocuğun şimdi bu yatakta yarı uyanık olarak yatıyor olması hakkaniyetliydi.

Rüzgâr eken fırtına biçer. Ve şimdi Shepherd fırtına biçiyordu.

David Shepherd'ın kıymetli "kızı"nın, o zamanlar şu Abby denen yaratığın olduğu yaşta görünüyor olması kaderin garip cilvesi, diye düşündü Crispin. Ten renkleri farklıydı, ama her ikisinde de kadınlığa doğru ilerleyen bir kızın tomurcuklanan olgunluğu vardı. Omuzlara dökülen aynı dalgalı saçlar, tamamen masum ağız ve utangaç beklenti.

Aklına bir fikir geldi ve nabzı hızla atmaya başladı. *Belki benim vereceğim, David Shepherd'ın payına düşen en büyük ceza, kızının ölümü değil benim onu –diğer seçilmiş kadınlarla birlikte kullanılacak bir araç olarak– yeni dünyaya götürdüğümü bilmesidir...*

Crispin irkildi. Neler düşünüyordu. O Abby değildi. O Gizliler'den biriydi. Gnoseos'un yaşaması ve yükselerek nihai kaynağı bulması için onun ölmesi *gerekiyordu*.

O hâlde öyle olacaktı. Asil Shepherd, kızını –ve dünyayı– kurtaramamanın çaresizliğiyle yeter derecede işkence çekecekti.

Cılız ağlama sesleri duvarlardan yankılandı. Yine kadınlar. Gönülsüz araçlar. Birilerinin aldırış edeceğini düşünmeleri onu keyiflendirdi. Yakında kafesten çıkarılacaklardı. Ve o, Yılan olarak, dünya nüfusunu yeniden artırmak için istediği aracı seçmede ilk tercih hakkına sahip olacaktı. Yüksek sesle güldü, göğsünün derinliklerinden gelen boğuk bir ses çıkartarak.

Kızın gözleri birden açıldı.

Stacy başındaki ağrı yüzünden yüzünü buruşturdu. Sanki beynine, kalbinin ritmiyle eşanlı olmayan elektrik şoku veriliyormuş gibi hissetti. Bir an için, bir kaç kez gözünü kırpıp sonunda yukarıdaki alçak düzensiz tavana odaklanıncaya kadar, her şey gri göründü.

Hareket et. Dene. Dik otur.

Başını yastıktan kaldırmayı başardı, ancak bulantı dalga dalga saldırıya geçince tekrar karyolaya yığıldı.

Kahkaha. Kahkaha kulaklarına ulaştı. Düşünde duyduğu aynı kahkaha. Acı çekerek, dönen odayla savaşarak, başını sesin kaynağına çevirdi.

Ona gözlerini diken adam, bir keresinde San Diego Yabanıl Hayvan Parkında gördüğü aslanı anımsattı. Uzun kahverengi sarı saçları gözlerinin üstüne düşüyordu, ve gülümsemesi yırtıcıydı. Ondan mümkün olduğu kadar uzaklaşmak için duvara doğru çekildi, ancak gene onun kahkahasını duydu.

Adam sandalyeden kalktı ve ona yaklaştı.

"Senin özelliğin ne? Gizliler'in, ruhlarını saran normal insansal kabuktan acı çekmediklerini okudum. Hiçbir şey onları İlahi olandan ayıramazmış."

Stacy, gözlerini delen bakışlardan geri çekilerek, sırtını duvara yasladı. "Neden söz ettiğini bilmiyorum. Beni korkutuyorsun."

Adam dikleşti, ağzı kasıldı. "Haklısın. Bilmiyorsun, değil mi? Hiçbiriniz bilmiyor. Neden vaktimi harcıyorum?"

Arkasını döndü ve kapıya gitti. Yakında hiçbir önemi kalmayacaktı. Yakında, beden ve kötülük dünyası Kaynağa dönüşlerini artık engelleyemediği zaman, devir *onun* devri, Gnoseos'un devri, İlahi olanla birleşme devri olacaktı.

"Üvey baban senin için geliyor Stacy," dedi kapıda. "Evet, iyi haber, değil mi? Ama benim için, senin için değil. Çünkü benden çaldığı şeyi geri alır almaz onu öldüreceğim."

Crispin, güvence verir biçimde, avuç içlerini öne doğru uzattı. "Merak etme, onu hemen öldürmeyeceğim. Önce seni öldürürken seyretmesine izin vereceğim."

KIRK ALTINCI BÖLÜM

David cep telefonunun sesiyle uyandı, tavşan uykusuna yattığı koltuktan fırladı. *Ne zaman dalmıştı?* Ancak gözleri birden açılınca ajandasıyla ilgili son EHA sekmesinin sonuçlarını veren yazıcının pırpır eden sesini tanıdı.

Cep telefonu, önündeki masanın üzerinde sessizce şarj oluyordu.

Crispin neden tekrar aramamıştı?

Böylesine bir bekleyiş dayanılır gibi değildi. Çıldırtıcıydı. Kendini boş ve gereksiz hissetti. Diğerleri onun içinde ne saklı olduğunu düşünürlerse düşünsünler, daha fazla verecek bir şeyi kalmamıştı. Daha fazla isim gelmiyordu. Cardoza ve diğerleri bütün gece ajandasının kodlarını çözmek için debelenmişlerdi. Bilgisayar çıktıları, meditasyon ya da kut sal metinler ona bir şey ifade etmiyordu. Orada yapacak bir şeyi yoktu ve Stacy'nin ona ihtiyacı vardı. Crispin Mueller'i gördüğü son yer Lodra'ydı. Bir girişimde bulunmak için aklına başka bir yer gelmiyordu.

İranlılar sonunda geri adım attılar ve güvenlik alarmı kaldırıldı, ve hava alanı sabah saat 4 civarında yeniden açıldı. Uçağı öğleden sonra 2'de kalkacaktı.

David, gergin kaslarını esneterek yandaki odanın kapısına doğru yürüdü ve bir süre yan odada özenle çalışan adamları izledi. Babasının omuzları üstünden eğilmiş bakan Yael'i gördü; saçları gevşek bir şekilde başının üstünde toplanmıştı. Uzun gecenin izleri bitkin yüzünün dış hatlarında okunuyordu, ama yine de Haham ben Moshe'nin bürosuna adım attığı ilk anda David'in gözlemlediği sert zarafet etrafa yayılıyordu.

David'in bakışını hissetmiş gibi bir anda başını kaldırdı ve ona yorgun bir gülümsemeyle karşılık verdi.

"Biraz temiz havaya ihtiyacın var gibi görünüyorsun," dedi David'e.

"David'in, Safed'de görebileceği tek güneş doğuşunu göstermeye götür onu" dedi Yosef.

"Gerçekten muhteşemdir ve bu hepimizin onu son görüşü olabilir."

David merdivenleri inerken sessizce Yael'in yanında yürüdü

Personel salonunda meyve, peynir ve meyve suyundan oluşan küçük bir büfe kurulmuştu. David yalıtılmış kaplara kahve koyarken Yael iki portakal ve onları soymak için bir bıçak aldı. Yosef'in hüzünlü sözleri kulaklarında, güneşin doğuşunu izlemek için gecenin solan örtüsüne bakarken, yanlarına biraz yiyecek aldılar.

"Kahvelerimizi yürürken taşıyabilir misin?" diye sordu Yael. "Seni götürmek istediğim bir yer var."

Gri yavaşça yerini soluk opal aydınlığa bırakırken parke taşlı sokaklarda sessizce yürüdüler ve Safed kenti yeni günün nefesiyle kıpırdamaya başladı.

"Ne kadar süre kaldı bilmiyorum," diye mırıldandı Yael köşeyi dönüp dar bir yola saparken. "Günler, saatler. Ama yine de..."

"Biliyorum. Şu anda vazgeçemeyiz, değil mi?"

"Kocam vazgeçmedi." David'e soyduğu portakaldan bir dilim verdi. "Yoni Lübnan'a gönderilmeden önce bir düş görmüştü. Barışın düşünü görmüştü. O öldükten çok sonra gelecek olan barış."

Bazılarının çimeni bol, bazıları üzerinde incir ağacı dikili yollar arasında inşa edilmiş ve düzenli sıralar oluşturan mezarların dizildiği bir mezarlığın girişinde durdu. David inşa edilmiş olan her parselin ilgi çekici bir tuğla ve çimentodan yapılma sınırla çevrildiğini ve oldukça yeşillendirilmiş olduğunu gördü.

"Burada askeri mezarlıkta yatıyor. Öldüğünde sadece yirmi sekiz yaşındaydı." David'e döndü, gözleri yorgunluk ve kaybının acısıyla doluydu.

"Üzüldüm," dedi David sessizce.

Yael meyve bıçağını haki pantolonunun cebine kaydırdı ve birkaç çakıl taşı toplamak için öne eğildi, topladıklarını boş kahve kabına bıraktı.

David düşünmeden eline uzandı. Parmakları sıcak ve güçlüydü, Yael'in yaşam dolu olduğu kadar parmakları da yaşam doluydu. Kocan için üzgünüm – dün sinirlendiğim için de. Bunu haketmedin."

"Ah lo davar –unut gitsin. Ben bir Sabra'yım unuttun mu? Biz doğma büyüme İsrailliler adımızı aldığımız kaktüs gibiyiz– dış görünüşte sert ve dikenli, içteyse aşırı yumuşak. Kimseye söyleme."

"Aşırı yumuşak. Öyle mi?" diye sordu David iğneleyici bir gülümsemeyle, bu kadar kolayca bağışlanmasına şaşırmıştı. Başka bir zamanda, başka bir yerde onu öpebilirdi. Bunun yerine elini bıraktı ve mezarlığın dar yollarında ilerlerken onu izledi.

Yael, üzerinde Yonaton HarPaz yazan bir mezar taşının yanında durana kadar bir süre yürüdüler. "Ruhu hâlâ burada, biliyor musun?" dedi, gözleri mezarın dış hatlarını belirleyen çime takılı. "Kabalacılar, ruhu oluşturan üç boyutun en alçağı olan *nefeş*in bir insan gömüldüğünde kabrin üzerinde uçtuğuna inanır. Haham Cardoza bana, nefeşin sağ olanları zor anlarda korumak için geride kaldığını, ruhun daha yüksek iki boyutu olan –*ruah* ve *neşamah*ın– ise daha yüksek âlemlere göç ettiğini söyledi."

"Bu günler kesin zor anlar olarak nitelenebilir," diye onayladı David. "Ama korumayı nasıl gerçekleştirebiliyorlar?"

"Haham bana, sağ olanlar mezarlığa gelip ölmüşlerden yardım isterlerse, nefeşin ruah âlemine uçarak ona aşağıdaki sorun hakkında bilgi verdiğini söyledi. Ruah da –Tanrı'ya en yakın olan– neşamah âlemine hızla koşuyor ve neşamah müdahale ederek Tanrı'dan dünyaya merhamet etmesini istiyor."

"Bu yüzden buradayız değil mi? Yoni'nin nefeşinden Tanrı'ya başımızın dertte olduğunu hatırlatmasını istemek için. Yardım istemek için." David, bir insanın ruhundaki hiyerarşi ve birlik kavramını anlamaya çalışarak yere doğru Yoni'nin kabri üzerindeki zarif eğreltiotlarına baktı. Ona hep her insanın Tanrı'ya direkt bir hattı olduğu, aracılara gerek olmadığı öğretilmişti. Bir insan sinagog törenlerine katılabilir, eski duaları okuyabilir ve herkes herhangi bir yere gidip kalpten kişisel dualar oluşturabilirdi. Tanrı bunların hepsini kabul ederdi.

O geleneksel Yahudiliğin öğretisiydi. Kabalacıların mistik inançları ise ona hâlâ yabancıydı. Gene de kendi ölüme yakın deneyimini ve baskı altında geçen şu birkaç gün içinde öğrendiklerini hatırladığında, Yael'in, kocasının ruhundan ilahi âlemde aracılık etmesini istemesi fikri, Lamed Vovnikler'in ruhlarının kendileri adına fiziksel âlemde aracılık etmesi için ona yalvarmaları kadar anlamlıydı.

Çakıl taşlarını Yoni'nin kabri üzerine koymak için Yael'in öne eğildiğini ve daha önceden oraya bırakılanların yanına koyduğunu izledi. David bunun nedenini biliyordu, anne ve babasının mezarlarını ziyaret ettiğinde kendisi de aynı şeyi yapmıştı. Yael geride ziyaretiyle ilgili bir işaret bırakıyordu.

Omzuna dokundu ve onu biraz yalnız bırakmaya karar vererek oradan ayrıldı. Kendisini aşağıya inen beton merdivenlerde bulana kadar dolambaçlı yollarda yürüdü. Merdivenlerden aşağı inince başka bir mezarlıkla karşılaştı. Daha eski, daha az düzenliydi, ama gök mavisine boyanmış ve taş parçaları yığılı çeşitli mezarlarda ziyaretçiler, aynı şekilde huzur içinde dua ediyorlardı.

Ancak mezar taşlarına oyulmuş bazı isimleri okumaya başladığında, burasının ünlü kabalacıların eski gömü yeri olduğunu anladı.

Güneşli mezarlığı dolaşıp çıktığında güçlü bir tarih duygusu onu sardı. Yakındaki yolları dolaştıktan sonra tekrar tepeye doğru yürümeye başladı. Farkına varmadan kendisini, üzerinde beyaz harfler bulunan mavi bir işaretin Abuhav Sinagogu'nu gösterdiği geçitte buldu.

David, ağaçların gölgelediği, koyu kahverengi taştan yapılma küçük dış avluyu geçti ve eski sinagoga girdi.

İçi geniş ve boştu. Dört kat yukarı, etrafında çepeçevre kare şeklinde pencereler bulunan tonozlu kubbeli tavana bakmak için boynunu kaldırdı. Pencerelerden mozaik kaplı taş zemine güneş ışığı saçılıyordu. Güneş ışığı gözlerini ağrıttı ve başının zonklamaya başladığının farkına vararak yüzünü buruşturdu.

Bakışlarını yatıştırıcı, tanrısal bir maviyle boyanmış duvarlara kaydırdı. Üstlerinde çok sayıda avize sarkıyor ve zarif kemerli yolların kenarını süsleyen dantel benzeri boyanmış eğrelti otları kubbeyi bezeyen fresklere kadar uzanıyordu.

"Muhteşem değil mi?"

Arkasındaki Yael'in sesi onu ürkütmedi.

"Çok. Ve de etkileyici," diye cevapladı arkasını dönmeden.

"Daha yarısını bile görmedin." Ona doğru geldi ve mekânın verdiği huzuru duyumsayarak yanında durdu.

"Bu sinagog kabalist simgelerle dolup taşıyor. Kubbe yalnızca mimarî açıdan büyüleyici olmakla kalmıyor, aynı zamanda Yahudilikte tek Tanrı'ya olan inancı simgeliyor. Ve o dört sütun," dönüp destekleyici kolonları işaret etti, "yaratılışın dört unsurunu –hava, su, ateş ve toprak– temsil ediyor, aynı zamanda Kabalanın dört âlemini – fiziksel, duygusal, düşünsel ve ruhsal."

David, eliyle kolonlardan birine ve *bimah*ı –Nuh'un Gemisinden getirilen Torah tomarlarının okunduğu yükseltilmiş platformu– çevreleyen mavi boyalı parmaklıklara dokunarak içeride bir tur attı.

Onun mavi çerçeveli platforma doğru ilerlediğini gören Yael, "Bimaha çıkan altı basamağı fark ettin mi?" diye sordu. Onlar haftanın altı gününü ve basamaklardan daha yukarıda olan bimah da en kutsal gün olan yedinci günü, Şabat'ı, simgeler."

David'in baş ağrısı gittikçe kötüleşiyordu. Sessizce, Kudüs'ün Batı Duvarını gösteren resmi incelemek için yürüdü. Torah tomarlarının konduğu üç yüksek tahta sandığın arasına yerleştirilmişti.

Hayretle, resmin önünde nerede durursa dursun, sanki yol üstünde duruyormuşçasına, dipteki sokağın doğrudan ona doğru geldiğini gördü..

"Dahası var." Yael gülümsedi ve sandıklardan her birine sırayla işaret ederek, "Her biri Yahudilerin atalarından birini, İbrahim, İshak ve Yakup'u, temsil edecek şekilde üç tane tasarlanmıştır. Ve kemerler..." Kolu başının üstünde zarif bir hareketle yay çizdi. "Dokuz tane, her biri gebeliğin bir ayı için."

David, kendisini hayretler içinde bırakacak biçimde, her tarafın anlam yüklü ve antik simgelerle dolu olduğunu hissetti. Bu görkemli dua evinin her çehresi mistik bir tasarımdan esinlenmişti. Kendisini her zaman eğitimli biri saymıştı, ama onun eğitimi hükümetlerin yapısı, siyasal süreçler, kurumlar ve davranışlar konusundaydı. Siyasal teori, karşılaştırmalı hükümetler ve uluslar arası ilişkiler hakkında bilgi sahibi biri olarak konuşabilirdi. Ama Haham ben Moshe, Yael ve Safed'deki Kabalacılar iç yüzünü araştırmadığı bir dünyanın kapılarını ona açmıştı.

Büyük büyük babası, annesinin söylediğine göre, o dünyaya uymuştu. Bu, David için, yeni bir sahaydı. *Ama belki de*, ruhani simgebilimin üzerinde böylesine sel olup akmasına izin verdiğine göre, *içinde büyük büyük babasından kalma, kendisinin sandığından daha fazla şey vardı.*

Sinagogda durup, Stacy'yi, Kara Melekler'i, Crispin Mueller'i ve Lamed Vovnikler'in dünyada gittikçe azalan sayılarını düşünürken, David bu düşüncesinin doğru olması için dua etti.

Kafası şimdi zonkluyordu. Ağrıyı durdurmak için gözlerini kapadı ve ajandasındaki isimleri toparlamaya çalıştı. *Son ikisini de çoktan yazmamış mıydı? Yoksa içinde bir yerlerde hâla gizli miydiler?*

Gnoseos onları biliyor muydu? Niçin kendisi bilemiyordu?

Yıldırım kadar kızgın ağrı gözlerini kararttı. İniltiyle dizlerinin üstüne çöktü. Avuç içlerini gözlerine bastırdı.

"David! İyi misin?"

Yael'in sesi, sinagogun dışında, dar geçitteymiş gibi, çok uzaklardan geliyordu. Arpların, palmiye ağaçlarının ve kutsal kitaptan sahnelerin resmedildiği fresklerle süslü kubbeli tavanın altında yalnızdı. Ağrı beynini oyarken bu kutsal mekânda yalnızdı. Ayağa kalkmaya çalıştı. Merkeze dönmesi, ağrı kesici bulması gerekiyordu. Yakında yetişmesi gereken bir uçuş vardı. Ancak yeni bir ağrı dalgası ayaklarının yerden kesilmesine yol açtı.

Kıvranarak, sinagogun taş levhalardan oluşan döşemesi üzerine yığıldı. Ağrı dışında hiçbir şey yoktu.

Ve yüzler... Sesler... Geri döndüler – çığlık atarak, yalvararak, isteyerek.

David onları dinlemeye çalıştı, ama ıstırabı beynini parçalayacakmış gibi gittikçe şiddetleniyordu. Ona erişmeye çalışıyorlardı, onları dinlemek zorundaydı.

"David! Beni duyuyor musun?"

Yael ona doğru eğilmişti, ama o görmüyordu. Gözlerini kırpmadan tavana bakıyordu, yüzü acıdan çarpılmıştı. Şakaklarından ve boynundan seller gibi ter akıyor, gömleğinin yakasında çepçevre iz bırakıyordu,

Yael, korkmuş, kalbi çarparak, soğuk eliyle alnına dokundu. Yardım çağırmak için koşmakla onun yanında kalmak arasında bocaladı. David'in derisi yapış yapıştı. Birden, odaklanmamış gözlerinde bir şeyin değiştiğini gördü. İşkence yerini huzur dolu bir ifadeye bıraktı ve yüzündeki kaslar yumuşadı. Yael, gömleğinin üst düğmesini çözerken David'in vücudu gevşedi.

David bitkin durumda gözlerini kapadı. "Jack Cherle," diye mırıldandı. Sesi keçe gibi sertti. "Guillermo Torres."

David'in sesi son isimden sonra yavaşlayarak kayboldu. "Stacy Lachman..."

Yael soluğunu tuttu. *Üç isim.*

David oturur duruma geçmek için çabaladı, kendisini içi boşalmış ve sersemlemiş hissediyordu. Baş ağrısı, sanki hiç olmamış gibi, geçmişti. Aniden zihni açılmıştı.

Aklında artık hiçbir isim yoktu.

"Geri... dönmemiz gerek. İsimleri onlara söylemem lâzım."

Yael ayağa doğrulması için yardım etti. Sallanırken, ağırlığını ona vererek yaslandı. Yael kolunu beline doladı.

"Biraz beklemek istemediğinden emin misin? Hâlâ oldukça solgun görünüyorsun."

"Acele etmemiz lâzım," dedi sert bir sesle David, kapıya doğru sendelerken.

İsimleri biliyordu. Son üç ismi. Ancak, başka bir şey daha olduğu hissini üzerinden atamıyordu. Kaçırdığı bir şey.

Belki geri dönüp mistiklerle konuştuğum zaman, diye düşündü, gözlerini kırpıştırıp bacaklarını kapıya doğru gitmeye zorlarken, *onlar hatırlamama yardımcı olabilir.*

Dışarıda avlunun parlaklığına adım attıklarında Yael başını yana çevirdi. David ona yaslanırken taş üstünde ayak sesleri duydu. Onu bir banka oturtmak zorundaydı.

"Yardıma ihtiyacımız var..." diye seslenmeye başladı.

Ve sonra dar yoldan içeri giren birilerini gördü.

İki kişiydiler. Bir erkek ve bir kadın. Kısa kollu spor gömlek ve şort giydiklerini görünce rahatlayarak *turistler* diye düşündü. "Lütfen, onu şu banka kadar götürmeme yardım eder misiniz?"

Onlara doğru koştular, ama uzun boylu adaleli adamın havaya kaldırdığı uzun bir boru parçası taşıdığını ve bir Bulgar disk atıcı gibi yapılı kadının da tuğla gibi iki yumruğu arasında gergin bir düğümlü ip tuttuğunu görünce rahatlamaları sona erdi.

Yael çaresizlikle boş sinagoga doğru baktı. *Çok uzak, kapıyı vaktinde içeriden sürgülemek mümkün değil.* "David, bizi buldular!"

Yael David'i bırakınca sendeledi ve Kara Melekler'e karşı koymak için kendi etrafında döndü. Güneşte pişmiş duvardan destek alarak, hâlâ güçsüz, ileri doğru yöneldi. Çılgınca bir kararlılıkla, beyninin emirlerine itaat etmesi için vücudunu toparlamaya çalıştı. Kanla vücuduna pompalanan adrenalin ona dövüşmesi için haykırıyordu, ama kaslarını mum gibi hissediyordu. Yael'in, kendisinden en az yirmi beş kilo daha ağır olan kadına doğru yay gibi fırladığını gördü. Daha bir adım bile atamadan adam boruyu sallayarak David'in dizlerine indirdi.

Acı, kaval kemiğinden aşağı doğru yayıldı. Çığlık atarak yere kapaklandı. Acının sis perdesi ardından, sağında Yael'in kadının karnına tekme indirerek dengesini bozduğunu gördü.

Fedai suratlı Kara Melek adaleli kolunu tekrar kaldırdı. Boruyu David'in göğüs kafesine doğru salladı, ama darbe indiği anda David kaldırım taşları boyunca yana yuvarlanmayı başardı. Kalçası ateş gibi yandı.

Bir kadın çığlığı duydu. *Yael!*

Panik ona güç kattı ve Kara Melek onu hızla çekip yukarı kaldırmak için yakasından tutarken David adamın göğüs kemiğinin altındaki boşluğa yumruğunu gömdü. Fedai surat, David'e karaciğer haşlaması gibi leş kokulu bir banyo yaptırarak, akciğerlerindeki tüm pis kokulu havayı boşalttı. Düşmanı içine yeni soluk çekemeden, David yumruğunu adamın göğüs kafesinin altından becerebildiği kadar yukarı doğru zorlayarak bir darbe daha indirdi.

David, Yael'in bir kolu arkasına kıvrılmış olarak yerde yattığını gördü. İri yarı kadın bacaklarını açıp Yael'in üzerine oturmuş boğazındaki gergin ipi sıkıyordu. Yael'in yüzü kül rengiydi, korku David'in mancınıkla fırlatılmış gibi ikisine doğru atılmasına neden oldu.

Ama onlara ulaşamadan önce sırtına yüz elli kiloluk bir yükün çarptığını hissetti. Üzerindeki fedai, kum torbası gibi yere çakıldı, ikisi de çılgına dönmüş buz hokeyi oyuncuları gibi havada yumruk sallıyor ve birbirilerine indiriyorlardı. Yumruklar kemiklere çarpıyor, dirsekler sinir uçlarına batıyor ve avluda kan ve tükürük uçuşuyordu.

Bütün bedenini kuşatan ıstırap anında, David, gövdesi acımasızca yumruklansa da kiralık katilin başına ve yüzüne vurmaktan kaçındığını birden fark etti.

İkisi de silah çekmemişti, göğsüne gelen bir darbeyi savuştururken David aniden durumu kavradı.

Beni canlı istiyorlar, isimleri istiyorlar...

Yumruğu neredeyse karnını yarıp geçene kadar görmedi. Yuvarlanmadan önce, yeniden soluk alamadan önce, boru dirseğine çarptı. Sonu gelmeyen acı gözlerinin içinde kıpkırmızı şimşekler çakmasına yol açtı. Dişlerini sıkarak, hava almak için çabalayarak, büyük acıya neden olan spazmlara karşı koymak için kendisini hazırladı ve düşmanı ayağa fırladığında daha iyi bir pozisyon almak için yana yattı.

Fedai, boruyu yakalamış yine üzerine geliyordu, ama David çaresiz, tek bir hareketle dizlerini göğsüne çekti ve bütün gücüyle tekmeyi yapıştırdı.

Tekme Kara Meleğin kasığıyla buluştu. Adam iki büklüm oldu, elleri refleksle kasığına giderken boruyu gürültüyle düşürdü.

Anında, David fırlayarak silahın üzerine doğru atılırken Yael'in yüzünün mora dönüştüğünü gördü. Gözleri yuvalarından dışarı fırlamış, kendisini boğmaya çalışan kadın Herkül'le mücadele etmek için dizlerini kullanıyordu.

David hareket edemeden, Yael'in arkaya bükülü kolunu kurtardığını gördü. Sıkılı yumruğunu saldırgana doğru uzatırken güneş gümüş gibi parıldayarak bileziğinden yansıdı. Ancak son dakikada, parıldayan şeyin bilezik olmadığını, altından çekip çıkarmaya çalıştığı meyve bıçağı olduğunu gördü. David donmuş, Yael'in bütün gücüyle bıçağı kadının boynunun yan tarafına saplamasını seyretti.

Kan, patlayan kanalizasyon borusundan fışkıran pislik gibi etrafa yayıldı. Kadın hırıltıyla çığlık atarken Yael bıçağı tekrar saplayarak kadının gırtlak boşluğunu parçaladı.

David boruyu kaptı. Kendisini tüketen acıya aldırmamaya çalışarak kendisini ayakları üzerinde doğrulttu. Gözlerinden terler damlayarak, hayvan gibi hızla soluyan ve üzerine gelmek için hazırlanan adaleli Kara Melek'le yüz yüze gelmek için döndü.

"Yael, koş! Kaç buradan," diye bağırdı, ama Yael kaçmadı. Birkaç metre yana çekildi, bıçağı havada sallarken yüzü kararlıydı. Yanaklarına ve giysilerine sıçrayan kanla görüntüsü vahşiydi.

Kara Meleğin bakışları hızla ikisi –elinde kanlı bıçak olan kadınla kendi silahını ona çevirmeyi bekleyen adam– arasında gidip geldi.

Adam bağırarak Yael'e doğru saldırırken, ağrı David'in midesine saplandı. *Onu kalkan olarak kullanacak.*

Kara Melek Yael'e doğru giderken David balıklama atladı, Yael adeta taş kesilmişti.

Zamanında yetişemeyeceğim, David umutsuzlukla farkına vardı, ama o anda Yael'in gözlerindeki çelikten kararlılığı gördü.

Yael mümkün olan son ana kadar bekledi, sonra dizleri üzerine çöktü ve bıçağı doğruca Kara Meleğin kasığına sapladı.

David boruyu kafasına indirerene kadar da adamın çığlıkları avluda yankılandı.

KIRK YEDİNCİ BÖLÜM

Gabrieli Kabala Merkezindeki hava değişmişti. Haham Cardoza ve çalışanları Jack Cherle ve Guillermo Torres'i bulmak için dünyayı bilgisayarla tararken, tüm ikinci katta vızıldayan telaşlı heyecanın telkin ettiği ivedilik duygusu Merkezi sarmıştı.

Kimse Stacy'nin nerede olduğunu bilmiyordu, ama David birkaç saat içinde onu bulmak için elinden gelen her şeyi yapacaktı.

Mossad da, Avi Raz'ın tek bir telefonu üzerine üç Lamed Vovniği aramaya başlamıştı. Bir saat önce Haham Cardoza'nın Avi'yi bilgilendirmesi yetmişti. Avi, on beş dakika içinde, İsrail Haber Alma Örgütünün tarihindeki en büyük insan avını başlatmak için haftalarca sürebilecek bürokrasi ve kırtasiyeyi ortadan kaldırmıştı.

Şimdi iz sürme başlamıştı. *Ama zamanında sona erecek miydi?* David, acı içinde, ajandasındaki isimlerin 240 EHA sekme analizine ait bir bilgisayar çıktısının daha üzerine eğildi. Şu ana kadar kendi metni içine gizlenmiş Gnoseos'la ilgili hiçbir şey bulamamışlardı. Anlamsız yazılar dışında.

Yaralı ve kan içinde olmasına karşın, David en temel ilk yardım dışında her şeyi reddetmişti. Polis çağırmak için Yael'le birlikte topallayarak Merkeze ulaştıklarında çiziklerle uğraşacak vakitleri kalmamıştı. David en kötü yaralarına sadece birkaç plaster yapıştırdıktan sonra ne yapması gerekiyorsa onunla uğraşmaya başlamıştı.

Polis sonunda Merkezden ayrılmadan önce, saldırı ve iki ölü Kara Melek'le ilgili olarak sorguya çekilirken iki saatten fazla zaman kaybettiler. Kanları temizlemek için hızlı bir duş aldıktan sonra Yael de David gibi hemen çalışmaya başladı.

Sessizce, mümkün olduğu kadar az konuşarak, çevrimiçi telefon rehberlerinde Jack Cherle ve Guillermo Torres adlarını araştırdı. Saldırı sırasında gırtlağı kötü biçimde berelenmişti ve konuşurken çok ağrıyordu. Onu masa üzerindeki monitöre bakarken gören David'in yüzü buruştu. Yael'in boynunu sıkan ipin bıraktığı derin izi görebiliyordu.

Ölmesine ramak kalmıştı. Her ikisinin de.

Ve Jack Cherle, Guillermo Torres ve Stacy de ölecekti, eğer...

Eğer Mossad onları bulamazsa. Ya da Interpol, veya CIA – ya da Mossad'ın yardım için temasa geçtiği diğer uluslar arası kuruluşlardan herhangi biri.

Bu EHA işi beni bir yere götürmüyor, diye hüsranla düşündü David. Neredeyse parçalanan göğüs kafesi kadar sabırsızlık da ona ağrı verirken kol saatine baktı. Tel Aviv'e götürmek için bir otomobil gelene kadar daha yaklaşık bir saat vakti vardı. Stacy'nin izini bulmak üzere yola koyulmadan önce bir saat.

Buradaki işi tamamlanmıştı. Buraya ne için geldiyse onu yapmıştı. Yael ve Yosef haklıydı – Safed kafasında kapana kısılan son isimleri de serbest *bırakmıştı*. Ancak, bu mistik kentte onun yapabileceği başka bir şey kalmamıştı.

Ama hâlâ onu tedirgin eden bir şey vardı. Kaçırılan ya da unutulan bir şey olduğu duygusunu içinden atamıyordu. Ama ne? Belki hâlâ burada yapması gereken bazı şeyler *vardı.* Haham Cardoza'nın parmak bastığı bir şey. Ajandasındaki isimler. Neden ona o belli sırada gelmişlerdi? Gelişigüzel miydi, yoksa onun göremediği bir şablon mu vardı?

Gizli bir mesaj varsa bile, Amelek'in gematriyası onu ortaya çıkaramamıştı. *Farklı bir EHA uygulamam gerekiyorsa ... Gnoseos ... gibi?*

Hızla ayağa kalkıp Binyomin'i aradı ve sözcüğü İbranice yazmasını ve gematriyayı ona söylemesini istedi.

"Sekmeyi bu esasa göre uygula," diye ısrar etti David. "Denemeye değer."

Sayfalar ortaya çıktıkça hevesi kırılmaya başladı. Metin satırlarında yeni hiçbir şey belirmiyordu, yalnızca aynı türden anlamsız sözler.

David, hahamın çantası ve içindekiler –değerli taşlar da dâhil– çıktığı için artık hafiflemiş olan spor çantasını kaldırırken, sızlandı.

Haham ben Moshe'ye götürdüğü akiği düşününce, tereddüt etti.

Crispin'in alay edişi zihninde tekrar canlandı.

Sende bana ait bir şey var. Bende de sana ait bir şey.

Crispin, onun değerli taşla Stacy'yi takas edeceğine inanmasını istiyordu. David bunun bir kurnazlık olduğunu biliyordu, ama elinde akik olmadan Crispin'in blöfünü nasıl görebilirdi?

Yael'in monitörün üstünden başını kaldırıp kendisine baktığını gördü. Gözleri bir an ona takılı kaldıktan sonra masaya geldi. *Güle güle demek için* diye düşündü.

"Çoktan ayrılmış olman gerekmiyor muydu?" Her zaman güçlü olan sesi kulak tırmalayıcı ve garip çıkıyordu. Hatta üzüntülü.

"Otomobil birkaç dakikaya kadar kapıda olur. Beklemesi için bir neden yok. Burada sağlayacağım fayda tükendi."

Yael'in araştırıcı bakışı bir an duraklamasına neden oldu.

"O kadar emin olma. Bir düşüncemi seninle paylaşmak istiyorum – tarot kartlarıyla ilgili. Haham ben Moshe'nin bize verdiği not defterini anımsıyor musun? Ağrıyı hafifletmek istercesine, konuşurken boğazına dokundu. "Gnoseos'un gizli şifreler ve tılsımlar üzerindeki ısrarı hakkında yazmış. Baskı levhaları için matbaacıyı öldürmekten çekinmediler. Kartlar son derece gizli –ve son derece önemli– olmalı."

David spor çantasını yanındaki sandalyenin üzerine koydu. "Karşılaştığımız Gnosseosların hepsinde bu kartlardan var." David aynı fikirdeydi. "Dur bir dakika – belki de Gnoseos'un kimlik kartıdır. Sürücü belgesi gibi..."

"Ya da," Yael alt dudağını ısırdı. "Pasaport," dedi yavaşça. *Bir pasaport.*

"Neresi için bir pasaport? Ne için? Bu dünyayı yok etmek istiyorlar," diye karşı çıktı David, "seyahat etmek değil."

"Doğru." Düşünceye dalarken yeşil gözleri kısıldı. "Ama, ya kendilerini yok etmeyi planlamıyorlarsa? Belki hepsi bir yerde toplanıp dünyanın sonunu kutlamak istiyorlar... yükselmek..."

"Ve yeni bir dünyaya girmek?" David'in nabzı hızlanmaya başladı. "Oraya ait olduklarını, kutlamaya davetli olduklarını kanıtlamanın, gizli bir pasaport göstermekten daha iyi bir yolu olabilir mi?"

"Kesinlikle." Yael'in gözleri parıldadı. "Pasaport, davetiye, her neyse. Somut kanıta gereksinimleri var. Bir bilet."

"Gillis'inkinin bende olması işe yarar, o hâlde."

Umutlandı ve gözlerini dikti. "Bana da bir tane lâzım. Ben de seninle geliyorum."

"Hayır, Yael."

"Biletim ayarlandı. Yerim tam senin arkanda. Stacy'yi tek başına aramana izin veremem." Sesini alçalttı. Sesindeki yumuşaklık içindeki gerginliği vurguluyordu. Sözcükleri zar zor duyabiliyordu. "Burada bekle. Haham ben Moshe'nin tarot kartını alacağım. Nereye koyduğunu gördüm."

Kapıya doğru döndüğünde David koluna dokundu.

"Değerli taşa da ihtiyacım olacak, Yael. Akiğe de ihtiyacım olacak."

Uzun bir süre ona baktı, David yüzündeki kararsızlığı, çatışmayı okuyabiliyordu. Hiçbir söz söylemeden hızla kütüphaneden çıktı.

Yael onunla beraber Londra'ya geliyordu. David şaşılacak derecede cesaretlendiğini hissetti. Ve eğer tarot kartlarının amacı hakkında yanılmıyorlarsa, Gnoseos kente –hangi cehennemdeyse– giriş için iki pasaportları var demekti. Belki kartlar onları Stacy'ye ya da Crispin'in onu nerede sakladığını bilen birine ulaştırabilirdi.

Gizemli kartı cüzdanından çıkarıp, simgeleri çözmeye çalışarak tekrar inceledi. Yıkılan küçük kuleden atlayan insanlar.

İntihar? Hayır. Yıkım, ölüm, kaos, Tarot okuyucusu bunlardan sözetmişti. *Ve yeniden doğuş.* Gözünü Kulenin arkasında gökyüzünde çakan şimşeğe dikti – son zamanlarda Doğa Ana pek çok kez elektrikli gazabını göndermişti.

Ve ona Londra'daki Tower Bridge'i anımsatan açılır asma köprü. Crispin'le yollarının kesiştiği Londra...

Kütüphanede etrafına bakındı. Yosef bilgisayarının karşısında suratını asmış oturuyordu, Haham Cardoza Rafi'yle derin bir konuşmaya dalmıştı. Binyomin, Haham ben Moshe'nin not defterine dalmış görünüyor, bir yandan eliyle sakalını tararken diğer yandan herhangi bir şeyi göz ardı edip etmediklerini bulmak için defterin sayfalarını karıştırıyordu.

Cevap burada benim önümde olabilir, diye düşündü David, kartı sımsıkı tutarken. Tüm yollar Londra'ya çıkıyor.

Ve belki Stacy'ye...

Yael, deri çantasını yanında sallayarak, odayı geçip yanına geldi. "Buldum," diye mırıldandı, gözünü kırpmadan. "Tam anımsadığım yerdeydi."

David birden belkemiğinde yukarı doğru yayılan iğne batmış gibi bir sızlama hissetti. Sanki kütüphanedeki konuşma hoparlörden geliyormuş gibi kulaklarında çınladı.

Tam anımsadığım yerdeydi. Anımsadığım...

"Zakhor." Yael'in bileğini kavradı. "Anımsa."

Yael soru sorar gibi bakarken başını salladı. "Başka neyi anımsamam gerek?" diye sordu, besbelli şaşırmıştı.

"Sen değil. Ben. *Bana* anımsamamı söylediler. Anımsamam için bana bağırdılar... zakhor. Belki şimdi anımsamam gereken bu. Zakhor sözcüğü."

Yael'in gözleri faltaşı gibi açıldı. Hızla en yakın masaya gitti ve bir kâğıt parçasına birkaç rakam yazdı. "İşte zakhor'un gematriyası."

233. David ajandasını hızla çekti ve ilk sayfayı, ilk ismi açtı.

"D," dedi Yael'e. Parmaklarıyla 233 harflik sekmeyi saydı. "Bir sonraki harf I," dedi.

Hızla sayarak önce U, sonra A harfini buldu, beyni ve parmakları aşırı hızla uçuyordu. Sonunda bulmuş muydu? Ajandasındaki bulmacanın anahtarını?

David hızla söylerken, Yael harfleri yazıyordu. S, T, E, F, A, N, O, E, D, U, A, R, D, O...

Yael nefesini tuttu. "Oh, Tanrım, David ... DiStefano Eduardo – Eduardo DiStefano sözcükleri ortaya çıktı. İtalya başbakanı!"

"Haham Cardoza!" David kütüphanede bir uçtan bir uca bağırdı. Haham, David'in sesindeki heyecandan şaşırmış, ona doğru döndü. Sert yüzünden endişe okunarak hızla ona doğru geldi.

"Zakhor'un EHA sekmesini bütün ajandama uygulayın, Haham. Sanırım Gonoseosların isimlerini bulacağız. Yael'le ben ajandada şifrelenen ilkini bulduk. Başkaları da olmalı."

"İsmi ne, David?"

Sesi titredi. "Eduardo DiStefano, İtalya başbakanı."

Cardoza'nın ağzı açık kaldı. Şaşkındı, ama sadece bir anlık. "Binyomin, çabuk!" diye omzundan yukarı seslendi.

David, Yael'le Tel Aviv'in Ben Gurion hava alanına doğru hızla yol alırken otomobilden Merkezi telefonla aradığında, Haham Cardoza ona bilgisayardan çıkan listeyi okudu.

Onun "Mueller, Crispin" ismini söylediğini duyunca, David parmakları elektrik prizindeyken biri şalteri açmış gibi hissetti. *Tamam. Gnoseoslar. Gnoseosların isimleri ajandasında alt metin olarak yazılmıştı.*

Sadece Lamed Vovnikler'in değil düşmanlarının isimleri de ona bildirilmişti. Telefonda Haham Cardoza'nın bir ismi daha okuduğunu duydu. "Wanamaker..."

Kulaklarını bir uğultu doldurdu. *Judd?* Demek, Kara Melekler Tarot okuyucusunun dükkânında bizi bu sayede buldular – restorandan ayrıldığımız dakika Judd onları aradı...

"David, beni duydun mu? Şimdi Avi'yi aradım, dedim." Haham Cardoza'nın sesi beynindeki karmaşanın arasına karıştı. "Tüm haber alma örgütleri alarma geçti. İnterpol DiStefano'nun dün Londra'ya gittiğini söylüyor."

"MI6 devrede olsun," dedi David. "Tüm Gnoseosların Londra'ya indiğini görecekler, bunu sezinliyorum."

Ben Gurion hava alanında Yael'le kendilerini pistteki uçağa götürecek olan otobüsü beklerken David'in cep telefonu çaldı.

"Küçük kız iyi uyuyamıyor, üzgünüm. Gelip onu kurtarman için ağlıyor."

"Seni orospu çocuğu." David'in gözlerini kızıl öfke bürüdü. Bir sürü başın kendisine çevrilmesine aldırmadı "O nerede?"

"Benimle birlikte, tabii. Birbirimizi son gördüğümüz yerden çok uzakta değil."

"Londra." David'in gözleri Yael'in gözleriyle buluştu.

"Not olarak A aldın, profesör." Crispin onunla dalga geçiyordu.

"Sen de gösterdiğin çaba için F aldın. Senin iki Kara Meleğin morgdaki taş masanın üzerinde yatıyor."

Crispin güldü. "Bana iltifat ediyorsun, dostum. Onları ben mi gönderdim sanıyorsun? Kara Melekler'e emir verenler başkaları. Bu mesele seninle..."

"Bırak onunla konuşayım, Mueller. Onun hâlâ hayatta olduğunu kanıtla ."

"Bana güvenmiyor musun?" Adam kışkırtıyordu, neşesi o kadar belliydi ki David neredeyse boğazını sıkma arzusuyla kendini kaybediyordu.

"Sesini duymak istiyorum."

"Duyacaksın. Bir talimatı daha yerine getirdikten sonra. Sonra değerli Stacy'nin tatlı sesini duyabilirsin. Buyrukları doğru yerine getirmeyi başarabilir ve benim olan şeyi geri verirsen – kim bilir? Belki onun canını bile bağışlarım."

"Seni nerede bulacağım?" diye David sordu.

"Aşırı hızlı gitmeyelim," diye azarladı Mueller. "Beni ilgilendiren başka bir konu daha var. Bir kitap yazdığını duydum."

"Birçok."

"Hangisinden söz ettiğimi biliyorsun. Umarım, kızının iyiliği için onu da yanında getirirsin. Okumak istiyorum."

David'in sözleri buz gibi ısırdı. "Seni... nerede... bulacağım?"

"Trinity Meydanı Anıt Bahçelerine gel. Sonra küçük kızına telefon et."

Tık.

David'in midesi öyle şiddetle yandı ki zorla soluk alabildi.

Yael'e olan biteni yavaşça anlatmadan önce uçağa alınmak üzere kontrolden geçmelerini bekledi.

"Trinity Meydanı Anıt Bahçelerinden onu aramam gerekiyormuş. Hiç oraya gittin mi?"

Uçağa doğru ilerlerken Yael ona doğru baktı. "Çok zaman önce, Tower of London'a yakın. Her iki Dünya Savaşında Britanya ticaret filosunda ve donanmasında hizmet eden denizcilerin –denizden başka mezarı olmayanların– anısına dikilmiş bir anıt."

Devam etmeden önce, Yael hostesin önlerindeki yaşlı bir yolcuya yardım etmek için aradan süzülüp geçmesini bekledi. "Londra'ya ilk yolculuğumda oradan geçmiştim. Çukur bir bahçe varb ve ..." Sustu.

"Ne, Yael? Başka ne var?"

"Crispin Mueller'in espri anlayışı. Bir duvar var, David. Üzeri isimlerle dolu bir duvar."

KIRK SEKİZİNCİ BÖLÜM

GEMİ

DiStefano bağırdığında Crispin'in kasları öfkeden kasıldı. Babası, duvardaki girintili bilgisayar bölmesinin kapısına yakın duruyor ve DiStefano tek oğluna palayla saldırsa parmağını bile oynatmayacak gibi görünüyordu.

"Buradaki işin tek bir şey, sadece tek bir şey yapmaktır, sevgili Yılan." DiStefano'nun sözleri asit gibi damlıyordu. "Son Gizli'yi bulmak. Zaten burada olanın etrafında sürünerek dolaşıp değerli vaktini harcamak değil. Onu çoktan ortadan kaldırıp son ismi bulmaya konsantre olmanı sağlayabilirdik. Jack Cherle bugün öğleden sonra eğlence gemisi Southampton'a yanaştığında ölecek. O kadar yaklaştık ki," deyip tükürdü. "Ve sen aylaklık etmekle meşgulsün."

Crispin yanıt vermek için ağzını açtı, ama bir hece bile söyleyemeden DiStefano kesti.

"O bilgisayarın başına otur ve lanet olası son ismi bul."

Crispin taze şarap gibi kıpkırmızı kesildi. Eli bastonunu sımsıkı kavrarken DiStefano'nun suratının ortasına indirmenin nasıl bir duygu olacağını merak etti. Bir kereden fazla.

"Cemiyet Başkanını duydun." Babasının sesi gergin ve tahta gibiydi. Erik Mueller ani bir hareketle kapıyı açtı, oğluna baktığında gözleri kapandı. "Yerine otur ve sana verilen görevi yerine getir."

Kapı arkasından çarpılarak kapandı.

Crispin, DiStefano'ya doğru aksayarak yürürken, "Benim lanet olası *görevim* Lamed Vovnikler," dedi öfkeyle. "Bütün yaptıklarımdan sonra, sözde hak tanırların neden bu kadar özel olduğunu görmeye herkesten çok hakkım var."

"Gizliler'le ilişkiler sadece Kara Melekler'in görevi. DiStefano'nun şakaklarındaki kırlaşmış saçlar terden koyulaşmıştı. "Son ismi bulamayacaksan, onu David Shepherd'ın ajandasından zorla elde etmemiz gerekecek. Böyle mi anımsanmak istersin? Son anda nefesi kesilen Yılan olarak mı? Tam eşiğindeyken zaferi getiremeyen? Yoksa tek başına Otuz altı Gizli'yi ortaya çıkaran adam olarak mı?"

Crispin bastonunu yere vurdu. "Çıkın da çalışayım."

DiStefano'nun gözleri bitmek bilmeyen bir süre onunkilere takıldı kaldı.

"İsmi bulmadan bu odadan ayrılmayı düşünme."

DiStefano onu yalnız bırakırken Crispin'in boynundaki bir damar zonklamaya başladı.

Kendini ne sanıyor, beni bir çocuk gibi bu odaya hapsederek? Tek kuşakta bizi buraya kadar getiren benim çalışmam. Benim belirlediğimin yarısı kadar Gizli'yi belirleyen herhangi bir kişi oldu mu şimdiye kadar? Benim başarılarım sayesinde dünya parçalara ayrılıyor. Ve benim katkılarım sayesinde son kaçınılmaz.

Bastonunu dosya çekmecelerine dayayan Crispin hesap kayıtlarına göz attı. Tekrar yeryüzüne çıkamayacak olması önemli değildi. Buna gerek yoktu. Planını çoktan uygulamaya başlamıştı. Gözünde tüten her şeyi aşağıda Gemide gerçekleştirebilirdi.

Shepherd, Trinity Meydanı Anıt Bahçelerine gelip değerli kızının telefon numarasını tuşladığında arayan numaranın kimliğini kontrol eden Raoul olacaktı. Raoul Enrique'yle birlikte gemiciler anıtında – yalnızca birkaç adım ötede, kavisli bahçe duvarının arkasında bekliyor olacaktı.

Emirlerin DiStefano'dan değil de ondan geldiğini bilmeyeceklerdi. DiStefano'nun güvenli bilgisayarına girip Kara Melekler'e e-posta talimatı göndermek için bu işten anlayan birinin birkaç tuş vuruşu yeterli olmuştu. Raoul ve Enrique, Shepherd'ı, ajandasını ve değerli taşı aşağıya gemiye getireceklerdi.

Yakında, ne zamandır beklenen –ve çok özel– kavuşma gerçekleşecekti.

Son ismin altının kırmızıyla çizili olduğu hesap kayıtlarına göz attı.

Eğer babasıyla DiStefano ona hak ettiği şekilde saygılı davranmış olsalar ismi o anda verirdi. Şimdi kıvranıp kaygılanabilirlerdi. Kara Melekler David Shepherd'ı teslim ettiğinde de ona hâlâ ihtiyaçları olduğunu düşünüp sıcak karşılayabilirlerdi.

Ancak, Shepherd'a ihtiyacı olan –kapanışın, nihai kapanışın getireceği tatmin duygusuna ihtiyacı olan– Crispin'di. Yükselişten önce Shepherd'ın acı çektiğini görmek istiyordu.. Tüm o yıllar süresince, karanlıkta kapalı kalan kendisinin acı çektiği gibi.

Birkaç tuş vuruşuyla, bir kez daha DiStefano'nun bilgisayarına girdi ve sonu başlatacak emri yazdı.

Otuz altıncı ismi – ve onu bulma emrini.

Guillermo Torres.

KIRK DOKUZUNCU BÖLÜM

HEATHROW HAVA ALANI

Dillon kalabalık tuvalette lavaboların üzerinden aynadaki görüntüsüne baktı. Cehennem gibi görünüyordu ve şüphesiz gideceği yer de orasıydı. Fazla gecikmeden orada olma olasılığı yüksekti.

Parmağına sıkı sıkıya oturan değerli taşlı yüzüğün farkındaydı. Kendi hayal gücü müydü, yoksa hissettiği kadar ağır mıydı?

Saatini kontrol ederken, kendine, şu anda suçluluk duyma ve enine boyuna düşünme zamanı değil, dedi. Bir saat içinde yapacağı bir bağlantı vardı.

Ancak kapıya yöneldiğinde, belli ki doğal ihtiyacını bir an önce gidermek isteyen bir adam içeri daldı. Adam Dillon'a çarpınca, bavulu Dillon'ın kalçasına geldi, evrak çantası ve şemsiyesi havada uçtu.

Yüzünü buruşturan Dillon adamın şemsiyesini almak için öne eğilirken kan ter içindeki geniş omuzlu yabancı evrak çantasından saçılanları seramik döşeme üzerinden toplamaya başladı.

Dillon, adam pasaportunu, cüzdanını ve tuvalet çantasını evrak çantasına geri atmadan birkaç saniye önce bir kule kartı görünce dondu kaldı.

"İşte tamam," dedi Dillon gülümseyerek şemsiyeyi verirken.

"Benim hatam, özür dilerim. Biraz acelem var da." Ağır Alman aksanlı adam aceleyle pisuvarların yolunu tutmuştu bile.

Dillon dışarı çıktı. Tuvaletten on adım ötede durdu, hızla düşünürken duvara yaslandı. Alman bir dakika sonra telaşla dışarı çıktı, Dillon onun adımlarına ayak uydurarak peşine düştü.

"Galiba ortak bir yanımız var." Piskoposun seyahat belgeleri arasında bulduğu renkli tarot kartını gösterdi. Almanın evrak çantasındakiyle aynıydı.

Öteki adamın çökük gözleri onaylayarak parıldadı. Tombul yanakları gevşeyerek gülümsemeye dönüştü. "Heyecanlı dönemlerden geçiyoruz, *nicht wahr*?"

"En hafif deyimiyle." Dillon yeni tanıdığına uymak için adımlarını kısalttı.

"İkimiz de aynı yere gittiğimize göre taksiyi paylaşsak, *ja*?" diye samimi bir kahkahayla önerdi Alman. Kapıyı iterek açtı ve Londra sokaklarını puslandıran soluk gri çisintiye adımını attı.

"Ben de aynı şeyi düşünüyordum."

Bir hamal elini kaldırarak sırada bekleyen taksiyi çağırdı, sonra Almanın büyük yeşil bavulunu bagaja attı. Dillon kapıyı çarparak kapatırken öne eğilip gidecekleri yeri sürücüye söyleyen Dillon'ın yeni arkadaşı oldu.

"Tower Hill. Bizi Anıtta bırak."

Yüzük, koltuğa yerleşen Dillon'ın parmağında vinç gerektirecek kadar ağır geldi. Dışarıdaki donuk yağmura bakarken, kendisine, yaslanıp oturmasını ve yolculuğun keyfini çıkarmasını söyledi.

GEMİ

Aşağıdaki tünellerde dolaşırken onu düşünmekten kendisini alıkoyamıyordu. *Elizabeth.*

Belki aşağıdaki bu karanlık, toprağın ve dip kayanın kokusu, arka merdivenin arkasındaki kaya duvarında oluklar açan sonsuz su damlaları yüzünden.

Yoksa tutuldukları yerin çevresinde gezinirken duyduğu hafif kadın ağlama sesleri miydi?

Gemiden çok yukarıda yeryüzünde yükselen ünlü Tower of London'a kapatılan Anne Boleyn'i düşündü. O da hapsedilmişti.

Arka merdivene yaklaşırken birden, gölgelerin arkasında, derinlerde saklı uçuruma döndü. Yeraltı kuyusuna inen karanlık tünelde yolunu buldu. Kuyuyu çevreleyen rutubetten kayganlaşmış korkuluğu elleriyle yoklarken garip bir heyecan duydu. Ne kadar derin olduğunu kendisi de bilmiyordu.

Ne önemi var diye kendisine anımsattı. Aşağıya gitmiyordu. O ve diğerleri yukarı gidiyorlardı. Yukarıdaki yeni bir dünyaya, en sonunda özgür ve manevi Kaynakla birleşmiş olarak.

Hatırlayamadığı kadar eskiden beri istediği ve gerçekleştirmek için çalıştığı şeydi bu. Atalarının uğrunda çaba harcayıp başarısız olduğu şey.

Bu mucizenin o hayattayken gerçekleşiyor olmasından çok mutlu olmalıydı. Kendilerine verilen üst kattaki odada kısıtlı sayıdaki eşyalarını neşeyle yerleştiren karısını düşündü. Ve yalnızca boşluk hissetti.

Belki Elizabeth burada aşağıda onunla birlikte olsaydı, *ona* bakabilseydi, penceresiz dar bir odaya tıkışıp kalmaya aldırmazdı.

İnancını bir kez bile olsun sorgulamamıştı. İçsel bilgiyi aramak, yükselişi aramak için yetiştirilmişti, ve gençliğinden beri hasret duyduğu şeydi bu.

Ama şimdi her şey bu kadar yakınken ve fiziksel dünyayı bırakmak üzereyken, kendisini bildiği şeye sımsıkı sarılırken bulmuştu. Ve bildiği şey de Elizabeth'i sevdiğiydi.

O, koyu saçları ve samimi yüreğiyle kendisi için bu yeraltı gemisinden daha gerçekti, bu güne ulaşmak için gerçekleştirilen tüm planlardan, komplolardan ve cinayetlerden daha gerçekti.

Gnoseos zaferi kazanmak üzereydi, ancak bu yakın zaferden hiç sevinç duymuyordu.

Gözleri uçurumun karanlığına takılı, bir kez daha, her şeyin bittiğini söylediğinde Elizabeth'in yüzünceki acıyı görebiliyordu. Bu şokla, kendi kalbindeki acı daha da büyümüştü.

Ama olanları değiştirmek için artık çok geçti. Yazgısı onunlaydı. Elini cebine soktu, ne yapması gerektiğini biliyordu.

Bir sabah gün ağarırken Elizabeth'in bileziğinden çıkardığı küçük gümüş tılsımı avucuna aldı. Ablasının yirmi birinci yaş gününde Elizabeth'e vermiş olduğu şampanya kadehi biçimindeki tılsımı. Elizabeth bunu ona vermek istediğini, çünkü onun kendisine yaşamı doya doya içmeyi öğrettiğini söylemişti.

Bunun verdiği hazdan utanmıştı.

Ama, şıngırtının ona sevildiğini sürekli anımsatması için, tılsımı cebindeki bozuk paralarla birlikte saklamıştı.

Elini açarak minyatür şampanya kadehine baktı. Bu dünyaya, fenalık dolu fiziksel diyara ait olduğunu kendisine anımsattı. Gelecek dünyada şampanyaya gerek olmayacaktı. Ve Elizabeth'e de.

Sert bir bilek hareketiyle tılsımı ağzı açık bekleyen karanlığa fırlattı ve yutma sesini dinledi. Onun dibe değdiğini hiç duyamadı.

Belki, sonsuzluğa düşer, diye düşündü. Kalbiyle birlikte.

ELLİNCİ BÖLÜM

MEXICO CITY

Guillermo Torres kadın doğum katının cerrahi bölümünü arşınlayıp duruyor, her geçen dakika daha hızlı soluk alıp veriyordu.

Dokuz aydan beri, sağlıklı bir bebek için dua ederek, bu günü beklemişti. Şimdi duaları kabul olmak üzereydi ve kalbi umut ve neşeyle dolup taşıyordu.

Rosa daha önce iki kere düşük yapmıştı, ama Bakire Meryem'e şükürler olsun bu kez kanama ikinci ayda kesilmişti ve bebekleri zamanında bekleniyordu.

Bir an durdu ve sezaryen yapan doktorlar, karısının çabuk iyileşmesi ve her şeyden önce evlerini kutsayacak sağlıklı bir çocuk için yukarıya coşkulu bir dua gönderdi.

Yaşlar gözlerini iğnelerken kolunun tersiyle gözlerini sildi. Sadece yirmi iki yaşındaydı, ailenin bebeği sayılırdı ve abileri duygusal olduğu için ona takılırdı. Hakaret olarak görmek yerine gülerdi.

Her şeyi bütün varlığı ile hissettiği için memnundu ve neden daha fazla insanın yaşam karşısında kendisi gibi duygulanmadığını anlayamıyordu.

Guillermo hemşire bankosunun üstündeki saate göz attı. *Ne zaman?* Rosa'yı ameliyathaneye götürmeden önce öptüğünden bu yana otuz beş dakika geçmişti. Ona ne zaman ameliyat giysisi getirip karısının yanında mucizeyi izlemesine izin vereceklerdi?

Annesi yeni torununu görmek için ne zaman burada olacaktı? Ailenin yarısı Toluca'dan yola çıkmıştı.

Aşağı katta, ellerinde yazı altlığı taşıyan iki doktor, Nuevo Juarez Hastanesinin acil bölümüne doğru yürüyüp asansöre bindiler.

Asansör onları üçüncü kata çıkarırken konuşmadılar. Konuşmaları gerekmiyordu. Asansörden çıkınca cilalı, antiseptik koridorlar labirentinde oraya ait insanların rahatlığıyla yürüdüler. Ama oraya ait değildiler.

İkisi de yaşam kurtarma yemini etmemişti. Tam tersine. Seyrek keçi sakallı uzun boylu Asyalı ve yanık tenli, yanaklarında çiçek bozuğu izleri taşıyan Brezilyalı, doktor değildi. Bir adamı yok etmek için gönderilen seçkin katillerdi.

Guillermo Torres.

9500 KİLOMETRE ÖTEDE

BARSELONA, İSPANYA

Sahnenin sahibi Guillermo Torres'di. *What A Wonderful World*'ü mırıldanırken, dinleyicilerin coşkusunun onu cömert bir âşık gibi sarmalayışını hissedebiliyordu. Tapas bardaki bu kalabalık onunla birlikteydi ve ilk şarkıyı bitirdiğinde onu uzun uzun ve tutkuyla alkışladılar.

Ona gece işi için söz verip duran bar sahibi Armando'ya baktı. Bugünkü performansı patronunu, dinleyicileri koltuklarına mıhlayabileceğine, bütün gece içki içip alkışlayacaklarına ikna edemediyse hiçbir şey edemezdi.

Guillermo müzik öğretmeyi sevdiği kadar şarkı söylemeyi de seviyordu. Müzik onun tutkusuydu. Ruhunun diliydi. Müziğin karmaşık zenginliğini öğrencilerine aktarmak, ona değer bilir dinleyicileri ayağa kaldırmanın verdiği kadar zevk veriyordu. Alkışlar sonunda kesilince, her zamanki gibi onu bekleyen bir kadeh Pernod, küçük bir tabak tuzlu karides ve kırma yeşil zeytin için bir bar taburesine çöktü. Claudia onun neden hoşlandığını biliyordu.

Ancak ağzına bir zeytin atarken, sarmısaklı mantar, kızarmış peynir ve kimyonlu piliç tabaklarını dengelemeye çalışan ince bıyıklı bir barmen mutfaktan çıktı.

Guillermo onu daha önce hiç görmemişti. "Claudia nerede? Biraz önce buradaydı."

"Hasta." Adam ince omuzlarını silkti. "Kadın problemleri." Başıyla Guillermo'nun boş kadehini işaret etti.

"Bir tane daha?"

Neden olmasın? Diye düşündü Guillermo, bardağını barın üstünde iterken. Tam o sırada, dinleyiciler arasından bir kadın ağır ağır ona doğru geldi, biraz fazla yakın durdu, eliyle Guillermo'nun kolunu sıvazladı, derinden soluk alır gibi bir sesle, söylediği şarkılardan çok hoşlandığını söyledi. Guillermo barmenin bardağını yeniden doldurduğunu, cebine hemen geri koyduğu gümüş rengi küçük cep şişesindeki sıvıdan bir damlacık koyduğunu görmedi.

Yalnızca, tapasın iyi, Pernod'nun harika olduğunu, gözlerinin içine bu kadar davetkâr bakan kadının düşük kesimli kırmızı bir elbise giydiğini ve baş döndürücü bir parfüm sürmüş olduğunu biliyordu.

Guillermo dibine kadar içti. Yaşam güzeldi.

ATLANTA, GEORGIA
7400 KİLOMETRE ÖTEDE

Guillermo Torres beysbol için yaşıyordu. Porto Riko'daki çiftlik klüplerinden, gelmiş, topa hızlı vuruşuyla ikinci ligden birinci lige yükselmiş, şimdi 3000'inci vuruşunu yapmasına az kalmıştı.

Ama bugün gençlik günlerindeki kadar iyi değildi. Dün ev kalesine kayarak yaptığı hamleden ve kale levhasına hızla çarpmaktan dolayı hâlâ canı yanıyordu. Neyse ki bu, evde şiddete maruz kalanlar yararına yardım toplamak amacıyla yerel polislerle yaptıkları bir gösteri maçıydı.

Guillermo altı ulusal yardım derneğinin yönetim kurulu üyesiydi, ancak çocukluğunu üvey babasının annesini dövdüğü sahneleri çaresizce seyretmekle geçirdiğinden, bu onun için en anlamlısıydı. Polis memurları sahaya çıkarken, annesi gururla, karısı ve iki çocuğuyla birlikte oyuncu bençinin hemen arkasında oturuyordu.

Braves forması giymiş, karton tepsideki bira ve pizayla sallana sallana yürüyen aşırı kilolu, ailesinin dört sıra arkasında boş yer bularak yerleşen adamı fark etmedi. Guillermo sahaya çıkarken takımı destekleyen seyircilere el salladı.

Birinci oyun sırasının sonuna doğru ölümcül kurşun atıldığında, herkes onu Guillermo'nun sopasının topa vuruşundan çıkan ses zannetti.

LONDRA

David, yağmur altında, Tower Monument'ın önünde taksiden inen adama baktı. Benziyordu ... ama olamazdı...

Dillon.

"Sürücü, dur. Burada inelim," dedi, hızla cebinden Euroları çıkarırken.

"Ne yapıyorsun, Trinity Square orada?" dedi Yael.

Ancak David ıslak kaldırıma doğru hamlesini yapmıştı bile, Tower Monument'a yaklaşan iki adama bakarak.

Yael inmiş yanında duruyordu. Taksi hareket edince, giysisinin koluna dokundu.

"Onları tanıyor musun?"

"Birini." Dişlerini sıkmıştı. "En iyi arkadaşım, Dillon McGrath. Beni Haham ben Moshe'ye gönderen rahip."

Pasaportumu bulamayan arkadaşım. Eva'yı da bulamayan. Onu evime yolladığım akşam Eva ölü bulundu. Polis şimdi beni arıyor. Ama neden ülkeden ayrılması gerektiğini o hiçbir zaman bana açıklamadı.

"Dillon Londra'da ne lanet olası işler çeviriyor?" diye mırıldandı, David.

"Diğer adam kim – onu tanıyor musun?"

"Şu anda hayır!" David karşıdan karşıya geçmeye başladı. Dillon ve ona eşlik eden adam çoktan King William caddesinden aşağı inip Londra Köprüsüne yaklaşmışlardı. Kısa adam, puslu yağmura karşı siyah şemsiyesini çıkardı. Dillon yakasını yukarı kaldırdı, iri yarı arkadaşına ayak uydururken omuzlarını kamburlaştırdı.

David kirpiklerinde toplanan, yanaklarından aşağı süzülen yağmura aldırış etmedi. Yael adımlarını ona uydurdu, Yael de yükselen gerilimi tüm çevrelerinde duyumsadı. Kafası meşgul Londralılar yağmurda hızlandı.

"Ona seslenmememenin bir nedeni var mı?"

"Ona güvenebilir miyim... emin değilim?" diye cevapladı David. Bir tereddüt yaşadığını fark etti. Dillon hakkında böyle bir şey söyleyeceğini hiç düşünmemişti. Bu sözlerin ima ettiği şeyler, yukarıdaki kasvetli gökyüzü gibi, havada asılı kaldı.

"Eva'nın ölümüyle bir ilgisi olduğunu mu düşünüyorsun?"

David daha önce kuşkularını aklından uzaklaştırmıştı, ama artık bunu yapamıyordu. Dillon'ı Londra'da görmek, Crispin'in burada olduğunu bilmek ... ve Stacy...

"Ben Moshe'nin öldürülmesiyle bir ilgilisi olup olmadığını da merak ediyorum. Bunu söylemek beni üzüyor, ama o gün öğleden sonra ben Moshe ile birlikte olacağımı biliyordu."

"Arthur Caddesine sapıyorlar," diye sözünü kesti Yael, nefes nefese. "Birkaç adım geride kalsak iyi olur."

Rıhtıma yakın olan bu sanayi bölgesinde yaya trafiği daha seyrekti ve David, Dillon'ın kendisini görmesini riske edemezdi. David adımlarını yavaşlattığında Thames Nehri uzakta donuk kurşuni bir renkle parıldıyordu. Her adımda Trinity Meydanından uzaklaşıyorlardı.

Yael düşüncelerini paylaşıyormuş gibi, dudağını ısırarak, ona baktı. "Crispin'e edeceğin telefon ne olacak?"

David, ikisi arasında kararsız kaldı, paniğini yatıştırmaya çalıştı. "Önce nereye gittiğini görmem lâzım. Sonra hızla geriye döneriz."

Allah vere de, diye umutsuzca düşündü, *Mueller beklemekten bıkmış olmasa.*

Dillon'la diğer adamın yolda hızla yürüdüğünü ve Swan Sokağıyla birleştiği yerden devam ettiğini görünce, gerilim canını yakan dalgalar hâlinde vücuduna yayıldı. *Hiçbir şey uğruna mı Stacy'yi tehlikeye atıyorum?* Dillon hayatında tanıdığı en dürüst adamdı. Belki de paranoyaklaşıyordu. Gnoseos yaşamını alt üst etmişti, o da en yakın arkadaşından kuşkulanır hâle gelmişti. Yaşamını kötülüğün değil Tanrı'nın hizmetine adamış olan adamdan.

Dillon'ın şu anda faydası dokunabilir. Tek yapmam gereken şey seslenmek...

Ancak kendisini zorlayamadı – sözcükler dişlerinin arkasında kil topağı gibi takılıp kaldı.

Derken Dillon ve arkadaşının döndüğü bir sonraki caddeyi gördü. Beyni alarm çığlığı attı.

Melek Geçidi.

Kara Melekler?

Yael bileğinden tuttu. "Oradaki depoya gidiyorlar, David."

"Ben de. Sen de geliyor musun?"

Yael adımlarını sıklaştırdı, ama sesini kısık ve sakin tuttu. Hala anlamadın mı? Sonuna kadar."

ELLİ BİRİNCİ BÖLÜM

GEMİ

O sesler nereden geliyor olabilir?

Stacy kulağını dört duvarın her birine dayadı, yapabildiği kadar dikkatle dinledi. Düş kurmadığını biliyordu.

Biri ya acı çekiyordu ya da korkmuştu. Buradan bir çıkabilse ona yardım etmeye çalışabilirdi.

Şaka mı ediyordu? Kendisine bile yardım etmekten âcizdi. Tokmağı her yöne çevirerek kapıyı yüzüncü kez denedi, ama artan şey düş kırıklığı oldu. Ne zamandan beri burada olduğuna ya da bundan sonra başına ne geleceğine dair hiçbir fikri yoktu – bildiği tek şey aslan adamın sonunda onu öldürmeyi planladığıydı.

David geliyor. Her umut kırıntısına tutunarak bu bilgiye sarıldı. David'in onun için geldiğine memnun olmak istedi, ama bunun yerine dehşete düştü. Önce onu, sonra da David'i öldüreceğini söylerken adamın doğruyu söylediğini biliyordu. Onu kaçıran adamın annesini ve Hutch'ı öldürdüğünü bildiği gibi.

Yaşlar gözlerinden onun kurulayabildiğinden daha hızla boşandı. *Anne.* Annesinin çakıl taşları üzerin yatan, başından kanlar akan görüntüsünü aklından silemiyordu. *Annem şimdi nerede*, diye düşündü, hıçkırıklarla öne arkaya doğru sallanarak. *Hâlâ orada mı yatıyor? Len biliyor mu? Ya David?*

Kendisine odayı araştırmasını söyleyerek gözyaşlarını durdurmaya çalıştı. *Burada, o adam geri geldiğinde çelmelemek için kullanabileceğim bir şey olmalı. Sadece kapı açıkken yanından geçebilsem, koşabilirim. Hızlıyım. Reflekslerim mükemmel ve içgüdülerim iyi. Antrenör Wilson'ın her zaman söylediği şey bu. Yanından sıyrılırım – ayağı aksıyor. Bu onu yavaşlatır. Koşabilirim, kaçabilirim...*

Anahtar birden kilitte döndüğünde, odanın ortasında dondu kaldı. *Yok, daha değil!*

Çılgınca, çıplak odada etrafına bakındı. Onu çelmeleyebileceği bir şey yoktu.

Kapı açılınca içeri hava doldu. Stacy geriye kaçarak büzüldü, korku boğazında düğümlendi.

Daha önce hiç görmediği bir adam içeri girdi.

ELLİ İKİNCİ BÖLÜM

Dillon ve arkadaşı Melek Geçidi 8 numaradaki deponun kapısında gözden kaybolur kaybolmaz, bina etrafındaki diğer iki katlı pancurlu depolardan farksız hâle geldi.

Çisenti, yanında hızla yürüyen Yael'in titremesine yol açan kesintisiz sert bir yağmura dönüşünce David adımlarını sıklaştırdı.

"Sanırım beklesek daha iyi olur, David, içeri girmeden önce dinlesek," dedi, gözlerindeki yağmur damlalarını kırpıştırarak. "Doğruca içeri dalıp yüz yüze gelmeye hazır değilsen."

"Henüz olmaz. Teslimat kapısını kontrol edelim." Binanın arkasına dolanırken David su birikintilerini yan yan yürüyerek geçti.

Beklenmedik bir anda durunca Yael ona takıldı. Yükleme rampasının çevresinde telaşlı bir faaliyet olduğunu farkedince ikisi de görünmemek için kendisini binanın yan cephesine yapıştırdı. David rıhtıma doğru geri geri giden beyaz kamyona dikkatle baktı. Üretim hattı işçileri bavulları ve kutuları indiriyor, onları düzenli bir biçimde hızla içeri taşıyan adamlara veriyordu.

"Rozetlerine bak," diye fısıldadı Yael.

Gördüklerine inanamadığı şeyler yüzünden karnına ağrı saplanan David başını salladı. İşçilerin kemerlerine takılı rozetler insanı ürpertecek derecede tanıdıktı. Bu uzaklıktan dahi kulenin şeklini ve gökyüzünde çakan şimşeği görebiliyordu.

Tarot kartı.

"Onları bulduk, David. İçeri girmemiz gerek."

Omuzlarını yağmura karşı kamburlaştırdı. "O zaman Dillon'ı izleyelim."

"Ya Stacy ne olacak?"

"Eğer burası bir tür Gnoseos genel merkezi ise Crispin –onunla birlikte– burada olabilir. Böylelikle telefon parasından tasarruf etmiş oluruz."

"Ve şaşırtma olanağından yararlanmış oluruz." Bir yandan bunları söylerken, Yael Gillis'in kule kartını çekip çıkardı. David de hahamınkini çıkardı.

"Sanki oraya aitmişiz gibi ön kapıdan yürüyüp geçeriz," dedi kısaca, binanın ana girişine doğru ilerlerken. *Ve bunun bizi Stacy'ye götürmesi için de çılgınlar gibi dua ederiz.*

"Bu işte var olduğundan emin misin, Yael? Trinity Meydanını gözetlemek için geri dönebilirsin."

"Sonuna kadar dedim, unuttun mu?" Hızla yanından geçip öne çıktı ve çelik kapıyı iterek açmaya çalıştı.

Kilitli.

"Açıl susam," diye mırıldandı David. Kapıyı tıklattı. Sonra gözetleme deliğini farkedince kule kartını kaldırdı ve dışbükey merceğin önünde tuttu.

Kapı hemen açıldı. Aşağı yukarı Gillis kadar iri ve yapılı bir adam en iyi Brinks kamyonu taklidini yaparcasına karşılarına dikildi. Makineli tüfek taşıyan bir Brinks kamyonu.

Gülümsemeksizin boş elini kule kartlarını almak için uzattı. Adam kartları incelerken, David gerçeküstü bir düş görüyor olma duygusuyla mücadele ediyordu. Bu bir düş değil karabasandı Dillon bir Gnoseos, bir haindi.

Dillon.

Adam Koruma kartlarını geri verip içeri girmeleri için kenara çekilirken David kayıtsızlık rolü oynayarak boğazındaki safrayı yuttu.

"Koridordan aşağı sağa," diyerek makineli tüfekle işaret etti.

"Her şey tamam." David, dünyanın vakti varmış gibi, bir eli Yael'in belinde adama sürtünerek geçti.

Tetikte bekleyen ve tek amacı varmış gibi görünen altı silahlı adam dışında deponun içi hemen hemen boştu. *Kara Melekler.* Daha geride gölgeler arasında kutular, bavullar ve yerden tavana kadar istiflenmiş su şişesi kolileri vardı. *Erzaklar.*

Koridorun sonunda sade bir ahşap kapıyla karşılaştıklarında Yael'in hafif soluk alışları duyulabiliyordu. İnsan bu kapının depo yöneticisinin ofisine açıldığını düşünebilirdi.

Ancak burası bir ofis değildi. David kapıyı itip ardına kadar açtığında, bir metro istasyonunun girişinde olduklarını anladılar. Yuvarlak metal bir korkulukla çevrelenmiş beton merdivenler dikine aşağı iniyordu. Küçük ışık küreleri merdivenlerin kenarından hayalet gözler gibi parlıyor, gitgide azalarak soluk iğne ucu gibi ışık noktalarına dönüşüyordu.

Bu yol onları hangi cehenneme götürüyordu?

İyi ki yükseklik korkusunun üstesinden gelmişti, yoksa o merdivenlerden inme cesaretini, hele yarı karanlıkta, hiç gösteremezdi. Dipte göze ilişen hiçbir şey yoktu – merdivenler sadece kıvrılarak çok aşağılara inerken nerede sona erdikleri konusunda –şayet bir yerde sona eriyorlarsa– hiçbir fikir vermiyorlardı.

Yael tam arkasında, merdivenlerden aşağı inmeye başlarken, ürkütücü bir umutsuzluk David'in göğsünde küt küt atmaya başladı. Dillon'ın birkaç dakika önce bu yöne gittiğinden emindi. Arkadaşının Aramis kolonyasının kokusu nemli havada hâlâ asılı duruyordu.

Arkasında Yael'in ayak seslerinin tıkırtısını duydu. En ufak bir korku emaresi göstermemişti, ki David bunu kendisi için pek söyleyemezdi. İniş dikleştikçe titremesi arttı.

Merdivenler bitecek gibi gözükmüyordu.

"Yukarı geri dönüş çok zor olacak," diye Yael arkasından fısıldadı.

David yukarı dönerken bir Kara Melek sürüsü tarafından kovalanmayacaklarını umuyordu. Bu düşüncesini kendisine sakladı.

Işık daha da bulanıklaştı, hava daha da soğudu.

Yael sandaletli ayaklarını buz kalıbı gibi hissediyordu. Yetişkin çağının büyük bir kısmını yeraltı kazılarında araştırma yaparak geçirmişti, ama sonsuz görünen bu merdivenler kadar garip ve uğursuz izlenimi veren hiçbir şeyle karşılaşmamıştı.

Aşağıya yorgun argın yürüyüşlerinin hiç bitmeyeceğini tam düşünmeye başlamıştı ki beton bir sahanlık görüntüye geldi. Rahat bir nefes aldı ve sahanlığa doğru yürümeye başladı.

Fakat durakladıklarında, sağ tarafta sadece kapalı bir metal kapı ve aşağıya inen bir diğer merdiven daha gördüler. Bu merdiven, çelik ve bakırdan oluşan haşin bir sarmal hâlinde dönüyor ve sahanlığı çevreleyen dip kayaya oyulmuş delikten aşağı iniyordu.

"Tanrım," diye Yael soluk aldı.

David hiç böyle bir şey görmemişti. Sanki ruhlar âlemine iner gibi hissediyordu ve kendini Styx Nehri kıyısında bulursa şaşırmayacaktı.

"Tercih senin... kapı mı merdivenler mi?" Yael, ağrıyan baldırlarını ovalarken ona soru soran bir bakışla baktı.

David kapıyı seçti ve boş yere tekrar tekrar asıldı.

"Kırmaya çalışırsak çok fazla kargaşa yaratırız – şansımızı merdivenlerde deneyelim."

"Tüneli bu kadar derin kazmak kaç yıllarını aldı merak ediyorum." Sesinin kulak tırmalayıcılığından nefret etti, ama en azından sesi çıkıyordu. Kayanın duvarına dayanarak tutulan kaslarını gevşetmek için gerindi. Vücudundaki yara ve berelerin tümü yanıyormuş gibi geldi, boğazı ise zonkluyordu.

David buraya kadar tek bir silahları olmadan geldiklerinin farkında mıydı, merak etti.

"Tanrı'nın düşmanlarının üzerine silahsız gittiğimizi söylemek için artık çok mu geç?"

"Yanımızda iyilik var, öyle değil mi?" David bunu yarı şaka yarı ciddi söylemişti. *Keşke hava alanından ayrıldıktan sonra bir çakı satın almayı akıl etseydim* diye düşündü. Ancak ne işe yarayacağı tartışmalıydı.

Bir sonraki merdivenden inmeye başladıklarında hava daha da küflü kokuyordu. Kafası delikte kaybolurken David, "Dikkat et," diye uyardı. Bu basamaklar kaygan."

"Yoğunlaşma." Yael, gözlerini birer birer basamaklara dikerek, baş döndürücü sarmala bakmaktan kaçınarak, yere sağlam basmaya konsantre oldu.

Birden çok yukarılardan ayak sesleri ve alçak sesler duydular. Arkalarından başkaları geliyordu.

"*Onlar*, büyük olasılıkla nereye gittiklerini biliyorlardır," diye düşündü.

David ve Yael, adımlarını seçerek, kaygan metal basamaklardaki zor yürüyüşlerine devam etti. David yeraltında hiç bu kadar derine inmemişti. İkisinden biri gün ışığını bir daha görür mü, diye merak etti.

Onun yerine Lamed Vovnikler üzerine konsantre olarak, otuz altısından herhangi biri nefes almaya devam ettikçe hâlâ umut olduğunu kendisine hatırlatarak bu düşünceyi kafasından çıkardı.

Şimdi aşağıdan, seslerin uğultusu ile hızla akan suyun sesini ayırdedebiliyordu.

"Galiba partiye katılmakta geç kaldık," diye mırıldandı Yael.

"Umalım da kimse davetsiz konuk olduğumuzu fark etmesin."

Birkaç dakika sonra, merdiven şeklinde kayanın içine oyulmuş dikey silindirden çıkıp geniş ve loş ışıklı mağaraya daldılar.

Son adımlarını atarken, David açık alanın karşısında, uzaktaki duvara yakın iki dev bronz heykele gözlerini dikti. Çift ouroborous şeklinde dökülmüş bu heykeller çift kapı aralığının dışında birer kale gibi yükselse de önlerinde tırmanan yalçın kaya duvarın yanında neredeyse minnacık kalıyordu.

Ancak, temele indiklerinde en çok dikkatini çeken sağındaki pürüzlü kayadan yapılmış kaidesiz sütun oldu. Yukarıya kule gibi yükselen sütun, çıkıntılı bir tümsekle –kayadan yontulmuş bir balkonla– taçlandırılmıştı. David, ilkel bir gözlem noktasına, *ya da Papa'nın balkonuna* benziyor diye düşündü, neredeyse Gnoseos'un önderinin dalkavuklarına el sallamak için dışarı çıkmasını bekleyerek.

Gözleri balkonun arkasındaki cam kapılarının ardından süzülen ışığa doğru kısıldı. *Arkada bir oda var. Sahanlıktaki kapı buraya çıkıyor olmalı.* Camın arkasında hareket eden bir şey gördüğünü düşündü – orada biri vardı.

Sonra dikkati üç metre ilerideki resepsiyon masasına kaydı. Parlak koyu saçlı, sigara kadar ince bir kadın onlara ters ters bakıyordu. Kırmızı yün ceketine iğnelenmiş büyük kristal ouroborous broş buz gibi parıldıyordu.

Ancak arkasında duran, kurnaz ifadeli, gözleri kalçasındaki tabancanın çeliği kadar gri pırıltılı, bacakları açık dikili duran zenci bir 'Kara Melek'le daha fazla ilgileniyordu.

Artık Kansas'da değiliz.

Kadın, onlara sabırsızlıkla ilerlemelerini işaret ederken giysisiyle aynı renge boyalı dudaklarını büzdü.

"Bu taraftan. Kayıt yaptıracak son kişi sizlersiniz. Pasaportlarınızı kontrol etmemiz lâzım."

ELLİ ÜÇÜNCÜ BÖLÜM

Öfkeyle hole inen Crispin'in gözü kendisinden çekinen insanları görmüyordu. Alt kata inen arka merdivene doğru yönünü değiştirdi, her defasında bir bacağını atarak ve bastonunun ucunu kıvrılıp dönen metal basamaklara şiddetle vurarak sakınmadan merdivene atıldı.

Korkunç bir öfke bedenini sarmıştı. Shepherd ne cehennemdeydi? *Benimle oyun oynuyor.* Crispin burnundan soluyordu. Raoul, Shepherd'la İsrailli kadının iki saat kadar önce Heathrow'a geldiğini bildirmişti. Neden Trinity Meydanına gidip lanet olası telefonu etmemişlerdi? Raoul ve Enrique parkı ve anıt bahçesini köşe bucak aramışlar ve onların izini bulamamışlardı. *Telefon da etmediler.*

Belki küçük kızın çığlığını duymak Shepherd'ın dikkatini çekerdi. Shepherd ağlamasını dinlerken kızın kolunu tuzlu kraker gibi kırmayı gözünün önüne getirdiğinde dişleri gıcırdadı.

Anahtarı cebinden çıkarıp hızla deliğe soktu, ama kapı daha anahtarı çevirmeden, onu şaşkına çevirerek içeri doğru açıldı.

Bu da ne demek oluyordu?

Boş bir oda demek oluyordu. Crispin, inanmayarak, boş karyolaya, boş sandalyeye, boş köşelere boş boş baktı.

Öfkeden anlaşılmaz bir biçimde kükredi.

Telefonunun tuşlarını yumruklarcasına tuşladı. Yukarı kattaki Kara Melekler'in komuta merkezine ulaştığında "Gitmiş!" diye bağırdı. "Oda boş! Kimden bahsettiğimi *sanıyorsun*? Son Gizli'den – *onu bulun*!"

Daha etrafında dönmeden alarm zilleri çalmaya başladı. Öfke, göğsünde kor olmuş bir kömür gibi yanıyordu. Crispin koridorda ve arka merdivenlerde topallayarak yürüdü. Bir düzine Kara Melek merdivenden sökün edip yanından geçerken yüzü öfkeden al al olmuştu.

Sahanlığa eriştiğinde DiStefano ile yüz yüze geldi.

"Bir dakikanı alacağım, Yılan." DiStefano'nun ifadesi hayret edilecek kadar sakindi.

Crispin, "Kızı bulmamız lâzım," diye hırıldadı.

"Buluruz. Saklanacağı yeri yok, değil mi?" DiStefano başını yana eğerken dudakları hafif bir tebessümle kıvrıldı.

"Nasıl bir oyun oynadığını ve neden Guillermo Torres'in ismiyle doğrudan bana gelmediğini bilmiyorum," dedi "ve bilgisayarımdan öldürme emrini kimin yolladığını sormayacağım, Yılan. Sadece emrin yerine getirildiğini sana söyleyeceğim. Guillermo Torres adında üç kişi bugün ortadan kaldırıldı." Gözleri memnuniyetle parıldadı. "Jack Cherle'nin gemisi de şu anda biz konuşurken rıhtıma yanaşıyor – kısa bir süre içinde halledilecek bir diğer Gizli daha. Bu da bize sadece kız kalıyor demektir."

"Bulunduğunda bana getirilmesini istiyorum."

Buz gibi soğuk bir ifade DiStefano'nun gözlerinde ışıldadı. "Bulunduğunda *öldürülecek*" diye sakince karşılık verdi. "Bu artık seni ilgilendirmiyor, Yılan. Rolünün sona erdiğini, başarıyla tamamlandığını ekleyebilirim. Artık zamanımız geldi. Stacy Lachman'ın yaşaması için herhangi bir neden kalmadı. David Shepherd bizi durdurmayı başaramadı ve kız öldürülünce biz kazanmış olacağız. Şu anda seni ilgilendiren tek şey kendini sona – ve bizim başlangıcımıza hazırlamak."

Tam bu sözler söylendiği anda, tünelin kaya tavanında bir gümbürtü koptu. İki adam yukarı doğru baktılar.

"Cherle." DiStefano saatine baktı ve gülümsedi. "Öldü, ya da çok yakında ölecek. Yalnızca biri kaldı."

Crispin'in kafası hızla çalışıyordu. *Henüz değil.* Hazır değildi.

Daha önce, işler tam planladığı gibi gidiyordu. Şimdi ise yanlış giden bir şey –eksik olan bir şey vardı. Shepherd'ın Stacy Lachman'la ilişkisini keşfetmek her şeyi değiştirmişti. Şimdi her şeyi istiyordu– kendisinden çalınan değerli taş, komada yitirdiği yıllara karşılık ceza, intikamın getirdiği tatmin. Yükseliş *sonra*. Bir dakika bile önce değil.

Bir sözcük bile söylemeden arkasını DiStefano'ya döndü. *Cemiyetin önderi beni durdurabileceğini sanıyorsa, yanılıyor. Kızı önce ben elime geçirirsem, o benim olur. Ve onun ne zaman öleceğine ben karar veririm.*

SOUTHAMPTON

Cherle ailesi bagaj arabasını taksi kuyruğuna doğru iten iki hamalın arkasından giderken, Emily, "yağmur yağıyor," diye şikâyet etti.

Rüzgâr saç buklelerini dağıtırken büyükbabası ona, "büyük olasılıkla Londra'da da yağıyordur," dedi. "Sen şeker gibi tatlısın ama yağmurda eriyecek değilsin."

Bu ağzından dökülen son sözcükler oldu.

Cherle derin bir nefes aldı ve görkemli gemiye son kez göz atmak için döndü. Kurşun sol gözüne saplandı ve kafatasının arkasını parçaladı.

Ailesi çığlıklar atarken, kaldırıma yığıldı ve anında öldü. Çevredeki insanlar kendilerini korumak için kaçışırken, yağmur kanının rengini domates suyu rengine çevirdi.

Bir an için, rıhtımdaki hava ürkütücü biçimde sessizleşti, sonra yer sarsıldı ve Atlas Okyanusunu alt üst eden, nereden çıktığı belli olmayan yüksek dalgalar kocaman gemiyi palamarla bağlı olduğu yerde salladı.

ELLİ DÖRDÜNCÜ BÖLÜM

David ve Yael tarot kartlarını resepsiyon masasının üzerine koydu. Görev kıyafeti giymiş kadın, kartların her birini eline alıp önünü ve arkasını incelerken David soluğunu tuttu. *Kadının numaraları kontrol ettiğini* anladı.

Önündeki bilgisayarı yaylım ateşi eder gibi tuşladı, sonra ekrana doğru somurtarak eğildi. Başını yukarı kaldırdı ve Yael'e sert sert baktı.

İkna olmadı, diye düşündü David, sağındaki duvarda bulunan Lichtenstein'ın mamut büyüklüğündeki sanat yapıtına dalmış gibi görünürken kalbi çekiçle vuruluyormuşçasına hızla atıyordu. *Her an Kara Melek silahını kaldırıp bizi vurabilir.*

Yanında duran Yael'in heyecanını hissedebiliyordu. Koltuk altlarından ter damlıyordu. *Şu an fırlayıp orospu çocuğunu dengesiz yakalamalıyım...*

Ancak kollarıyla bacaklarını daha hareket ettiremeden kadın Yael'e bağırdı. "Adınız ne?"

Bu soru üzerine Kara Melek, geniş parmaklarıyla silahını daha sıkı kavrayarak, öne çıktı. "Sorun mu var?"

"Sorun yok," dedi Yael soğukkanlılıkla. Adım tam şurada, kartım da sizde."

"Sorun da bu," diye kadın karşı çıktı. Bu kart bir erkek için verilmiş.

"Bu imkânsız," dedi David.

"Açıkça bir yanlış yapıyorsunuz." Yael'in sesi buz gibiydi. David tanımasa gerçekten hakarete uğradığını düşünecekti. "Başbakan DiStefano'yla konuşmak istiyorum. Veya Crispin Mueller'le. *Şimdi*.

Kadın ilk defa kararsız göründü. Yol göstermesini ister gibi omuzunun üstünden Kara Meleğe baktı.

Kara Meleğe dik dik bakan David kadını sıkıştırdı. "Ona silahı indirmesini söyle," diye emretti. Kartı yanında. Belli ki numaralar karışmış. Son gelen bizlersek, başka kimsenin gelmeyeceği açık."

David daha yakına doğru, kadının yüzüne birkaç santim kalana kadar eğildi. "Dışarıdan birinin bu kartlardan elde edebileceğini mi sanıyorsun? Kafanı kullan," diye küçümseyen bir ifadeyle bitirdi.

Kadın gözle görülür biçimde tereddüt içindeydi, Gnoseos'un gizlilik kurallarına uymakla önündeki açık tutarsızlık arasında bocalıyordu.

"Ama burada Paul Wright diyor"

"*Paula* Wright." Yael, dişlerini sıkarak, David'e döndü. "Böyle bir anda böyle bir beceriksizliği kim bekler?" diye tısladı. "Böyle kritik bir anda baskı hatası? Kabul edilemez."

Kara Meleğe işaret etti. "Sen. Çabuk DiStefano'yu çağır. Daha fazla vakit kaybetmeden bu sorunu o çözer."

"Buna gerek yok." Kadın hızla bir çekmeceyi açtı ve herbirine birer altın anahtar takılı iki anahtar halkası çıkardı. David Yael'in hafif bir soluk verdiğini duydu ve kendi kalbindeki patırtı az da olsa yavaşladı.

"James Gillis, siz ana kat, D koridoru, Oda 17'desiniz. Paula Wright, C koridoru Oda 42." Başparmağıyla sağ tarafı işaret etti. "Alt kat, arka merdivenlere yakın."

Yael kendi anahtar halkasını kaptı ve gizlemeye gerek görmediği bir hakaret gösterisi olarak koridordan aşağı topuklarını vurarak yürümeye başladı.

"Gidelim, James, artık iyice *geciktik.*"

David geriye dönüp bakmamak için kendisini zor tuttu. Ona yetiştiğinde, "Zor oldu," diye mırıldandı fısıltıyla. "Orada etkileyiciydin."

"Bir kumar oynadım." Geniş koridordaki insan seliyle karşılaştıklarında, "Bu gördüklerine inanabiliyor musun?" diye fısıldadı.

Tünel adeta New York kadar kalabalıktı. Ama burası New York City değildi. Haşin, ürkütücü, ve çıplak ampullerle ve kaya çıkıntılarına tünemiş mumlarla loş bir biçimde aydınlatılmıştı. Mimari, metal ve doğal kayaların şaşırtıcı bir bileşimiydi ve hava, duvar diplerinde birikmiş su sızıntıları yüzünden kötü bir biçimde küf kokuyordu. Yine de atmosfer, umut ve beklentiyle çatırdıyordu.

David böyle bir şeyi hiç düşünmemişti. Yeraltı sığınağı, bir mağara ile bir nükleer serpinti sığınağının garip bir karışımıydı. Gizli tarot kartı verilen iki bin kişi için bile onun düşündüğünden büyüktü.

Kendisine doğru gelen neşeli yüzleri tararken, "*Stacy cehennemin dibindeki bu labirentte nerede olabilir?*" diye düşündü. Yanından geçen herkes normal görünüyordu, ama hepsi düşmandı. Onun ve dünyanın düşmanı.

Stacy, onları yenmek için, tek umuttu, ama onu aramaya nereden başlayacağına dair en ufak bir ipucu yoktu.

Hızla yürüyerek, yan tarafında ouroboros heykelleri bulunan geniş bir toplantı salonunu, sonra bir yemekhaneyi ve mutfağı geçtiler.

Hızla oradan geçerken, David, ***onu insanların bulunduğu bir alanda bulma şansı çok düşük***, diye düşündü.

Arka merdivenlere doğru ilerlerken ara sıra bir baş sallama veya gülümseme dışında tüneldeki hiç kimsenin onlara dikkat etmemesi rahatlatıcıydı.

Birden, kaya hafif bir gürültüyle sallandı. Mumlar yerleştirildikleri yerde titredi ve David'le Yael korkuyla birbirlerine baktılar. Yael, "Bu da neydi böyle? Ayaklarımın tabanı hâlâ titriyor," diye mırıldandı.

"Bilmiyorum, ama bundan hiç hoşlanmadım. Burada tek ihtiyacımız olan şey yangın." David kaşlarını çattı. "Stacy'yi bulup buradan ayrılmalıyız."

Yanlarından gelip geçen herkesten ortalığa hafif bir heyecanlı mırıldanma yayılıyordu. Sonra, çanların birbiri ardına koridorda yankılanan tiz çınlaması duyuldu.

Bir adam, "Vakit gelmiş olmalı," diye heyecanla bağırdı.

Bir kadının sesi "Toplantı salonuna!" diye şakıdı.

Başka sesler de yükseldi. "Toplantı salonuna! Zafere."

Çevredeki herkes, David'le Yael'in geldikleri yöne doğru hücum ederken, ikisi tünelin arkasına doğru koşmaya devam etti.

David'in kalbi gösterdiği çabadan çok korkudan hızla çarpıyordu. Zaman buharlaşıyordu, ama Stacy'yi bu kahrolası devasa cehennem deliğinde nerede arayacağı konusunda elinde hiçbir ipucu yoktu. Ancak, şimdi herkes toplantı salonunda toplandığına göre, yeraltı sığınağının uzaktaki bölümlerini farkedilme ihtimali olmadan Yael'le birlikte arayabilirlerdi.

Bu fikir kafasında daha yeni çakmıştı ki, silahlarını çekmiş, iki yönden dört Kara Meleğin üzerlerine geldiğini gördü.

David ve Yael çakılıp kaldı. Ancak, Kara Melekler onları şaşırtacak şekilde yanlarından hızla geçip gitti. Biri dışında.

"Sarı saçlı, gri eşofman üstü giymiş genç bir kız gördünüz mü?" diye sordu.

Stacy. Ağzı, istese de konuşamayacak kadar kurumuş olan David kafasını salladı.

Kara Melek hole doğru koşmaya devam etti. "Toplantı salonuna gidin – arama yapmamız için koridorların boşaltılması gerek. Onu görürseniz, yakalayıp resepsiyon masasına getirin. Son Gizli o."

"Oo, öyle mi. Elbette, getiririz." Yael ağzı açık ona baktı, itaat ifadesiyle.

"Nasıl kaçmış?" Sözcükler David'in ağzından güçlükle çıktı.

"Biz de bilmek istiyoruz." Kara Melek ona sert sert baktı ve birden ona doğru yaklaştı. "Siz, ikiniz, ne tarafa gidiyorsunuz?"

David odasının anahtarını gösterdi. "Odamda bir şey unuttum."

"Vazgeçin," diye emretti adam. "Şu anda koridorların boşaltılması gerek."

Kahrolası herif, diye düşündü David, ama Yael'le birlikte boyun eğip döndüler ve geldikleri yöne doğru geri gider gibi yaptılar. Ancak Kara Melek arkalarında kaybolur olmaz, Yael'in elinden tuttu.

"Gel, aşağı inelim." Başka birinin daha onları durdurmaya çalışmaması için dua ederek apar topar arka merdivene doğru fırladılar.

Koridor bittiğinde kayarak durdular ve A'dan F'ye kadar işaretlenmiş altı dar geçite korkarak baktılar.

Soluk soluğa, Yael, "Bize ayrılan odalar burada – belki de burası yatacak yerlere ayrılan bölümdür," dedi.

David'in içine umutsuzluk çöktü. Burası düşündüğünden de büyüktü. Koridorların hepsi uçsuz bucaksız görünüyordu ve sanki her birine açılan düzinelerle kapı vardı.

Ya Stacy bunlardan birinin arkasında saklanıyorsa?

Çaresizçe düşünmeye çalıştı. İçgüdüsü ona aşağıya inmesini söylüyordu. "Önce aşağıyı kontrol edelim, sonra yukarıya doğru devam ederiz," derken arka merdivene yönelmişti bile.

Sarmal basamakları ikişer ikişer inerken çan seslerinin kesildiğini fark etti.

Yukarıdakilerle aynı biçimde alfabetik olarak işaretlenmiş geçitlerdeki odaları tek tek arayan Kara Melekler dışında, alt katta pek az kişi kalmıştı.

Merdivenlerin arkasındaki kaya duvarına çizilmiş kat planına doğru koşan Yael, "Buraya," dedi. "Bu zaman kazanmamızı sağlayabilir."

Telâşla planı inceleyen David, "Bak, gördüğümüz balkon Durum Merkezi'ne çıkıyor," dedi.

Yael, "Savaş odası gibi," diye mırıldandı. "Arenanın çok üstünde ve büyük olasılıkla içeri girmek mümkün değildir.

Heyecanla arkasına, D koridorunu sistematik bir biçimde arayarak kendilerinden yavaş yavaş uzaklaşan Kara Melekler'in bulunduğu yere baktı.

"Yüksek rütbeliler büyük olasılıkla orada toplanmıştır," dedi David. "Crispin'in Stacy'yi tuttuğu yer orası olabilir."

İnfaz için mükemmel bir yer diye düşündü, sonra hemen görüntüyü zihninden çıkarıp attı.

Yael, "Hâlâ aşağıda, buralarda bir yerde olabilir," diye görüşünü belirtti. "Bu holde bir çöp toplama merkezi, bir havalandırma odası ve ... bu ne?" Arka merdivenlerin hemen gerisinde, *Girilmez* yazılı daire şeklinde bir alanı işaret etti. "Girilmez? Sence..."

David'in ağzı kasıldı. "Öğrenmenin tek yolu var."

Merdivenlerin gerisindeki alana doğru yürümeye başladılar. Girilmez yazılı alana ulaştıklarında, sadece korkulukla çevrili bir yeraltı kuyusu buldular.

"Burası çıkmaz sokak." David dimdik inen uçuruma hayretle baktı, sonra elini saçlarının arasından geçirdi. Kaburga kemikleri onu öldürüyordu. Ama acıya teslim olmayı reddetti.

"Çöp toplama merkezi şurası," diye Yael holdeki gölgelerin arasında duran alçak ve geniş metal tankı gösterdi.

"Kontrol edeceğim," dedi David sertçe.

Kapı tahmin ettiği gibi kilitliydi. Gömme merdivene asılıp yukarı doğru tırmanmaya başlarken, Yael ihtiyatla çevresine bakındı. Etrafta kimseler yoktu. *Şu anda.*

"Çabuk ol," diye uyardı, sonra tepeye yaklaştığını görünce sustu.

Onun her yeri arama ihtiyacını anlıyordu. Ama ne kadar oyalanırlarsa, yakalanma olasılığı o kadar artıyordu. David tepedeki kapağı açmaya çalışırken Yael soluğunu tuttu ve David'in ayaklarının metal merdiven basamaklarından inerken çıkardığı sesi duyana kadar vermedi.

"İçeride çöpten başka bir şey yok. Stacy nereye saklanmış olabilir?"

Yakınlarda bir gıcırtı sesi duyunca ikisi de irkildi. Yael döndü ve daha önce fark etmediği kayadaki bir girintiden fırlayan iri sıçanı gördü. Kaya duvarındaki doğal çıkıntının altındaki ufak açıklığı görmek neredeyse mümkün değildi.

"Orada bir şey var. Sıçan olan yerde genellikle yiyecek de bulunur."

David oyuğa doğru hızla ilerlerken Yael onu takip etti. Üvey kızının bu iğrenç yerde tek başına olabileceğini düşününce yumruğunu sıktı.

Kapıyı ikisi de aynı anda gördü. Üzerinde hiçbir işaret yoktu ve yeraltı sığınağınn bu uzak köşesinde farkedilmeden kolayca geçilebilirdi.

Rehineyi tutmak için mükemmel bir yer, diye düşündü Yael.

Kapı aralıktı. Ardına kadar itti ve hafif bir ilaç kokusu duydu. "Aman Tanrım."

Dolaba benzeyen yer boş gözüküyordu. David duvarları el yordamıyla yoklayarak bir elektrik düğmesi aradı, soluk bir floresan ışığı odayı aydınlattı. Bir sandalye, bir masa ve yapılmamış bir yatak gördüler. Yatağın ayağının dibindeki tepside peynirli sandviçe benzeyen bir şeyin kalıntıları duruyordu.

"Stacy buradaymış. Herhalde onu birkaç dakikayla kaçırdık." David dünya başına yıkılmış gibi hissetti.

"Şuna bak!" Yael karyolanın yanında dizüstü çöktü ve lastik mesaj bileziğini kayağan taş zemin üzerinden aldı. Elastik sarı lastik üzerine "Yukarıyı Hedefle" sözcükleri yazılmıştı.

"Bu onun." David'in sesi boğuktu. "Geçen yaz beni ziyarete geldiğinde ben almıştım."

İnce bileziğe bir an baktı, sonra zorlayarak şişmiş elinden geçirdi. Bileğini sıkı sıkıya sarıp rahatsız etse de kendini Stacy'ye daha yakın hissetmesini sağladı. "Stacy tam buradaydı. O orospu çocuğu..."

"Neden yukarıda değilsiniz? Burada ne yapıyorsunuz?"

Kalın bir ses odayı doldurunca David ve Yael geriye döndü.

David durumu biraz geç fark etti. Onlara silahını doğrultan Kara Meleği tanıyamadı, ama kapı aralığında durup yollarını kesen kısa boylu, geniş omuzlu adamı hemen tanıdı.

Alberto Ortega, eski B.M. Genel Sekreteri.

David, babası hâlâ hayattayken, anne ve babası, Wanamakerlar ve diğer senatörlerin ailelerinin katıldığı bir Beyaz Saray resepsiyonunda bir kez onunla karşılaşmıştı.

Wanamaker. İlişki ne kadar eskiye gidiyor merak ediyorum. Acaba kim kimi Cemiyete aldı?

"David Shepherd." Ortega'nın kaşları çatıldı. Odaya bir adım attı. "Buraya nasıl girdin? Neyse. Önemli değil."

Kemerinden bir çağrı cihazı çıkardı. "Yirmi saniye içinde burası Kara Melekler'le dolar," dedi sohbet edercesine, parmağı cihazın tuşları üzerinde. "Tabii bu, arkadaşım Domino'nun tek başına ikinizin üstesinden gelemeyeceği anlamına gelmez."

Dalgasız kırmızımsı saçlı ve buna uygun dudak altı sakalı bırakmış olan Kara Melek sevimli bir gülümsemeyle dudaklarını geriye çekti. "Hizmetçini öldürmekten iki misli zevk aldım."

Kafası şaşkınlık ve öfkeden karışan David, hava gibi hareketsiz kaldı. *O hâlde Eva'yı Dillon öldürmemişti.*

"Sanırım İsimler Kitabı'nı getirmişsindir." Ortega bir adım ilerledi.

"Evet burada."Bu söz üzerine spor çantasını beysbol sopası gibi sallayarak Ortega'nın elindeki çağrı cihazını düşürdü. David sağ yumruğunu Ortega'nın kendini beğenmiş suratına indirdiğinde, darbenin etkisi onu gümbürtüyle köşeye gönderdi. David kolunu tekrar piston gibi çalıştırdı ve Ortega'nın esmer yüz hatlarını parçalanmış et ve kırılmış dişten oluşan bir maske hâline getirdi. Ortega sendeleyerek arka üstü Domino'ya takıldı ve ikisi de dengesiz yakalandıkları anda David Kara Meleğin silahını kapmak için hamle yaptı.

Silah patladı ve arkasındaki Yael'in küfrettiğini duydu. Parmakları kızgın namluyu yakaladı. Yakıcı ağrıya aldırış etmeksizin silah için mücadele ederken yüzünden aşağı ter fışkırıyordu. Domino'nun ona göre en az on beş kilo fazlası vardı ve David silah üzerindeki üstünlüğünü kaybetmemek için savaşıyordu.

Ortega sendeleyerek yoldan çekilirken Domino silahı çevirerek David'in bileğini geriye dönmeye zorladı. Ağrı kolunu parça parça ederken bir an dizleri büküldü. Dişleri arasından ıslık gibi çıkan inilti, düşmanının yüzüne gülümsemeyi getirdi.

"Öldür onları!" Dizleri üstüne doğrulmaya çalışan, ağzından kalan yerden kan fışkıran Ortega zorlukla soludu. Yael elli beş kiloluk roket gibi üstüne atladı ve onu kendi kanından oluşan küçük havuza sırt üstü yuvarladı.

Ata biner gibi üstüne oturarak oda anahtarını sol gözüne sapladı. Parmaklarından kan süzülen Ortega yüzünü korumaya çalıştı, ama Yael anahtarı bu kez gırtlak boşluğuna sokarken çığlıklar kulaklarında çınladı.

David'le Domino birbirinin vücuduna ağır darbeler indirirken, David acıyı uzaktan, daha derin bir yerden, duyuyordu. Kaburgaları bir boğa tarafından boynuzlanmış gibi çatırdadı.

Domino vahşi bir yumruk daha indirirken, bir umutsuzluk perdesinin arkasından, *Silah. Silahı bırakamam,* diye düşündü.

Serbest yumruğunu Domino'nun Âdem elmasına indirince adamın tendonlarının gevşediğini hissetti, katilin göz yuvarlarının bir an acıyla döndüğünü izledi. Ve sonra, yumruğunu bir örs gibi David'in kafasına gömerken, Domino ona gülümsüyordu.

Dizleri üstüne çökerken, David'in gözlerindeki ışıklar dans ediyordu. Eli boş havayı kavramaya çalıştı. Silahın kafasına doğru döndüğünü gördü. İsteyerek vücudunu öne doğru atmaya, silahı almaya ya da en azından kendisini hareket eden bir hedef olarak tutmaya çalıştı.

Ancak daha kasları çözülmeden Kara Meleğin arkasında bir adam belirdi Yeni gelen adam iki elini kullanarak kavun büyüklüğünde bir kaya parçasını Domino'nun kafasının arka tarafına indirdi.

David zorlukla gözlerini kırpıştırdı. Gördüğü şeyin kafasına yediği darbeden mi kaynaklandığını anlamaya çalıştı. Gözlerini odakladı.

İnanmazlık duygusu içine yayıldı. Domino'nun üstünde duran adam Dillon McGrath'dı.

ELLİ BEŞİNCİ BÖLÜM

Karanlıktı, o kadar karanlık ki saçtan tünelin içinde emekleyerek ilerlerken Stacy önündeki ellerini bile göremiyordu. Adam onu mümkün olduğu kadar sessiz olması, yavaş yavaş ama sürekli ilerlemesi için uyarmıştı. Dar geçit boyunca kıvrıla kıvrıla ilerlerlediği her santimetrede ağırlığı altında metal çatırdıyordu, sesin aşağıdan duyulabileceği korkusuyla vücudu gerildi.

Adam onu kapaktan yukarı çekerken, "Havalandırma bacası dar, belki oldukça tozludur," dedi, hızla konuşarak ve etrafına bakınarak. Aslan adamın onu tuttuğu yerden biraz uzakta bir yan tünele rastladılar.

"Sağında başka bir koridor bulana kadar biraz gitmen gerekecek. Koridoru bulunca o yönde ilerle. Devam et, uzun bir yol bu ama yolun bittiği yerde seni bekleyeceğim. Ne duyarsan duy, durma, sonuna kadar git ve beni orada bekle. Anladın mı?"

Stacy artık hiçbir şey anlamıyordu. Şimdi dar tünelde sıkış tepiş ilerlerken alarm zillerini duyunca ensesindeki saçlar aniden dikildi.

Aslan adam kaçtığını öğrendi. Kalbi çekiç darbeleri gibi attığı için ağrıyordu. Aslan adamın onu aradığını düşünmemeye çalıştı. Ne kadar üşüdüğünü, ne kadar yalnız olduğunu, ne kadar korktuğunu da. Kendisini serbest bırakan adama güvenebileceğini umdu, annesiyle David'i tekrar görebileceğini umdu. Her şeyin tekrar normale dönmesini arzuladı.

Titreyerek, kendisini devam etmeye zorladı. Sağındaki duvarın bittiğini görünce dar dönemeçte kendini döndürmeye çalıştı. Kendisini geçite yönlendirmesi birkaç dakika kıvrılmasını ve nefesini tutmasını gerektirdi.

Ağzı tozdan kurumuş, elleri o kadar üşümüştü ki hissizleşmişti. Bu soğuk metal hapisaneden kurtulmayı o kadar istiyordu ki çığlık atabilirdi. Aslan adam gelebilirdi. Ve gözleri farklı renkteki adam da. Sessiz olmalıydı.

Sesler duyduğunu sandığında, ikinci tünelde fazla yol almamıştı. *Benim için geliyorlar!* Korku karnını oyarken durdu ve dinledi.

Sesler. Haklıydı. Daha dikkatle dinledi, sözcükleri yakalamaya çalışarak.

Tartışan, kızgın kadınlar. *Ağlayan kadınlar?*

Artık ağlamıyorlardı.

"Bırak üstümüze gelsinler. Tırnaklarımızla ve dişlerimizle kavga ederiz."

"Yemek tepsilerinden yürüttüğümüz bıçaklar var. Kayalarda biledik."

"Onlar bizi öldürmeden, biz birkaçını öldürebiliriz, en azından."

Fakat kararlı seslerin arkasından başka sesler duydu. Kadınların bazıları ağlıyordu. Yalvararak.

"Onlarla dövüşürsek hepimizi öldürürler."

"Oh Tanrım, ölmek istemiyorum."

Stacy dondu kaldı. Bunlar kimdi? Hapsedilenler? Kendisi gibi? Onlara ne olacaktı?

Kafasında adamın sesini yeniden duydu. *İlerlemeye devam et. Ne olursa olsun, durma. Öteki uca ulaş.*

Yapamam. Kendi boğazında bir hıçkırık duydu. *Bu kadınları böyle bırakamam.*

Geri dönecek yer yoktu. Yavaşça, acı çekerek, geldiği yöne doğru santim santim geri gitmeye başladı.

Seslere doğru.

ELLİ ALTINCI BÖLÜM

David, Dillon'ın üstüne atıldı ve onu kapı pervazına çarptı. "Burada ne arıyorsun?" diye homurdandı.

"Hayatını kurtarıyorum, Tanrı aşkına." Dillon'ın mavi gözleri kendisininkilere dikildi. "Bu arada, teşekkür etmek için ilginç bir yol seçtin."

"Sana ne için teşekkür edecekmişim? Dünyanın sonunu getirmeye çalıştığın için mi? Tüm metafizik araştırmaların bunun için miydi – *Peder*? Bu canavarı Eva'yı öldürmesi için evime soktuğun zaman mı pasaportuma el koydun?"

"Eva? Öldü mü? Aman Tanrım!" Dillon'ın yüzündeki şok samimi görünüyordu. Kafasını, sanki temizlemek ister gibi, salladı sonra da David'i itti.

"Buradaki arkadaşın bunu yapmış olamaz." Sarsılmış görünüyordu. "Bir tur daha istemiyorsan bunu yeryüzüne çıkınca tartışmamızı öneririm – hâlâ buradan çıkma imkânımız varken."

Yael, Domino'nun silahını Dillon'a doğrultarak, David'in yanında durdu. "David, az önce hayatını kurtardı," dedi ihtiyatla.

Dillon'ın Domino'nun kafasına vuruşunu, yeraltı sığınağında bulunmasını, Eva'nın öldürülmesini ve kayıp pasaportu kafasında uzlaştırmaya çalışırken karışıklıktan David'in başı dönüyordu.

Domino bir kolunu David'in pantolonunun paçasına uzatırken, Dillon, "Dikkat et!" diye bağırdı.

David dönüp Kara Meleğin çenesine bir tekme attı. Domino'-nun başı yana sarkıp bilincini kaybettikten sonra üçü birden merdivenlere koştular.

"Peki o zaman, burada ne arıyorsun?" diye David soluk soluğa sordu.

Merdivenleri çıkmaya başladıklarında nefesi kesilerek, "Uzun hikâye. Akiği bana gösterdiğin zaman ve Yahudi büyü kitabında değerli taşları okuduğumuz zaman bir şeyi anımsadım," dedi. "Ben genç bir papaz yardımcısıyken tanıştığım bir piskopos vardı. Genç erkek çocukları taciz ettiği için birkaç yıl önce sürgüne gönderildi. Her zaman taktığı olağandışı yüzüğü anımsadım. Üzerinde İbranice harfler bulunan bir yakut."

Yael, yanakları merdiven çıkarken sarf ettiği efordan al al olmuş, "Başrahibin göğüs zırhından mı?" diye nefesini tutarak sordu.

"Piskoposu İskoçya'da buldum ve yüzüğü ondan aldım. İsraillilere geri vermek için. Sonra seyahat belgeleri arasında bu garip tarot kartını buldum."

Dillon son derece zinde olduğu hâlde zor soluk alıyordu. "Londra'ya yapacağı bir uçuştan bahsedip durdu. Ben de oraya yöneldim. Heathrow'da bir Alman'a rastladım. Onda da aynı karttan vardı. Ona yapıştım ve kendimi burada buldum. Şimdi *siz* bana söyleyin, neler oluyor?"

Sahanlığa olan yolu yarılamışlardı. David, bedeninin her santimini harap eden keskin ağrıya aldırmadan, ansızın durdu.

Yanındaki, Yael ve Dillon zorlukla nefes alarak korkuluğa dayandılar.

"Stacy burada," dedi David kulak tırmalayıcı bir sesle. "Bu manyaklar dünyanın sonunu getirmeye çalışıyorlar. O sesler... duyduğum isimler... bu canavarların sistematik olarak öldürdüğü insanlara ait. Stacy o insanlardan biri – sonuncusu. Onu bulup buradan çıkarmamız lâzım!"

"Tanrı yardımcımız olsun." Dillon'ın yüzünün kırmızılığı soldu. "O nerede?"

David sıkılı dişlerinin arasından, "Bilmiyorum. Tanrı'yla birkaç kelam edip onu bulmamıza yardımcı olabilirsin," dedi. "Bizi de yakalayıp öldürmelerinden önce."

ELLİ YEDİNCİ BÖLÜM

Sesler daha çok yükseldi.

Doğru yönde ilerliyorum, diye düşündü Stacy. *Ama onların olduğu yere nasıl ineceğim?*

Akciğerlerinin kalkan tozdan tıkandığını hissederek acele etmeye başladı. Odalara inen hava kanalları, emeklerken parmaklarını sıyırmıştı. Evlerdeki gibi dilimli olanlardan. Sesler yakındaki bir kanaldan geliyor olmalıydı.

Dönemeçe geri döndüğünde, birden, kadınlar sanki tam onun altındaki odadaymış gibi geldi. Bir kanal –ya da kapak daha– bulmak için elleriyle her iki duvarı da yokladı. Birden fazla olmalıydı.

Dönemeçte yönünü tekrar değiştirdi. Gerisin geriye gitmek daha zordu ve ilk başta takılıp kaldı. Ama sonra geçmeyi başardı ve kapağı buldu. Onu yukarı tünele çektikten sonra, adamın yerine takmasını söylediği türden bir kapak.

Nefesini tutarak, kapağı kenarlarından yakalayıp dikkatle yavaşça ileriye itmeye başladı. Diğeri gibi ağırdı, ama birkaç santim yerinden oynatmayı başardı, şimdi aşağıdaki tüneli bir parça görebiliyordu. Kadınların sesini duydu – şimdi daha yakındılar.

"Siz dövüşüp ölmek istiyor olabilirsiniz, İrina. Ama ben yaşamak istiyorum," diye hıçkırdı biri.

Sesi gırtlaktan çıkan bir kız cevap verdi. "Korkak olmak istiyorsan ol, Louisa. Ama ben Mario'ma dönmek istiyorum. Bunu denemek uğruna ölebilirim."

Stacy paneli son birkaç santim daha itti. Açıklık, arasından geçtiği açıklıkla aynı ölçülerdeydi. Ancak yer çok aşağıda gözüküyordu.

Derin bir nefes aldı, dirseklerini tünelin kenarlarına dayayarak bacaklarını mümkün olduğu kadar açıklıktan aşağı sallandırdı. Ellerini açıklığın kenarlarını tutacak biçimde kaydırırken, *topu potaya smaçladıktan sonra yere inen Michael Jordan olduğunu düşün,* dedi kendine.

Bir an tereddüt etti, sonra kendisini bıraktı.

Yere sertçe indi ve topuğunu bir şeyin çektiğini hissetti. Sakatlar bençinde oturacak zaman yok, diye düşündü, soluğunu içine çekerken.

Kendisinin hapsedildiği tünele çok benzeyen bir tüneldeydi. Terk edilmişti. Ama kadınlar yakınlardaydı, tartıştıklarını hâlâ duyabiliyordu.

Stacy ayakları üzerine doğruldu ve seslerin geldiği tünele aksayarak yürüdü. Hepsi de ürpertici, koyu renkli, yılanlı ve garip simgeli birçok resmin önünden geçti. Aceleyle yola devam etti, geçidin sonundaki dövme demirden kapıyı görünce dondu kaldı. Kalbi tekledi. Hapisane kapısı gibi gözüküyordu.

Kapıya doğru koşarcasına yürüdü, sonra onları gördü. On, on iki genç kadın kocaman bir odaya kilitlenmişti. Oda yataklarla bir yatakhane gibi düzenlenmişti. Kadınlar, yıllardır güneş yüzü görmemiş gibi, bitkin ve solgun görünüyordu. Stacy, annesinden daha genç olduklarını gördü, hatta bazıları kendisinden bile büyük gözükmüyordu. Ama sırtları yaşlı kadınlar gibi kamburlaşmış, saçları uzamış ve dağınıktı.

Burada ne yapıyorlardı?

Kadınlardan biri Stacy'nin aksayarak kapıya doğru yürüdüğünü görünce soluğunu tuttu. Birden, hepsi ona inanmaz boş gözlerle bakarak sıraya girdiler.

"Sen kimsin?"

Konuşan, sesi gırtlaktan gelen kadındı. Güzeldi, koyu renk saçları ve uzun kirpiklerin çevrelediği büyük gözleri vardı.

"Ben Stacy. Siz ... siz kimsiniz? Neden hepiniz buradasınız?"

"İrina. Benim adım İrina." Genç kadın demir çubukları sıkı sıkıya kavradı. Yukarı doğru bakarak, "Merhametli Tanrım, sana şükürler olsun," diye fısıldadı. Yüzü umuttan gerilmişti, Stacy'ye tekrar baktı. "Biz tutsaklarız. Bize yardım et! Orada bir anahtar var."

"Nerede?" Stacy duvarlara bakındı, raf veya kanca göremedi.

"Aşağıda tünelde. O resimlerin birinin arkasında. Çabuk!"

"Hangisinin?" resimlere doğru hızla yürümeye başlamıştı bile. Her adımda topuğu daha da zonkluyordu.

"Bilmiyoruz," diye başka biri tünelden seslendi. "Sadece, anahtarı resimlerden birinin arkasından aldıklarını görüyoruz. Çabuk, lütfen çabuk ol."

Stacy, duvardaki resimleri birer birer kaldırdı. *Anahtar neredeydi?* Her saniye birinin geldiğini duyar gibi oldu. Kendisinin sonu da onlarla birlikte kapının arkasına kilitlenmek olacaktı.

Çaresiz ve bitkin yüzleri düşünerek en büyük resimle boğuşmaya başladı. Resim birden kancasından fırlayınca neredeyse sırtüstü düşecekti. Sonra anahtarı gördü. F şeklinde, büyük bir siyah anahtar resmin arkasındaki çiviye asılmıştı.

Parmakları titreyerek anahtarı kaptı ve topuğundaki ağrıya rağmen kendisini koşmaya zorladı. Elleri o kadar şiddetli titriyordu ki anahtarı deliğe sokmakta zorlandı, sonunda başardı ve kapı yay gibi açıldığında neredeyse ayaklar altında eziliyordu.

Kadınlar telaşla yanından geçtiler ve tünele doğru kaçtılar. Sadece İrina durdu. Stacy'yi yanağından öptü, hafifçe hıçkırdı. Sonra elinden tuttu.

"Bizimle gel, küçük melek – koş!"

ELLİ SEKİZİNCİ BÖLÜM

"Herhalde bir oyun planın vardır." Dillon dikkatle merdivenlerden yukarı baktı.

"Önerilere oldukça açık sayılırım." David kaşlarındaki teri sildi. "Seninki neydi?"

"Ellerinde ne kadar değerli taş varsa hepsini almak."

"Hiç taş gördün mü?" Yael'in başını ona doğru çevirdi.

"İki tane – ışıklı bir cam fanusun içinde. Yukarıda, balkonun arkasındaki o savaş odasında. Kodamanların toplandığı yerde."

"Oraya girdin mi?" David'in kaşları kalktı.

Dillon yüzünü buruşturdu. "Kısa bir süre için. Yeni en iyi arkadaşımın peşine takıldım. Merdivenlerden aşağı inerken meslektaşlarından biri, onunla içeride konuşmak için cam kapıdan dışarı fırladı. O kapı aralığından öteye gidemedim, ama o fanusta ne olduğu konusunda yanılmama imkân yok."

"Taşlara ulaşılabilir mi?" diye sordu David.

"Camı kırabilirsek. Ama oraya girmek..." Dillon keyifsizce başını salladı. "Aşağıya saklı bir silah bulmak için inmiştim. Bir balta, metal boru, ne olursa. Ama bulduğum tek şey dostlar oldu."

Yael, kanlı elini ona doğru uzatarak hafifçe gülümsedi. "Yael HarPaz."

"Özür dilerim, görgüme ne oldu bilmiyorum," diye mırıldandı David, sonra bakışları Dillon'ın bakışlarıyla kesişti. İfade bile edemediği bir pişmanlık içini doldurdu. "Sana güvenmeliydim," dedi boğuk bir sesle. "Beni bağışla."

"Önümüzdeki üç kahvaltılı gezintide faturayı sen ödersin, o zaman ödeşmiş oluruz."

Birden aşağıdan, koşturan insanların ayak sesleri geldi.

"Buradan çıkalım," dedi David endişeyle. Ana kata doğru ilerlediler, ancak oraya ulaşıp toplantı salonuna doğru yönelmişlerdi ki, kendilerine doğru koşan altı Kara Meleğin görüntüsü onları durdurdu.

Arkadan bir kadın sesi duyuldu. "Bak, burada kim var?"

David onu hemen tanıdı. İnanamayarak döndü ve Katharine Wanamaker'ın buyurucu gözlerine baktı. *Katharine Wanamaker.* Babasının ölümcül kalp krizinden sonra annesini aylarca teselli eden kadın. Tatil yemeklerinde, yiyen tek kişi David olsa da, her zaman Waldorf salatası hazırlayan kadın.

"Niye Judd'ı da çağırmıyorsun?" dedi sıkılmış dişlerinin arasından. "Birlikte bir aile toplantısı yapardık."

Kahkahası alayla titredi. "Judd'ın bildiği kadarıyla ben şu anda Georgetown'da senfoniye yapılan bir bağış işiyle meşgulüm."

Judd bilmiyor, diye düşündü David. "New York'taki restorandan ayrıldıktan sonra Judd seni telefonla aradı, değil mi? Bize ele veren o değildi, *sendin*."

David öne atılarak kadını kendisine çekti, onu Kara Melekler'le yüz yüze gelecek şekilde çevirdi. Yael ileri hamle yaparak Ortega'nın silahının namlusunu Katharine'in ensesine dayadı. Dillon kendisini saldırganların hücumuna karşı hazırladı.

"Orada kalın, yoksa ölür!" diye bağırdı David.

Merdiven boşluğundan kendilerine doğru gelen koşuşturmanın gürültüsünü duyabiliyordu. Panik kan dolaşımına adrenalin pompaladı.

Birkaç saniye içinde her iki yönden de Kara Melekler'le kuşatılacaklardı.

Stacy neredeydi?

Katharine kurtulmak için çırpınınca onu daha sıkı tuttu.

"Bir daha kıpırdarsan vururum," diye uyardı Yael.

Tünelden koşarak gelen Kara Melekler yavaşlamamıştı.

"Kızım nerede?" Parmaklarını Katharine'in etine daha derin batırırken David'in sesi Katharine'in kulağını deldi.

"Bilsem de söylemezdim. Vazgeç David." Başını ona çevirdi, gözleri kötü niyetliydi. "Kazanamazsın."

"Mueller nerede"

Cevap verecek zamanı olmadı. Dikkatleri aniden, merdivenlerden üzerlerine doğru gelen kadın sürüsüne çevrilince Kara Melekler durdu.

"Tanrı aşkına, bu da ne?" Dillon, cehennem tarafından kovalanıyormuşçasına kaçan bu pejmürde insanlara ağzı açık baktı.

Katharine, "Onları geriye götürün!" diye Kara Melekler'e bağırdı.

David ona gürledi. "Senden tek duymak istediğim, Crispin Mueller'in nerede gizlendiği! Ve Stacy'yi nerede sakladığı!"

Tünelde kıyamet kopması üzerine, Yael silahın emniyetini açtı. "Ona *şimdi* cevap ver!"

"Stacy!" David Katharine'e bağırdı. "*Stacy nerede?*"

Kadınların merdivenlerdeki düzensiz koşuşturmasının arasında kalan Stacy etrafını saran fırtınada bir şey duydu. Zayıftı, uzaktı, ama duymuştu – David'in sesiydi. Onun ismini söylüyordu.

"David!" Çığlık boğazını paraladı ve ayağı çelik basamaklara takılınca sendeledi. İrina'nın eli onun dengesini sağladı. Çabucak toparlandı, soluğu boğazında düğümlendi.

Şimdi düşerse çiğnenirdi. Kadınlar eski kovboy filmlerindeki çılgına dönmüş danalar gibi koşuyordu. Stacy zorlukla soludu, David'in orada olması için dua ederek daha hızlı koştu...

Merdivenlerin tepesine ulaştığında, kendini aşağıdaki gibi bir tünelde buldu – bu seferki insanlarla doluydu.

Gözleri heyecanla yüzleri taradı – David!

İsmini bağırdı ve David, yüzünde şaşkınlıkla, başını ona çevirdi. Sanki her şey ağır çekimde gerçekleşiyormuş gibi geldi. Sonra David'in gözlerindeki sevinci gördü ve İrina'dan kopup ona doğru atıldı.

Ancak biri onu belinden yakaladı, zorla çekti.Debelendi, çığlık attı ve David'in ona doğru atılmak için tuttuğu kadını ittiğini gördü.

Başını kendisini yakalayan adama çevirip "Bırak beni!" diye bağırdı, sonra tekrar çığlık attı. İçinde dehşet köpürdü.

Onu yakalayan adam gözleri farklı renklerde olan adamdı. Hutch'ı öldüren adam. Annesini inciten adam.

"David, bana yardım et..." diye feryat etti, sonra başka bir adamın ona giriştiğini gördü ve sağır edici bir silah sesi duydu.

David çenesini yere çarptı. Siyah halkalar gözlerinin önünde dansederken silah sesini duydu. Gözlerini açarak, başını kaldırmaya çalıştı, ama iki Kara Melek onu yere çivilemişti. Birkaç metre ötede Yael'i gördü, kolu arkasına kıvrılmıştı ve şimdi bir Kara Melek Ortega'nın silahını elinde sallıyordu. Dillon'ın hırıldadığını ve darbelerin pat küt sesini duydu. Umutsuzluk ağrının önüne geçti."Gizli'yi Durum Merkezine götürün." Katharine'in emirleri telaşla çınladı. "Ben Önderin haklarında ne planladığını öğrenirken, siz Shepherd'la diğer ikisini resepsiyona götürün." Sesi yükseldi. "Niye diğerleriniz maymun gibi orada dikilip duruyorsunuz?" diye cırlak sesiyle bağırdı. "O kadınları toplayın. Gidin hadi!"

David'in tüm bildiği Stacy'nin ağladığıydı. Kendisini yere çivileyen adamlarla boş yere mücadele ederken, holde yavaşlayarak kaybolan sesler yüreğini parçalıyordu.

Crispin Mueller'i öldürmek istediği kadar Stacy'yi yakalayan orospu çocuğunu da öldürmek istiyordu. Ayağa kaldırılırken ve üçü tünelde resepsiyona doğru götürülürken, *yaşadığım görüntüler ne işe yaradı, onların yakarışını duymamın ne faydası oldu?* diye düşündü.

Yael'in yanağındaki darbe izinin büyüklüğünü görünce yüzünü buluşturdu. Dillon'ın burnundan kan damlıyordu. Kaçan kadınlar, her kimse, bazıları çoktan yakalanmıştı.

Her şey bitti.

Bu gerçekti. Gene de savaşmaktan vaz geçemezdi.

Siyah saçlı bir adam toplantı salonundan çıktı ve hızla onlara yöneldi. Uzun boylu, nazik ve kendinden emin. Gözleriyle adamı oyan David, *bir üstdüzey,* diye düşündü. Adam yaklaştığında Kara Melekler'in hazırola geçtiğini fark etti.

"Başbakan DiStefano, Shepherd'ı bulduk. Ona ne yapmamızı istersiniz?"

DiStefano.

DiStefano ağzını açamadan, resepsiyon masasının altından biri öfkeyle bağırarak ortaya çıktı.

Bir kadın.

DiStefano'ya doğru hızla, hayal meyal görünen uzun ve parlak bir metal parçasını sallayarak atıldı. Kuzguni saçları havada uçuşarak DiStefano'nun üzerine düştü, silahı kalbine, narin yapısından beklenmeyecek kadar derinlere sapladı.

Ağzı şoktan şaşkın, DiStefanoyalnızca guruldamaya benzer hafif bir ses çıkarabildi, sonra sırtüstü devrildi.

Afallayan Kara Melekler bir an donakaldı, tutsakları serbest bıraktı. İkisi yardım için bağırarak yığılan adama koştu, diğer üçü saldırganın üzerine atıldı.

Kadın delirmişçesine, kanlı bıçağı çılgın bir kararlılıkla havada sallayarak onları yaklaştırmadı. Sonra feryatla dönerek merdivenlere doğru fırladı.

Yael de koşmaya başlamıştı. Zorlukla soluk alarak ouroborous heykellerinden en yakındakine ulaştı. Can havliyle heykelle kayanın arasına girdi.

Bu işe yaramalı. Bunu başarmalısın.

Sırtını dik duvara dayayarak gücünü topladı ve ourobourosu itti. Sızlanarak, belkemiğini acıtan kayaya aldırış etmeksizin heykeli yerinden oynatmaya çalıştığı sırada Dillon, Yael'i serbest bırakan asker traşlı Kara Melek'le dövüşüyordu.

Dillon'ın yumruk yumruğa bir mücadeleye girdi. Sağ kroşesi asker traşlıyı sırtüstü yere yolladı.

Yael ne yaptığını bilen birinin yoğunluğuyla, ter içindeki avuçlarına rağmen soğuk ve kımıldamadan duran ağır bronz heykele odaklandı.

Aklına bir Steven Seagal filminden gelen hareketle Dillon sıçrayarak uçtu ve iki ayağıyla tam rakibinin göğsüne inerek kaburgalarını parçaladı. Adam acıdan kıvranırken keskin bir çığlık havayı deldi.

Dillon ruhunda yankılanan iğrenme duygusuna aldırış etmeksizin adamın silahını kaptı.

Kendi etrafında döndü.

David deli gibi merdivenlerden yukarı koşuyordu. Aniden beş haydut daha, yolunu bir silah ve kas duvarıyla tıkadı. .Merdivenlerden paldır küldür aşağı indi. Elleriyle soğuk çeliği kavrayarak tırabzanın üstünden atladı, havada yön değiştirerek basamakların aşağısında yere düştü. Ağrı uyluklarına yansıdığında dizleri büküldü, ama artık kaygılanacak bir şeyi kalmamıştı.

Balkonu destekleyen pürüzlü kaya kulenin korunan arka tarafına doğru fırlarken, aceleyle merdivenlerden aşağı inen Kara Melekler onu takip ediyordu.

Üst dudağından ter damlayan Dillon Ortega'nın silahını doğrulttu ve birbiri ardına ateş etti.

Öndeki haydut omzunu tutarak geri sendeledi, ancak diğerleri David'in ardından resepsiyon alanında ortaya çıktı. Dillon birden Yael'in sağır edici çığlığını duydu.

Korku ve hayranlıkla onu izlerken, Yael bütün kuvvetiyle heykeli öne itti.

Heykel öne arkaya gidip geldikten sonra sonu gelmeyen bir süre, imkânsız bir açıda, havada dengede asılı kaldı. Yael'in yüzü gösterdiği çabanın etkisiyle çarpılırken heykel tepetaklak devrildi. Yeraltı sığınağında patlama gibi yankılanarak gümbürtüyle parçalandı. Perdahlanmış metal David'i takip eden adamları ezdi.

Dillon'ın duyguları bir anlığına tersine döndü. Tüyler ürpertici can kaybı için duyulan vicdan azabı, onu yeniden yaşama döndürebileceklerine dair duyulan boş umutlar.

Sonra bir şey daha hissetti. Kan, sıcak ve yapışkan. Göğsünden fışkıran. İnanamayarak aşağıya baktı. Acı duymuyordu, sadece kulaklarında garip bir pır pır. Sendeledi, yere düştü. Ve ondan sonra sadece sessizliği duydu.

ELLİ DOKUZUNCU BÖLÜM

Aşağıda lanet olası neler dönüyor?

Crispin Mueller bastonunu Durum Merkezi'nin döşemesine vurdu ve koltuğundan kalktı. Stacy Lachman'ın gözlerindeki korku parıltısına aldırmadan topallayarak hızla balkona çıktı. Kayadan yontulmuş korkuluğa abandı ve aşağıdaki kargaşaya inanamayarak baktı.

Bir ourobouros heykeli birçok Kara Meleğin çarpılmış gövdesi üzerinde yatıyordu. Birkaç metre ötede bir adam kendi kanından oluşan gölde yüzükoyun uzanmıştı.

Tam bir kargaşa sahnesiydi. İnsanlar, şaşkın ve paniğe uğramış, bağırıyor, akın akın toplantı salonundan boşanıyordu.

Gözlerini kısarak, resepsiyon bölümünde kaynaşan bu kalabalığı inceledi. Daha kısa bir süre önce Katharine ile DiStefano'nun hızla Kara Melekler'in yakaladığı Shepherd'a doğru gittiğini görmüşlerdi. Eğlencenin başlaması için Shepherd'ı yukarı getirmelerini bekliyordu.

Şimdi, inanılmaz bir şekilde, DiStefano kandan kırmızıya boyanmış gömleğiyle, bir yığının içinde yatıyordu.

Shepherd neredeydi? Kendisini yakalayanlardan nasıl kurtulmuştu? Bir insan nasıl böyle bir karmaşa yaratabilmişti?

Fazla uzun sürmez, diye yemin etti, öfke kafatasını piston gibi döverken..

Bastonunu gümgüm vurarak, çenesi sıkılmış bir hâlde hızla kapıya doğru yöneldi.

"DiStefano öldü. Ve Shepherd'ı hiçbir yerde göremiyorum."

"Bu nasıl olur?" Emir komuta zincirindeki üçüncü kişi olan Güney Afrikalı elmas komisyoncusu Odiambo Mofulatsi, kaşlarını çatık, balkona çıktı. "Ortega nerede? Ya baban? Neden burada değiller?"

Katharine Wanamaker, yüzü aşağıdaki sahneden duyduğu menuniyetsizliği yansıtır biçimde, onun arkasından gizlice sokuldu. "Shepherd kayıp da ne demek?" Çenesini sıkıyordu. Boynundaki damar hiddetle atıyordu. Cevap beklemeden Raoul'e doğru döndü.

"Gizli'yi buraya getir. Zamanı geldi."

Mofulatsi acımasızca onayını belirterek başını salladı.

Korkmuş kız, Raoul'ün onu oturtuğu sandalyede küçülmüştü. Kara Melek tepesinde beliriverince gözleri korku ve dehşet karışımı bir duyguyla ıslak ıslak parıldadı. Adamın eli bileğini mengene gibi kavrayıp kuvvetli parmakları derisine batınca soluğu kesildi, kalbi korkudan dondu. Kıvrılıp kurtulmaya çalışsa da adam onu odada sürükleyerek balkona çıkardı.

Mueller bastonunu kayaya dayadı. Ağırlığını sağlam ayağı üzerine verdi. Başını sallar sallamaz Raoul kızı ona doğru itti. Crispin kızı yakaladı ve çıkıntının üzerinde yukarı kaldırdı. Stacy sızlanarak, kıvrılıp bükülerek balkona geri dönmeye çalıştı ama kuvvetli kollar onu sıkıca tuttu.

"Sakin dur, yoksa seni aşağı bırakırım." Nefesi kızın kulaklarını dağladı.

Katharine kızın nefesi tıkanarak ağlamasına, gözlerindeki mutlak korkuya bakıp gülümsedi. İçinde, kocasının BM'de çaba harcayarak sahip olduğu güçten daha büyük bir güç dalgası yükseldi. "Ne bekliyorsun," diye sabırsızlıkla sordu. Bakışları Mueller'in gözlerini deldi. "Yükselişin önünde duran tek engel o. Hadi *öldür*.

Crispin onunla ilgilenmedi. Shepherd'dan istediğini elde etmeden bunu bitirmeye niyeti yoktu. Akik ve David Shepherd'ı *bu* kızın düşüşünü seyretmeye zorlamanın verdiği tatmin duygusu.

Kızın çıkıntı üzerinde tutulduğunu görünce aşağıdaki kalabalık sustu.

"Son Gizli!" diye biri bağırdı.

"Yılan'ın elinde," diye bir başka heyecanlı ses haykırıdı.

Yılan. İsmi kalabalık arasında dalga dalga yayıldı, bir ilahi, bir dua gibi. Crispin'in yüzü zevkten parıldadı. *Onun neler yaptığını biliyorlardı*. Bu ona cesaret verdi. Kendine güvenerek sırıttı.

Mofulatsi kalabalığa hitap etmek için öne çıktı. "Toplantı salonuna – herkes. Şimdi. Kendinizi size söylendiği gibi hazırlayın. Yükselişimiz an meselesi."

Birkaç kişi toplantı salonuna doğru hızla yürümeye başladı, ama balkondaki senaryodan büyülenen diğerleri aşağıda durmaya devam etti.

"Şimdi!" Kule gibi yükselen Afrikalı kolunu uzatarak bağırdı. Crispin omzunun üstünden Raoul'e hızla "Git, Shepherd'ı bul ve buraya getir. Çabuk!" diye bağırdı.

"Artık Shepherd'a ihtiyacımız yok," diye bağırdı Mofulatsu. "Raoul, Alberto Ortega ile Erik Mueller'i bulmanı istiyorum. Tanrı'nın çürümüş dünyasını yıktığımız anda burada bizimle birlikte olmaları lâzım."

"Ruhlarımızı özgürleştirdiğimiz anda," Katharine gözleri pırıldayarak mırıldandı.

Raoul, Mofulatsi'nin emirlerini yerine getirmek için koştuğunda, Crispin Mueller'in gözünü çılgın bir öfke bürüdü. Gerçekleştirmek uğruna onların hepsinden fazla emek harcadığı şeyi başarmak için kimsenin iznine gereksinimi olmadığını kanıtlamak amacıyla kızı balkondan aşağı atmanın güçlü dürtüsüne karşı direndi.

Onun yerine, Geminin duvarlarında gürleyen, aşağıdaki mağarada yankılanan, öfkeli böğürtüsü duyuldu.

"David Shepherd! Ortaya çık! Ortada bir can söz konusu. Değerli bir can. Gizliler'inizden sonuncusunun canı. Gel onu kurtar, cesaretin varsa."

Öfkeli bir şekilde resepsiyon alanını gözleriyle taradı, ama Shepherd'ın izine rastlayamadı. Tek hareket, Gnoseos'a inanlardan kalanların toplantı salonuna doğru sırayla yürümesiydi.

"Korkuyor musun Shepherd? Onu kurtarmak için çok mu ödleksin? Buraya gel beni durdur da görelim!"

Saniyeler geçtikçe öfkesi artıyor ödlek ortaya çıkmıyordu. Kinden tükenmişti, dişlerini gösterdi ve bir an için kızın belini sıkmayı bıraktı. Balkonun kenarına doğru kaymasına yetecek kadar uzun bir süreydi. Kız kendisini güvenli yere geri atabilmek için bacaklarını gelişigüzel sallıyordu. Onu tekrar yakalayıp belini kavradıktan sonra da çığlıkları yankılanmaya devam etti.

"Gel de görelim, Shepherd. Gel de görelim!"

David'in yüzünden ter damlıyor, koltuk altlarından oluk oluk akıyordu. Kaya parmaklarını parçalamış, avuçları kan içinde kalmıştı. Balkona doğru yükselen lanet olası kaya kulenin arka cephesine dikkatle tırmanırken ıslık çalar gibi hafif hafif soluk alıyordu. Ne kazması, ne ipi, ne de çentikli ve neredeyse düz sütuna sıkıca tutunmasını sağlayacak bir desteği vardı. Sahip olduğu tek şey parmaklarıydı. Dizleri. Ayakları kayaya tırmanırken yoklayarak basacak bir yer arıyor, nerede sıkıca tutunmasını sağlayacak bir destek bulabilirse o yöne kıvrılıyordu.

Hutch'ın rehberliği zihninde canlandı. *Her defasında bir adım, aşağıya bakma. Gözünü dorukta tut.* Yael'i merak etmeyi reddetti. Dillon'ı. Yaşıyorlar mıydı? Yaralanmışlar mıydı? Yoksa hâlâ savaşıyorlar mıydı?

Dikkatini tırmanıştan başka şeye veremezdi. Crispin ona sesleniyordu. Delicesine kükrüyordu. Sözcüklerin kafasına girmesine mani oldu ve gözlerine dolan terlerden başını sallayarak kurtulmaya çalıştı.

Dağ kadın gibidir, demişti Hutch, mecazı takdir edecek kadar büyüdükten sonraki ilk önemli tırmanışında. *Kendini onunla biçimlendir. Onunla bütünleş.*

Bedeni duvarı kucakladı. Elleri bir sonraki yarığı yokladı. Kendini bir kaya gibi hissetti. Kuleyle bütünleşmişti.

Bir çığlık havayı deldi. Stacy'nin çığlığı – onun tam üstünden geliyordu. Eli tereddüt etti, boş havayı yakalamaya çalıştı ve ayağı altından kaydı.

ALTMIŞINCI BÖLÜM

Crispin babasının Durum Merkezi'ni dolduran sesinin tınısını duyunca gerildi. *Lanet olası zamanla ilgili.* Ancak, İsrail aksanıyla konuşan bir kadının sesini duyunca evlada özgü kızgınlığı geçti.

"Bırak beni! Canımı yakıyorsun."

Çaresiz görünüyordu. Korkmuştu. Crispin gülümsedi.

Yael HarPaz'ı balkona çeken babası "Bakın merdivenlerde gizlice dolaşan kimi buldum," diye ilan etti.

"İyi, o zaman." Balkonda tehlikeli biçimde dengede tuttuğu kızın korkmuş yüzüne bakınca, Crispin'in gülümsemesi suratına yayıldı. "Kahramanın uzakta olamaz."

"Bırak o çocuğu!", diye emretti İsrailli kadın.

Mofulatsi onu hafife alarak döndü, bakışları Erik Mueller'den Katharine Wanamaker'a kaydı.

"Buna bir son vermenin zamanı geldi. Ortega'yı bu kötü dünyada alıkoyan ne?" Saatine baktı, ama Raoul balkona girince başını yukarı kaldırdı.

"Ortega ölmüş. Domino da." Birbirine uymayan gözleri Stacy Lachman'ın bembeyaz yüzüne kilitlendi. "Beklemek için neden yok. Öldür onu."

Karar veren yetkili havasıyla Mofulatsi öne çıktı. "Şimdi emir komuta zincirinin başında ben varım. Yılan onu bana getir. Son ölümün onuru bana ait."

Katharine kollarını çapraz şekilde kavuşturdu. "Dediği gibi yap."

"Hayır!" Crispin alayla gülümsedi, bakışları aşağıdaki salonu sınırsız öfkeyle köşe bucak taradı. "Bunu *ben* söylediğimde bitiririz. *Shepherd! Neredesin, Shepherd?"*

"Tam buradayım." David balkonun arka kenarına atladı. Crispin'e doğru sokulurken beş Gnoseos şok içinde ona döndüler.

David onlara aldırış etmedi. Tüm dikkatini Crispin'e topladı.

"Takas yapmak istediğini düşündüm."

ALTMIŞ BİRİNCİ BÖLÜM

David kanlı ve yaralı avucunu uzattı. Avucundaki akik, neredeyse Crispin'in gözlerindeki hırs kadar parıldadı. "Gel de al – cesaretin varsa," diye hafifçe alaya aldı David.

Stacy'nin korkmuş yüzüne bakmaya cesaret edemeyerek, onun sessiz hıçkırıklarını kendi içinde eritmek için soluğunu tuttu. Bakışları Mueller'in bakışlarına kilitlendi, her şey o ana gelip dayanmıştı.

"Onu bana getir," dedi David, "o zaman akiği alabilirsin."

"Nasıl olsa akiği alacağım." Mueller yalancı gülümsemeyle ona baktı. "Sen onun düşüşünü seyrettikten sonra."

"Onu benim elimden alacak kadar erkek olmadığını tahmin etmiştim." David akiği havaya attı, sonra yakaladı. "Çocukken bile kabadayıdan başka bir şey değildin. Şu hâline bak. Bir çocuğun arkasına saklanıyorsun. Kim ödlek, Mueller?"

"Bu saçmalık," diye patladı Mofulatsi. "Yılan, *o kızı bana getir.* Raoul, öldür onları!"

Raoul tabancasını çıkarırken, David'in bakışları zeytuni tenli adama kaydı. *Gözleri*! Şok, sonra öfke David'in içinde kabardı. *Biri mavi, diğeri kahverengi. Bu oydu.*

Hutch'ı öldüren, Stacy'yi kaçıran hayvanla yüz yüzeydi. Adam ona ve Yael'e birer kurşun sıkmak üzereydi.

David'in kaybedecek şeyi yoktu. Tüm gözler üzerindeydi ve tabanca başına doğrultulmuştu. "Geri almak istemediğinden emin misin?"

Kalbi berelenmiş kaburgalarına çarpıyordu. Akiği yetişebileceği mesafenin biraz uzağında sallayarak, Crispin'e bir adım daha yaklaştı, sonra bir adım daha.

"Yıllarımı geri istiyorum!" Crispin çığlık attı. "Sen ışığa doğru gittin, bense karanlığa gömüldüm. Benim gece ve gündüzümü, bulmak için harcadığım isimler sana verildi."

"Zavallı Crispin." David'in dudağı büzüldü. "Akiği istiyor musun, Mueller? Burada!"

Akiği kavisle yukarı fırlattığında Katharine nefesini tuttu. Bir silah sesi gümbürdedi. Mueller'in şaşkın bakışları bir saniye kadar akiğin balkonun kenarına doğru uçuşunu izledi. David öne sıçradı, Stacy'nin üstüne atıldı ve bir kolunu beline doladı, onu kendisine çekti. Ama Crispin onu hâlâ mengene gibi kavramış, tutuyordu.

"David!" Stacy pençelerini onun omuzlarına geçirdi.

David, onu güvenli bir yere kaçırmak için vücudundaki her kası işkence derecesinde zorlayarak dayanmaya çalıştı. Birden Erik Mueller'in oğlunun bastonunu balkonda dayalı olduğu yerden aldığını gördü. David darbenin şiddetine katlanmak için kendisini hazırladı.

Ama onun yerine şok içinde Mueller'in bastonu oğlunun omzuna indirmesini seyretti. Crispin şaşkınlıkla ve acıyla cıyak cıyak bağırdı, dizleri öne büküldü ve Stacy'yi kavrayışı gevşedi. David'in istediği tam da buydu. Stacy'yi çekip yukarı balkonun üstüne çıkardı.

Kollarında Stacy ile tam zamanında döndüğünde Mofulatsi'nin, tekrar ateş edemeden silahını elinden almak için, Yael'e doğru hamle yaptığını gördü. Yael, yerde acı içinde kıvranan, kalçası dönmüş ve kan içinde inleyen, yüzü intikam maskesini andıran Raoul'u vurmuştu.

David'in beyni kendisini saran bu karmaşayı işleme tabi tutmadan önce, sanki bir traktörün bacaklarını biçtiğini hissetti. Dizlerinin üzerine çöktü, Stacy ile birlikte yere yuvarlandılar. Crispin kendisini David'in üzerine atıp onu yumruklarken Stacy acı bir feryatla yana kaçtı.

Stacy, yanaklarından gözyaşı damlarken, dondu, yüzü dehşetle biçimlendi. Ancak donup kalışı sadece birkaç saniye sürdü. Crispin'in yumruklarını David'in yüzüne indirdiğini görünce kasırga gibi üzerine atıldı, dişlerini koluna geçirdi, uzun saçlarından tutup çekti. Raoul gövdesinin geriye doğru bir hareketiyle onu savurup uçana kadar bütün gücüyle asılıp kafa derisinden bir avuç dolusu saç telini kopartı.

David yumruğunu Crispin'in karnına indirip üstüne çıkmaya yetecek kadar bir süre onu sersemletti. Şimdi David Crispin'i yere mıhlamıştı. Elleri Gnoseos'un boynunu mengene gibi sıkıyordu.

Katharine Wanamaker gözlerini tabancaya dikti. Yael, sandaletinin topuğunu sertçe Mofulatsi'nin kaval kemiğine gömerek tekmeledi. Katharine arkadan saldırdı, omuzlarına sarılarak onu geriye çekti. Ancak Yael dirseğiyle Amerikalı kadının göğüs kemiğine vurunca iğrenç bir kırılma sesi duyuldu. Sonra dizini Mofulatsi'nin kasığına şiddetle indirdi.

İri yarı adam acı bir çığlık atarak karnı üstüne iki büklüm oldu ve sonunda silahın kontrolünü bıraktı. Toparlanamadan önce Yael silahı elinden aldı. Aynı anda Erik Mueller öne doğru atılarak bastonu hızla Mofulatsi'nin kafasına indirdi.

"Hain!" diye karga gibi bir sesle bağırdı Crispin. Pençeler atarak boğazını David'in parmaklarından boş yere kurtarmaya çalışırken zorla soluk almaya çalışıyordu. "Lanet olsun...baba...bana yardım et!"

Erik, başını Crispin'den tarafa çevirmeye bile gerek görmeden, bastonu yeniden Mofulatsi'ye salladı.

Yael soluk almak için yutkundu. Yaralı bileği Mofulatsi'nin kalın parmaklarının izini taşıyordu. Ancak silah Yael'in elindeydi. Dilinde kendi kanının sıcak metalik tadı, Katharine Wanamaker'a döndü. Kadın güçlükle soluk almaya çalışarak korkusuzca ona baktı.

"Artık... çok... geç." Her sözcük bir çaba gerektiriyordu. Katharine'nin sesi kısık ve öfkeliydi. "Bunu artık durduramazsınız. Buna izin vermeyeceğim."

Ve sonra kınından çıkarılmış sustalı çakı gibi fırlayarak tırnaklarını Yael'in yüzüne geçirdi.

Silah ateşlendiğinde Yael'in elleri titredi ve omzu ikinci kez şiddetli geri tepmeyi emdi. Katharine Wanamaker ayakları üstüne yığıldı, kurşun deliği boğazında kırmızı bir mücevher gibi parlıyordu.

Yael'in dizleri güçsüz hissediyordu ve midesi bulanarak yutkundu. İçerideki camdan fanusa doğru koşarken cesede çarpıp tökezledi

İbrani harfleriyle süslü iki değerli taş ona doğru parıldadı – mor yakut ve zümrüt. *Gad* ve *Zebulon.*

Dişlerini gıcırdatarak, silahın dipçiğiyle cama vurdu. Cam kırılmadı, tüm gücünü kullanarak tekrar denedi. Yüzünden ter boşandı. Cam çatlamamıştı bile. Yael gözlerini kapadı, camın parçalandığını kafasında canlandırdı ve silahın dipçiğini yeniden indirdi. Cam kristal yağmuru gibi patladı ve Yael'in içine zafer duygusu yayıldı. Değerli taşları almak için kolunu içeri sokarken sivri bir kırık cam parçası kolunu kesti. Yakıcı sızıya aldırış etmeksizin mor yakutla zümrütü avucuna aldı.

Onun hayal gücü müydü yoksa taşlar gerçekten akkor gibi parlıyor muydu?

Taşları incelemek için zaman yoktu. Onları terden sırılsıklam olan sutyenine soktu ve onu ayak parmaklarına kadar karıncalandıran bir titreme vücuduna yayıldı.

Sonra Erik Mueller Stacy'yi balkondaki kırımdan uzaklaştırıp odaya soktu.

David, "Yael," diye boğuk bir sesle bağırıyordu. "Stacy'yi buradan götür! Başka Kara Melekler yolda olabilir."

Kontrol edilemez biçimde titreyen Stacy, "Hayır, sen olmadan gitmem," diye ağlıyordu. Erik onu cam kapıya ve ardındaki merdivenlere doğru çekti. "Gitmen gerek, çocuğum. Dünyanın geleceği sana bağlı!"

"Hayır!" Balkona geri koşmak için ondan kurtuldu, ancak Erik onu kolundan yakaladı. "Anlamıyorsun. Burada olman çok tehlikeli –seni öldürmek isteyen başka birçok insan var– seni buradan çıkarmamız gerek!"

"Ellerini onun üzerinden çek." Yael silahı göğsüne doğrultmuştu. "Hemen şimdi."

Stacy korkuyla gözlerini kırpıştırdı. "Ona zarar verme. Beni korkunç odadan o kurtardı. Bana gizli çıkış yolunu gösterdi!"

Başı kararsızlıktan dönen, vücudu acıyla titreyen Yael dudağını ısırdı. Stacy'nin söylediklerini kendi gördükleriyle tartarak aklını yatırmaya çalıştı.

Erik Mueller onu Durum Merkezi'ne girmeye çalışırken bulmuştu. Stacy'nin kurtulması için yardım etmek istediğine, fikrini değiştirdiğine onu ikna etmişti. Bütün yaşamı boyunca kör olduğunu, hiç sorgulama yapmadığını – ve Tanrı'nın dünyası hakkında yanıldığını söyledi. Bu dünyada iyilik olduğuna karar vermişti. Lamed Vovnikler'in varlığının bunu kanıtladığını ona söyledi. Tarikatı, Lamed Vovnikler'i sistematik şekilde öldürerek bu dünyada iyiliği yok ettiğini ve sadece yıkıma neden olduğunu ona istemeyerek kanıtlamıştı.

Yael bunları kuşkuyla karşılamıştı, ama Erik Mueller artık dünyanın sonunu istemediğini iddia etmişti. Bir planı vardı. Yael, bir yandan silahı muhafaza ederken onun rehinesiymiş gibi hareket edecek, Durum Merkezi'ne birlikte gireceklerdi. Kendi oğluna vuracak, sonra da Mofulatsi'ye saldıracaktı. Artık Stacy'yi kurtarmaya niyetliydi.

"Onu al, Yael!" David heyecanla bağırdı. "Stace, tamam. Hemen arkanızda olacağım."

Yael kıza doğru ilerledi. "Hadi gel, Stacy. David'i duydun, bize yetişecek."

Stacy'yi kolundan tuttu ve cam kapıdan içeri sahanlığa soktu. Erik, içi heyecan ve sıkıntıyla çalkalanırken, onların merdivene doğru yürümeye başladığını gördü. Elizabeth'i kurtarıp kurtaramadığını merak ederek, onları takip etmeye başladı. Sonra endişeyle geri döndü.

Şimdi oğlunu mu kurtarmalıydı?

Daha karar verme şansını yakalayamadan, Raoul sendeleyerek balkondan içeri girdi, esmer teni şimdi süt gibi beyaz, vücudunun alt kısmı kan içindeydi.

"Hain!" diye kükredi Kara Melek. Silahını doğrulttu ve Erik'in alnına kurşunu sıktı. Erik Mueller olduğu yere yığıldı.

Raoul, her adımda kalçasından yayılan yangına aldırış etmeksizin, yalpalayarak balkona geri döndü. Sersem gibiydi. Ölüyordu. Çok kan kaybetmişti.

David Shepherd Yılan'ın boğazını sıkmakla meşguldü. Neyin yaklaşmakta olduğunu görmeyecekti bile. Raoul, iğrenç bir gülümsemeyle, Shepherd'ın başına nişan aldı. Büyükbabasının işini bitirdiğinden bu yana işlediği cinayetlerden en çok bu sonuncusundan zevk alacaktı.

Ürkütücü bir gülümsemeyle tetiği çekti – boş bir tık sesinden başka bir şey duyulmadı.

Bu ses üzerine David hareket edip başını altındaki adamdan sesin geldiği yöne çevirdi. Görüş alanının köşesinde gözüne kara bir leke ilişti ve silahın dipçiği kulağının yanından vınlayıp geçerken başını eğip darbeyi savuşturdu. Kandan sırılsıklam seksen kiloluk zehir aniden üzerine doğru uçtu. Yana doğru yuvarlandı, silahın dipçiği belkemiğiyle buluştuğunda yüzü acıyla buruştu.

Baston. Her nasılsa David ayağı üstüne güçlükle doğrulurken onu yakalamayı başardı. Hâlâ ayakta durabildiğine şaşırmıştı. Aldığı her nefeste ciğerleri yanar, kırık kaburgaları kavrulurken katille yüz yüze geldi.

Raoul ekşi ağız kokusu ve yılların idmanının verdiği güçle üzerine doğru atladı. David Crispin'in bastonunun ucunu Kara Meleğin kurşunla parçalanmış kasığına şiddetle vurdu. Raoul geriye doğru savrulurken boğazından canhıraş bir çığlık çıktı, kaya duvarın eğri büğrü yüzeyine çarpan kafatası parçalandı.

David, pıhtılaşmış kandan iğrenerek, titrek bir soluk aldı. En azından, bundan sonra Raoul kimseyi öldüremeyecekti.

Ve Crispin...

David gözlerini kısarak döndü. Crispin balkonun ön çıkıntısına kadar emeklemeyi ve ayaklarının üstünde doğrulmayı başarmıştı. Öne doğru eğilerek aşağıdaki mağaraya doğru bağırdı.

"Dışarı çıkın, budalalar! Gizli kaçıyor! Yukarı..."

David bastonu kaldırarak ona vurdu. Ama Crispin'in bedeninin üst kısmının sahip olduğu gücü hafife almıştı. Mueller tek koluyla bastonu ondan kapıp aldı, David'in dengesini bozup neredeyse onu balkondan aşağı düşürüyordu. Crispin dişlerini sıkarak yeniden itti ve David'in gövdesi balkonun kenarından sarktı.

Kendini geri çekti ve birden kalçasında garip bir his duydu, cebindeki kehribar bir karıncalanma duygusu yaratmıştı. Adrenalin elektrik şoku gibi içinde yayıldı.

"Akiği mi istemiştin, Mueller? O hâlde neden gelip almıyorsun?" Bu sözü söyler söylemez Mueller'in karnına yumruğu indirdi, sonra onu kemerinden yakalayarak balkonun üstünde havaya kaldırdı.

Çığlığı boğazına tıkılı olarak Mueller yere çakıldı.

David sonra merdivenlerden aşağı, toplanma alanına doğru hızla koşmaya başladı. *Akiği bulması gerekiyordu.*

Bakışları yere devrilen ouroborous üzerinde göz gezdirdi. Bedenler...

Kalbi durdu.

Dillon.

David ona koştu, dizlerinin üzerine çöktü. Atmadığını bilse de nabzını yokladı. Dillon'ın vücudu çoktan soğumuştu. İçine keder çöktü. Aynı zamanda da utanç. En dürüst arkadaşından nasıl kuşku duymuştu? Onu şimdi burada nasıl bırakabilirdi?

Toplantı salonuna doğru baktı. Kapı açılmış, gıcırdıyordu. Yaklaşık iki bin Gnoseos kurtuluş için sabırsızıkla bekliyordu.

Akiği bul.

Heyecanla, kendini iterek ayakları üstüne doğruldu. İşte o anda piskoposun yüzüğünü fark etti. Geri almak için Dillon'ın hayatını feda ettiği yüzük.

Çabucak, arkadaşının parmağından çıkarmak için eğildi. Bunu yaparken akik gözüne iliști. Dillon'ın gömleğinin kolundan birkaç santim uzakta duruyor, deniz camı gibi parlıyordu. Eline aldığında, Harun'un göğüs zırhındaki iki taş avucunun içinde her geçen saniye daha çok ışıldıyor gibi göründü.

Akiğin nasıl olup da yakutun yanına geldiği her türlü merakın ötesindeydi. Buradan nasıl canlı çıkacağı dışında, her şey merakın ötesindeydi.

Sesler çağıldıyor, insanlar yavaş yavaş toplantı salonundan çıkmaya başlıyordu. Taşları kanlı avucuyla kavrayarak merdivenlere doğru hızla yürüdü.

Ve artık koşuyordu, yeryüzüne çıkmak için koşuyordu, canı için koşuyordu.

Bir bağırma sesi duydu. Ayak sesleri gümbürdüyordu. Onun peşinden geliyorlardı.

Yael'le Stacy ne kadar öndeydi? Başı dönerken merak etti. Başaramayacaktı. Görüşü bulanıklaşıyor ve ardında kırmızı bir kan izi bırakıyordu. Halsizlık bacaklarını uyuşturuyordu.

Ama duramazdı.

Titreyerek, basamaklarda yoğunlaşan birikintilerde kayarak ilerledi. Derken ikinci sahanlığa ulaştı. Daha çok tırmandı, yukarıdan gelen itişip kakışma ve kadın sesleri duydu. *Yael and Stacy*. .

Kızgın bağrışmalar ve kovalamaca sesleri onu ileri sürükledi.

Sendeleyerek depoya vardığında zorlukla ayakta durabiliyordu. Avi Raz onu yakaladı, eskisinden daha fazla kutuyla dolu ve telsiz ve silah taşıyan siyah giysili adamlarla kaynayan odadan geçirdi. Telaşla koşuşturan, kabloları döşeyen adamlar ona aldırış etmedi.

Sonra, ciğerlerine temiz hava çekti, gözlerini kısarak gün ışığına baktı. Avi'yle birlikte binanın arkasındaki, Stacy ve Yael'in boş bir dağıtım kamyonunun arkasında beklediği yükleme platformuna doğru ağır ağır yürüdüler.

Londra kentinin çok altındaki gizli yeraltı sığınağında, bu haydut yatağını yerin dibine batıran patlama meydana geldiğinde onlar Melek Geçidi 8 numaradan kilometrelerce uzaktaydı. Patlamanın Gnoseosları yeryüzünden sildiği anda dahi kovandaki yaban arıları gibi kaynadığı, zafer umuduyla vızıldadığı tünellerden kilometrelerce uzaktaydılar.

Tanrı'nın yarattığı dünyayı yüzyıllardan beri yok etmeyi planlayan tarikat, Londra'yı iliklerine kadar sarsan tek patlamayla, kor, duman ve külden oluşan bir girdaba indirgendi.

ALTMIŞ İKİNCİ BÖLÜM

1455 KİLOMETRE ÖTEDE, VARŞOVA

Londra'nın altında yer sarsılırken, 13 yaşındaki Stanislaw Nowicki küçük sinagogda bimaha çıkmak için merdivenleri tırmandı. *Tallit*ini ilk kez giymeye hazırlanırken, ibadet şalını kuşanmak için özel brahayı söyledi ve derin bir soluk aldı. Sonra haham, Stanislaw'ın Torah'daki bar mitzvah bölümünü okumaya başlayacağı satırı gösterdi.

Ve sonra berrak genç sesiyle eski İbraniceyi okurken Thames nehrinin suları bir kere daha sakinleşti.

663 KİLOMETRE ÖTEDE, KOPENHAG

Lise Kolinka, dudakları büzülmüş, yüzü mumların parıltısıyla ışıldarken on üçüncü yaş günü pastasının üzerine eğildi. Yaş günü dileği tutmak için gözlerini kapadığında, yağmur Arizona gökleri- ni dövmeye başladı. Tüm mumları söndürdüğünde Amerika'nın güneybatısında başlayan sağanak orman yangınlarını söndürdü, dağları yıkayıp temizledi, kavrulan toprağı yeniledi.

6856 KİLOMETRE ÖTEDE, ŞİKAGO

Keisha Jones, her cumartesi gününü Şikago'nun Güney Yakasında Doris teyzesiyle birlikte Stony Island yiyecek kilerinde geçiriyordu. On üç yaşındaki kız çocuğu, bağışlanan konserve yiyecekleri sınıflandırmaya yardımcı olmak için giderken bugün, yolda bulduğu bozuk parayı şıngırdattı. Onu Bayan Wallace'a verdiğinde, bu paranın bir ailenin haftalık yumurta ve ekmek gereksinimini karşılamaya yeteceğini öğrenince içine bir mutluluk dalgası yayıldı. Gelecek hafta çocuk bakarak kazandığı paranın yarısını da bağışlamaya karar verdi.

Ve Japonya kıyıları açıklarında, denizin derinliklerinde çalkalanan tsunami okyanus tabanında tekrar yatıştı ve ocaktan alınan kaynar su gibi sakinleşti.

11380 KİLOMETRE ÖTEDE, ŞANGHAY

Chen Ho çok sevdiği dedesinin yanında ona sabırla günlük gazeteyi okuyarak oturuyordu. Dedesi hem görmediği hem de işitmekte güçlük çektiği için okuduklarını sık sık tekrar etmek zorundaydı. Ama Chen bunda bir mahzur görmüyordu. Ev ödevi bekleyebilirdi – annesinin babasının dış dünya ile ilişkisini sürdürmek ve akşamları bir bardak bira içmek dışında pek az zevki kalmıştı.

Chen sayfayı çevirdiğinde dedesinin uykuya daldığını gördü. Kalbinde bir gülümseme yayıldı. Gazeteyi katladı, daha sonra nereden devam edeceğini tam olarak biliyordu.

Aynı anda kurtarma ekipleri Türkiye'de bir okul enkazı altında mucize eseri olarak canlı bulunan on iki çocuğu dışarı çıkardığında sevinç çığlıkları yükseldi.

Mathiaka, Sierra Leone'de, Luvena, Rusya'da, Tokaji, Macaristan'da ve dünyanın diğer 28 köy ve kentinde yeni bir Lamed Vovnik kuşağı birer birer manevi olgunluğa erişti

Kalpleri temiz, ruhları iyilik ve merhamet dolu bu insanların hiçbiri varlıklarının sahip olduğu dehşet verici gücü öğrenmedi – ve içlerinden hiçbiri bunu hiçbir zaman öğrenemeyecekti.

ALTMIŞ ÜÇÜNCÜ BÖLÜM

BİR AY SONRA
KİNNERET GÖLÜ, İSRAİL

David Yael'i kalabalıkta ararken, dalgalanan palmiye ağaçları, yiyecek dolu satış tezgâhları ve dolaşan turistleriyle Taberiye sahilindeki gezinti yeri harikaydı. Tayyelet'in öbür ucunda onu, bedenine sımsıkı oturan limon sarısı bir pantolon ve siyah ipek tişört giymiş görünce, ufak bir şok yaşadı. Her nasılsa, David'in beyninde Yael hep o sabah Haham ben Moshe'nin çalışma odasından içeri girip ondan akiği istediğinde üzerindeki ipek ceket ve siyah etekle yeretmişti.

Akik artık Kudüs'teydi. Kehribar ve Gnoseos'tan geri alınan Harun'un göğüs zırhındaki diğer taşlarla birlikte.

Ajandası elindeydi. Bu onun son yolculuğu olacaktı.

Kalabalık arasında zikzak çizerek Yael'e doğru ilerlerken, geçen ayki olaylar zihninde bulanıklaştı. Meredith ve kocasının konuğu olarak Santa Monica'da Stacy'yle bir hafta geçirmişti. Len Lachman'ın evinde olmak düşündüğü kadar garip olmamıştı. Stacy ona yakın olmak istemiş, o da yakın olmuştu.

Georgetown'dan hâlâ izinliydi. Dillon, Hutch ve Eva'nın ölümlerinin yarattığı şaşkınlık hâlâ sürüyordu.

Yaraları ve kırık kaburgaları hâlâ ağrıyordu. Ama yaralar iyileşip kaybolacaktı. Aynı şeyi Stacy'nin belleği için de umuyordu.

Tuhaf olan, Stacy'nin ateşten gömleği giymesine neyin yol açtığını pek bilmek istememesiydi. David olanları ona daha büyüyünce açıklayacağını söylemeyi planlamıştı. Ancak buna gerek kalmadı. Öyle görünüyordu ki, Stacy, içgüdüsel olarak, başından geçenlerin peşini bırakmaktan memnun görünerek, çok az soru sormuştu. David, Lamed Vovnikler'in ne oldukları hakkında gerçekten hiçbir bilgileri olmadığını anımsadı.

Meredith, Stacy'yi birkaç seans terapiste götürmüş, terapist ateşten gömleğin onu yaralamadığını söylemişti. David, Stacy daha fazla şey öğrenmek isteyene kadar beklemekten memnundu.

Bir falafel tezgâhına doğru hızla yürüyen bir ailenin yanından geçerken, Yael'in koyu renk saçlarının arkasından sallanan gümüş küpelerinin parıltısı gözüne ilişti. Şimdi gülümseyişini, boynundaki çok renkli cam boncuktan kolyeyi, kalçalarındaki hafif salınımı görecek kadar yakındı.

Gözlerinde gülümseme çiçek açarak yaklaşırken, yavaşladı. Ayak uçlarında yükselirken dudakları birkaç saniyeliğine David'inkilere değdi.

"Bir balıkçı teknesi kiraladım. Bütün öğleden sonra bize ait."

"Yanımıza piknik için yiyecek bir şeyler alalım mı?"

Yael gülümsedi.

Bir saat sonra, gürültülü sahil şeridinden uzaklaşmış, derin sulara doğru açılırken, mavi ahşap teknede yalnızdılar. Safed gibi İsrail'in dört kutsal kentinden biri olan Taberiye kentinin eteklerindeki sakin su, gün ışığında mücevher gibi parıldıyordu.

İsa'nın havarilerini burada zahmetli bir yaşam süren balıkçılar arasından seçtiği bu gölü İsrailliler Kinneret olarak adlandırıyor, Hristiyanlarsa Celile Denizi olarak biliyordu.

David etraflarında yalnızca gökyüzü ve su kalana, tepelerdeki insanlar uzaklarda donuklaşana kadar bekledi.

Sonra kürekleri indirdi. Yael onu sessizce izlerken ajandasını yanındaki oturulacak yerden aldı ve teknenin yanından sulara bıraktı. Ajanda bir dakika kadar suyun yüzünde kaldı, serin su mürekkebi yıkarken sayfalar yumuşadı. Sonra kırmızı deri kaplı defter gölün derinliklerine doğru batarak camsı yüzeyin altında gözden kayboldu ve kutsal sırlarını derinlere götürdü.

Yael yanındaki yiyecek paketine baktı, teknede dikkatle yürüyerek David'in yanına gelip oturdu.

"Pikniğe başlamadan önce sana sormak istediğim bir şey var."

"Sor bakalım."

"Gelecek dönem Georgetown'da konuk profesör olarak çalışmak için bir davet aldım. Şans eseri senin bu işte bir parmağın olabilir mi?"

David poker surat ifadesini takınmaya çalıştı, ama Yael'in parfümünü duyabiliyor, bu da gülümsemeye karşı koymasını zorlaştırıyordu.

"Parmağım varsa ne olmuş. Daveti düşünecek misin?"

Yael dudaklarını büzdü, sandaletinin içindeki ayak tırnaklarının somon rengi cilasını incelermiş gibi, uzun bacaklarını öne doğru uzattı.

"Sanırım fakültedeki sosyal yaşantıya bağlı."

"Çalışma Bayramı pikniğini çoktan kaçırdın. Ama Dekan Myer Yılbaşı partisi için nefis hindi kızartır. Benim de çıktığım biri yok."

"Kızarmış hindi...hmm..." Dudakları hafifçe yukarı kıvrıldı. "Bugün aldığım en iyi teklif olabilir bu."

Yüzünü David'in yüzüne doğru eğerken saçları geriye düştü, kollarını David'in boynuna doladı. "Sizin Doğu Kıyılarının kışı hakkında bazı endişelerim var."

"Tasalanma. Sanırım seni sıcak tutmayı başarabiliriz." Sonra, tekne sürüklenirken David onu öptü. Yael'in dudaklarının yumuşaklığında, denizin sakinliğinde ve Lamed Vovnikler'in gizli isimlerinin bir kez daha saklandığını bilmenin huzuru içinde kayboldu.

SON